KENNA J. STEWART

Ein Flüstern im Wind, das Geschichten in den Kopf zaubert

Druck und Distribution im Auftrag der Autorin:
tredition GmbH, Halenreie 40-44, 22359 Hamburg, Deutschland

ISBN 978-3-384-23471-1

ASIN E-Book (Amazon) B0D5YXPLFT

Kenna J. Stewart

Die schottische

Distel

Zwei Welten – ein Schicksal

Für

Raven und Penelope

In Gedenken an meine Maw

Vorwort

Wenn die graue Dämmerung der schottischen Highlands sacht dem Gold der Morgensonne weicht, beginnt jedes Herz, das für Shinty schlägt, schneller zu schlagen. Auf den weiten Ebenen, eingefasst von der rauen Anmut der Berge, erwacht das Spiel wie eine alte Sage, die atemlos und lebendig unter uns wandelt.

Ich möchte euch etwas über dieses Spiel, Shinty, erzählen. Von seiner rauen Poesie, die Caitrìona, dessen Leben und Träume Ihr bald verfolgen werdet, leitet. Wie es ihren Charakter formte und in jeder ihrer Entscheidungen und Gedanken mitschwingt.

Im Gegensatz zum Feldhockey ist Shinty eine äußerst robuste Sportart. Es ist kein Spiel für Zartbesaitete – es ist eine tosende Symphonie der Kraft, wo jeder Schlag, jeder Lauf, jede Wendung eine eigene Ballade des Lebens und der Leidenschaft singt. Es vereint Gemeinschaften, schweißt Generationen zusammen und erzählt die Geschichte eines unzerbrechlichen Bandes, das die Seele eines jeden Schotten mit dem Herzschlag seiner Heimat verbindet.

Shinty ist nicht bloß ein Zusammentreffen sich jagender Schatten auf sattgrünem Gras; es ist eine ehrwürdige Choreografie, in der das Holz der Camans als Verlängerung des willensstarken Arms Geschichten des Mutes und der Geschicklichkeit schreibt. Der Ball, fliegend und wirbelnd, tritt eine Reise an, die so alt ist wie die Hügel selbst.

Das Spielfeld, teils 150 Meter lang, ist eine Bühne, auf der sich Heldentaten und Dramen abspielen, deren Echos die Zeit überdauern. Zwei Tore, knapp 4 Meter breit und fast ebenso hoch, stehen wie stumme Wächter an den Enden des grünen Kampfplatzes, Zeichen des Triumphs oder des Verlusts. Die Spielerinnen, in ihren bedeutsamen Farben, sind Kriegerinnen dieses zeitlosen Rituals, jede Bewegung ein Ausdruck unvergleichlicher Entschlossenheit und puren Willens. Ihr werdet verstehen, wie der Wind seine Triumphe flüstert und die kalte Luft nicht nur die Wangen färbt, sondern auch die Entschlossenheit nährt.

So trete näher an das Spielfeld, mit den Augen eines Kindes, das zum ersten Mal eine Welt betritt, die gleichzeitig streng und erhaben ist. Caitrìona träumt nicht nur vom Glanz des Sieges; sie lebt ihn, jeden Tag, mit jedem Atemzug, wenn sie ihren Schläger greift und dem Ruf des Spiels folgt. Lebt durch die Zeilen dieses Buchs das Leben des Mädchens mit, das ihr ganzes Dasein der alten Kunst des Shinty verschrieben hat — ein Spiel, so schön und unerbittlich wie das schottische Land selbst.

Die Tochter Schottlands

Der Dunst des Abends hing schwer über dem Spielfeld, als Caitrìona McKenzie, das blonde Haar zu einem energischen Zopf geflochten, ihre Hände fester um den Caman, den traditionellen Shinty-Schläger, legte. Die Abendkühle verfing sich in ihren kurzen, schnellen Atemzügen, während sie das Schlachtfeld aus Gras und Leidenschaft unter ihren Füßen spürte. Sie war klein und zierlich, doch in ihren Adern pulsierte die Entschlossenheit eines Hochlandsturms. Ihre Augen leuchteten wie blaues Eis, fixiert auf den kleinen, harten Ball, der gleich das Epizentrum eines tobenden Wettkampfes werden würde.

Es war der 12. April 2023, ein Abend, der sich in das Gedächtnis der beiden verfeindeten Schulen einbrennen würde. Die Mannschaften der Lochaber und der Mallaig High School standen sich gegenüber. Das Publikum, eine bunte Mischung aus hoffnungsvollen Altersgenossen und traditionsliebenden Älteren, peitschte die Luft mit ihren Anfeuerungsrufen zu einem leidenschaftlichen Gemisch aus Euphorie und Nervosität auf. Bei einem Unentschieden von 8 zu 8 waberte die Anspannung vor dem entscheidenden, letzten Spielzug wie aufsteigender Nebel aus dem dichten Gras empor.

Es herrschte eine andächtige Stille, als der Offizielle den Ball gen Himmel reckte, bereit zum 'Throw-Up' und die Camans der beiden größten Spielerinnen sich wie Klingen zweier Heldinnen hoch über ihren Köpfen trafen, bereit für den epischen Schlagabtausch.

In dieser Pause verfing sich der kühle Abend in einem leidenschaftlichen Kuss mit der glutvollen Rivalität der Schulen.

Ein letztes Mal glitten Caitrìonas klare blaue Augen auf Maisies entschlossenen Blick. Die beiden Mädchen, Symbolfiguren ihrer jeweiligen Schulen, begannen ihren Tanz auf dem feuchten Grün, als der Schiedsrichter den Ball hochwarf und das Spiel mit einem lang gezogenen Pfiff startete. Ein Schauer der Vorfreude durchzuckte die Zuschauer.

Der Kampf um den Ball war brutal, und die Kontrolle wechselte immer wieder zwischen Lochaber und Mallaig High. Das runde Leder wurde zu Caitrìona gepasst und der Schläger in ihrer Hand erzitterte. Sie wusste, es ging um alles oder nichts. Sie stürmte los, den Ball vor sich her peitschend. Auf der anderen Seite des Kampfplatzes stand Maisie Walker, die Mauer von Mallaig. Eine unerschütterliche Präsenz als verteidigende Spielerin für ihre Schule. Maisie, deren breite Schultern und robuste Figur fast zwei Köpfe über Caitrìona aufragten, hielt ihren Caman in einem festen Griff, der Stärke und Zuversicht verriet.

Mit der Geschmeidigkeit eines wilden Raubtiers wich Caitrìona dem ersten Angriff von Maisie aus. Doch das robuste Mädchen ließ sich nicht so leicht täuschen und setzte ihr unerbittlich nach. Sie glichen einem stürmischen Meer und einem zähen Felsen in der Brandung im Kampf um die Vorherrschaft der Gezeiten.

In einem Augenblick, gezeichnet von rasanten Zügen, überraschte Caitrìona ihre Gegnerin mit einem Haken, der so schnell war, dass er selbst dem aufmerksamsten Auge beinahe entging. Sie ließ Maisie hinter sich. Ihre Hände klammernd am

Caman, bereit, den entscheidenden Schlag zu wagen. Doch als Maisie versuchte, den Ball zu erobern, gerieten beide Mädchen hart ineinander. Ein erbarmungsloses Aufeinanderprallen – eine erbitterte Schlacht um Ball und Ehre.

Maisies Schritte wankten, sie stürzte nieder, mit einer Wucht, die das Feld beben ließ. Ihr Caman geriet in Caitrìonas Lauf und brachte auch sie ins Straucheln. In diesem Moment verdrehte Caitrìona ihr Knie. Trotz der durchbohrenden Pein, der Verletzung trotzend, zähmte Caitrìona den Ball und jagte ihn Richtung Ziel. Das letzte Tor und ihr Schicksal besiegelnd, Augenblicke, bevor sie niederfiel. Das Spiel endete – 9 zu 8 für Lochaber, gewonnen mit Herzblut und Schweiß unter donnerndem Applaus.

Am Boden liegend und mit schmerzendem Knie, schaute Caitrìona auf Maisie hinüber, die sich mühsam erhob. Und in diesem Moment einer stummen Verbindung war es klar, dass sie Größeres als nur ein Spiel geteilt hatten. Sie teilten den Geist des Wettbewerbs, den Respekt vor dem Gegner und das unverbrüchliche Versprechen, dass sie beide beim nächsten Mal stärker zurückkommen würden.

Es war ein unsichtbares Band, das sich von dort, vom heiligen Rasen des Spielfelds, bis zum historischen Herzen von Fort William erstreckte. Verwoben in das satte Grün der schottischen Highlands, thronen schroffe Gipfel im Hintergrund wie Ehrengäste an einer erlauchten Tafel – allen voran Ben Nevis, der wie ein alter König unter ihnen aufragt, erhaben und unerschütterlich. Und der Wind, der über die zerklüfteten Kammlinien streicht, flüstert so manche Geschichte von längst vergangenen Zeiten.

Ein verträumtes Städtchen, das sich kokett an das glasklare Ufer des Loch Linnhe schmiegt. Die Flüsse Nevis und Lochy, gleich silbrigen Lebensadern, durchströmen die Stadt und flüstern vom Frieden, der in ihrem ewigen Rauschen wohnt. Hier in Fort William scheint die Welt stillzustehen, und die Vergangenheit atmet in jeder Ecke, wo der Alltag zur Legende wird – so wie das eben geführte Shinty Spiel.

In den verwinkelten Gängen der Lochaber High School hallte das Echo ausgelassenen Jubels wider, bis er schließlich in der Umkleidekabine ein ehrwürdiges Ende nahm. Die Wände, mit ihren abblätternden, mintgrünen Farbschichten, waren gespickt mit autogrammbeladenen Holzschlägern und historischen Teamfotos in ungleichen Rahmen – stumme Zeugen glorreicher Saisons. Erhellt von grellen Leuchtstoffröhren, die unter den von grauer Feuchtigkeit gezeichneten Deckenplatten hingen. Bänke aus dunklem Kiefernholz zogen sich durch den Raum und knarrten unter der Last der Spielerinnen und ihren Sporttaschen. Ein verbrauchter Boden, einst so weiß wie der Schnee auf dem Gipfel des Mount Nevis im Winter, war heute ein Flickwerk aus Erdfarben und Gräsern.

Lautes Gelächter, ein Stimmenwirrwarr und das Rascheln von Sportausrüstung erfüllten den Raum. Verschiedenste Gerüche, ein Potpourri aus erdigen, nassen Grasflecken auf den verschwitzten Trikots und dem stechenden Geruch frischer Sportsalbe, mischten sich unter die Klangkulisse.

Als die Geschäftigkeit der Kabine allmählich in eine beruhigende Routine überging, begannen die Spielerinnen, sich ihrer Ausrüstung und den erlittenen Blessuren zu widmen.

Caitrìona saß auf der äußersten Bank, ein Bein ausgestreckt und das Knie behutsam mit einer eiskalten Kompresse umschlossen. Ihr Stirnrunzeln verriet die Anspannung, doch ihre Augen funkelten vor Stolz und Entschlossenheit, der sich auch von Schmerz nicht beugen ließ. Mit einem Lächeln wehrte sie die besorgten Blicke ab: »Nur 'ne Prellung, beim nächsten Spiel bin ich wieder dabei!«

Neben ihr summierte Aria, ihr Handy fest im Griff, die neuesten Instagram-Erfolge. Ihre dichten Locken, so dunkel wie eine sternenklare Nacht über den Highlands, umspielten dabei tanzend ihre scharf geschnittenen Gesichtszüge.

»Hey Girls!«, rief sie aus, »wir gehen viral! Cats Finalschuss hat schon mehr Likes als das Chemieraumdesaster von letzter Woche!«, quiekte sie und wischte über den funkelnden Bildschirm. Die anderen Spielerinnen versammelten sich neugierig um Arias Handy, getrieben von einer Mischung aus Stolz und der Gier nach einem kleinen Moment des Ruhmes.

»Behaltet eure Likes, ich bewahre mir lieber die Erinnerung an das Spiel«, winkte Caitrìona desinteressiert ab und hielt ihren Blick auf den wohltuenden Kältebeutel gerichtet. Ihr Tonfall drückte deutlich aus, was sie von der Sentimentalität, die über den flüchtigen Ruhm der digitalen Welt hinausging, hielt – nämlich nichts. Es war ihr zuwider, immer und überall erreichbar zu sein. Und genauso beschrieb es ihre allgemeine Einstellung zur modernen Technik, mit der die junge Schottin wenig anzufangen wusste.

Julia, deren feuerrotes Haar zu glühen schien, fing den Blick Caitrìonas auf und ein sarkastisches Feuerwerk der Neckereien explodierte in ihrem Kopf. »Na klar, Cat, wenn meine Tackles und Finalschüsse genauso schnell viral gehen würden wie deine, würde mich das auch nicht interessieren.«

Weiter hinten in der Kabine stand Moira, die junge Flügelstürmerin. Gebannt betrachtete sie ein altes Teamfoto, auf dem die Gesichter vergangener Mannschaftskolleginnen in der Zeit eingefroren waren.

»Glaubt ihr, wir werden auch mal so unvergesslich sein?«,

fragte sie in die Runde.

»Unvergesslich? Girl, wir schreiben Geschichte!«, rief Julia lachend aus und schlurfte zu ihrem Spind.

»Nicht, wenn wir weiter so spielen wie heute!«, mahnte Kylie, die Kapitänin des Teams, und rollte ihre Bandagen mit schnellen Händen auf. Es war ein ernster Blick, den sie in die Runde warf: »Das war haarscharf heute!«

»Der Sieg schmeckt nur bei knappen Spielen richtig süß, Cap!«, grinste Julia ihre Leistung verteidigend.

»Beinahe hätten wir uns das Ding aus der Hand nehmen lassen«, erinnerte Kylie unzufrieden mit dem Endstand und strich sich eine widerspenstige Strähne aus der Stirn.

»Ein Sieg ist ein Sieg. Punkt!«, entgegnete Caitrìona stoisch mit den Achseln zuckend. Alles, was für sie zählte, war der Erfolg.

»Nein, ist er nicht!« Kylie widersprach energisch, wodurch ihre braunen, zu einem Pferdeschwanz gebundenen Haare, bei jeder Bewegung mitschwangen. Ihre Augen, von einer tiefen Schieferfarbe, durchbohrten Caitrìona mit einem scharfen, strategischen Blick.

»Der Sieg hat uns einiges gekostet. Du bist verletzt und Moira musste auch ordentlich einstecken. Wie soll da das nächste Spiel bitte aussehen?«, gab sie ernst zu bedenken.

»Dieser Mallaig-Rauhaufen …«, schnaubte Aria, während sie ihr Handy zurück in die Tasche schob. »Die Walker war schon beeindruckend, ein echtes Kraftpaket.« Ein Hauch von Bewunderung in ihrer Stimme.

»Beeindruckend vielleicht, aber nicht siegreich!« Caitrìona richtete sich auf. Das Pochen in ihrem Knie überhörte sie kühn und ihre Augen blitzten wie der unbesiegbare Geist ihrer Heimat.

»Sie wird nicht umsonst die Mauer von Mallaig genannt«, räumte Kylie ein.

»Eine Mauer, die von unserem Mallaig Albtraum eingerissen wurde«, kicherte Moira.

»Dein Haken Cat – unbezahlbar!«, pflichtete Julia ihr lachend bei und steckte die anderen damit an.

Ein scharfer, durchdringender Pfiff, geschnitzt aus Fiona McGregors Lippen, schnitt durch die Luft und sorgte augenblicklich für Stille. Die imposante Gestalt der Trainerin mit den von Lebenserfahrungen gezeichneten Gesichtszügen strahlte eine Kraft aus, die dem Wind glich, der über die schottischen Moore fegte. Ihre grünen Augen, gefangen unter kupferfarbenen, buschigen Augenbrauen, wanderten langsam über die Gesichter ihres Teams.

»Kylie hat absolut recht! Was bitte war das da draußen?«, fragte die Trainerin herausfordernd in die Runde, während sie langsam, wie ein General bei einer Truppeninspektion, durch die Reihen schritt. Dabei bedachte sie jede ihrer Spielerinnen mit einem kurzen, musternden Blick.

»Wir stehen hier mit einem Sieg«, begann Fiona, tief durchatmend und die Arme in die Seiten stemmend. Ihre Stimme hallte in jeder Ecke der Umkleidekabine wider, wie ein entfernter Donner über den Lochs. »Aber ihr und ich wisst – das war heute nicht unser wahres Gesicht. Das war nicht das Team, das ich kenne. Das wir sein können. Lasst uns ehrlich sein, Mädels. Heute haben wir einen unverdienten Sieg davongetragen. Was ihr da abgeliefert habt, war alles andere als eine Demonstration eurer Fähigkeiten! Ihr habt euch dominieren lassen und das Spiel ein ums andere Mal aus der Hand gegeben.«

Ihr Blick schnitt durch die Stille, fand Julia, auf deren Verteidigung so gut wie immer Verlass war, heute jedoch von Zurückhaltung geprägt schien. »Was war heute los mit dir? Ich hatte manchmal das Gefühl, du würdest die Gegner einfach durchmarschieren lassen. Aria im Tor hatte keine Chance.«

Dann glitt ihr Blick zu Caitrìona, deren Angriffe üblicherweise scharf und präzise waren wie die Schnitte eines Chirurgen. »Warum lässt du dich auf einen harten Zweikampf ein, wenn du auch zu Moira hättest passen können? Sie stand frei. Wo war dein Überblick?« Fiona atmete tief durch und gab sich einen Moment, um ihre Gedanken zu ordnen. »Ich sage euch jetzt: Wir nehmen diesen Sieg heute nicht als Selbstverständlichkeit. Wir nutzen ihn als Erinnerung daran, dass wir besser sein können und besser sein müssen. Wir nutzen ihn als Brennstoff für unser Training. Und das nächste Mal, wenn wir auf das Feld treten, zeigen wir unseren Gegnern und am allerwichtigsten uns selbst, dass wir jeden Sieg durch unsere Arbeit, unseren Geist und unsere Zusammenarbeit verdienen. Wir sind ein Team! Wir sind die Lochaber High School! Aye?«

Murmeln der Zustimmung und ein Chorus aus entschlossenen »aye's« waberten durch die Umkleide.

Caitrìona schnürte sich gedankenverloren ihre Schuhe, als Aria ihren Rucksack aufnahm. »Sollen wir dich mitnehmen? Maw holt mich ab«, fragte sie und warf einen besorgten Blick auf ihre Freundin. Sie kannten sich eine gefühlte Ewigkeit, waren Tür an Tür in derselben Straße aufgewachsen.

»Nay, meine Maw holt mich sicher ab, oder ich nehme den Bus«, entgegnete Caitrìona, die im Grunde genau wusste, dass ihre Mutter sie nicht abholen würde. Sie war in diesem, wie im letzten Jahr, bei keinem ihrer Spiele anwesend gewesen. Entweder war sie zu müde oder musste arbeiten. Aber vielleicht interessierte es sie auch nicht. In dem Punkt war sich Caitrìona nicht hundertprozentig einig.

»Sicher?«, fragte Aria, als Coach Fiona an die beiden herantrat.

»Caitrìona? Ich will noch kurz mit dir sprechen«, sagte sie und ließ sich neben den Mädchen auf der Bank nieder, die ein knarzendes Geräusch von sich gab. Ihre Statur war groß und schwer, wie ein altes Eichenmöbelstück, das bereits viele Geschichten erlebt hat.

»Okay wir sehen uns Catey, bye Coach«, verabschiedete sich Aria.

»Dein Einsatz war heute erstklassig, aber du hast nicht klug gespielt«, eröffnete die Trainerin, wobei ihre Mundwinkel zuckten.

»Aye Coach, ich weiß.«

»Wie steht's um dein Knie?«, fragte sie besorgt und deutete auf Caitrìonas Gelenk, das nach ihrem harten Zweikampf mit der Mauer von Mallaig, ziemlich ramponiert aussah.

»Es geht schon«, winkte sie ab, obwohl der Schmerz ihr etwas anderes signalisierte. »Ein bisschen wie immer halt.«

Fiona nickte verständnisvoll, wie jemand, der die Spuren zahlreicher Begegnungen kannte. Die heutige Trainerin hatte selbst in ihrer Jugend gespielt und wusste um die harten Zweikämpfe im Spiel. Blessuren und Verletzungen gehörten dazu. Nicht umsonst wurde Shinty auch Eishockey ohne Regeln genannt. Obwohl das natürlich nicht stimmte, denn es gab Regeln.

»Dann pass einfach weiterhin gut darauf auf, aye?«, meinte sie und sah sich in der Umkleide um, die sich mehr und mehr leerte.

»Aye. Geht klar«, versprach Caitrìona, wobei sie ein grimmiges Lächeln kämpferischer Entschlossenheit auflegte. »Ich bin Profi im Auf-die-Fresse-Fallen«, scherzte sie und schloss ihre

Sporttasche.

Die Trainerin lachte herzlich. »Eine Kämpferin bis zum Schluss, was? Das Lob ich mir.«

Ein stilles Nicken war Caitrìonas Antwort, wobei die Sorge um ihre Zukunft als Athletin und die familiäre Entfremdung im Hintergrund lauerten. Sie sah auf und merkte, dass ihr Coach noch etwas zu sagen hatte.

»Wenn ich ehrlich sein soll, Catey … Ich sehe viel Potenzial in dir.« Fionas Stimme sank zu einem verschwörerischen Flüstern herab. »Vielleicht sogar genug, um für das Provinzteam nominiert zu werden …«

Caitrìonas Augen weiteten sich. Der Gedanke, im Provinzteam zu spielen, ließ sie ihren schmerzenden Körper kurz vergessen. Seit Jahren war es ihr Traum und Ziel zugleich, dort aufgestellt zu werden.

»Ich weiß, es ist hart dafür zu trainieren«, fuhr ihre Trainerin fort, »aber wenn du wirklich willst, glaube ich daran, dass du es schaffen kannst.«

»Ich werde alles tun, was nötig ist, Coach!«, erklärte sie, wobei ihr Ehrgeiz klar in ihrer Stimme zu erkennen war.

Die Trainerin klopfte Caitrìona aufmunternd auf die Schulter. »Gut, ich freue mich auf das Training am Freitag. Ich baue auf dich.«

»Ohne Wenn und Aber«, bescheinigte sie fest entschlossen.

Fiona nickte und erhob sich schwerfällig, »dann komm gut nach Hause, Catey.« Sie verabschiedete sich mit einer knappen Geste. Caitrìonas Blicke folgten ihr, bis sie aus der Tür verschwunden war. Eine Regung von Stolz und Vorfreude durchfuhr ihren Körper, als sie darüber nachdachte, wie es wäre, für das Provinzteam zu spielen. Doch so berauschend dieses Gefühl auch war, so schnell verschwand es auch wieder und wandelte sich in Frustration. Erin, ihre Mutter, würde ihr garantiert nicht erlauben, dort anzutreten. Und nach den Statuten der Camanachd Association, dem schottischen Shinty Verband, brauchte sie in ihrem Alter die schriftliche Einwilligung ihrer Maw. Ein neuer Streit war vorprogrammiert. Caitrìona erhob sich langsam und sammelte ihre Tasche ein. Der Schmerz in ihrem Bein pulsierte unverändert. Normalerweise hätte sie ihn mit einem Achselzucken und einem grimmigen Lächeln abgetan, im festen Glauben daran, dass es am nächsten Tag besser sein würde. Doch an diesem Tag fühlte es sich anders an. Unwillig, ihre Verletzung zu akzeptieren, presste sie die Lippen aufeinander. Ja, ihr Knie schmerzte, aber das würde sie nicht zeigen. Das lag nicht in ihrer Natur.

Als Caitrìona die Schule verließ, drückte ihre Trainingstasche schwer auf ihre Schultern. Sie atmete tief durch. Befreit von dem stickigen Mief der Umkleide, bildete ihr Atem kleine, tänzelnde Wölkchen in der kühlen Luft.

»Hey!«, hörte sie eine Stimme und sah sich um. Sie erkannte Aria, die den Kopf eingezogen und die Hände tief in den Taschen ihres übergroßen Mantels vergraben hatte.

»Was treibst du noch hier?«, fragte Caitrìona verwundert.

»Wir nehmen dich mit. Meine Maw wartet schon«, deutete Aria auf den roten Volvo, der mit laufendem Motor und eingeschaltetem Licht auf dem Parkplatz stand. Caitrìona setzte zu einem Widerspruch an, dem ihre Freundin jedoch mit den Worten: »Dein Bus ist eben weg«, zuvorkam. Aria wusste ebenso gut wie Caitrìona, dass Erin sie nicht abholen würde.

»Thanks«, nickte Caitrìona, die innerlich erleichtert war, nicht laufen zu müssen. Mit ihrem angeschlagenen Bein hätte sich die Strecke bergauf zu einer wahren Tortur entwickelt.

»Ay-Up Mrs. Finnegan«, grüßte Caitrìona und rutschte auf den Rücksitz des Autos. »Danke, dass Sie mich mitnehmen«, fügte sie mit einer ehrlichen und müden Stimme hinzu; wobei ein Hauch von Schmerz ihre Worte begleitete.

Mrs. Finnegan, deren Haar ebenso pechschwarz war, wie das ihrer Tochter, warf einen besorgten Blick über die Schulter. Ihre Sprachmelodie hatte die samtenen Untertöne eines schottischen Abends. »Feasgar math, Catey. Kein Problem. Aria sagte, du hast dich beim Spiel verletzt?«

Ein verärgertes Blitzen leuchtete in Caitrìonas Augen auf, als sie ihre Freundin mit einem Blick bedachte, der das Gezänk zweier vertrauter Seelen wortlos vermittelte. »Aye, aber halb so wild.«

Mrs. Finnegan seufzte, eine melodiöse Resignation, die ihre Verwunderung über die Liebe der Jugend zu der harten Sportart ausdrückte und fuhr los. »Ich werde nie begreifen, was ihr an diesem Sport findet.« Sie war froh, dass ihre Tochter dabei nur im Hail, dem Tor stand.

Caitrìona lehnte den Kopf gegen das Fensterglas, ließ ihre Müdigkeit auf dessen kühle Fläche sinken. Jenseits des Fensters verschwammen die Lichter der kleinen Stadt zu einem diffusen Bild, während Aria aufmerksam im Rückspiegel die stummen Signale ihrer Freundin beobachtete. »Wie geht's dem Knie?«, fragte sie nach hinten gewandt.

»Gut … irgendwie«, murmelte Caitrìona, wobei ihre Worte das Gewicht des beißenden Schmerzes kaum verbargen. In ihrem Kopf tobte ein Gewitter aus Gedanken über all die Herausforderungen, denen sie in jüngster Zeit gegenüberstand. Ihre Noten waren alles andere als berauschend und die Spannungen zwischen ihr und ihrer Mutter hatten ebenfalls in den vergangenen Wochen zugenommen. Und jetzt hatte sie sich auch noch beim Spiel verletzt.

»Der Zusammenprall sah schrecklich aus«, merkte Aria an.

Aber Caitrìona wedelte die Sorge mit ihrer Hand beiseite. »Nur eine Prellung«, beteuerte sie. Ihre Äußerung klang wie ein Schild gegen eine unwillkommene Wahrheit, während sich das Auto zur Bühne eines Kammerspiels entwickelte. Jeder Blick, jedes Wort eine Szene, die mehr verriet, als sie verbarg.

»Du humpelst ordentlich und solltest zum Arzt gehen.«

»Ich war doch eben erst beim Sani. Es ist nichts Ernstes.«

»Oh, du meinst den alten Miller? Er ist kein richtiger Sanitäter. Seine Lösung für alles sind Kühlpacks«, beschwerte sich Aria über die Naivität ihrer Freundin. Oder war es schlicht ihre typisch schottische Sturheit? Wahrscheinlich beides.

Arias Mutter seufzte. »Ich verstehe nicht, warum die Schule kein qualifiziertes Personal bereitstellt.«

»Er ist qualifiziert, nur eben alt«, warf Caitrìona zurück.

»Vielleicht sollten wir trotzdem ins Krankenhaus. Für alle Fälle.«

Caitrìona verdrehte die Augen und seufzte unüberhörbar. »Ich habe echt keinen Bock, mich jetzt stundenlang in ein Wartezimmer zu hocken. Ich will nur duschen.«

»Aber was, wenn es ernster ist als …?«

»Ich habe doch gesagt, mir geht's gut!«, unterbrach Caitrìona mürrisch und starrte demonstrativ hinaus.

»Erin wird sicher mit ihr ins Krankenhaus fahren, wenn es schlimmer wird«, versuchte Mrs. Finnegan ihre Tochter zu beruhigen und davon abzuhalten, ihrer Freundin damit weiter in den Ohren zu liegen. Sie war schon immer der Auffassung, dass man sich nicht in anderer Leute Angelegenheiten einmischen sollte. Die Prägung der Großstadt Glasgow, aus welcher sie gebürtig stammte, haftete ihr trotz der Jahre in Fort William noch an. Arias Bauchgefühl sagte ihr jedoch etwas anderes. Sie wollte ihrer Freundin glauben – aber sie konnte nicht.

»Und was, wenn nicht?«, entgegnete Aria lauter werdend. Sie liebte ihre Catey zwar von ganzem Herzen, doch manchmal konnte sie sie einfach nicht verstehen. Genauso wenig wie ihre Mutter in diesem Moment.

»Dann werde ich auch damit irgendwie klarkommen«, seufzte Caitrìona tief.

Der Wagen stoppte vor dem kleinen Haus der McKenzies und Caitrìona schnallte sich, ihren Rucksack schnappend, ab.

»Wenn du so weitermachst, wirst du bald überhaupt keinen Sport mehr machen können«, meinte Aria leise und alles andere als zufrieden, während sie ihre hinkende Freundin beim Aussteigen beobachtete.

»So weit wird es schon nicht kommen«, sagte Caitrìona überzeugt und wandte sich nach vorn, »vielen Dank fürs Mitnehmen, Mrs. Finnegan«, ehe sie die Autotür schloss.

»Immer gerne, Catey. Grüß Erin von mir.«

In Caitrìonas Gedanken aber kreiste nur der Wunsch auf eine erfrischende Dusche, während sie Richtung Haustür humpelte. Sie war eine Kämpferin, jederzeit bereit für Konfrontationen, sei es beim Sport, in der Schule oder – eigentlich ständig. Ihr Temperament brodelte wie ein wilder Fluss und sie fühlte sich stets im Recht. Selbst wenn dem nicht so war. Oft vergingen Stunden, bis die junge Schottin einen Fehler einsah, doch dann zeigte sie auch immer Bereitschaft zur Einsicht. Dies war eine Eigenschaft, die Aria an ihr bewunderte. Sie gehörte zu den Wenigen, die zu ihren Fehlern und Entscheidungen standen. Auch wenn Ärger auf sie zukam – und davon hatte Caitrìona ununterbrochen genug – ließ sie sich nicht beirren.

Ebenso empfand Aria gleichzeitig Neid und Bewunderung dafür, dass Caitrìona anscheinend immer das tat, was ihr gerade in den Sinn kam. Ihre Unerschrockenheit und Freiheitsliebe prägten ihr Wesen; nichts verabscheute sie mehr wie Menschen, die versuchten ihr vorzuschreiben, was richtig oder falsch wäre.

Caitrìona war wie ein wildes Pferd, das sich von niemandem zähmen ließ. Sie galoppierte durchs Leben mit einer Kraft und Lebendigkeit, die andere in den Schatten stellte. Ihr Geist kannte keine Grenzen und ihre Träume waren unerschöpflich. Sie war ein Wirbelwind, der alles um sich herum mitreißen konnte.

Die letzte Jakobitin

Im sinkenden Abendlicht, das schwach durch die Fenster drang und den Raum in blasses Dämmerlicht tauchte, fand man Caitrìona, die reglos und mit leerem Blick die Schwärze draußen musterte. Die Straßenlaternen zitterten matt wie das kraftlose Flackern auf einem Zifferblatt, das die Stunde längst vergessen hatte. Gedankenverloren und versunken in der Stille, lediglich vom sanften Knacken der müden Gasheizung durchbrochen, zog sie die Decke fester um sich. So als wolle sie gleichzeitig die Kälte und die aufkommenden Konflikte fernhalten. Ihre Mutter indessen hastete, im Kampf gegen die Uhr, die Arbeitsbluse in den Rock zu stopfen.

»Du hättest dich nicht verletzen müssen!«, tadelte Erin, die Arme bis zum Ellbogen in den Ärmeln ihrer Jacke. »Wie oft habe ich dir gesagt, du sollst vorsichtig sein?«

»Aye«, kam es beiläufig von Caitrìona, die Stille kaum durchbrechend. Ein leises Vorspiel des nahenden Sturms.

»Musstest du wieder die Unbesiegbare spielen, nicht wahr? Jetzt sitzt du hier und was haben wir davon?« Ihre Mutter schüttelte den Kopf, während sie durch das Zimmer wirbelte.

»Das ist doch nicht dein Problem Maw.«

»Wie bitte?« Erin keifte. Der Ärger in ihrer Stimme fand ihr Gegenstück in der schwindenden Suche nach ihrer Arbeitsschürze. »Ich bin immer noch deine Mutter! Natürlich ist das auch mein Problem!«

»Oh aye?« Caitrìonas enttäuscht klingende Worte sanken schwer in den Raum, »und wo warst du dann heute? Du hast dir noch nie ein Spiel von mir angesehen. Nicht ein verdammtes Spiel.«

Ein Schweigen spannte sich zwischen ihnen, bevor es wie eine Welle brach. »Das stimmt doch gar nicht! Ich arbeite hart, damit wir uns über Wasser halten können.« Worte wurden zu einem Schutzwall, den Erin errichtete. »Jeden verfluchten Tag schufte ich mich ab, während du zu deinem Shinty-Training gehst oder dich sonst wo herumtreibst.«

»Ich treibe mich nicht herum und das Training ist auch hart!«

»Erzähl mir doch nichts! Natürlich treibst du dich herum. Mit diesem, diesem White Jungen.«

»So what?«, kam die Rebellion trotzig aus Caitrìona herausgepresst. »Es kümmert dich sonst auch nicht.«

»Nützlich könntest du dich wenigstens machen«, schnaubte Erin weiter, ohne den Blick zu heben, »hier im Haus.«

Caitrìonas Augen wanderten rastlos durch das Zimmer. Vorbei an Erinnerungsfetzen an den Wänden, Fotos, die fröhlichere Tage festhielten. Ständig, wenn sie versuchte, nach den Sternen zu greifen, war da dieser Kommentar ihrer Mutter, der sie jäh zu Boden zog. Und obschon er wohlwollend gemeint sein mochte, fühlte es sich für Caitrìona schwerer an als die Last tausender Sonnen.

»Ich bin keine Putzfrau!«, sagte sie scharf und Verzweiflung färbte ihre Stimme. »Ich habe auch ein Leben.«

»Eine Hölle von einem Leben, in dem du dich ständig verletzt!«, Erins Tonfall erreichte seinen Höhepunkt und schwang sich zu einem Crescendo auf, bevor sie abrupt verstummte. Was zurückblieb, war das dumpfe Grollen der Gasheizung, das anmaßend die Szenerie beherrschte. Und trotz der wärmenden

Gasflamme, welche die Stille im Raum mühsam durchbrach, erstarrten die Worte Erins in der Luft, bildeten Eiskristalle aus Tadel und Besorgnis. Ein tiefes Schweigen stand zwischen Caitrìona und ihrer Mutter. Eine unsichtbare Mauer, kalt und undurchdringlich. »Ich habe auch ein Leben, Catey. Hast du schon mal darüber nachgedacht? Was glaubst du, wer dein Leben finanziert? Wer kauft deine Klamotten? Sorgt dafür, dass Essen auf dem Tisch steht und der Heißwasserboiler repariert wird – hast du?« Die Worte sprudelten hervor wie heißer Dampf aus einem Ventil, das zu viel lange unter Druck gestanden hatte.

Caitrìonas Schweigen hatte eine Schärfe, die einer Barriere ähnelte. Eine Barriere, die ihr Erwachsenwerden von ihrem kindlichen Dasein trennte. Eine Linie, die ihre Mutter scheinbar nicht sehen konnte – oder wollte. Mit jedem Wort, das ungesagt zwischen ihnen blieb, wuchs die Frustration.

Die Luft im Raum wog schwer, gefüllt mit unausgesprochenen Argumenten und verhärteten Fronten. Es war, als ob die Stille Unterströmungen von Groll und Unverständnis verbarg. Und jedes ausgesprochene Wort, war wie ein Stein, der in stillstehendes Wasser geworfen, unwillig, Kreise zog.

»Oh, sorry Maw!«, mit einem Ruck warf Caitrìona die Decke von sich. Ihre Augen blitzten rebellisch, als sie aufsprang. »Vielleicht sollte ich die Schule abbrechen und mir auch einen beschissenen Job suchen! Ich könnte auch ausziehen – dann wäre ich keine Last mehr und du müsstest auch nicht zu meinen Spielen kommen!« Die Worte überschlugen sich, stürzten ohne Kontrolle aus ihr heraus, wie Maulwürfe auf der Flucht vor dem Tageslicht.

Caitrìonas Reaktion war ein Stich in Erins Herz. Sie drehte sich um. Der Blick, den sie ihrer Tochter zuwarf, war nicht zornig, sondern tieftraurig. Als Caitrìona sie ansah, erkannte sie sofort ihren Fehler. Sie hatte die Grenze überschritten – wieder einmal.

»Catey«, hauchte ihre Mutter müde. »Ich weiß, es ist schwer für dich. Aber alles, was ich tue, tue ich für uns, für dich.«

Ein bitteres »Aye« entwich Caitrìonas Lippen, hart wie gefrorener Boden. »Wenn du etwas für mich tun willst, dann sei beim nächsten Mal dabei.«

Ein verzweifeltes Seufzen aus tiefster Seele war alles, was Erin zu erwidern vermochte. Und obwohl in Caitrìonas Herz ein dumpfes Echo widerhallte, das ihr die Ungerechtigkeit ihrer Worte signalisierte, war sie nicht in der Lage, auch nur einen Millimeter von ihrer Ansicht abzuweichen.

»Du wirst beim nächsten Spiel nicht dabei sein.« Ihre Mutter sagte es mit einer Entschlossenheit, die keine Widerrede duldete. Sie würde ihrer Tochter nicht erlauben, mit einer Verletzung auf dem Spielfeld aufzulaufen.

Caitrìona stand da, eine geballte Faust der Jugend, als sie trotzig entgegnete: »Ohh und wie ich das werde!« Ihre Sturheit glühte in ihren Augen, unerschütterlich wie ein Fels in der Brandung und trotz des wissenden Zwielichts des Unrechts in ihrer Seele. Ein Eingeständnis lag fern am Horizont ihres Stolzes. Und mit der Unnachgiebigkeit der jungen Jahre hinkte sie zur Tür und schlängelte ihre Arme in die Jacke.

Erin verlor fast den Boden unter den Füßen angesichts der Dreistigkeit ihrer Tochter. »Wo bitte glaubst du jetzt noch hinzugehen?«, drang ihre Stimme scharf durch die aufgeladene Luft des Raumes. »Das Essen wartet im Ofen, und nach den Hausaufgaben ab ins Bett mit dir!« Jedes Wort der Mutter vibrierte mit Schwingungen von Ärger und der Bitterkeit des Respekts Verlustes, den sie in diesem Moment empfand.

Ein letzter, durchdringender Blick traf Erin. Vielsagend, als würde sie eine verborgene Nachricht übermitteln. Verse der

Freiheit, die stumm und anklagend in der Stille hingen. Dann griff sie ihr Skateboard. »Ich brauche frische Luft und ich werde sicher nicht um neun im Bett sein! Ich bin fünfzehn, Maw! Kein kleines Kind mehr.« Mit diesen Worten, die Selbstsicherheit und Abschied zugleich mit sich trugen, ließ sie den Raum hinter sich zittern. Erins Welt geriet ins Wanken, als Caitrìona die Tür beim Verlassen zuknallte. Ein Knall, so laut, dass er den Herzschlag ihrer Maw einen Moment lang in der Schwebe hielt. Fast so, als könnte der Schall die Zeit selbst einfrieren. Und in diesem ohrenbetäubenden Zwielicht der Stille, wo noch Sekunden zuvor die heftigen Worte ihrer Tochter wie ein wildes Gewitter getobt hatten, blieb Erin zurück. Taumelnd unter dem Gewicht eines unsichtbaren Schlags.

»Du bist erst vierzehn, verdammt! Catey? Caitrìona!« Ihre Rufe prallten an den Wänden ab. Sie waren leer und wirkungslos gegen die Sturheit ihrer Tochter, die sich ihren Befehlen entzog.

Wut und Sorge verbanden sich zu einer grausamen Melodie in Erins Brust. Ein Kanon voller Fragen ohne Antwort: Wie und vor allem wann, war ihre Tochter so rebellisch geworden? Warum die ständige Missachtung?

Unversehens schlichen sich Gedanken des Versagens in ihren Geist und lasteten wie unsichtbare Gewichte auf ihren Schultern. Der Blick auf die Uhr riss sie zurück ins Jetzt. Die Pflicht rief und die Zeit war ein unerbittlicher Herrscher. »Verdammt, ich komme schon wieder zu spät.« Resigniert erkannte sie, dass es heute keine Versöhnung mehr geben würde. Und dass es ebenso wenig Sinn machte hinterher zu hetzen, um zu versuchen, den rebellischen Geist ihrer Tochter einzuholen.

Unter Caitrìonas Füßen surrte das Skateboard, während sie geschickt die Steigung hinunter schoss. Ihre Welt auf die Straße vor ihr und das Gefühl unter ihren Sohlen reduziert. Die kühle Brise vom Loch Linnhe kitzelte ihre Wangen, spielte ungezähmt mit den blonden Strähnen, die sich aus ihrem Pferdeschwanz lösten. Sie schloss wiederholt die Augen, den Moment mit allen Sinnen erfassend. Die frische Seeluft war ein Balsam für ihre aufgewühlte Seele. Jede Sorge verwehte mit den Windböen, die sie sanft den Hügel hinunterschoben.

Trotz der spürbaren Kälte fand Caitrìona Trost in der Klarheit des Abends. Die wunden Makel, die ihr Knie zierten, schienen unter dem stählernen Band der Freiheit, das sie spürte, in den Hintergrund zu treten.

Die High Street von Fort William, unter dem dunklen purpurfarbenen Himmel, mit den Straßenlaternen, die wie Fackelträger den Weg säumten, bot ein Spektakel, das die kühle Nacht zum Glühen brachte. Das alte Postamt stand wie ein stummer Hüter der vergangenen Zeit an seinem Platz. Der warme Glanz der Beleuchtung unterstrich die Grandezza seiner Mauern und Säulen, ließ die Schatten zu einem Tanz erwachen, der Geschichten von vertrauter schottischer Pracht flüsterte.

An ihr vorbei flogen die Schaufenster, hinter ihren Glasfronten ein buntes Schauspiel des Lebens. Tartanstoffe schimmerten neben den grell leuchtenden Versprechen der neusten Technik. Es bildete einen schillernden Kontrast, der die Vielfalt ihres Heimatortes zeigte. Caitrìona sog die Gerüche in sich auf. Das beruhigende Aroma von Brot, das man meinte, aus dem Ofen herausholen zu hören. Es mischte sich mit dem scharfen Duft von gegrilltem Fisch, der die Luft erfüllte und ein Lächeln auf ihre Lippen zauberte.

Lachen und Klangfetzen von Gesprächen waberten aus den Pubs und Gaststätten herüber, Wellen von Wärme und

Gemeinschaft. Sie beobachtete Profilgesichter in den Fenstern, in Diskussionen vertieft, erfüllt von einer Leichtigkeit, die sie selbst so oft an den Tag legte.

Dann, am unverkennbaren Ende der High Street, erhebt sich ein Denkmal, majestätisch und unwandelbar. Wachsam, wie ein steinerner Turmwächter, der sich in den Himmel streckt. Eine Huldigung an Donald Cameron of Lochiel, eine Säule der Vergangenheit in der Gegenwart. Fast schien es, als würde das Ehrenmal eine Aura des Schweigens umgeben. Eine Aura, welche die abwesenden Stimmen der Geschichte wachrief, beredt in den Erzählungen von Krieg und Frieden. Und über allem breitet sich der Schatten der Duncansburgh Church aus. Schmiegte sich um das Denkmal wie eine schützende Decke, Zeugnis ablegend vom fortwährenden Fluss der Zeit.

Caitrìona erreichte den kleinen Park kurz bevor die Uhr neun schlug. Kieselsteine knirschten unter dem Skateboard und das Dunkel des Abends wurde von den Stimmen der Jugend lebendig. Jedes Lachen, jeder Scherz, schien wie eine Kerze, die im Firmament der Nacht entzündet wurde. Hier war sie nicht Tochter, nicht Rebellin, nicht Sorgenkind – sie war eine unter vielen, ein Teil des weit ausholenden Atems von Fort William. Ein Flackern in der Unendlichkeit des Abends.

Straßenlaternen tauchten den Platz in flüchtiges Elfengold. Schattenspiele tanzten auf den Baumstämmen, während das sanft schimmernde Gras zu den Fußspitzen eines jeden, der sich hierher verirrte, zu flüstern schien.

Sie ließ den Klang des Pubs hinter sich, ein entferntes Seemannslied, das im Strudel des Abends allmählich verstummte.

Aus einiger Entfernung erspähte sie die Konturen der Jugendlichen. Eine eklektische Versammlung am Fuße des Monuments. Sie verlor sich in den Duft des Ortes, eine Sinfonie aus kalter Frühlingsluft, Zigarettenrauch sowie ein Hauch von Parfüm der Mädchen. Jeder Atemzug war wie das Sammeln von flüchtigen Momenten. Ihr Gelächter hallte wie ein Bekenntnis zur Unbeschwertheit durch die Abendluft, während sich Gespräche zu einem Teppich verwebten – Jugend in ihrem blühendsten Wesen.

Der Blick der jungen Schottin glitt langsam zu den beiden Schlüsselfiguren der Gruppe. Lewis war ein junger Mann, dessen kurz geschnittenes, sattelbraunes Haar fast so markant war wie sein kantiges Profil. Gerade mal 16 Jahre alt hatte er eine physische Präsenz, die mit seiner kräftigen Statur über gewöhnliche Teenagerjahre hinausklang. Sein stilles Wesen und seine ernste Mimik mochten für manche Rätsel aufwerfen. Seine Art sollte einen aber nicht täuschen, denn er war ebenso bekannt dafür sich gerne und oft zu prügeln. Womit er dem allgemeinen Ruf seiner Sippe gerecht wurde – wie könnte er auch anders, trug er doch den Namen Murphy. Eine Familie, berüchtigt für ihre robuste und schroffe Eigenart.

Neben ihm stand Josh White, kaum älter mit seinen 17 Jahren, selbstbewusst in die Fußstapfen tretend, die sein Vater ihm bereitet hatte. Das Denkmal, an dem er angelehnt war, schien nahezu eine Verlängerung seiner lässigen Haltung zu sein, während eine Zigarette zwischen seinen Fingern schwelte und eine Dose Cider seinem Handrücken Schatten spendete. Seine lockere Verkörperung eines Unruhestifters der Stadt, wurde weiter betont durch seine Kleidung: eine abgenutzte Lederjacke, die seine Coolness umhüllte und zerrissene Jeans, die förmlich nach einer Geschichte schrien. Die wild ins Gesicht fallenden Haarsträhnen komplettierten sein Rebellenimage, das er mit einer selbstverständlichen Nonchalance ausstrahlte. Die Whites, ähnlich legendär in ihrem Ruf wie die Murphys, hatten in Fort William ein geflügeltes Wort geprägt: 'White Shopping'. Es hatte sich zum Codewort für all diejenigen etabliert, die unter der Hand bei Jack White Junior, seinem Vater, einkauften. Seit die Alkohol- und Tabakpreise 2017 in die Höhe geschnellt waren, boomte seine Unternehmung. Josh führte das Geschäft seines Vaters fort, ein junger Unternehmer der Schattenwelt. Bereits mit zarten 14 nahm er seine Geschäfte auf und versorgte die Jugend Fort Williams mit dem notwendigen Party-Zubehör.

Lewis der beharrliche Kern, beschützender Bruder und wortkarger Konfliktmeister, und Josh, der versierte Geschäftsmann mit zweifelhafter Ethik, der trotz seines jugendlichen Alters schon sehr nah am Erwachsensein pulsierte. Dort, wo ihre Persönlichkeiten mit denen der anderen Kreise in der Jugendgemeinschaft kollidierten, entstand das schlagende Herz von Fort Williams jugendlicher Landschaft.

Auch Teagen aus ihrem Shinty-Team, verankerte sich in diesem Gefüge wie ein Satellit, der in Joshs Umlaufbahn gefangen war. Ihr Gesicht, ein offenes Buch von Bewunderung, stand neben den beiden jungen Männern.

Mit der lässigen Eleganz, die nur jene besaßen, die dem Asphalt surfen verfallen waren, näherte sich Caitrìona auf ihrem Skateboard. Ein paar aus der Runde nickten ihr zur Begrüßung zu, doch keine dieser Gesten konnte sie von ihrem Ziel ablenken. Mit fokussiertem Blick fuhr sie weiter, bis sie direkt vor Josh zum Stehen kam. Mit einer geschmeidigen Bewegung rollte das Board aus und kam schließlich am Rand des Grases zum Stillstand. Ein penetranter Schmerz durchfuhr ihr Knie. Ein schmerzhafter Rückblick auf das heutige Spiel, als sie von diesem absprang.

Josh betrachtete sie – ein Wolf mit einem Grinsen, das entwaffnen konnte. »Was geht ab, Kitty?« Seine Stimme war weich trotz des Sarkasmus, der sich wie ein schelmischer Geist in den

Ecken seines Mundwinkels versteckte, als er sie mit einem Kosenamen bedachte, den ausschließlich er verwendete.

Sie erwiderte nichts. Wortlos und mit ernstem Gesichtsausdruck nahm sie ihm den Cider aus der Hand und trank einen tiefen Schluck von dem süßen Saft des Vergessens. Ein Elixier, das sie aus dem kalten Griff der Realität befreite.

»Klar, kein Problem, Kitty. Bedien dich ruhig. Scheiß Tag?«, lachte Josh, während Lewis ihr zunickte. Eine Geste so knapp und präzise wie ein Hammerschlag auf dem Amboss.

»Frag nicht«, murmelte Caitrìona halb stöhnend und nippte noch einmal, ehe sie ihm die Dose zurückreichte. »Hab mich beim Spiel heute verletzt und meine Maw hat wieder ein riesen Fass aufgemacht«, wischte sie sich mit dem Handrücken über den Mund.

»Verstehe. Teagen hat von dem Spiel erzählt. Ihr habt die Weiber aus Mallaig ja ganz schön nass gemacht.« Lewis' Anerkennung war ebenso authentisch wie ein alter Scotch. Stolz und klangvoll.

Ein sibirisches Lächeln bildete sich aufs Joshs Lippen, während er in tragischer Eleganz seine Zigarette in den Mundwinkel legte und eine Packung Kippen aus seiner Tasche zog. »Hier Kitty, zum Runterkommen«, sagte er und reichte ihr die Schachtel wie ein Waffenstillstandsvertrag.

Mit einem genuschelten »Thanks« griff sie sich eine, zündete sie an und inhalierte die aufständische Brise, die ihnen allen so vertraut war.

»Hey Lewis, wir müssen langsam zurück«, erklang eine unbekannte Stimme, mit südenglischem Charme, hinter Caitrìona. Auf diese unverkennbare Klangfarbe hin hob sie eine Augenbraue und wirbelte herum. Ihr Blick erfasste einen Jungen, der etwa im selben Alter wie Lewis oder Josh zu sein schien. Er näherte sich mit einer spielerischen Leichtigkeit in seinem

Schritt. Seine dunklen Locken fielen ihm frech ins Gesicht und verliehen auch ihm eine rebellische Prise. Die Linien seiner Gesichtszüge hingegen sprachen eine ganz eigene, erwachsenere Sprache – scharfe Konturen und ein markantes Kinn gaben ihm trotz des jugendlichen Alters einen maskulinen Ausdruck.

Als er den Abstand verkleinerte, fand sich Caitrìona in einem stummen Duell mit seinen tiefblauen Augen wieder, pulsierend von Leidenschaft und der Sehnsucht nach weit entfernten Ufern. Sie strahlten eine Intensität aus, die jeden sofort in ihren Bann zu ziehen vermochten. Der junge Mann verkörperte einen geradlinigen Widerspruch zu den Jugendlichen dieser kleinen schottischen Gemeinde.

Denn während die meisten kaum den Trends im Gleichschritt folgten, trug er eine lockere Baggy-Jeans, die wie gemalte Wellen um seine Beine spielten – ein scheinbar unverkennbares Zeichen für bodenständige Coolness und Selbstsicherheit. Doch das auffälligste Detail seines Outfits war zweifellos das Fanshirt der Fußballmannschaft Tottenham Hotspur. Es war nicht nur die Flagge seiner sportlichen Hingabe; es war auch ein Statement seiner Identität und Persönlichkeit. Eine Verkörperung seiner Seele in Baumwolle und Farbe.

»Holy Fucking keech, hat der Lowlander sich verlaufen?«, platzte es aus Caitrìona.

Teagen, die bis jetzt nur schweigend danebenstand, stieß Josh mit ihrer Schulter verstohlen an. »Siehe da, die Wildrose von Schottland blüht auf, sobald ein Südfrüchtchen ihren Weg kreuzt«, kam es amüsiert scharfzüngig über ihre Lippen, wonach ihr Caitrìonas gefesselter Gesichtsausdruck, dem Fremden gegenüber nicht entgangen war.

Derlei Sticheleien gewöhnt, überhörte Caitrìona den Seitenhieb ihrer Teamkollegin, während ihr scharfer Blick weiterhin auf dem vermeintlich verirrten englischen Jungen ruhte. Selbst ohne die klischeehaften touristischen Marker hätte sie mit der Präzision eines Scharfschützen einen Engländer ausgemacht – ganz besonders dann, wenn dieser es auch noch wagte, den Mund zu öffnen.

»Die Touri-Meile ist da hinten«, wies sie mit einem frechen Nicken Richtung High Street, die erfahrungsgemäß bei Touristen äußerst beliebt war.

»Lowlander?«, grinste der Jugendliche, eine Spur von Unschuld mitschwingend. In diesem Moment positionierte sich Lewis zwischen ihnen, seinen Körper als Bollwerk nutzend. »Das ist Liam, mein Cousin aus London. Er bleibt ein paar Tage bei uns.« Sein Unterton war dabei so ruhig, als würde er über das Wetter sprechen.

»Nimm dich in Acht, Tottenham, unsere Kitty hat scharfe Krallen und mehr Biss als ein Highland Midge«, stichelte Josh, nicht in der Lage, seine Amüsiertheit zu verbergen, bevor er an seiner Dose Cider nippte.

Caitrìona, deren Herz für die Freiheit Schottlands heftiger schlug als die Trommeln auf der Edinburgher Military Tattoo Parade, sah in allem südlich des Hadrianswalls ein rotes Tuch. Sie war eine glühende Verfechterin von Schottlands Unabhängigkeit. Insbesondere den Londoner Torys überließ sie nichts lieber als ihre offene Missgunst. Ihrer Ansicht nach waren es noch immer die Besatzer ihres geliebten Schottlands. Und sie ließ keine Chance ungenutzt, ihre Meinung kundzutun.

»Unsere Granny macht ihren Hundertsten voll. Die ganze Sippe ist eingetroffen«, beugte sich Lewis, umgeben mit einer Aura von Vermittler-Energie, weiter vor. Er deutete für seinen Cousin auf Caitrìona. »Das hier ist Cat. Unser Shinty-Star, von der Teagen eben erzählt hat.«

»Ist mir ein Vergnügen, Cat«, lächelte Liam und reichte ihr

seine Hand, auf die sie lediglich herabsah und schließlich wieder in sein Gesicht.

»Das kann ich nicht behaupten, Sassenach«, erwiderte sie mit unverblümter Ehrlichkeit und pustete ihm den Rauch entgegen. Liams Blick wanderte verunsichert in die Runde.

»Nimms nicht persönlich, Tottenham – unsere Kitty ist nur mäßig begeistert von Besuchern aus deiner Ecke. Wahrscheinlich ist sie die letzte echte Schottin und heimliche Nachfahrin von Donald hier«, neckte Josh und wies mit einem verschmitzten Nicken auf die anmutige Statue hinter sich.

»Ah, eine Jakobitin der modernen Zeit. Wie … faszinierend«, schmunzelte Liam, ungerührt von ihrem frostigen Willkommen.

Caitrìona zog eine Augenbraue hoch und erwiderte mit streitlustigem Glimmer in den Augen: »Keine Ahnung, was es da so dumm zu grinsen gibt.« Dann konzentrierte sie ihren scharfen Blick auf Josh, »und du hörst jetzt auf, mich Kitty zu nennen, aye?« Josh hob unschuldig die Hände, seine Miene aufgeheitert, während Caitrìona sich an ihm vorbeischob und auf die kühle, grob behauene Steinfläche des Podestes setzte.

»Spendier mir lieber einen Cider«, wandte sie sich an Josh und strich vorsichtig über ihr schmerzendes Knie.

»Hab noch welche im Rucksack. Bedien dich«, erwiderte er lakonisch. Zückte dann sein Handy und ließ die Finger über das Display tanzen. Caitrìona beugte sich nach vorn und kramte aus dem Rucksack einen Cider hervor. Eine Grimasse zeichnete sich auf ihr Gesicht, als das Ziehen in ihrem Bein zu beißen begann.

Liam hockte sich ebenfalls hin, um auch selbst eine Dose zu ergattern, als sein Blick auf Caitrìonas verklärtem Gesicht hängen blieb. »Probleme mit dem Bein?«

»Nur 'ne kleine Schramme«, gab sie unbekümmert beiläufig

zurück und das Zischen der Dose, den Moment unterstrich.

»Wie ist das passiert?«

Teagen, wieder neben Josh stehend, vermochte ihr Glucksen nicht zu bändigen. »Oh, unsere Cat hier hat eine 180 Pfundgegnerin aufs Kreuz gelegt!« Ihre Worte erfüllten die Umgebung. Und die Blicke derjenigen, die bisher nichts von dem Spiel am Nachmittag mitbekommen hatten, wanderten ungläubig zu Caitrìona.

Liams skeptische Musterung wirkte wie aus einem Sherlock-Holmes-Roman, seine Augen hinterfragend. Diese zarte Erscheinung – kaum 1,65 m groß und schlank wie ein Feldhalm – hatte ein sportliches Kraftwerk gefällt? Doch die blauen Flecken, die düster auf ihrer Haut blühten, erzählten von einem epischen Zusammenstoß.

»Tatsächlich? So David gegen Goliath mäßig?«, schmunzelte Liam, während seine Augen sie erneut abmaßen und er seinen Cider öffnete. Da war etwas an ihr, das ihm gefiel. Irgendetwas an Caitrìona war anders als bei anderen. Sie hatte etwas Ungeschminktes und Echtes – buchstäblich. Ihr Gesicht war nicht durch eine Schicht Make-up vom Leben getrennt. Und für ihn, vielleicht gerade deshalb, das klarste Zeichen von Authentizität.

»Aye, so ähnlich«, pflichtete Caitrìona bei, ihren Kopf demonstrativ abwendend und zu Lewis schauend, der einige Dosen aus Joshs Rucksack fischte. »Wir brauchen Nachschub, Josh«, sagte Lewis nach einer Bestandsaufnahme. Sein Freund, noch immer am Telefon, nickte und schien die Nachricht direkt weiterzuleiten.

»Und du Lewis, wie kommt's, dass in deiner Familie 'n Tory ist?«, neckte Caitrìona mit einem Schmunzeln auf ihren Lippen.

»In jedem Clan gibt's ein schwarzes Schaf«, erklärte Lewis trocken und zuckte mit den Schultern.

»Halt die Klappe, du Spinner!«, schimpfte Liam scherzend

und fügte einen sanften Tritt gegen Lewis' Bein hinzu.

»Warum geh' ich als Tory durch?«, fragte er an Caitrìona gewandt. Den Spott mit dem Süffisanten mischend.

»Du bist Engländer. Das langt.«

»Du kennst mich doch gar nicht.«

»Ich weiß genug von dir.«

»Ach? Tust du das?«, grinste er.

»Aye. Auch wenn ich zugeben muss, dass es eine Schande ist.«

»Wieso ist es eine Schande?«, lachte Liam amüsiert auf.

»Du bist immerhin zur Hälfte Schotte.« Sie blitzte Liam an, während Josh sich hinter sie hockte, einen Arm um ihre Schultern legend, das Telefonat abgeschlossen. »Hey Kitty, ich will gleich weiter. Hab' die Karre von meinem Bruder hier stehen. Mitfahren?«

Caitrìona schien kurz zu überlegen. Ihre Mutter würde erst spät nach Hause kommen. Zudem war alles besser, wie allein zu Hause zu hocken. Zwar wusste sie, dass es dafür wieder Vorwürfe und Schimpftiraden hageln würde, doch auf der anderen Seite — es war ihr Leben. Sie nickte. »Aye, bin dabei.«

Josh zog sie ungestüm zu sich und drückte einen Kuss auf ihre Wange. »Das ist meine Kitty!«, lachte er und ließ ab, um sich den Rucksack zu schnappen.

»Feck off Josh«, grinste Caitrìona, während er zu einer Gruppe herantrat, um abzukassieren — oder vielleicht noch die letzten Cider zu verhökern.

Liam beobachtete das Schauspiel unsicher und fragte dann: »Seid ihr ein Paar?«

»Nay«, antwortete sie knapp. Lässig einen Schluck nehmend, fügte sie trocken hinzu: »Wir vögeln nur.« Und damit stand sie auf, holte humpelnd ihr Skateboard und wandte sich in Joshs' Richtung.

DAS ALTE
LEBEN

Der nächste Schultag dehnte sich zäh und klebrig wie alter Kaugummi. Minuten krochen als widerspenstige Schatten über das Antlitz der Wanduhr, die mit ihrem mahnenden Ticken die Ewigkeit zu necken schien. Es waren die letzten Stunden nach der Mittagspause. Caitrìona erstickte ein Gähnen der Langeweile hinter ihrer Hand. Ein heimlicher Aufschrei der jugendlichen Seele, gefangen in der Monotonie des Klassenzimmers. Vor ihr, Mrs. Bowman, die in ihrer unnachahmlichen Art als wandelndes Lexikon Shakespeares Dramen entfaltete. Ihre Stimme wob durch die Luft wie ein fein gesponnenes Netz, das selbst den aufmerksamsten Geist in seinen verführerischen Maschen zu verlieren drohte.

Die alters schweren Tragödien aus Verona stemmten sich mit Würde gegen den Sog jugendlichen Ungestüms, doch im Geist der jungen Schottin tobte ein anderer Kampf. Die Vision des bevorstehenden Shinty-Spiels am Wochenende flackerte vor ihrem inneren Auge. Sie sah sich selbst, angetrieben vom unbändigen Willen, ihr Team abermals zum Triumph zu führen. Ihr Knie, weit entfernt von jeglicher Definition von 'okay', war dabei ein mahnendes Echo der Realität, das sie kühn ignorierte.

Caitrìona lebte für diese Welt, wo Ausdauer, Reflexe und Taktik die Regentschaft führten. Wo das anstehende Match mehr als nur ein Spiel war. Es war eine Schlacht, die mit leidenschaftlicher Hingabe geschlagen wurde. Eine Odyssee inmitten des grünen Feldes, wo jeder Pass, jeder Lauf, jeder Schlag eine Geschichte von Heldentum und Entschlossenheit erzählte. Es war das Einzige, das wirklich zählte – es war ihr ganzes Universum.

»... und daher finden unsere tragisch Verliebten ihr unausweichliches Ende«, zwitscherte Mrs. Bowman, während ihre Arme scheinbar ein unsichtbares Orchester dirigierten.

»Holy Moly, der geht dabei doch echt einer ab«, raunte Caitrìona ihrer Banknachbarin Teagen zu, »wenn man mich ließe, würde ich ihr auch ein unausweichliches Ende bereiten.«

Ihre Sitznachbarin quittierte den Kommentar mit einem erstickten Grinsen, das sich hinter einer vorgehaltenen Hand verbarg.

Doch dann verstummten der imaginäre Applaus und der Klang des triumphalen Schlusstreffers in Caitrìonas Tagträumen abrupt. Sie wurde durch einen Takt gestört, den selbst Mozart in seinen wildesten Träumen nicht hätte komponieren können: das methodische, unverwechselbare Klopfen der Schulsekretärin. Präzision in Person. Die Klasse erstarrte, als würde die Welt auf Stand-by geschaltet. Die Tür öffnete sich langsam und enthüllte den toupierten, blonden Kopf von Mrs. Brown, deren überdimensionierte Brille auf ihrer spitzen Nase zu tanzen schien. Mit einer entschuldigenden Geste und einem Hauch von walisischem Akzent suchte sie mit ihrem Blick den Raum ab. »Miss McKenzie, der Direktor möchte sie sehen«, verlautete sie mit einer Stimmlage, die ungefähr so beruhigend war, wie das Kreischen eines Bohrers bei einem Zahnarztbesuch.

»Zum Direktor?«, flüsterte Caitrìona, während ein Schatten

des Unbehagens über ihr Gesicht glitt. Eine Parade vergessener Hausaufgaben und unentschuldigter Schulstunden marschierte durch ihr Gedächtnis. Es war kein Geheimnis, dass die Sportplätze und Straßen der Stadt für die junge Schottin weit verlockender waren als das Klassenzimmer.

»Miss McKenzie?«, ließ Mrs. Brown ihren Namen erneut durch den Raum schweben. Wie eine Statue stand sie im Rahmen der Tür und fixierte die blonde Schülerin.

»Er hat bestimmt Wind bekommen, wie viel Eindruck das Südfrüchtchen gestern auf dich gemacht hat«, raunte ihr Teagen mit gespielt ernstem Gesicht zu. Caitrìonas Augen funkelten keck, während sie ihr einen spielerisch tadelnden Blick zuwarf. Mit schuldbewusstem Herzen schälte sie sich aus der Bank und folgte der Sekretärin hinaus auf den Gang. Vorbei an aufgeregten Mitschülern, deren Flüstern eine Kakofonie aus wilden Vermutungen bildete.

»Um was geht es denn?«, fragte die junge Schottin, kaum, dass die Tür hinter ihnen zugefallen war und die Stille des Flures sie umfing. Der Ausdruck in Mrs. Browns Augen erzeugte alles andere als ein beruhigendes Gefühl; vielmehr offenbarte er eine tiefe Beunruhigung. Sie schien mit einem Sturm von Emotionen zu ringen, den sie vergeblich zu unterdrücken versuchte.

»Folgen Sie mir einfach Miss McKenzie, es wird sich alles klären«, entgegnete die Sekretärin mit einer Stimme, die unwissentlich die Schwere der Umstände verriet. Ihre Blicke wanderten ausweichend, übergingen die Schülerin, als wäre direkter Kontakt zu viel Gewicht auf ihren Schultern. Caitrìona folgte Mrs. Brown humpelnd durch die hallenden Gänge, während ihr Herz klopfte wie die Trommeln bei einem Shinty-Finale.

Mrs. Brown führte sie überraschend zügig, als wäre sie auf der Flucht vor ihren eigenen Gedanken. Ihre Brille rutschte gefährlich auf der Nasenspitze, und ihre Augen schienen gefangen in einem emotionalen Strudel.

»Mrs. Brown, sie sehen aus, als hätten sie gerade beim Bingo ihr Haus verloren«, entfuhr es Caitrìona, der der Sinn für trockenen Humor auch in den haarigsten Momenten nicht abhandenkam. »Ist es das Gerücht über Mrs. MacLeods Terrier? Der hat doch nicht wirklich den Chemieraum verwüstet, oder?« Was wie eine Banalität oder ein dummer Spruch daherkam, hatte durchaus seinen Grund. Denn die junge Schottin wusste, wie auch viele ihrer Mitschüler, wer den Chemieraum verwüstet hatte. Es war sie selbst, wenn auch durch einen Unfall. Oder, wie sie es gerne nannte: Eine Verknüpfung unglücklicher Umstände.

Sie erreichten das Büro des Direktors, wo Mrs. Brown abrupt stehen blieb und Caitrìona einen Blick zuwarf, als ob die Schülerin zur Befreiung aller Hausaufgaben aufgerufen hätte. »Nein, Miss McKenzie. Es geht nicht um die kleinen Eskapaden, die sie sich erlaubt haben«, antwortete die Sekretärin mit einer Stimme, die so beladen klang, wie ein Regal voller antiquierter Werke. Ein Hauch von Schrecken ließ Caitrìona innehalten. Das hier roch schlimmer als der Fischfreitag in der Schulkantine, und ihr Magen begann zu rebellieren. Sie hatte keine Zeit, weitere geistreiche Kommentare zu schnitzen; stattdessen zogen sich ihre Augenbrauen gedankenvoll zusammen. Mit einem tiefen Atemzug hielt Mrs. Brown inne, beugte sich dann vor und klopfte behutsam an die massive Holztür des Direktorats.

Die Tür schwang auf und sie erblickte den – fast – üblichen Verdächtigenkreis. Mr. Buchanan, der Direktor der Schule, war hinter seinem Schreibtisch aufgestanden und wirkte ernsthaft bedrückt. An seiner Seite der Vertrauenslehrer Mr. Richards. Ein Mann, der üblicherweise mit freundlichem Lächeln und beruhigender Ausstrahlung aufwarten konnte, in diesem Moment aber den Ausdruck einer Salzsäule angenommen hatte.

Neben ihm stand ein uniformierter Constable, auf dessen Namensschild ›Meyers‹ zu lesen war, sowie Olivia Evans, eine junge Mitarbeiterin des Youth Welfare Office aus Inverness. Ihr Gesicht war von roten Locken umgeben und besaß leuchtend grüne Augen. Sie trug eine elegante beige Jacke über ihren blauen Jeans und ein Paar nagelneu wirkende Stiefel mit hohen Absätzen. Beide, sowohl Olivia als auch Constable Meyers, hatten einen ernsthaften und bedrückten Gesichtsausdruck aufgelegt. Sie musterten die blonde Schülerin beim Hereintreten.

Die Anspannung im Raum hing dick wie Nebel über Loch Ness, und Caitrìonas früherer Wagemut dampfte schneller ab, als sie 'Detonation' flüstern konnte.

»Was zum Teufel habe ich angestellt?«, rutschte es ihr heraus, wobei ihre Stimme den üblichen Mut verlor und zu einem Flüstern wurde. Ihre Worte verhallten im Raum, als der Direktor sich räusperte: »Es geht hier gar nicht darum, was du getan hast oder nicht getan hast.« Er machte eine kurze Pause, bevor er weitersprach. »Es tut mir sehr leid, dir dies sagen zu müssen … deine Mutter …« Seine Stimme versagte und zwang ihn zu einer erneuten Unterbrechung. Ob es seine Worte waren, der Gesichtsausdruck der Anwesenden oder doch die bedrückende Stille, in Caitrìona stieg unweigerlich ein beklemmendes, alles abschnürende Gefühl von dunkler Vorahnung auf.

»Vielleicht willst du dich erst einmal setzen«, ergriff Olivia Evans das Wort und erlöste den Direktor aus der Verantwortung, die richtigen Worte zu finden.

Mehr benötigte Caitrìona auch nicht. Dieses Rauschen einer Vorahnung manifestierte sich unweigerlich in ihrem Innersten und nistete sich ein wie ein Parasit. Es war jenes Gefühl von Wissen, dass etwas Schlimmes geschehen sein musste, gemischt mit dem Unwillen, es in diesem Moment zu akzeptieren. Wie angewurzelt stand sie da, unfähig auch nur einen Muskel in ihrem Körper zu bewegen.

»Was ist passiert?«, kam es flüsternd über ihre Lippen, während ihr Blick hastig von Gesicht zu Gesicht wanderte. »Was zum Teufel ist mit meiner Maw!«, brach es dann aber lautstark aus ihr heraus. Ihre Stimme explodierte förmlich. Es war Olivia Evans, die sich daraufhin löste und auf das Mädchen zuging.

»Es tut uns leid«, begann sie mit versuchter Ruhe, »deine Mutter hatte einen Unfall. Sie hat es leider nicht überlebt.«

Caitrìona hatte schlagartig das Gefühl, als wäre die Schwerkraft für einen Augenblick außer Kraft gesetzt. Olivias Stimme schien wie aus weiter Entfernung zu ihr zu dringen. Sie stand da, unwirklich still in einer Welt, die unvermittelt in Grautöne getaucht war. Ihre blauen Augen, die sonst so voller Lebendigkeit waren, weiteten sich abrupt in einem stoßweisen Aufblitzen des Entsetzens. Sie spürte, wie ihre Knie nachgaben. Ihre Hände zitterten, zunächst kaum merklich, dann immer heftiger. Caitrìona presste sie gegen ihren Mund, in der Hoffnung, das Schluchzen zu ersticken, das wie ein wildes Tier in ihrer Brust kämpfte.

»Nay …«, dieses eine Wort, klein und fast unhörbar, trug das Gewicht ihrer gesamten Welt. Ihr innerstes versuchte, nach etwas zu greifen. Irgendetwas. Einem Funken Hoffnung oder einem Fehler im Universum, der das gerade Gesagte ungeschehen machen könnte. Die Tränen, die anfangs nur ein unsicheres

Zögern an den Wimpern rändern waren, begannen eine warme, salzige Spur über ihre blassen Wangen zu bahnen. Ihr Atem ging stoßweise, unregelmäßig, in kurzen, scharfen Zügen, als müsse sie sich für jedes Schlucken von Luft rechtfertigen.

»Das ist ein Scherz. Ein dummer Scherz, aye?«, fragte sie unwillig, das Gehörte zu akzeptieren. Die Welt um Caitrìona herum – der Raum, die Anwesenden, das Muster des Teppichs – alles rückte in einen nebelhaften Hintergrund, während ein stummer Schrei in ihr aufstieg. Aus ihrem tiefsten Inneren, wo einst die Geborgenheit eines unbeschwerten Daseins gewohnt hatte, brach jetzt der Schmerz des Verlusts hervor und überflutete ihre Seele.

»Das kann nicht wahr sein … das kann nicht wahr sein …«, wiederholte sie in Gedanken, als die Realität sich langsam ihren Weg durch den Nebel des Schreckens bahnte. Das Leben hatte einen scharfen Knick gemacht – so unvorhersehbar und verräterisch wie eine Schlammrutsche nach einem Unwetter. Was folgte, war ein wirbelnder Tanz der Gefühle. Tränen, Schuld, Ohnmacht, und mittendrin Caitrìona, die das Mosaik ihres Daseins in tausend Teile zerspringen sah.

Mr. Richards löste sich aus seiner Regungslosigkeit und trat vor, legte seine Hand behutsam auf ihre Schulter, nichts an seiner Geste drängte oder forderte. Seine Stimme, ein sanftes Echo des Trostes in der trostlosen Stille: »Ich weiß, es fühlt sich jetzt alles schrecklich an, Caitrìona. Aber wir stehen dir bei, wenn du reden möchtest.«

Für einen Moment erstarrte sie, in einem Bild gefangen, dem man den Titel 'Verlorene Jugend' hätte geben können.

»Nay!«, fand der Schrei seinen Weg durch den gepressten Kiefer in die Stille des Raumes. Ihr ganzer Leib bebte, vom Kopf, der sich schüttelte, als wolle er die Nachricht aus seinem Gedächtnis werfen, bis zu den Füßen, die sich standhaft weigerten, sie zu tragen.

»Was ist passiert? Was zur Hölle ist passiert?«, schrie sie, den Anwesenden entgegen. Ihre Augen sprangen von einem Gesicht zum nächsten, forderte Antworten, die anscheinend niemand geben wollte.

Der Constable, eine stille Säule der Stärke im Hintergrund, beobachtete das Geschehen mit einem Gleichgewicht, das Autorität und Empathie meisterhaft vermischte. Er räusperte sich leise, ehe er zu sprechen begann: »Deine Mutter war dabei die Straße zu überqueren … unten am Great Glen Way, kurz vor dem Kreisverkehr. Wir wissen bisher nicht, was genau zu dem Unfall führte.«

Ein Stöhnen, das sie zu unterdrücken versuchte, entwich Caitrìona. Es glich dem Geräusch eines Schiffes, das gegen die Klippen schmettert – leise, doch erfüllt von einer enormen Kraft.

Stück für Stück, mit jeder Sekunde, die ins Land zog, zermürbte der Schmerz ihre Widerstandskraft. Ihre Beine, jene Säulen, die sie stets durch das Leben getragen hatten, gaben unter der Wucht der Nachricht nach, und sie sank langsam zu Boden, ihre Schultern schüttelnd, ihren Leib krümmend. Ein gebrochenes Mädchen, gefangen im Strudel des Unfassbaren. Mit einem Körper, der sich anfühlte wie ein marionettenartiges Bündel aus Leere, starrten ihre Augen, blau wie der tiefste See, ins Nichts. Das bittere Zerwürfnis, die letzten im Zorn gefallenen Worte an ihre Mutter kehrten zurück, pulsierend und giftig, eine Transformation des Schmerzes in etwas beißend Kaltes – Schuld. Sie drückte ihr fast die Luft aus den Lungen, ein unsichtbarer Feind, gegen den sie vergeblich ankämpfte. In diesem Moment war nichts mehr von der stürmischen, unabhängigen 14-Jährigen zu erkennen, deren Lachen so ansteckend, deren Willensstärke so unerschütterlich schien.

Olivia Evans, die in Engelsruhe neben sie trat und sich in würdevollem Mitgefühl niederkniete, ließ ein verständnisvolles Lächeln über ihre Lippen huschen. Mit einer Hand, die zugleich Trost und Halt bot, berührte sie Caitrìonas Knie.

»Mein Name ist Olivia Evans, ich arbeite beim Youth Welfare Office in Inverness«, begann sie sanft mit einer Stimme, die einem beruhigenden Glockenspiel im tobenden Wind glich. »Du stehst nicht allein da. Wir kümmern uns um dich. Ich bin hier, um dir beizustehen und zu helfen.«

Caitrìonas Blick, durchtränkt von Verzweiflung und Trübsal, richtete sich schwer auf Olivia. Aus ihr brachen Worte zerrissen von Angst und Wut: »Und wie? Wie zur Hölle willst du mir helfen? Meine Maw … kannst du sie wieder lebendig machen?« Ihre Stimme, ein Flüstern von blanker Hoffnungslosigkeit und Wut.

Olivia seufzte tief und in ihren Augen lag der Schmerz der Wahrheit, den sie überbringen musste. »Das kann ich leider nicht, Caitrìona«, rang sie mit ihrer Antwort. »Aber ich kann dich unterstützen. Ich werde dir helfen, du bist nicht allein.«

Ein leises, bitteres »Verschwinde …«, schlüpfte durch Caitrìonas Zähne, ein Stoßseufzer, dann folgte ein lautes »Feck off!«, hart und schwer wie ein Felsbrocken, der zu Boden stürzt.

»Miss McKenzie …!« Mr. Buchanan, der Direktor, bekannt für seine strenge Ordnung, spannte sich an, sein Blick verhärtete sich.

Doch Olivia stand auf, hielt seinem Blick stand und signalisierte mit einer beruhigenden Geste nachsichtige Ruhe. »Bitte, Mr. Buchanan. Dies ist nicht der Moment für Zurechtweisungen. Caitrìona braucht jetzt Raum und Zeit, die wir ihr geben müssen.«

In Caitrìonas Augen formten sich neue Tränen, sie fühlte sich verloren, ein einzelner Fels im wogenden Strom – fortgerissen von einem Meer von Trauer und Verzweiflung. Ihr Leben lag in Bruchstücken vor ihr ausgebreitet, die scheinbar niemand wieder zusammensetzen konnte. Olivia, die den stürmischen Schmerz in Caitrìonas Blick erkannte, wusste, dass jeder ihrer Schritte behutsam gesetzt werden musste. »Du bist nicht allein«, versicherte sie noch einmal, ihre Hand nun auf Caitrìonas Schulter. »Zusammen finden wir einen Weg heraus. Gibt es irgendetwas, dass ich jetzt für dich tun kann?«, fragte sie.

Caitrìona schüttelte kaum merklich ihren Kopf. Ihre Tränen aber fanden in ihrem Schweigen einen stummen Ausdruck all dessen, was Worte nicht zu fassen vermögen.

Die Stille im Büro breitete sich aus und füllte den Raum mit unausgesprochenen Versprechungen. Caitrìona, scheinbar aus ihrer Erstarrung erwachend, flüsterte schließlich: »Ich will zu meiner Maw.«

Olivia warf dem Polizisten einen fragenden Blick zu, doch dieser schüttelte beinahe unmerklich den Kopf. Angesichts seiner Erfahrung riet er in dieser Lage davon ab. Einerseits, weil die polizeilichen Untersuchungen bislang nicht abgeschlossen waren und möglicherweise eine Obduktion anstehen könnte. Andererseits wollte er Caitrìona den schmerzhaften Anblick ersparen. Sie sollte ihre Mutter erst sehen, wenn der Bestatter sein Werk vollendet hatte und ihr ein friedvolles, schlaf ähnliches Aussehen verliehen hatte.

»Vielleicht fahren wir besser zuerst zu dir nach Hause?«, schlug Olivia sanft vor.

»Nay. Ich will zu meiner Maw – jetzt!« Caitrìona wiederholte ihre Forderung, dieses Mal mit mehr Nachdruck und Sturheit in der Stimme.

»Solange die Ermittlungen laufen, ist das leider nicht möglich«, schaltete sich der Constable behutsam ein. »Meine Kollegen werden mich informieren, sobald du zu ihr kannst.«

Caitrìona schloss einen Moment lang die Augen, als würden Tränen und Entschlossenheit hinter ihren Lidern einen stummen Kampf austragen. Durch ihre Wimpern drang schließlich ein feuchter Glanz. Doch als sie die Augen wieder öffnete, war ihr Blick bestimmt, wenn auch von Trauer verdunkelt.

»Ich verstehe …«, sagte sie mit einer Reife, die jenseits ihrer Jahre zu liegen schien, »aber sie ist immer noch meine Maw. Ich … ich will sie sehen.«

Olivia nickte, ihre Miene voller Mitgefühl. »Ich bewundere deine Stärke Caitrìona. Wir tun unser Bestes, damit du dich verabschieden kannst, sobald es möglich ist.«

Der Polizist tippte etwas in sein Smartphone, bevor er leise murmelte: »Ich habe eine Nachricht an meinen Kollegen gesendet. Wir halten dich auf dem Laufenden, jede Stunde, wenn nötig.«

Ein Funke der Dankbarkeit huschte über Caitrìonas Gesicht, ein flüchtiger Lichtblick in einem Ozean des Unverständnisses und der Verzweiflung. »Thanks«, hauchte sie, ihre Stimme dünn und zitternd.

Olivia stand auf. »Komm, ich bringe dich nach Hause. Wir können ein paar Sachen einpacken und dann … können wir zusammen warten.«

Eine ungewisse Zukunft

Der Polizeiwagen, foliert in den traditionellen Blau-Gelb-Tönen der Police Service of Scotland, schlängelte sich beharrlich durch das Gedränge des Verkehrs. Am Steuer saß Constable Meyers, seine Gesichtszüge waren von einer ernsten Miene gezeichnet. Immer wieder wanderte sein Blick in den Rückspiegel, wo er einen flüchtigen Blick auf das blonde Mädchen auf dem Rücksitz erhaschte, deren Welt gerade aus den Fugen geraten war.

Neben ihm saß Olivia Evans mit einem Gesichtsausdruck, der sich ebenfalls durch Ernsthaftigkeit und Sorge auszeichnete. Ihre grünen Augen waren voller Mitgefühl für das Mädchen, dessen Leben so unerwartet ins Wanken geraten war.

Olivia, die schon seit Jahren im Youth Welfare Office von Inverness tätig war, hatte bereits viele Schicksalsschläge miterlebt. Jede einzelne Tragödie, jeder einzelne Fall von unvermittelter Trauer hinterließ bei ihr Spuren. Auch wenn sie ihre Arbeit aus tiefstem Herzen liebte, waren es diese Momente, die schwer auf ihr lasteten. Sie erinnerten daran, dass einige Seiten ihres Berufes niemals zur Routine wurden.

Das Auto kroch träge durch das Licht der Nachmittagssonne. In den Scheiben spiegelte sich der düstere Schleier des schottischen Himmels wider. In das dunkle Kunstleder des Rücksitzes gedrückt, schien Caitrìona von einer unsichtbaren Last nach unten gezogen zu werden. Ihr Gesicht, bleich wie das Mondlicht, ihre Augen gerötet von vergossenen Tränen. Strähnig fielen ihre blonden Haare und verhüllten ihr Gesicht, als suchten sie Schutz vor der Welt draußen. Ihre Hände lagen ineinander verkeilt auf ihrem Schoß, jeder Finger bebte unter der Last des aufkommenden Zitterns. Das lebensprühende Mädchen, das sie noch am Morgen war, schien wie ausgelöscht. Ihr Blick verlor sich im Nichts hinter der trüben Scheibe. Das vorbeigleitende Stadtbild nicht mehr als ein Schatten, der sie unberührt ließ. Stark sein war ihre stille Devise, doch entkam ihr immer wieder eine verstohlene Träne, die sich ihren Weg über ihre schmale Wange bahnte und an ihrem Kinn zögerte, ehe sie in die Schwere des Tages fiel. Ein Schmerz hielt ihr Herz in einem eisernen Griff, endlos in seiner Tiefe, drohend, sie für immer in seine stille, dunkle Flut zu ziehen.

Constable Meyers parkte den Wagen vor dem Haus der McKenzies. Eingereiht stand es zwischen seinen baugleichen Nachbarn – ein unauffälliges, typisch schottisches Reihenhaus, in dem das Leben jetzt stillzustehen schien. Caitrìonas Augen hafteten traurig an der Haustür, hinter der so viele Erinnerungen lagen. Olivia drehte sich zu ihr um, ihr Blick ruhte für einen Moment mitfühlend auf dem blassen Gesicht des Mädchens.

»Wir sind da«, sagte sie sanft. »Constable Meyers und ich können etwas für dich zusammenpacken, falls du – falls es dir zu schwerfällt, reinzugehen.« Ihre Worte waren eine Brücke, über die Caitrìona sich wieder der Gegenwart bewusst wurde.

Mit einem Kopfschütteln flüsterte Caitrìona ein fast unhörbares »Nay«, und drehte ihren Blick zur Mitarbeiterin des Youth Welfare Office.

»Wie geht es jetzt weiter?« Caitrìonas Stimme zitterte.

Olivia tauschte einen kurzen, bedeutungsschweren Blick mit dem Constable, bevor sie antwortete. Sie hatte schon viele solcher schweren Unterhaltungen geführt und doch fühlte sich jede einzelne an, als tastete sie über dünnes Eis.

»Du kannst jetzt erst einmal einige Sachen packen und dann werden wir schauen, ob du deine Mutter sehen kannst. In der Zwischenzeit versuche ich Angehörige von dir zu erreichen. Gibt es Verwandte, die ich vielleicht anrufen sollte? Onkel, Tanten oder Großeltern vielleicht?« Ihre Kenntnisse über das Mädchen waren spärlich. Aus der Akte der Schule wusste sie lediglich, dass Erin McKenzie alleinerziehend war.

»Mir sind hier in Fort William keine Verwandten bekannt, nur ihre Großmutter drüben in Glenfinnan«, seufzte Constable Meyers.

»Aye, meine Granny lebt in Glenfinnan. Da kann ich hin«, stimmte Caitrìona ihm mit leiser, aber überzeugter Stimme, zu. Olivia nickte, zog ein Notizbuch aus ihrer Jackeninnentasche und kritzelte die Information rasch nieder. Dabei bemerkte sie am Rand die stumme, verneinende Kopfbewegung des Constable und schaute ihn fragend an.

»Die alte McKenzie … sie ist …«

»Sie ist alt, aber nicht verrückt!«, stellte Caitrìona sofort klar, sie wusste genau, was die Leute über ihre Granny sagten.

»Nicht verrückt, sondern dement«, korrigierte Meyers und warf Olivia, die bereits ahnte, dass die Großmutter als Unterbringungsmöglichkeit ausschied, einen bedeutungsvollen Blick zu.

»Was ist mit deinem Vater?«

»Wen interessiert's? Keine Ahnung, meine Maw war nie verheiratet«, murmelte Caitrìona und zuckte mit den Schultern, während ihr Blick zurück zum Haus wanderte.

Der Tonfall des Mädchens verriet Olivia, dass dies ein sensibles Thema zu sein schien. Vermutlich hatte sie ihren Vater nie kennengelernt. Als versierte Mitarbeiterin des Youth Welfare Office hatte sie bereits viele ähnliche Schicksale miterlebt: ungeplante Schwangerschaften oder von Partnern verlassene junge Frauen.

»In Ordnung, dann werde ich dich vorerst in Inverness unterbringen«, erwiderte Olivia versucht diplomatisch.

»Aber warum kann ich nicht in meinem eigenen zu Hause bleiben?«, warf Caitrìona verständnislos ein.

Olivia atmete tief durch. Wie bei allen dieser Gespräche versuchte sie, die passenden Worte zu finden. Doch jedes Mal musste sie einsehen, dass es diese nicht gab.

»Du bist erst vierzehn, Caitrìona. Allein hierzubleiben ist keine Option«, erklärte sie mit sanfter Bestimmtheit.

Die junge Schottin protestierte lautstark. »Das ist doch scheiße!«

Olivia schöpfte einen tiefen Atemzug und setzte bedächtig fort: »Ich nehme dich mit nach Inverness und da werde ich versuchen, ob ich noch andere Angehörige von dir finden kann. Und dann, sehen wir weiter.«

Auf Olivias Zeichen hin stieg der Constable aus und öffnete Caitrìona die Tür.

Der Anblick eines Polizeiautos vor der heimischen Tür der McKenzies hatte sich in der Nachbarschaft bereits eingebürgert. Es war schon einige Male vorgekommen, dass Caitrìona, meist zu unchristlichen Uhrzeiten, von der Polizei aufgelesen und nach Hause gebracht wurde.

Jeder Muskel im Körper der jungen Schottin schien eine eigene Revolte zu entfachen, als sie sich, langsam und bedächtig dazu zwang, die Schwelle des Hauses zu überschreiten. Olivia legte ihre Hand auf die Schulter des Mädchens. Eine Berührung, die still und doch deutlich, das Versprechen vermittelte:

Du bist nicht allein.

Trotzdem fand sich Caitrìona umhüllt von Nebelschleiern, gefangen in der stillen Kammer ihrer eigenen Gedankenwelt. Mit jedem weiteren Schritt, den sie zögernd in den Flur setzte, wurde das Gefühl eindringlicher. Die stille Erwartung, dass ihre Mutter jeden Moment durch die Küchentür treten und ihr einen Vortrag über Verantwortung und Pünktlichkeit halten würde.

Olivia spürte den beklemmenden Hauch der Verzweiflung, der von den Papieren auf dem Couchtisch aufzusteigen schien. Sie zog behutsam Briefe und Ordner aus dem schmalen Regal, in denen sie ein chaotisches Archiv von Erins Leben entdeckte. Zahlungserinnerungen, durchgestrichene Summen auf Lohnzetteln, Rechnungen im Überfluss. Der finanzielle Drahtseilakt der McKenzies wurde auf beklemmende Art offensichtlich. Sie schluckte schwer angesichts der nackten Zahlen im Haushaltsbuch. Über die Hälfte der mühsam errungenen Einnahmen verschlang allein die Miete.

Als sie weiter in einem der Ordner blätterte, stieß Olivia auf die persönlichen Dokumente, die ein noch intimeres Bild zeichneten. Sie verharrte bei der Geburtsurkunde der Tochter. Ihre Augen folgten den Buchstaben, ihr Mund formte stumm das Datum und die Namen: »Caitrìona Blair McKenzie, Tochter von Erin und … William Peregrin Cavenworth.« Ein scharfer Gedanke blieb unvollendet, als die Wucht der Schritte auf der Treppe sie aus der Konzentration riss und ihre Aufmerksamkeit auf den Türrahmen lenkte.

Caitrìona betrat das Wohnzimmer, jugendlich trotzig, ihren Shinty-Stick wie eine Lanze haltend, während Constable Meyers hinter ihr einen abgenutzten Koffer schleifte, der die Last eines ganzen Lebens in sich zu bergen schien. Oliva fühlte eine sachte Welle des Mitgefühls aufkommen, als ihr Blick die Überreste des Mädchenlebens in Caitrìonas Armen streifte. Ein Shinty-Schläger, kaum Gepäck, nur Ballast, der ihr half, die Balance in einer erschütterten Existenz zu wahren.

»Brauchst du wirklich den Schläger?«, fragte sie sanft, wohl wissend, dass jedes Stück Halt in dieser Zeit des Umbruchs bedeutsam war.

»Ohne meinen Stick gehe ich nirgends hin!« Die Entschlossenheit in Caitrìonas Stimme schnitt durch die aufgeladene Luft, während sie die wohlmeinende Miene der Frau musterte.

Olivia wollte noch argumentieren, fühlte aber schon, wie die Worte im Raum verpuffen würden. »Alles klar, dann nehmen wir den Stick mit«, gab sie nach und lächelte schwach – ein Friedensangebot an ein Mädchen, dessen Welt gerade zersplitterte. Sie erinnerte sich selbst daran, dass es nicht die Zeit für Diskussionen war. Das Einzige, was zählte, war Caitrìonas Gefühl von Sicherheit, selbst wenn es sich hinter einem Stück Sportausrüstung verbarg.

»Komm, wir nehmen uns noch einen kleinen Augenblick zusammen. Constable Meyers wird dein Gepäck schon in den Wagen bringen.« Sanft wies Olivia auf die altmodische Couch, deren abgewetzte Polster eine gewisse Heimeligkeit versprachen, während sie dem Beamten einen vielsagenden Blick zuwarf. Er nickte mit dem schweigsamen Einverständnis, das nur zwischen denen entsteht, die sich im stummen Drama des Lebens begegnen. Er nahm Caitrìona den Rucksack ab und verschwand nach draußen.

Die junge Schottin, die Sturheit und Stolz gleichermaßen in ihrem Blick vereinte, ließ den Stick nicht los und setzte sich langsam neben Olivia auf das Sofa. Die Polster, mit den Stickereien von schottischen Disteln, raschelten leise. Eine Stille dehnte sich zwischen ihnen aus, füllte den Raum mit der Ehrfurcht des Unausgesprochenen, ehe Olivia Atem holte und dem Mädchen begegnete. »Es tut mir sehr leid, Caitrìona. Ehrlich«, sagte Olivia sanft und betrachtete dabei das starr blickende Augenpaar neben sich. »Wie fühlst du dich?«

Caitrìonas Schultern hoben sich und sanken – ein winziges Zucken, das ein ganzes Universum an Verletzung offenbarte.

»Wie soll es mir schon gehen? Es ist alles kaputt. Ich bin … Es ist einfach alles beschissen.« Ihre Stimme, normalerweise so durchdrungen von dem wilden Freigeist der Highlands, klang tonlos und leer wie die nebelverhangenen Moore im Herbst. »Leer. Tot. Scheiße.«

Olivia wollte den Schmerz mildern, Hoffnung säen in die brachliegende Seele vor ihr. »Ich weiß, du fühlst dich verloren, als würde die Dunkelheit kein Ende nehmen«, sie atmete tief durch und setzte neu an, »aber ich will, dass du weißt – du bist nicht allein. Wir sind da – ich bin da. Zusammen kommen wir durch diese Zeit, egal wie schwer sie ist.«

Caitrìona warf ihr einen zweifelnden Seitenblick zu, als wollte sie sagen: 'Ah, die gebetsmühlenartigen Beschwörungen der Erwachsenen.'

»Ja«, bestätigte Olivia sich selbst, »das habe ich dir schon mal gesagt.« Sie wiederholte ihre Worte, während sie Caitrìonas ausgebranntem Blick begegnete. Sie spürte den Widerstand, das Misstrauen, das sich in das junge Sein eingebrannt hatte. »Eins möchte ich dir sagen, auch wenn es in diesem Augenblick leer klingen mag: Es ist normal, allein sein zu wollen, zu denken, dass niemand versteht, was in dir vorgeht. Aber weißt du, Trauer ist ein Prozess und mit der Zeit wirst du lernen, das Geschehene zu verarbeiten.« Sie suchten sich einen Weg, Worte, die unzählige Male gesprochen wurden, doch in diesem Moment unendlich wichtig schienen.

Caitrìona spielte schweigend mit ihrem Stick, ließ ihn

geschickt von Hand zu Hand gleiten – jede Bewegung ein stilles Zeugnis ihres rebellischen Geistes. Olivia setzte nach, ihre Hand erneut auf der zarten Schulter des Mädchens, ein Anker in der Strömung der Gefühle.

»Deine Mutter lebt weiter – in dir«, flüsterte Olivia, und in ihrer Stimme schwang die sanfte Gewissheit mit, dass die Bande, die gebrochen schienen, nie wirklich zerrissen waren. »Sie lebt in jedem starken Herzschlag, in jedem mutigen Schritt, den du tust. Du bist aus ihrem Holz gemacht – stark und unbeirrbar.« Ihre Worte versuchten, ein Bild von Caitrìonas Mutter zu formen, wie sie, verankert in der rauen Schönheit Schottlands, voller Stolz auf ihre Tochter hinabblicken würde.

Als Caitrìona schließlich die Augen hob, glitt ihr Blick langsam über die verstreuten Akten und Unterlagen. Und in ihren blauen Augen entzündete sich ein flackerndes Feuer – ein tiefes, aufbrausendes Gemisch aus Wut und einer dünnen Schicht Resignation.

»Gefunden, wonach Sie gesucht haben?«, ihre Stimme trug eine Spur von Trotz, die das Zittern darunter knapp verbarg.

»Nein. Offen gesagt nicht«, erwiderte Olivia in ruhigem Ton, »aber vielleicht kannst du mir helfen, indem du mir ein wenig über deine Familie erzählst.«

»Über Granny? Die lebt in Glenfinnan. Mein Grandpa ist schon lange tot. Keine Tanten oder Onkel … nur ich jetzt.« Caitrìonas Worte peitschten durch die Luft, scharf geschnitten wie Steine, die beim Aufprall Funken schlagen. »Mein Vater hieß Murdo Munro, er war bei der Army, ein echter schottischer Held … hab' ihn aber nie kennengelernt. Ist in Afghanistan gefallen«, verlor sich Caitrìonas Stimme, als ob sie in Gedanken die Bruchstücke ihrer Vergangenheit zusammensetze.

Olivia horchte auf. »Dein Vater hieß Murdo Munro und war ein Held?«, fragte sie und warf einen verstohlenen Blick auf die Geburtsurkunde des Mädchens.

»Aye, ein Held«, bekräftigte Caitrìona, und ihr Kinn hob sich ein Stück, als trüge es altüberlieferten schottischen Stolz. »Maw sagte, er kam aus Dingwall und fiel 2009 in Afghanistan. Seine Familie … Weiß nichts über sie. Wir hatten keinen Kontakt. Seine Sippe wollte nix von uns wissen, hielt nicht viel von uns. Ist auch egal, da gehe ich sicher nicht hin.«

Olivia blinzelte überrascht. »Und dein Vater hieß Murdo Munro?«, wiederholte sie nochmals, um die Fragmente der Geschichte in ihrem Kopf zu ordnen, während ein Verdacht ihre Stirn in Falten zog.

»Aye, sagte ich doch«, bestätigte Caitrìona, »er hat sich für seine Kameraden geopfert.« Für einen Moment strahlte ihr Gesicht vor Stolz und Achtung für diesen Vater, den sie nie gekannt hatte.

Olivia schluckte, unsicher, ob sie tiefer graben sollte und klappte den Ordner zu. »Kennst du einen William Cavenworth?«, fragte sie vorsichtig.

Verwirrt schüttelte Caitrìona den Kopf. »Nay, nie gehört. Wer soll das sein?«

»Niemand, wohl ein alter Jugendfreund deiner Mutter.« Olivia wischte die Frage schnell beiseite, eine Ahnung von Argwohn in ihren Gedanken verbergend. Es musste einen Grund geben, warum Caitrìonas Mutter ein Bild dieses erfundenen Helden im Kopf ihrer Tochter gezeichnet hatte. Doch solange Olivia nicht wusste, was dahintersteckte, würde sie das Mädchen nicht damit belasten.

Caitrìona überlegte kurz und zuckte gleichgültig mit den Schultern. »Fragen sie meine Granny«, schlug sie vor und wandte ihren Blick von dem Tisch mit den Unterlagen ab. Sie schien einen Punkt jenseits der vergilbten Vorhänge zu fixieren, während sich Olivia mental notierte, später mit Caitrìonas Großmutter Kontakt aufzunehmen. Vielleicht würde sie Antworten auf die unausgesprochenen Fragen liefern können.

»Das Leben in Fort William … es ist alles, was ich kenne. Die Berge, die Seen, die Legenden, die Granny mir erzählte.« Caitrìonas Stimme verlor kurz ihre Stärke. Sie klang plötzlich klein und verletzlich, ihre sonst so unbeugsame Stimme flatterte wie ein zerrissenes Banner im Wind.

Olivia rückte näher, ihre offizielle Rolle für einen Moment vergessend. »Du bist stark Caitrìona. Stärker, als du denkst. All die Geschichten und Legenden, die deine Granny dir erzählt hat, sie leben in dir weiter. Und irgendwie weiß ich, dass auch die Stärke deiner Mutter in dir ist.«

Es war ein Wagnis, von Caitrìonas Mutter zu sprechen, aber Olivia fühlte, dass das Mädchen die Verbindung brauchte, die Erinnerung, dass sie aus dem gleichen zähen Stoff wie die Landschaft ihrer Heimat gewebt war.

Für einen Moment glaubte Olivia, dass sie zu weit gegangen war. Doch dann sah sie etwas in den Tiefen von Caitrìonas Augen aufblitzen. Es war nicht der Groll oder die Verbitterung eines Kindes, das zu früh erwachsen werden musste. Es war Dankbarkeit und vielleicht der erste Schimmer von Vertrauen.

Constable Meyers lehnte mit einer entspannten Lässigkeit, die Arme vor der Brust gekreuzt, an seinem Dienstwagen. Ein Bild perfekter Gelassenheit, das nur durch das Aufschwingen der Haustür gestört wurde. Heraus traten Olivia und Caitrìona, Seite an Seite und doch Welten entfernt, belegt durch ihre ernsten Mienen. Mit einem Lächeln öffnete er dem Mädchen die hintere Beifahrertür.

»Soll ich den Schläger lieber in den Kofferraum verfrachten?«

Erkundigte er sich, während Caitrìona – ein stummes Bündel aus Entschlossenheit – wortlos in das Auto einstieg, ihr Heiligtum fest umklammert. Nachdem er die Autotür sanft ins Schloss gedrückt hatte, fiel sein Blick auf Olivia, die ihn anblickte.

»Sagt Ihnen der Name Murdo Munro etwas? Oder William Cavenworth?«, fragte Olivia, leise genug, dass ihre Worte nicht ins Innere des Wagens drangen, zu den Ohren, die sie zu beschützen versuchte.

Meyers fuhr sich gedankenverloren über den Nacken. »Murdo Munro? Nein, aber von einer Munro-Witwe weiß ich. Doch einen Murdo? Fehlanzeige. Und Cavenworth … Klingt irgendwie vertraut, aber nicht, als wäre er aus dieser Gegend.«

»Möglich, dass die Witwe einen Sohn hatte?«, bohrte Olivia akribisch nach.

»Nein, nein … die Munros hatten zwei Töchter, aber keinen Sohn. Die Ältere arbeitet im Krankenhaus, wenn mein Gedächtnis mich nicht trübt«, erwiderte er mit einer Ruhe, die Erinnerungen zu ordnen schien, während er verneinend den Kopf schwang.

»Und gibt es sonst keine Munros hier in der Gegend?«

»Nicht, dass sie mir untergekommen sind. Was führt Sie zu Murdo Munro?«

»Ah, eine berechtigte Frage.« Olivia atmete aus, ein Seufzer, der mehr aussagte als Worte. Es folgte ein kurzer, aber bedeutsamer Blick durch das Fenster zu Caitrìona. »Sie behauptet, ihr Vater wäre ein gewisser Murdo Munro, doch die Geburtsurkunde erzählt eine andere Geschichte.«

»William Cavenworth?« Constable Meyers setzte die Puzzleteile rasch zusammen und Olivia nickte zustimmend.

»Alles noch etwas nebulös, die Namen … Aber ich werfe gerne nach meinem Dienst einen Blick in den Computer.«

»Sie wären mein Held«, Olivia erwiderte sein Lächeln, aber der Ernst schleuste sich schnell wieder in ihr Gesicht. »Was wissen Sie über ihre Großmutter?«

»Die alte McKenzie ...« Meyers Schnauben trug einen Hauch von Schwere. »Sie lebt drüben in Glenfinnan in einem alten Haus und lehnt es vehement ab, auch nur einen Fuß in ein Seniorenheim zu setzen. Ihre Tochter ist zwei-, dreimal die Woche zu ihr gefahren, und ansonsten kümmern sich die Nachbarn um sie. Allein käme sie nicht mehr zurecht.«

»Das klingt nicht nach einer Option für das Mädchen«, seufzte Olivia, ihre Hoffnung schwindend. »Denken Sie, wir können noch ins Krankenhaus, damit sich Caitrìona verabschieden kann?«

Constable Meyers Miene verfinsterte sich, seine Züge schienen sich zu verziehen, als ob seine Worte physische Schmerzen verursachten. »Ich würde es nicht empfehlen. Keine Autopsie, sicher, aber ... ein Lkw war im Spiel.« Die Last seiner Worte war fast greifbar, ebenso wie die Schatten, die auf sein Gesicht fielen. Verständnis flackerte in Olivias Augen auf.

»In Ordnung«, nickte Olivia bedrückt. »Ich werde mich nach hinten zu ihr setzen. Unser Ziel ist Inverness, das Rosewood House. Mrs. Millar erwartet uns bereits«, fügte sie hinzu, ihre nächsten Schritte schildernd.

»Verstanden, Miss Evans«, Constable Meyers nickte, ging um den Wagen herum, um auch Olivia die Tür zu öffnen. Ein dankbares Lächeln spielte auf ihren Lippen, als sie einstieg und sofort Caitrìonas suchenden Blick begegnete.

»Gibt's Neuigkeiten vom Krankenhaus? Können wir hin?« Die Ungeduld in Caitrìonas Stimme war wie ein sprunghaftes Feuer.

»Für heute ist es leider zu spät. Ich habe nachgefragt«, antwortete Olivia, ihre Wortwahl so behutsam wie der Umgang mit einer zerbrechlichen Vase.

»Und warum nicht? Das ist doch scheiße! Ich will zu meiner Maw!« Caitrìonas Stimme überschlug sich, ihre Verzweiflung war ein rohes, unverhülltes Ding.

»Es ist schwer, das zu verstehen, aber es …« Olivias Stimme brach ein wenig unter der Last der Situation.

»Aber was? Was?« Caitrìonas Unmut schwappte durch den Innenraum des Wagens wie eine tosende Meereswelle.

»Versuch, sie so in Erinnerung zu behalten, wie du sie am liebsten hattest, nicht … nicht so, wie sie jetzt ist. Es war ein schwerer Unfall«, sagte Olivia, ihre Worte behutsam wägend. Sanft streckte sie ihre Hand aus, wollte Caitrìonas Schulter berühren, doch das Mädchen wich aus, ihre Augen schienen Blitze abzufeuern. »Fass mich nicht an!«

Olivia zog sich zurück, ein Seufzer entwich ihr, doch sie respektierte Caitrìonas Forderung nach Raum.

»Fürs Erste geht unsere Reise nach Inverness. Dort habe ich …« Olivia bemühte sich um Sanftheit in ihrer Stimme, wurde aber von Caitrìona impulsiv unterbrochen. »Und warum nicht gleich zu Granny?«

»Weil es Spielregeln gibt, an die auch ich mich halten muss, und ich muss erst ein Wort mit deiner Großmutter wechseln. Heute ist es schon zu spät dafür.« Olivia versuchte geduldig, den aufbrausenden schottischen Sturm zu beruhigen.

»Sie halten sie alle für verrückt, das ist doch der Grund, oder?«

»Nein, Liebes. Deine Granny ist einfach in die Jahre gekommen und wenn sie wirklich Hilfe braucht, dann müssen wir da sein – so wie du jetzt Unterstützung brauchst.« Olivia gab sich alle Mühe, ihr Verständnis und ihre Fürsorge in Worte zu fassen.

»Ich kann mich um sie kümmern!« Caitrìonas Stimme war

fest und voller Überzeugung.

»Du bist vierzehn und diese Last liegt nicht auf deinen Schultern ...« Olivia begann, doch wurde erneut unterbrochen.

»Zum Teufel! Das könnte auch von meiner Maw sein.« Caitrìonas Stimme war ein Fauchen, das nicht nur Olivia erreichte, sondern auch sie selbst erschütterte. Die Erinnerungen an ihr letztes Gespräch mit ihrer Mutter brachen über sie herein wie eine kalte Flutwelle, ließen sie die Lippen zusammenpressen, eine stille, hartnäckige Festung gegen ihre Emotionen bauend.

Währenddessen leistete Constable Meyers stille Gesellschaft, sein Ohr halb beim Dialog der beiden. Er lauschte abwartend neben dem Auto, bis der rechte Moment für ihn gekommen war, in den Wagen einzusteigen und loszufahren.

INVERNESS

Caitrìona starrte aus dem Fenster des Autos und beobachtete, wie Fort William immer kleiner wurde. Die Stadt ihrer Kindheit verschwand langsam aus ihrem Blickfeld und ein Gefühl von Schwermut breitete sich in ihr aus. Es fühlte sich an, als ob ein Teil ihres Herzens mit jeder vorbeiziehenden Straße verloren ging. Die Landschaft glitt an ihr vorbei. Ihre Augen waren glasig und fern, unfähig die Schönheit der schottischen Highlands wahrzunehmen oder gar zu genießen. Das Gewicht der Trauer wog schwer auf den Schultern der jungen Schottin und drückte auf ihren Brustkorb. Der Tod ihrer Mutter hatte eine Leere in ihrem Leben hinterlassen, die sie nicht zu füllen wusste. Wie würde sie jemals wieder Glück empfinden können? Wie sollte sie je über den Verlust hinwegkommen?

Olivia saß neben ihr auf dem Rücksitz des Wagens und konnte die Schwere in der Luft zwischen ihnen spüren.

»Ich bin okay«, antwortete Caitrìona knapp, als sie den Blick bemerkte. Doch ihre Stimme klang brüchig. Sie wollte Olivia nicht zeigen, wie zerrissen sie eigentlich war. Sie wollte es niemandem sehen lassen. Sie seufzte tief und wandte ihre Augen wieder nach draußen. Die Highlands zogen an ihr vorbei — majestätische Berge, grüne Täler und tosende Flüsse, aber für Caitrìona waren diese atemberaubenden Aussichten nur noch

Hintergrundbilder einer Welt ohne Freude oder Hoffnung. Sie konnte sich nicht darauf konzentrieren. Ihr Geist schien gefangen in der Vergangenheit.

Vor einigen Jahren noch, war alles anders. Ihre Mutter hatte mehr Zeit und oft schlenderten sie über die Ufer-Promenade der kleinen Stadt am Loch Linnhe. Caitrìona erinnerte sich an die Sommertage. In ihren Gedanken hörte sie noch immer das Platschen der Steine, die sie ins Wasser geworfen hatten. Das unvergessliche Lachen ihrer Maw schallte in Caitrìonas Ohren wider und zauberte ein warmes Gefühl in ihr Herz. Mit liebevoller Hingabe hatte ihre Mutter ihr gezeigt, wie man die perfekten Steine auswählte und diese kunstvoll über die glitzernde Wasseroberfläche springen ließ.

Dann kamen die schwierigen Zeiten. Das Geld wurde knapp und ihre Maw war gezwungen drei Jobs anzunehmen. Es gab keine Spaziergänge mehr am See oder Wanderungen am Ben Nevis – stattdessen gab es für ihre Mutter nur noch Arbeit.

»Maw? Geht's dir gut?«, fragte Caitrìona oft nach einem langen Arbeitstag.

»Aye lass uns darüber reden, wenn ich nicht so müde bin«, sagte ihre Maw dann für gewöhnlich, bevor sie einschlief.

All diese Erinnerungen ließen Caitrìonas Herz schwer werden, während sie an die verpassten Momente zwischen ihr und ihrer Maw zurückdachte.

Die Worte, die sie ihrer Mutter am gestrigen Abend an den Kopf geworfen hatte, drückten auf ihre Seele. Sie war ungerecht gewesen, hatte Dinge gesagt, die ihr jetzt leidtaten. Doch mehr noch bereute sie es, sich niemals dafür entschuldigen zu können. Es schnürte ihr förmlich die Kehle zu. Sie wünschte inständig, zurückzuspulen. Nicht um diese grauenhafte Szene aus ihrem Gedächtnis zu löschen, sondern vielmehr, um Frieden mit ihrer Mutter zu schließen.

Constable Meyers steuerte das Auto routiniert über die kurvigen Straßen der schottischen Highlands. Er sprach kein Wort und konzentrierte sich vollkommen auf die Fahrt. Vielleicht aus Respekt vor dem Schmerz des Mädchens, oder aber weil ihm nichts einzufallen schien, was er hätte sagen können.

»Wir sind bald da«, sagte Olivia nach einer Ewigkeit der Stille und versuchte eine positive Note, in ihre Stimme zu legen. »Inverness ist keine Stunde entfernt.«

Caitrìonas Herz sank bei diesen Worten noch tiefer in ihre Brust. Inverness bedeutete für sie einen Neuanfang – ein neues Zuhause, eine neue Schule, neue Freunde. Alles Dinge, vor denen sie Angst hatte, was sie aber niemals laut aussprechen würde. Das Unbekannte lag vor ihr wie ein düsteres Loch. Sie dachte an all die Menschen, die sie zurücklassen musste: ihre beste Freundin Aria, ihr Shinty-Team, Josh den Troublemaker, Lewis … und natürlich auch den Ort selbst mit all seinen vertrauten Gesichtern und Orten.

»Werde ich jemals wieder zurückkommen?«, flüsterte Caitrìona mehr zu sich selbst als zu jemand anderem. Die Unsicherheit in ihrer Stimme war nicht zu überhören.

»Natürlich wirst du das. Fort William ist doch nicht aus der Welt, nur weil du in Inverness bist«, sagte Olivia sanft und legte ihre Hand auf Caitrìonas Arm, um ihr Trost zu spenden. »Ich bin mir sicher, dass dir Inverness gefallen wird. Und ich verspreche dir eins: Wir werden uns darum kümmern, dass du sicher bist und gut behandelt wirst.« Ihre Worte waren voller Aufrichtigkeit und Hingabe. Doch Caitrìona gab nicht viel auf die Aussagen der Mitarbeiterin des Youth Welfare Office. Es waren nur Worte. Hohle Phrasen, die sie sagen musste. Die Frau kannte sie nicht, sie machte lediglich ihren Job. Caitrìona schloss ihre Augen, sie konnte ihre Tränen nicht mehr zurückhalten. Es fühlte sich an wie das Ende einer Ära – Abschied von all dem Vertrauten, Geliebten und Gewohnten. Eine Mischung aus Angst vor dem Unbekannten und Trauer über den Verlust durchzog ihren Körper. Caitrìona wusste tief in ihrem Inneren, dass sie irgendwie weitermachen musste – Schritt für Schritt -, auch wenn es schwer sein würde. Sie wusste zwar nicht, was die Zukunft bringen würde oder ob sie jemals wieder Glück empfinden könnte, aber sie würde sich auch nicht einfach so unterkriegen lassen.

Caitrìonas Augen wurden klarer, als sich dieser Gedanke entschlossen einnistete. Nein, sie würde sich nicht unterkriegen lassen. Sie war eine McKenzie, eine Nachfahrin derer, die für die Freiheit ihres Landes gekämpft hatten.

Wir kommen ohne friedliche Absicht hierher, sondern sind kampfbereit und entschlossen, unser Unrecht zu rächen und unser Land zu befreien, hatte William Wallace angeblich vor der Schlacht bei Stirling Bridge gesagt. Worte, die ihr in diesem Moment Kraft gaben und näher an der Wahrheit lagen, als ihr vielleicht lieb war.

Die Stadt Inverness, gelegen im Norden Schottlands, ist für viele ein wahrhaft mystischer Ort. Hier scheint die Zeit stillzustehen und man fühlt sich wie in einem alten Roman. Wer einmal durch das malerische Städtchen am Ufer des Flusses Ness spaziert ist, wird von einer unbeschreiblichen Atmosphäre erfasst. Die raue Landschaft mit ihren grünen Hügeln und den mystischen Seen zieht jeden Besucher sofort in seinen Bann.

Und wenn man, wie der Polizeiwagen mit seinen drei Passagieren, von der A82 abbiegt und dem Weg zur Stadtmitte folgt, verstärkt sich dieses Gefühl nochmals. Die Straßen sind schmal und verwinkelt, etwas ungewohnt für alle, die es gewohnt sind, in moderneren Städten zu leben. Doch sobald man durch das historische Tor zum Stadtzentrum fährt, ändert sich alles. Hier gibt es beeindruckende Statuen aus Marmor und Stein, die an vergangene Zeiten erinnern. Die Gebäude haben eine altehrwürdige Eleganz und hüten diverse Geschichten. Jedes für sich steht für einen besonderen Moment der schottischen Historie.

Als Constable Meyers die Einfahrt zum Rosewood House, einem großen viktorianischen Anwesen mitten in der Innenstadt von Inverness, entlangfuhr, spürte Caitrìona eine Mischung aus Aufregung und Angst in ihrem innersten aufsteigen. Ihr Herzschlag beschleunigte sich und ihr Atem wurde flacher, als sie den hohen Zaun bemerkte, der das Grundstück umgab. Der Weg führte durch dichte Nadelbäume, die das Anwesen scheinbar vollständig vom Rest der Welt abschirmten.

Langsam breitete sich in der Dämmerung vor ihnen das beeindruckende Gebäude in all seiner Pracht aus. Es war ein wahres Meisterwerk des viktorianischen Stils, majestätisch und erhaben wie aus einer vergangenen Zeit entsprungen. Man hätte es ohne Weiteres aus einer nordenglischen Gothic Novel à la Jane Eyre oder Dracula herausreißen können.

Caitrìona konnte ihren Blick nicht von der makellosen Fassade abwenden. Die hell erleuchteten Fenster, eingebettet in wildem Grünzeug, das sich an der Fassade emporrankte, warfen ein schummriges Licht auf den kleinen Parkplatz vor der Tür. Alles schien perfekt durchdacht zu sein, jedes Detail trug dazu bei, eine scheinbar unüberwindbare Barriere zwischen den Bewohnern und der Außenwelt zu schaffen. Es wirkte wie eine Festung aus vergangenen Zeiten, mit seinem turmartigen Anbau aus grobem Stein, der in den Himmel ragten.

Ihre Unsicherheit wuchs mit jedem Meter, den sie näher an

das Anwesen herankamen. Ihr Herz klopfte so laut in ihrer Brust, dass sie es kaum ertragen konnte. Ihre Gedanken kreisten unaufhörlich darum, was sie hier erwarten würde – wie eine tickende Bombe kurz vor dem Explodieren. Wortlos betrachtete die junge Schottin den imposanten Torbogen des Hauses. Sie wagte es nicht einmal zu schlucken. Obwohl niemand es laut aussprach, war allen im Auto bewusst: Ab jetzt würde für Caitrìona ein neues Leben beginnen. Eine Zukunft voller Ungewissheiten und Herausforderungen.

Die Stille wurde jäh unterbrochen, als das Auto abrupt stehen blieb und ein leises Quietschen der Bremsen zu hören war. Constable Meyers schaute aufmerksam zum Vordereingang, ehe er sich zu seinen Passagieren auf der Rücksitzbank umwandte. »Willkommen bei Rosewood House«, sagte er ruhig und öffnete die Autotür, um auszusteigen. Caitrìona spürte einen Kloß in ihrem Hals und straffte ihre Schultern.

Während Olivia vor Caitrìona ausstieg, hatte der Beamte bereits den Kofferraum erreicht, um Caitrìonas Gepäck herauszuholen. Wie angewurzelt stand die junge Schottin vor dem Gebäude und betrachtete es ungläubig. Dies sollte ihr neues Zuhause sein? Sie wollte nicht hier sein. Noch am Morgen schien die Welt völlig in Ordnung gewesen: Sie wachte friedlich in ihrem eigenen Bett auf, umgeben von Vertrautheit in dem kleinen Haus in Fort William, wo sie, seit ihrer Kindheit gelebt hatte. Und jetzt, am Abend, stand sie hier - 90 Meilen von ihrer Heimat entfernt.

Caitrìona spürte die Hand der Mitarbeiterin des Youth Welfare Office auf ihrem Rücken und fühlte sich noch verlorener in dieser fremden Umgebung. Ihr Griff umschloss fester ihren Shinty-Stick, den sie auch während der Fahrt keinen Moment losgelassen hatte. Dieser Schläger war ihr einziges Stück Sicherheit und Vertrautes in einer Welt voller Ungewissheiten.

An den Fenstern im oberen Stockwerk konnte Caitrìona neugierige Gesichter ausmachen. Jugendliche wie sie, die ihre Nasen gegen die Scheiben pressten und versuchten zu erkennen, wer dort Neues angekommen war. Sie spürte die Blicke auf sich ruhen und fragte sich, ob sie freundlich oder feindselig sein würden.

»Es ist verständlich, dass du Angst hast«, flüsterte Olivia sanft. »Aber ich versichere dir, es wird dir hier gefallen und diese Situation wird nicht für immer sein. Mrs. Millar, die Hausleiterin, ist wirklich eine außergewöhnlich liebevolle Person.«

»Drauf geschissen …«, murmelte Caitrìona widerwillig und schien von der ganzen Gegebenheit wenig überzeugt zu sein. »Ich verstehe nicht, warum ich nicht einfach in Fort William bleiben konnte.«

Olivia seufzte. »Weil du erst 14 Jahre alt bist, und ich kann dich einfach nicht allein lassen. Mein Büro befindet sich hier und du möchtest doch schnell bei Verwandten unterkommen, oder etwa nicht?«

»Welche Verwandten?«, fragte Caitrìona rhetorisch und sah sie mit skeptischen Augen an. »Sie hätten mich genauso gut direkt zu meiner Großmutter bringen können.«

»Es mag schwer für dich zu verstehen sein, aber glaube mir, wenn ich dir sage, dass ich wirklich nur dein Bestes im Sinn habe«, erwiderte Olivia mitfühlend, als sich die Tür des Anwesens öffnete und die Silhouette einer Frau hinaustrat. Ihr Erscheinen wurde von einem sanften Windhauch begleitet, der das breite Tuch auf ihren Schultern leicht zum Flattern brachte. Ihr Blick fiel durch eine Brille auf die Neuankömmlinge, während sie langsam die Eingangstreppe hinabstieg. Es war Dee Millar, die Leiterin dieser Einrichtung – einem Zufluchtsort für

Kinder aus schwierigen Verhältnissen, die hier Sicherheit und Geborgenheit fanden.

Mit ihren Anfang 60 Jahren gehörte Dee zu den dienstältesten Mitarbeitern des residential care home, einem Jugendheim.

Ihre schwarzen Haare hoben sich gleichermaßen dramatisch wie zärtlich gegen ihre ansonsten helle Haut ab. Da und dort jedoch mischten sich rebellierende graue Strähnen ein, die sich unerschrocken durch die Haarpracht schlängelten. Diese Spuren der Zeit waren keine Bürde; nein, sie waren ein leises Flüstern gelebter Jahre, die ihr Antlitz mit einer zusätzlichen Prise Charakter und einer souveränen Portion Würde verzierten. Sie rahmten ihr Gesicht ein, als wären sie ziergefasste Schätze der Vergänglichkeit, die stolz von Lebenskapiteln berichteten, welche nicht eine Novelle je schöner hätte erzählen können.

Ein Lächeln der Erleichterung huschte über Olivias Gesicht, als sie Mrs. Millar in der Tür erkannte. Mit sanftem Druck schob sie Caitrìona vor sich her, die sich nur zögerlich in Bewegung setzte. Mit bedächtigen und ruhigen Schritten kam ihnen die Frau entgegen.

»Feasgar math Dee«, grüßte Olivia in freundlichem Gälisch und nickte respektvoll. Die beiden Frauen kannten sich beruflich seit einigen Jahren und hatten eine tiefe Verbundenheit entwickelt, die zu einem persönlichen und ungezwungenen Umgang führte.

»Feasgar math Olivia«, erwiderte die Heimleiterin lächelnd und richtete ihre Aufmerksamkeit auf Caitrìona. Ihr Blick blieb an dem Shinty-Stick hängen, den das junge Mädchen fest umschlossen hielt. Es war ungewöhnlich, aber keinesfalls seltsam. Viele der jungen Menschen, die sie hier betreute, klammerten sich an etwas. Sei es ein Stofftier, ein Tuch oder mittlerweile auch ein Handy. Doch ein Shinty-Stick war ihr in all den

Jahren, noch nie untergekommen.

»Ich hoffe, ihr hattet eine angenehme Fahrt?«

»Danke, ja, die hatten wir. Constable Meyers ist ein sehr umsichtiger Fahrer«, entgegnete Olivia und lenkte ihren Blick auf die junge Schottin. »Ich möchte dir Caitrìona McKenzie vorstellen. Caitrìona, das ist Dee Millar. Sie hat sich freundlicherweise bereit erklärt, dich heute noch aufzunehmen.«

»Es freut mich sehr, dich kennenzulernen, Caitrìona McKenzie«, sagte Dee mit einem mitfühlenden Lächeln auf den Lippen. »Auch wenn ich wünschte, dass die Umstände angenehmer wären.«

»Ay-Up«, antwortete Caitrìona knapp und sah sich unsicher um. Inzwischen hatte Constable Meyers das Gepäck zu ihnen gebracht und wurde von der Heimleiterin ebenso freundlich begrüßt, die das Tuch um ihre Schultern etwas enger zusammenzog. »Wir sollten hineingehen. Die Tage sind zwar warm, doch die Nächte haben immer noch etwas von Winter. Bitte folgt mir doch«, lächelte Dee und schritt die Treppen zum Eingang hinauf.

Mrs. Millar führte ihre Gäste in ihr Büro im Erdgeschoss. Der Raum war klein aber voller Leben. Zahllose Fotos hingen in verschiedensten Bilderrahmen an den Wänden oder standen in den Regalen und Ablagen. Sie alle zeigten Jugendliche unterschiedlichster Herkunft, ein bunter Mosaikstein des Lebens.

Dee ließ sich an ihrem Schreibtisch nieder und bot ihren Gästen mit einer Geste Plätze an. Lediglich Constable Meyers blieb stehen, stellte das Gepäck ab und verabschiedete sich von den Frauen, er zog es vor draußen am Wagen zu warten.

Die Heimleiterin übte sich in Geduld, bis sich die Tür geschlossen hatte und legte dann ihren Blick erneut auf Caitrìona. »Mein aufrichtiges Beileid«, begann sie mit ruhiger

Stimme. Die junge Schottin nickte stumm und sah sich zögerlich um. Sie fühlte sich fehl am Platz – als wäre sie in einem Traum gefangen, aus dem sie nicht erwachen konnte.

»Der Tag war sicher anstrengend und du bist müde«, sprach Dee verständnisvoll weiter. »Deshalb werde ich die Begrüßung heute Abend kurz halten. Ich denke, das ist in deinem Interesse.«

Sie griff nach einem Zettel, auf welchem sie sich Notizen gemacht hatte, nachdem sie Olivias Anruf erhalten hatte. »Normalerweise sind unsere Gäste 16 oder älter, aber angesichts der Eile der Situation mache ich gerne eine Ausnahme«, fuhr Dee fort und nickte Olivia zustimmend zu.

»Möchtest du noch etwas essen, Liebes? Nach der Fahrt wirst du doch sicher hungrig sein, oder? Fort William ist kein Katzensprung.«

»Ich habe keinen Hunger«, entgegnete die blonde Schottin knapp.

»Du solltest noch etwas essen, Caitrìona«, mischte sich Olivia ein.

»Holy Fucking keech! Ich habe keinen verdammten Hunger!«

»Auch wenn ich Verständnis für deine Situation habe, eine solche Wortwahl dulden wir hier nicht«, mahnte die Hausleiterin zwar in strengem, aber auch verständnisvollem Ton.

»Wie auch immer«, murmelte Caitrìona.

»Solltest du noch Hunger bekommen, scheue dich bitte nicht zu fragen. Emily, Thomas und ich werden die Nacht über im Haus sein, falls du etwas brauchen solltest«, erklärte Dee weiter und griff nach ihrem Telefon. Sie wählte eine Nummer und sprach leise Worte hinein, bevor sie wieder auflegte.

»Emily wird dir dein Zimmer zeigen. Ich denke, es wird das Beste sein, wenn wir uns morgen früh unterhalten werden«, erklärte Dee ihrem neuen Gast zugewandt. Olivia drehte sich in ihrem Stuhl dem Mädchen zu. »Ich werde morgen auch vorbeikommen und nach dir schauen. Vielleicht weiß ich bis dahin schon mehr darüber, wie es weitergeht, aye?«

Caitrìonas Blick wanderte zwischen den beiden Hin und Her. Sie fühlte sich wie in einem schlechten Film gefangen – einem surrealen Traum, aus dem sie nicht erwachen konnte.

»Aye«, seufzte sie schließlich, als es bereits an der Tür klopfte und eine junge Frau mit kurzem, buntem Pagenschnitt durch den Türspalt schaute.

»Ah, Emily«, sagte Dee und erhob sich von ihrem Platz. »Das ist Caitrìona McKenzie, unser neuer Hausgast. Sei so gut und zeige ihr ihr Zimmer.«

Emily nickte fröhlich, während ihre bunten Haare zu tanzen schienen. »Hey ya, how are ye?«, grüßte sie mit schottischem Zungenschlag. Caitrìona erhob sich langsam, den Stick fest in den Händen haltend, und warf noch einen letzten unsicheren Blick in die Runde. Sie antwortete nicht auf die Frage, die sie heute schon viel zu oft gehört hatte.

»Das sind deine Sachen? Ich nehme den Koffer, aye?«, lächelte Emily und hatte das Gepäckstück bereits in den Händen. Caitrìona schulterte seufzend ihren Rucksack und folgte ihr langsam. Nicht ohne Olivia noch einen vernichtenden Blick zuzuwerfen.

Dee verharrte einen Moment, bevor sie das Wort ergriff. »Wie schrecklich das doch immer wieder ist«, sagte sie mit aufrichtigem Ton an Olivia gewandt.

»Ja, das ist es«, stimmte diese seufzend zu. »Ich danke dir, dass ich sie so kurzfristig hier unterbringen konnte.«

Dee winkte lächelnd ab. Für sie war es selbstverständlich, zu helfen, wenn sie konnte. »Das mache ich doch gerne. Aber weißt du schon, wie es mit ihr weitergehen wird?«

Olivia seufzte. Dee konnte bereits an ihrer Reaktion erkennen, wie schwierig die Situation des Mädchens war. »Morgen werde ich versuchen, weitere Angehörige ausfindig zu machen. Offen gesagt glaube ich nicht, dass sie zu ihrer Großmutter kann. Der Nachlass ihrer Mutter muss auch geregelt werden«, erklärte Olivia und verdeutlichte, dass ihre Arbeit gerade erst begann.

Dee nickte verständnisvoll. »Und ihr Vater?«

»Ich habe eine Geburtsurkunde, aber der Name darin ist ein anderer als der, den sie mir genannt hat. Ich weiß noch nicht, was ich davon halten soll. Ich nehme an, ihre Mutter hatte ein schlechtes Verhältnis zu ihm. Das wird wahrscheinlich schwierig werden«, berichtete Olivia seufzend und strich sich durch die Haare.

Dee nickte erneut. »Für einige Tage kann sie gerne hierbleiben. Du weißt jedoch, dass wir nicht für ihre Situation ausgelegt sind? Sie braucht psychologische Begleitung und Gleichaltrige«, gab Dee zu bedenken.

»Ja, das weiß ich. Aber was soll ich machen? Morningwood und Culloden House sind voll. Vielleicht erreiche ich morgen etwas. Ich werde mein Bestes versuchen«, versprach Olivia, wobei ein Hauch von Verzweiflung in ihrer Stimme mitschwang. »Aber ich sollte jetzt langsam aufbrechen. Constable Meyers wird schon warten und möchte sicher auch Feierabend machen.« Olivia erhob sich.

»Ich helfe dir, so gut ich kann, meine Liebe«, sagte Dee abschließend, bevor sie Olivia zur Tür geleitete und sich von ihr verabschiedete.

Harry Potter und andere Belanglosigkeiten

»Caitrìona, ein schöner Name. Ich bin Emily. Woher kommst du denn?«, fragte die junge Heimmitarbeiterin locker, als sie den Flur entlang schritten. Natürlich wusste sie um Caitrìonas Umstand, vermied es aber, näher darauf einzugehen. Vielmehr wollte sie das junge Mädchen ablenken und vielleicht auf andere Gedanken bringen. Sie war selbst in einer ähnlichen Situation gewesen und wusste, wie erdrückend es war, wenn jeder einen darauf ansprach. Noch dazu, wenn es fremde waren.

»Fort William«, entgegnete Caitrìona und hielt sich weiterhin eher wortkarg.

»Oh wirklich? Da liegt doch das Glenfinnan Viadukt, oder? Die Brücke aus dem Harry-Potter-Film. Ich wollte schon immer mal dahin. Magst du Harry Potter?« Redete sie weiter und sah sich in Richtung ihrer Begleitung um.

»Ich lese nicht so viel.« Kam es knapp als Antwort. Caitrìona kannte die Brücke mit ihren 21 Bögen und staksigen Pfeilern. Jedes Mal, wenn sie mit ihrer Maw mit dem Zug nach Glenfinnan zu ihrer Großmutter fuhr, überquerten sie diese. Eine beliebte Zug-Linie, insbesondere bei Touristen, die oft in Harry-Potter-Kostümen durch den Zug huschten. Genauso war es die Verbindung Richtung Mallaig, die sie schon einige Male zu Spielen gefahren war.

»Ich verstehe. Und die Filme?«, fragte Emily weiter und öffnete die Tür zum nächsten Raum.

Ohne zu antworten, sie schluckte den spitzen Kommentar, den sie auf der Zunge hatte hinunter, trat Caitrìona ein und sah sich um. Der Duft von frisch gebrühtem Tee stieg ihr sofort in die Nase. Das Zimmer wirkte geräumig und einladend, gefüllt mit einer Vielzahl von Sofas und Sesseln in verschiedenen Größen. Eine junge Frau saß auf einem und las in einem Buch. Sie blickt kurz auf und lächelte freundlich. Auf den Sitzmöbeln lagen Decken bereit, mal ordentlich gefaltet und sorgfältig platziert, mal offen herumliegend, als Einladung sich darin einzuhüllen. Die Farben der Decken variierten von sanften Pastelltönen bis zu kräftigen Mustern. Die Wände waren mit Gemälden und Fotos geschmückt, die alle eine eigene Geschichte erzählten. Ein kleiner zugemauerter Kamin sorgte einst für wohlige Wärme an kalten Tagen, heute war er nur mehr Zierde. In einer Ecke stand ein alter Schreibtisch mit einem Stapel Büchern darauf. Daneben eine Tasse dampfenden Tees. Überall fanden sich hingebungsvoll angeordnete Details wie Kerzen, Geschirr oder Blumenarrangements in Vasen aus unterschiedlichen Materialien. Der Holzboden des Raumes unterstrich das rustikale Ambiente. Er wirkte warm und verlieh dem Zimmer eine natürliche Ausstrahlung. In der Mitte lag ein schwerer Teppich ausgebreitet. Direkt links neben dem Eingang erstreckte sich eine Treppe aus dunklem Holz. Ihre geschwungenen Linien fügten einen Hauch von Eleganz hinzu, während sie sich entlang der Wand, hinauf zur Empore wand. Dort angekommen öffnet sie den Blick auf einen weiteren Flur. An der hohen Decke der Räumlichkeit schwebte eine alte Lampe wie ein Kunstwerk über allem anderen. Ihr antikes Design passte perfekt zur Atmosphäre. Groß genug, um den gesamten Raum mit ihrem warmen Licht zu erhellen und gleichzeitig für eine behagliche Stimmung zu sorgen.

Doch trotz des vielleicht chaotischen Anscheins, der auf den ersten Blick entstand, strahlte das Zimmer eine unvergleichliche Gemütlichkeit aus. Man fühlte sich sofort willkommen in diesem heimeligen Raum voller Leben und Geschichten.

»Unser Wohnzimmer«, lächelte Emily und gab Caitrìona Zeit, die Eindrücke auf sich wirken zu lassen. Es war kein Ort zum Durchhetzen oder Abhaken von Aufgaben, hier konnte man zur Ruhe kommen, entspannen und einfach das Hier und Jetzt in sich aufnehmen. Es war mitnichten Zufall, dass dieser Raum so besonders wirkte. Er spiegelte die Seele der Heimleiterin wider. Einer Person, die Wert auf Individualität statt Konformität legte. Die das Leben zu genießen wusste, ohne dabei dem Mainstream hinterherzurennen und ihre Kreativität nicht durch Regeln einschränkte, sondern frei fließen ließ.

»Dort hinten geht es zum Speisezimmer und zur Küche. Frühstück gibt es in der Woche ab 7 Uhr, an Wochenenden ab 9 Uhr«, erklärte Emily weiter und deutete auf die Tür am anderen Ende des Raumes. »Von dort kommst du auch in den Garten. Die Schlafzimmer sind in den oberen Geschossen«, fügte sie mit einem Deuten hinzu und nahm bereits die ersten Stufen.

Die Treppe knarrte, als Caitrìona ihr folgte. Oben angekommen, blieb Emily noch einmal stehen und sah die junge Schottin lächelnd an.

»Dort drüben sind die Räume der Erzieher und auch das von Dee. Hier, den Flur entlang befindet sich auch dein Zimmer. Sie sind nicht groß, aber alle haben ihr eigenes Bad«, erklärte Emily und deutete in die jeweiligen Richtungen.

Caitrìona blickte den langen Gang hinunter, an welchem sich, in regelmäßigen Abständen, immer wieder Türen befanden. Ein Läufer zog sich über den hölzernen Boden und an den

Wänden hingen Lampen, die nur ein mattes Licht verströmten.

»Komm mit, ich zeige dir deine Unterkunft. Du hast noch eine Mitbewohnerin, Benisha Pradhan. Sie ist selbst erst seit einigen Wochen hier, ihr werdet euch sicher gut verstehen«, erzählte Emily weiter, als sie den Flur entlang schritt. Caitrìona folgte ihr wortlos. Die Umgebung, so gemütlich sie auch wirken mochte, machte ihr Angst. Doch sie war nicht gewillt, dies zu zeigen, weshalb sie erneut die Schultern straffte und sich auf ihre Herkunft besann. Sie war Schottin. Eine Nachfahrin von stolzen Männern und Frauen, die stets für ihre Rechte kämpften und selbst im Angesicht eines übermächtigen, englischen Feindes, keine Furcht zeigten.

An einer Tür, am Ende des Flurs blieb Emily stehen und klopfte. Erst nachdem ein zaghaftes »herein« erklang, öffnete sie die Tür.

Der Raum war winzig, aber wohnlich. Jeweils links und rechts an der Wand standen Betten und unauffällige Kleiderschränke. Am Kopf des Zimmers war ein Fenster, aus welchem man einen Ausblick auf den Garten hatte. Doch die Vorhänge waren längst zugezogen. Auf dem linken Bett saß ein Mädchen, die unwesentlich älter schien wie Caitrìona. Sie hatte einen karamellfarbenen Hautton und lange, schwarze Haare, die zu einem lockeren Pferdeschwanz gebunden waren. Ihre braunen, mandelförmigen Augen, blickten freundlich ihren Besuchern entgegen. »Benisha, darf ich dir Caitrìona vorstellen? Sie wird einige Tage bei uns bleiben«, sagte Emily an die junge Frau mit indischen Wurzeln, gewandt.

»Hey«, grüßte sie schüchtern. Und erneut kam lediglich ein knappes »Ay-Up«, von Caitrìona, die sich zögerlich im Raum umsah.

»Ich habe dir dein Bett frisch bezogen. Am besten kommst

du erst einmal zur Ruhe und findest dich etwas zurecht. Wir quatschen morgen weiter, okay? Benisha wird dir sicherlich helfen, wenn du Fragen hast und wenn etwas sein sollte, du weißt ja, wo mein Zimmer ist«, sagte Emily lächelnd und stellte den Koffer neben dem Bett auf der rechten Seite ab.

»Wie auch immer«, erwiderte Caitrìona unterkühlt.

»Also dann, ich wünsche euch eine gute Nacht«, verabschiedete sich Emily und ließ die beiden Mädchen allein.

Caitrìonas Blick schweifte noch einmal durch das Zimmer, ehe sie ihren Rucksack auf die Matratze fallen ließ und sich setzte. Ihre Augen verharrten einen Moment auf ihrem Caman, ihrem Shinty-Stick, den sie ans Kopfende des Bettes lehnte, bevor sich ihr Blick finster auf ihre neue Mitbewohnerin legte.

Benisha betrachtete Caitrìona zurückhaltend aber auch neugierig. »Spielst du Feldhockey?«, fragte sie und deutete dabei auf den Schläger.

Caitrìonas Mundwinkel zuckten bei dieser Frage ungewollt nach oben. »Shinty«, erwiderte Caitrìona leise und kämpfte gegen den Kloß in ihrem Hals an.

»Oh okay, tut mir leid, ich kenne mich damit nicht so aus. Ich bin eher ein Cricket-Fan. Woher kommst du denn?«

»Aye«, antwortete Caitrìona knapp und monoton. Nach Smalltalk lag ihr nicht der Sinn. »Fort William.«

»Die Harry-Potter-Brücke!«, lächelte Benisha begeistert und zeigte stolz auf ihre Büchersammlung auf dem Nachttisch neben ihr.

»Was haben hier eigentlich alle mit diesem bescheuerten Harry Potter?«, murmelte Caitrìona genervt und legte frustriert ihr Gesicht in ihre Hände.

»Entschuldige. Magst du Harry Potter nicht?«

»Es geht nicht darum, dass ich Harry Potter nicht mag«, entgegnete sie genervt. »Es ist nur so … Seit heute Morgen …« Ihre Stimme brach ab und ihr Blick schweifte kurz zur Seite. Erneut spürte Caitrìona, wie ihre Augen glasig wurden und kämpfte dagegen an.

Benishas Gesichtsausdruck veränderte sich von Neugier zu Verständnis. Sie rückte nach vorn und setzte sich auf die Bettkante. Ihre Hand legte sich unterstützend auf Caitrìonas Arm. »Entschuldige. Ich verstehe schon«, sagte sie sanft. Sie wusste nicht, welcher Schicksalsschlag ihrer neuen Mitbewohnerin widerfahren war, aber sie konnte sich gut in sie hineinversetzen. Zumindest in diesem kurzen Moment. Sie selbst hatte bereits einige Heime und Pflegefamilien hinter sich und wusste nur zu genau, wie es sich anfühlte, 'die Neue' zu sein. Oder überhaupt das erste Mal in einer solchen Einrichtung zu landen.

Ein kurzes Schweigen breitete sich im Raum aus. Caitrìona atmete tief ein und zwang sich, ihre Emotionen unter Kontrolle zu halten. Sie wollte nicht als das Mädchen bekannt werden, das sofort in Tränen ausbrach.

Benisha erkannte die Anstrengungen, die sie selbst so oft durchgemacht hatte. »Es ist okay«, sagte Benisha empathisch.

Doch trotz all ihrer Bemühungen brachen schließlich die Mauern der Zurückhaltung bei Caitrìona. Wut brodelte in ihr auf und manifestierte sich explosionsartig. »Feck off! Nichts ist okay, überhaupt nichts! Und hör verdammt noch mal auf dich ständig zu entschuldigen!« Die Stimme der jungen Schottin bebte vor Frustration und mit einer unbeherrschten Geste stieß sie die Hand weg. Von diesem unerwarteten Ausbruch völlig überrumpelt, zuckte Benisha augenblicklich zurück.

Caitrìona fuhr herum und warf sich, die Wand anblickend, auf ihr Bett. Tiefe Atemzüge füllten ihre Lungen. Und trotz all ihrer Bemühungen, ihre Tränen zurückzuhalten, bahnten sich die ersten heißen Tropfen ihren Weg über ihre Wangen.

»Ich bin hier, wenn du reden möchtest«, bot Benisha, ungeachtet Caitrìonas explosiver Reaktion, flüsternd an und wandte sich wieder ihrem Buch zu.

Nur langsam spürte die junge Schottin, wie ihre Wut schrittweise abebbte und der Schmerz der Trauer zurückkehrte. Ein qualvoller Schmerz. Er durchströmte ihr Innerstes und machte ihr aufs Neue bewusst, dass sie allein mit ihren Problemen war. Es dauerte, bis endlich die Müdigkeit obsiegte und Caitrìona in einen unsteten Schlaf fallen ließ.

Ein neuer Morgen

Die Morgendämmerung brach an. Die Sonne erhob sich langsam und kündigte den Beginn eines neuen Tages an. Während sich die ersten Strahlen zaghaft ihren Weg durch das Fenster bahnten, erwachte Caitrìona aus einer unruhigen und kaum erholsamen Nacht. Stöhnend rollte sie sich auf den Rücken und starrte, nach Antworten suchend, die Decke an. War dies alles wirklich geschehen oder hatte sie es nur geträumt? Doch die Realität drängte sich schnell in ihr Bewusstsein, der gestrige Tag war kein schlechter Traum gewesen.

Ihr Blick wanderte zur Seite, zum leeren Schlafplatz ihrer Nachbarin. Die zurückgeschlagene Decke erinnerte daran, dass sie allein aufwachte. Langsam richtete sie sich auf und ließ ihren Blick, wie schon am Abend zuvor, durch den Raum wandern. Alles war unverändert. Die zwei Betten waren nach wie vor an ihrem Platz, genauso wie die beiden Schränke an den Fußenden. Caitrìona blickte an sich herunter und bemerkte, dass sie ihre Sachen vom Vortag trug. Selbst ihre alten Turnschuhe klebten noch immer an ihren Füßen. Und da stand auch noch: Ihr Koffer. Treu an dem Ort, wo er am gestrigen Abend abgestellt wurde. Ebenso wie ihr Rucksack und ihr Shinty-Stick, der noch immer am Kopfende des Bettes an der Wand lehnte.

Unvermittelt öffnete sich die kleine Tür zum Bad und Benisha betrat das Zimmer. Ihre langen Haare waren noch feucht, aber ordentlich nach hinten gekämmt. Sie hatte sich ein Handtuch über die Schultern gelegt, um ihr Shirt vor der Feuchtigkeit zu schützen. Ein zaghaftes Lächeln zeigte sich auf ihren Lippen, als sie bemerkte, dass ihre Zimmernachbarin aufgewacht war.

»Oh hey, guten Morgen«, erklang leise ihre Stimme.

»Madainn mhath«, murmelte Caitrìona verschlafen auf Gälisch vor sich hin, ehe sie sich auf die Bettkante setzte und Benisha betrachtete. Die junge Frau schien besorgt zu sein und fragte mit einer ungewohnten Vorsicht: »Entschuldige, war ich zu laut? Habe ich dich geweckt?«

»Nay … hast du nicht«, schüttelte Caitrìona sachte ihren Kopf und erhob sich langsam. Sie trat ans Fenster, um einen Blick nach draußen zu werfen. Und als sie die Vorhänge gänzlich zur Seite geschoben hatte, offenbarte sich ihr ein Anblick auf die Rückseite des Hauses. Der große Garten lag im Dämmerlicht des Morgens. Kaum jemand würde vermuten, dass sich hinter dem Gebäude eine solch ausladende Fläche erstreckte, insbesondere wenn man bedachte, dass man sich mitten in Inverness befand.

»Wie spät ist es?«, fragte sie müde und rieb sich die Augen.

»Kurz vor sieben, gleich gibt es Frühstück. Ich wollte dich nicht wecken. Du wirst heute sicher nicht zur Schule müssen, oder?«, antwortete Benisha in ihrer leisen Art, während sie sich weiter anzog. Obwohl Caitrìona versucht hatte, ihre Gefühle für sich zu behalten, waren Benisha nachts ihr klägliches Schluchzen und Weinen nicht entgangen.

»Scheiße, Schule ist das Letzte, was mich im Moment interessiert«, erwiderte die junge Schottin monoton. Nachdenklich presste sie ihre Lippen zusammen und dachte an den gestrigen

Abend zurück, hauptsächlich an ihre Reaktion auf Benishas Geste. Sie wusste, dass sie sich falsch verhalten hatte, was ihr nun durchaus Gewissensbisse bereitete. So stur Caitrìona auch sein mochte, wenn sie einen Fehler einsah, stand sie dazu und trug die Konsequenzen.

Sie atmete tief ein und drehte sich langsam zu ihrer Zimmernachbarin um. »Hör mal«, begann Caitrìona und räusperte sich, »wegen gestern Abend … Ich habe es nicht so gemeint, okay? Es tut mir leid.«

Das Mädchen mit den indischen Wurzeln hob ihren Kopf und sah sie aus ihren mandelförmigen Augen an. »Schon gut, vergiss es einfach. Ich weiß genau, wie du dich fühlst«, antwortete sie leise lächelnd und beendete das Schnüren ihrer Schuhe.

Caitrìona nickte erleichtert, auch wenn sie bezweifelte, ob sie wirklich eine Vorstellung davon hatte, wie es in ihr aussah.

»Möchtest du zum Frühstück mitkommen?«, fragte Benisha, als sie fertig war und aufstand. »Ich warte auf dich, falls du noch ins Bad möchtest.«

Die blonde Schottin schaute erneut an sich herab. Ihre Kleidung war zerknittert und zeigte deutlich, dass darin geschlafen wurde. Auch die Haare waren von der Nacht zerzaust und ungekämmt. Doch all diese Dinge kümmerten sie momentan wenig. Tatsächlich verspürte sie ein gewisses Rumoren in ihrem Magen. Am gestrigen Tag hatte sie so gut wie gar nichts mehr gegessen, was sich nun zeigte.

»Nay, ich habe Hunger«, schüttelte sie den Kopf und kämmte ihre Haare schlicht mit den Fingern durch.

Benisha nickte lächelnd und machte ihr Bett. Als sie fertig war und sich umdrehte, lehnte Caitrìona am Schrank. Ihre Hände waren tief in den Hosentaschen vergraben, während sie Benisha wartend beobachtete.

»Willst du dein Bett nicht machen?«, fragte Benisha verwundert und betrachtete, den von der Nacht zerwühlten Schlafplatz ihrer Mitbewohnerin.

Mit einem widerwilligen Seufzen der Resignation beugte sich Caitrìona vor und griff mit hastigen Händen nach der unordentlichen Decke. Sie warf eine Ecke zurück, wodurch sich zwar einige Falten lösten, das Bett aber noch lange nicht ordentlich gemacht wurde. »Fertig – können wir jetzt gehen?«

Benisha schmunzelt ungläubig und nahm die Aufgabe selbst in Angriff. »Dee legt großen Wert darauf. Sie sagt immer, wer sein Bett morgens nicht macht, hat sein Leben nicht im Griff«, zitierte sie, während sie Kissen und Decke aufschlug und sorgfältig ablegte.

Die junge Schottin stieß einen scharfen Luftzug aus, als sie das hörte. »Klar, weil ein gemachtes Bett ja so ungemein wichtig ist.«

Gemeinsam trotteten sie den Flur entlang und die Treppe hinunter ins Wohnzimmer. Von Dort drangen bereits gedämpfte Stimmen und das Klirren von Geschirr an ihre Ohren. Mit jedem Schritt spürte Caitrìona die Aufregung in sich wachsen. Benisha führte sie durch den gemütlichen Aufenthaltsraum, vorbei an den bequemen Sofas.

Caitrìona wurde vom Anblick eines großzügigen Esszimmers überrascht. Eine atemberaubende Fensterfront erstreckte sich über die gesamte Stirnseite des Raumes und ließ das zögerlich aufkommende Tageslicht hereinströmen. Verschiedene Tische unterschiedlichster Größe, Form und Alter waren im kleinen Saal verteilt. Manche aus dunklem Nussbaumholz gefertigt und mit kunstvollen Schnitzereien verziert, andere schlicht aus Nadelholz gehalten.

Jugendliche wie Caitrìona und Benisha saßen verstreut an den Möbelstücken. Vertieft in Gespräche, lachend miteinander albernd oder still ihre Speisen zu sich nehmend. Einige drehten sich mit neugierigen Blicken um, als die beiden jungen Frauen den Raum betraten und Benisha zaghaft grüßte. Was nur teilweise erwidert und mehrheitlich schlicht überhört wurde. Die meisten schienen die Anwesenheit der zwei gar nicht erst zu bemerken.

Caitrìona hatte dennoch das Gefühl, alle Blicke wären auf sie gerichtet. In einer halben Geste des beiläufigen Grüßens hob sie ihre Hand.

»Unser Platz ist dort drüben«, erklärte Benisha und deutete auf einen kleinen Tisch am Rande des Raumes. »Das Frühstück holen wir uns da drüben.« Sie steuerte zielsicher Richtung Küche.

»Keine Bedienung?«, spottete Caitrìona murmelnd und betrachtete den aufgebauten Buffetbereich. Auf einer langen Auslage standen Körbe mit frischem Toastbrot neben Tellern mit dampfenden Tattie Scones – eine Art Kartoffelpuffer. Es gab auch Schalen voller saftiger Lorne Sausage – kleine gebratene Würstchen -, sowie verschiedener Sorten Marmelade. Gläserne Karaffen enthielten Milch und Orangensaft. Daneben reihten sich Thermoskannen auf, gefüllt mit heißem Wasser und ein Holzkasten mit einer überschaubaren Auswahl an Teesorten. Ferner gab es auch Müsli und Obst für diejenigen, die es lieber gesund und leicht mochten.

Am Anfang des Buffets waren sorgfältig gestapelte Plastiktabletts platziert. Teller, Tassen und Besteck standen ebenfalls neben ihnen parat, sodass jeder sein eigenes individuelles Frühstück zusammenstellen konnte.

Benisha die ein schüchternes und rücksichtsvolles Wesen hatte, ging voran und ergriff ein Tablett. Caitrìona folgte ihr mit schlurfend, humpelnden Schritten. Die blonde Schottin legte zwei frisch geröstete Toastscheiben und einen Tattie

Scone auf ihren Teller. Dazu etwas Blutwurst für den besonderen Kick. Anschließend goss sie sich eine dampfende Tasse Scottish Breakfast Tea ein und ließ vorsichtig Milch hineinfließen. Der Duft des Tees stieg ihr angenehm in die Nase und weckte eine Erinnerung an zu Hause, während sie ihrer Zimmernachbarin zum kleinen Esstisch folgte und ein Gefühl der Fremde überkam sie mit einem Schlag. Angst breitete sich in ihrem Innersten aus wie dunkler Nebel am Horizont eines kalten Morgens im Hochland. Sie versuchte, diese unangenehme Regung vor den Augen der anderen zu verbergen.

Und gerade als beide Platz genommen hatten, kam Emily mit einem strahlenden Lächeln an ihren Tisch. Sie stützte sich lässig auf der Stuhllehne neben Caitrìona ab, wobei ihre bunten Haare wild hin und her wippten, wie Farbtupfer in einer grauen Welt.

»Guten Morgen! Ich hoffe, ihr habt gut geschlafen?«, grüßte Emily fröhlich und sah abwechselnd die beiden an.

»Ja, danke Emily. Und selbst?« Benisha antwortete zurückhaltend leise auf die freundliche Begrüßung, während Caitrìona nur ein mürrisches »Aye« herausbrachte. Ihr Gesichtsausdruck verriet deutlich ihre Unzufriedenheit.

»Ich habe tatsächlich hervorragend geschlafen«, lachte Emily herzhaft und wandte ihren Blick auf die blonde Schottin. »Wir sollten nach dem Frühstück reden, wenn alle anderen weg sind. Dann haben wir mehr Ruhe.«

»Wie auch immer …«, seufzte sie, ohne aufzuschauen. Eine innere Schlacht zwischen Vergangenem und Gegenwärtigem tobte in ihrem Kopf, was ihr deutlich anzusehen war.

»In Ordnung«, entgegnete Emily nachsichtig und verabschiedete sich wieder.

Es herrschte Stille am kleinen Esstisch, nur vom Klappern des Bestecks gegen das Geschirr unterbrochen. Benisha aß kaum etwas, stattdessen blickte sie immer wieder besorgt zu ihrer Zimmernachbarin hinüber. »Warum bist du so abweisend?«

»Es nervt einfach nur.«

»Sie wollen dir echt nichts Böses«, flüsterte sie zwischen zwei Bissen. Caitrìonas abweisende Art war ihr alles andere als entgangen.

»Und ich will nicht hier sein.« Eine trockene Antwort, die Caitrìonas Einstellung deutlich machte. Sie blickte dabei nicht mal auf. In Gedanken versunken beschäftigte sie sich weiterhin mit ihren eigenen, inneren Dämonen. Den Unsicherheiten und Ängsten, die ihre Seele umklammerten wie eisige Finger an einem kalten Wintertag. Die Atmosphäre am Frühstückstisch war schwer – geladen mit unausgesprochenen Worten und Gefühlen. Ein Tanz auf dem Drahtseil zwischen Harmonie und Konfliktbereitschaft.

Regungslos saß Caitrìona vor ihrem Teller und hielt ihre Teetasse mit beiden Händen fest umklammert. Sie wollte sich nicht ausmalen, wie einsam und verloren Granny sich jetzt fühlen musste. Wie ein dunkles Gewitter zog Trauer durch ihre Brust und der Himmel ihrer Emotionen färbte sich schwarz. Plötzlich, als wäre ein Donnerschlag durch die Stille gebrochen, prickelte Wut in ihre Traurigkeit.

Es war so maßlos unfair! Warum musste das Schicksal ihre Maw aus der Welt reißen? Warum musste sie Fort William verlassen? Und warum zum Teufel war sie jetzt nicht bei Granny? Ein Gefühl der Ohnmacht ergriff von ihr Besitz, so bitter und kalt, dass es an ihrer Selbstsicherheit nagte und die Scherben ihrer zerbrochenen Welt tiefer in das Fleisch ihrer Seele grub.

Schmerz breitete sich aus, verzweigte sich in ihrem Innersten, als wollte er ihr unmissverständlich zeigen, dass nichts mehr sein würde wie früher.

Caitrìona war so vertieft in ihre eigenen Gedanken, dass sie nicht bemerkte, wie Benisha bereits begonnen hatte, das Geschirr abzuräumen. Erst als Benisha sie zum wiederholten Male ansprach, wurde die junge Schottin aus ihrer Trance gerissen und schaute auf.

»Aye?«, antwortete Caitrìona leise mit einem Hauch von Verwirrung in der Stimme.

»Ich muss jetzt leider gehen«, bedauerte sie und betrachtete ihre Zimmernachbarin. »Ich wünsche dir einen schönen Tag und lass den Kopf nicht hängen, okay? Wir sehen uns später.«

»Wie auch immer«, erwiderte Caitrìona kaum hörbar und nahm einen Schluck von ihrem längst erkalteten Tee. Der bittere Geschmack blieb auf ihrer Zunge haften und formte ihr Gesicht zu einer Grimasse.

Der Raum hatte sich geleert und schließlich saß nur noch Caitrìona an ihrem Tisch. Allein mit ihren Gedanken, die wild in ihrem Kopf umherwirbelten, trotzte sie der beklemmenden Dunkelheit ihrer Gefühlswelt.

Tief in ihrem Inneren glaubte sie, dass sie stark sein musste – nicht nur für sich selbst, sondern auch für ihre Granny. Schließlich war sie eine McKenzie und stolze Nachfahrin tapferer Schotten, die immer für ihre Freiheit und Überzeugungen gekämpft hatten. Selbst angesichts einer überwältigenden englischen Armee ließen diese mutigen Seelen weder Angst noch Mutlosigkeit aufkommen. Nein! Sie stellten sich dem Kampf entgegen! Ihre Kilts flatterten im Wind und forderten die Engländer mit ihren nackten Ärschen heraus. Und genauso würde sie es auch tun – nur das mit dem nackten Arsch, würde sie sich vielleicht noch einmal überlegen.

Die anscheinend stets gut gelaunte Sozialarbeiterin mit den bunten Haaren, betrat den Raum und schaute sich prüfend um. Zufrieden stellte sie fest, dass alle bereits auf dem Weg zum Schulbus waren, als ihr Blick, auf die junge Schottin fiel. Mit entspannten Schritten näherte sie sich Caitrìona.

»Hey«, begann Emily freundlich und lehnte sich erneut an die Stuhllehne. »Wenn du mit dem Frühstück fertig bist, wäre es nett von dir, dein Geschirr rüber in die Küche zu bringen.« Sie beobachtete aufmerksam das junge Mädchen. »Wie war deine erste Nacht bei uns?«

»Ich habe schon besser geschlafen«, antwortete Caitrìona knapp und erhob sich. Ohne weitere Worte sammelte sie ihr Geschirr zusammen. Emily nickte verständnisvoll und folgte Caitrìonas Bewegungen mit ihren Augen. Besorgnis zeigte sich in ihrem Blick. »Du hast gestern schon gehumpelt … was ist mit deinem Bein? Hast du Schmerzen?«

»Nichts, worüber du dir Gedanken machen musst.«

»Ich mache mir aber Gedanken«, hielt Emily beharrlich dagegen. »Ich werde mit Dee sprechen. Vielleicht können wir zu einem Arzt fahren.«

»Dein Problem. Tu, was du nicht lassen kannst, aber ich werde sicher nicht zu einem Arzt gehen.« Die Antwort der jungen Schottin schien keinen Spielraum für Diskussionen zu lassen.

»Oh okay?« Die Sturheit des Mädchens war nichts, was Emily nicht schon erlebt hätte. »Und verrätst du mir wenigstens, warum du humpelst?«

»Wüsste nicht, was dich das angeht«, kam es latent aggressiv über die Lippen der blonden Schottin. »Aber wenn du es unbedingt wissen willst: Ich habe mich beim Sport verletzt. Nichts

Ernstes. Der Sani hat schon alles abgecheckt.«

Emily nickte verstehend. Doch anstatt das Thema fallen zu lassen, wollte sie mehr über Caitrìona erfahren. Sie hoffte, auf diesem Weg eine Art Beziehung zu dem Neuzugang aufzubauen. »Was machst du denn für Sport?«

»Shinty.«

»Das hört sich interessant an! Wie lange spielst du schon Shinty? Hast du ein Team oder spielst du allein?«

»Seit einigen Jahren«, erwiderte sie und sah Emily prüfend an. »Wird das hier ein Verhör, oder was? Außerdem wie willst du einen Mannschaftssport allein spielen? Du kannst zwar allein trainieren, aber nicht allein spielen.« Ein Hauch von Provokation schwang in ihrer Stimme mit.

»Okay da hast du mich kalt erwischt. Du hast recht. Mein Fehler – Sorry.« Emily musste lachen. »Was magst du denn sonst so? Bücher, Filme oder Musik?«

»Jedenfalls nicht Harry Potter«, verdrehte Caitrìona spöttisch die Augen.

»Magst du Harry Potter nicht?«, schmunzelte Emily, der ihr Blick nicht entgangen war.

Langsam wurde es der blonden Schottin zu viel. Sie setzte einen ernsten Blick auf und schaute Emily in die Augen. »Was soll das hier werden?«, fragte sie harsch. Der Blick der jungen Sozialarbeiterin ruhte einige Momente auf Caitrìona, ehe sie langsam zu sprechen begann. »Okay tut mir leid. Ich wollte dich ablenken. Dich etwas kennenlernen. Ich weiß, dass es dir gerade scheiße geht und wie du dich fühlst. Du hast auf den ganzen Mist hier bestimmt keinen Bock und willst lieber zurück zu deinen Freunden oder deiner Grandma. Richtig?«

»Richtig!« Caitrìona stimmte ihr zu, war aber dennoch von ihrer Offenheit angetan. In ihren Augen stand sie wenigstens dazu, dass das alles hier totaler Mist war. Das mochte zwar etwas sein, was der jungen Schottin imponierte, aber noch lange nicht dieses Verhör rechtfertigte. »Du kannst dir das Gerede sparen. Ich habe dich nicht darum gebeten, mich zu verstehen oder mir zu helfen, aye?«, machte sich Caitrìona weiter Luft und in ihren Augen zeigte sich deutlicher Missmut. Hier zu sein, oder die Vorstellung hier leben zu müssen, war für sie eine Qual.

»Nein, das hast du nicht!«, erhob Emily ihre Stimme. »Aber nur weil du denkst, dass du niemanden brauchst, ist das noch lange nicht so! Allein bekommt man die Scheiße nun mal nicht auf die Reihe. Und denk ja nicht, dass du die Einzige hier bist, die einen Streifen mitmacht.« Emilys Gesicht hatte eine ernste Mimik angenommen und ihre Augen fixierten Caitrìona scharf.

»Das ist nicht mein Problem, aye?« Emily seufzte tief, während sie versuchte, ihre Frustration zu unterdrücken und ein normales Gespräch zu führen.

»Caitrìona«, sagte sie etwas sanfter, »ich verstehe, dass du nicht hier sein willst. Aber wir sollten darüber reden, wie du dich fühlst.«

Die junge Schottin rollte die Augen und starrte aus dem Fenster in den Garten hinaus. Sie wollte einfach nur weg von hier. Weg von allem. Weg von Emily und all ihren Fragen.

»Und wenn ich darauf keinen Bock hab?«

»Du solltest dich damit auseinandersetzen«, erwiderte Emily bestimmt. »Es ist wichtig für deine Zukunft.«

Caitrìona lachte bitter auf. »Meine Zukunft …«, wiederholte sie abfällig.

»Du hast deine Mutter verloren. Ich will dir nicht sagen, wie du zu trauern hast, aber mit jemandem darüber zu sprechen kann dir helfen.«

Caitrìona schnaubte verächtlich. »Als ob du wüsstest, wie das ist.«

Emily seufzte erneut und zeigte Geduld. Sie hatte schon viele schwierige Gespräche mit Teenagern geführt, aber Caitrìonas Widerwille schien besonders hartnäckig. Emily zog den Stuhl, an welchem sie lehnte, etwas zurück und setzte sich. »Ich habe meine Eltern und meinen jüngeren Bruder bei einem Autounfall verloren. Ich saß auch im Auto und war die Einzige, die es überlebt hat. Ich kam auch in ein Haus wie diesem hier. Und ich habe mich genauso gefühlt, wie du dich jetzt fühlst …«

»Oh haud yer wheesht! Du hast keine Ahnung, wie ich mich fühle, okay?«, wurde sie von Caitrìona lautstark unterbrochen.

»Nein ich weiß nicht, wie du dich fühlst, aber ich weiß, wie ich mich gefühlt habe. Und ich kann dich verdammt gut verstehen.«

Caitrìona schnaubte erneut und wandte ihren Blick wieder ab. »Ich weiß, dass du glaubst, niemand versteht dich oder deine Situation«, begann Emily behutsam. »Aber ich verspreche dir, es gibt Menschen da draußen die verstehen können, wie du dich fühlst.«

Caitrìona blickte weiter aus dem Fenster und atmete tief ein. Die letzten Wochen waren geprägt von endlosen Streitereien mit ihrer Mutter. Sie hatten kaum ein ruhiges Wort gewechselt. Doch trotz all der Spannungen sehnte sie sich in diesem Moment nach ihrer Maw. Sie wünschte sich nichts mehr, als dass ihre Mutter sie in den Arm nehmen würde und sanft über ihren Kopf streichelte. Und es war eine schmerzliche Erkenntnis, dass dies nie wieder passieren würde.

Ein erneuter Schwall von Tränen drängte an die Oberfläche und drohte herauszubrechen. Aber Caitrìona verbot es sich, ihre Gefühle zuzulassen oder gar zu zeigen. Ihre Lippen pressten sich fest zusammen, während ihre Nasenflügel vor Anspannung bebten. Ihr Atem wurde schwerer. Sie wollte auf keinen Fall Angst oder Schwäche zeigen – das hatte sie beim Shinty gelernt und es hatte ihr bisher immer geholfen. Auf dem Feld durfte keine Furcht vor einer Gegnerin zugelassen werden, sonst wäre der Zweikampf bereits verloren, bevor er angefangen hätte. Und Verlieren war das Letzte, was Caitrìona wollte.

Obwohl ihr Inneres zerbrach und der Schmerz fast unerträglich schien, zwang sie ihren Geist, stark zu bleiben – ebenso wie im Sport: Körperkontrolle trotz emotionaler Turbulenzen behalten.

Emily hingegen hatte das Gefühl endlich einen Zugang zu dem verschlossenen Mädchen gefunden zu haben, dennoch wusste sie, dass es weiterhin viel Geduld und Einfühlungsvermögen brauchen würde, um das Eis vollständig zu brechen.

»Ich werde dich vorerst in Ruhe lassen, okay? Denk über meine Worte nach und wenn du reden möchtest, bin ich da.« Sie betonte jedes Wort sorgfältig und versuchte ihre Überzeugungskraft, in jeden einzelnen Satz einzubringen. Es lag, ihr fern Druck auf das Mädchen auszuüben oder zu zwingen, etwas preiszugeben. Stattdessen wollte sie ihr Raum geben zum Nachdenken und zur Selbstreflexion. Denn nur so konnte dieses zerbrechliche Band zwischen ihnen wachsen. Emily war entschlossen, dem jungen Mädchen zur Seite zu stehen. So wie sie es bei jedem neuen Bewohner machte. Auch wenn es bedeutete, gegen ihren Willen zum Arzt zu gehen.

Jedoch hatte sie nicht mit dem inneren Widerstand des Neuankömmlings gerechnet. Caitrìona sah sie an und nahm das Tablett mit ihrem Geschirr auf. Dann, kaum einen Wimpernschlag später, krachte es laut scheppernd auf den Boden, als Caitrìona es mit provozierendem Blick fallen ließ. Die Tasse zersprang in tausend kleine Teile. Erschrocken und gleichzeitig verärgert über die Dreistigkeit, starrte Emily Caitrìona an.

»Was soll denn das? Findest du das lustig?«, schimpfte sie und sah sich die Misere zu ihren Füßen an. »Das wirst du aufräumen. Hol dir einen Besen aus der Küche«, wies sie die junge Schottin an.

»Zwing mich doch«, war alles, was trocken über Caitrìonas Lippen kam, während sie sich zum Gehen abwandte.

»Du bist ein stures, dummes Kind Caitrìona McKenzie!«, rief Emily ihr nach. Doch diese ging scheinbar unberührt weiter. Vielmehr hob sie ihre rechte Hand und zeigte deutlich, was sie von all dem hier hielt – ihren Mittelfinger.

Auf Spurensuche

Olivia Evans saß an ihrem Schreibtisch im Youth Welfare Office von Inverness und ahnte nichts von den Dramen, die sich nur wenige Meilen entfernt abspielten. Sie starrte auf den Bildschirm ihres Computers. Die junge Frau arbeitete bereits seit halb acht in ihrem Büro, kam aber erst jetzt, gegen kurz vor neun dazu, sich um ihren neuesten Fall zu kümmern – Caitrìona McKenzie. Unweigerlich musste sie an das blonde Mädchen denken. Sie fragte sich, wie sie ihre erste Nacht in der Fremde verbracht hatte. Es war immer wieder belastend, Kinder und Jugendliche aus ihrem gewohnten Umfeld zu nehmen. Doch manchmal ging es nicht anders und auch sie musste sich an die Gesetze des Landes halten. Insbesondere dann, wenn es zum Wohl der Kinder geschah. Sie erinnerte sich an ihr Versprechen, dem Mädchen gegenüber, ihr schnellstmöglich zu helfen. Dabei hatte sie keine Ahnung, was alles noch auf sie zukommen würde.

Die Unterlagen, die sie am gestrigen Tage aus der Wohnung der McKenzies mitgenommen hatte, lagen neben ihr auf dem Schreibtisch. Sie nahm den Ordner zur Hand und fand nach kurzen Blättern, wonach sie gesucht hatte: Die Geburtsurkunde von Erin McKenzie. Constable Meyers, wie auch Caitrìona selbst, hatten ihr bestätigt, dass ihre Großmutter noch lebte. Sie wandte sich ihrem PC zu und begann mit ihren

Fingern über die Tastatur zu fliegen.

Ihre grünen Augen wanderten aufmerksam über den Monitor, während sie flüsternd mitlas. »Edina McKenzie, geboren am 08. Juni 1954, wohnhaft in Glenfinnan, Schottland.« Auf ihrem Notizblock machte sie sich eine kurze Notiz und griff anschließend zum Telefon, um Constable Meyers anzurufen.

»Meyers«, erklang seine Stimme nach einigen Momenten in der Leitung.

»Guten Morgen Constable, Olivia Evans vom Youth Welfare Office hier«, grüßte sie, ihre Augen wieder auf den Unterlagen.

»Oh guten Morgen Miss Evans, ich wollte sie gerade anrufen.«

»Wirklich? Da bin ich Ihnen wohl zuvorgekommen«, lachte Olivia. »Ich hätte nur einige kurze Fragen.«

»Natürlich fragen sie nur.«

»Wurde Mrs. Edina McKenzie bereits über den Tod ihrer Tochter informiert? Wie hat sie es aufgenommen?«, fragte Olivia in der Gewissheit, dass Constable Meyers genau wusste, um wen es geht.

»Ja wurde sie. Allerdings glaube ich nicht, dass sie es wirklich verstanden hat. Meine Kollegen meinten, sie wäre sehr verwirrt gewesen.«

»Ich verstehe. Demenz sagten sie?«

»Ja«, antwortete der Constable seufzend, während Olivia sich Notizen machte.

»Und haben sie etwas über Murdo Munro herausfinden können?«, fragte sie routiniert weiter.

»Ah, deswegen wollte ich sie gerade anrufen.«

Olivia konnte das Rascheln von Papier hören.

»Also ich habe mich wie versprochen schlau gemacht, aber leider ohne Erfolg. Ich habe nur einen Eintrag in der Datenbank gefunden. Es gibt einen Murdo Munro in Aberdeen. Dutzende Verkehrsdelikte … aber der Mann ist über 80 und fällt damit wohl raus«, erzählte der Polizist bereitwillig.

Olivia stöhnte. »Und sonst gibt es keine Verwandten?«

»Negativ Ma'am. Nicht nach unseren Erkenntnissen. Sie könnten die alte McKenzie selbst fragen, aber ich bezweifle, dass sie da irgendwelche verwertbaren Informationen erhalten«, seufzte der Constable.

»Und wie sieht es mit William Cavenworth aus? Haben Sie zu ihm etwas herausgefunden?«

»In der Tat, das habe ich. Aber die Antwort wird Ihnen nicht gefallen.«

Erneut vernahm Olivia das Rascheln von Papier im Hintergrund.

»Ich habe einen Eintrag gefunden«, hörte sie den Constable konzentriert sagen, »in Verbindung mit einem Verkehrsunfall im Juli 2010 nahe Stirling. Er kam dabei ums Leben. Das Merkwürdige an der Sache ist, dass ich keine weiteren Informationen zu ihm erhalte. Die Akte ist anscheinend gesperrt und nur weit über meine Gehaltsklasse zugänglich«, berichtete der Beamte deutlich betroffen.

»Das ist tatsächlich merkwürdig«, murmelte Olivia, während sie mitschrieb.

»Alles, was ich ihnen sagen kann, ist, dass der junge Mann aus London stammte und dort auch gemeldet war«, fügte Constable Meyers noch hinzu und witzelte schon im nächsten Augenblick, »vielleicht ein Agent des MI-6.«

Olivia musste grinsen. »Das halte ich doch für etwas unwahrscheinlich. Da geht die Fantasie mit Ihnen durch. Aber seltsam ist es doch.«

»Ja. Es tut mir leid, dass ich Ihnen nicht weitere Auskunft geben kann Miss Evans«, bedauerte die Stimme am anderen Ende der Leitung. »Was haben sie jetzt weiter vor?«

»Schätze ich werde Mrs. McKenzie aufsuchen und mein Glück versuchen«, seufzte Olivia in den Hörer.

»Ich wünsche Ihnen viel Glück. Melden Sie sich, wenn ich noch etwas für Sie tun kann.«

»Danke Constable. Sie haben mir schon sehr weitergeholfen. Einen schönen Tag noch«, verabschiedete sich Olivia in Gedanken von ihrem Gesprächspartner und legte auf. Olivia fasste den Entschluss, sich mit der älteren Dame zu treffen, um sich selbst ein Bild zu machen. Vielleicht würde sie Glück haben und doch etwas mehr herausfinden. Doch zunächst beschloss sie, angetrieben von Neugier, eigene Nachforschungen zu William Cavenworth anzustellen.

Mit einem tiefen Seufzer in der Brust nahm Olivia die Geburtsurkunde von Caitrìona zur Hand. Ein ungutes Gefühl durchströmte sie, doch konnte sie es nicht genau benennen. Mit einem kraftvollen Atemzug wechselte sie auf das Suchverzeichnis des Electoral Roll, dem Wahlverzeichnis der boroughs von London. Wie konnte es sein, dass in Großbritannien weder ein einheitliches Melderegister noch eine allgemeine Meldepflicht existierten? Diese Tatsache erschwerte Olivias Arbeit immer wieder aufs Neue und verwandelte sie ein ums andere Mal in eine Suche nach der berühmten Nadel im Heuhaufen. Nicht immer hatte sie das Glück, auf die Hilfe eines Polizisten zurückgreifen zu können.

Zu ihrer Überraschung wurde sie tatsächlich im Electoral Roll des Royal Borough of Kensington and Chelsea fündig, als sie den Namen William Cavenworth zusammen mit seinem Geburtsdatum eingab. Ein Schauer der Aufregung durchfuhr Olivia, als sie versuchte, weitere Informationen einzusehen. Doch auch ihr verweigerte das Programm den Zugriff und forderte stattdessen auf, sich an die City of London Corporation

zu wenden. Ein äußerst merkwürdiger Umstand – warum sollte
der Zugang zu solchen Daten eingeschränkt sein? Noch dazu,
wo der Mann längst verstorben war. Und vor allem, was hatte
die City of London Corporation damit zu tun? Gehörte das
Royal Borough of Kensington and Chelsea doch einem ganz
anderen und unabhängigen District an.

Entschlossen öffnete Olivia ihr Mail-Programm und ver-
fasste eine umfangreiche Nachricht an die besagte Verwal-
tungsstelle in London. Mit Nachdruck betonte sie ihre dringende Notwendigkeit für weitere Informationen bezüglich der
Person William Cavenworth und dessen Beziehung zu
Caitrìona McKenzie. Um ihrer Forderung Gewicht zu verleihen, scannte Olivia gleichzeitig die Geburtsurkunde des Mädchens ein und fügte diese als Anhang der E-Mail hinzu. Es war
ihr wichtig, sicherzustellen, dass alle relevanten Dokumente
vorhanden waren, um ihren Fall ausführlich darlegen zu
können.

Zwischenzeitlich warf Olivia immer wieder nervöse Blicke
auf ihre Uhr – es war mittlerweile kurz vor zehn. Heute schien
die Zeit förmlich davonzufliegen. Sie wusste, dass sie nicht
länger zögern durfte und beschloss, ihre Arbeit im Büro zu
beenden und nach Glenfinnan zu fahren. Möglicherweise
würde sie dort weitere Hinweise auf William Cavenworth
finden.

Glenfinnan, ein zauberhaftes kleines Dorf mit kaum mehr als
100 Einwohnern, das von majestätischen Bergen umgeben und
sich entlang der A830 erstreckte. Hier, an diesem idyllischen
Ort am Ufer des Loch Shiel, gab es weder Geschäfte noch
einen wirklichen Ortskern. Doch dafür beherbergte Glenfinnan eine reiche Geschichte und atemberaubende Landschaf-
ten.

In vergangenen Zeiten waren die Bewohner von Glenfinnan hauptsächlich Fischer und Bauern, die im Einklang mit der Natur lebten. Ihre Gemeinschaft war eng verbunden und half einander bei den täglichen Aufgaben. Gerade ein besonderes Ereignis in der Geschichte von Glenfinnan stach besonders hervor und verstärkte diesen Zusammenhalt – die Jakobiten-Rebellion im Jahr 1745. An diesem historischen Ort versammelte Bonnie Prince Charlie seine Truppen für seinen letzten Versuch, den britischen Thron zurückzuerobern. Heute erinnert nur mehr ein stolzes Denkmal an dieses bedeutende Ereignis.

Gegenüber der Saint Mary & Saint Finnan Church führt ein malerischer Schotterweg zwischen grob errichteten Steinhäusern hindurch. Am Ende dieses Pfades, am Rande eines kleinen Wäldchens, entdeckte Olivia das Haus von Edina McKenzie. Es besaß einen bescheidenen Vorgarten, der zwar wild und ungepflegt war, doch vom süßen Duft des gelben Ginsterbusches erfüllt wurde. Rhododendren rankten sich an der Hauswand empor und bedeckten fast vollständig den Eingangsbereich. Und ein verwittertes Schild verkündete stolz den Namen 'McKenzie'.

Olivia klopfte entschlossen an die Tür. Geduldig wartete sie, bis diese sich nach einem Moment des Wartens, einen Spaltbreit öffnete. Ein mattblaues Augenpaar, das zu einer älteren Dame gehörte, sah sie an. Ihre gebeugte Haltung und ihr graues Haar, zu einem lockeren Dutt gebunden, vermittelten einen Eindruck von fragiler Würde.

»Mrs. McKenzie?«, fragte Olivia mit einem Lächeln, bemüht, ihre Nervosität zu verbergen. Sie wusste, dass die bevorstehende Diskussion über Familienangelegenheiten heikel sein konnte.

»Steht es doch klar und deutlich auf dem Namensschild«, kam es von Edina McKenzie mit einer Stimme, die trotz ihres zittrigen Klangs Entschlossenheit verriet. In Olivias Geist formte sich eine Ahnung, woher Caitrìonas eigensinnige Art wohl stammen mochte.

»Ich heiße Olivia Evans und komme vom Youth Welfare Office in Inverness …«, begann Olivia in freundlichem Ton, bevor sie jäh von der Seniorin unterbrochen wurde. »Sparen Sie sich die Worte. Ich gebe keine Spenden und ich kaufe auch nichts.«

»Nein, Mrs. McKenzie, es geht nicht um Spenden oder dergleichen. Ich möchte mit Ihnen über Ihre Enkelin sprechen«, versuchte Olivia klarzustellen.

»Enkelin? Welche Enkelin? Ich habe keine Enkelin«, entgegnete die alte Dame mit einem Anflug von Reiz und setzte bereits dazu an, die Tür wieder zu schließen.

»Caitrìona McKenzie«, brachte Olivia rasch, wenn auch mit einer Spur Überraschung hervor und legte behutsam ihre Hand gegen das Türblatt.

»Caitrìona?«, wiederholte Edina nachdenklich. Aber dann, als hätte ein Licht der Erinnerung sie durchflutet, klärte sich ihre Miene. »Ah, Catey, aye. Natürlich ist sie meine Enkelin. Sie ist aber nicht hier, es tut mir leid.«

»Ich weiß, Mrs. McKenzie. Deswegen bin ich hier. Caitrìona befindet sich in Inverness«, erklärte Olivia, von einer beinahe unnatürlichen Ruhe umgeben.

»In Inverness? Was macht sie denn in Inverness? Weiß ihre Mutter davon?« Die alte Dame weckte den Eindruck völliger Überraschung, ihre Stimme von Sorge getragen.

Ein beklemmendes Gefühl schnürte Olivia die Brust zu, ihr Herz wurde schwer. Sie senkte kurz ihren Blick, suchend nach den richtigen Worten. Demenz, die Erklärung des Polizisten hallte in ihren Gedanken wider und entlockte ihr einen tiefen Seufzer.

»Wer sind Sie denn überhaupt?«, fragte Edina in diesem Augenblick.

»Ich bin Olivia Evans vom Youth Welfare Office in Inverness«, wiederholte sie geduldig. »Ich bin hier, um mit Ihnen über Caitrìona zu sprechen.«

Mrs. McKenzie musterte Olivia für einige Sekunden. Trotz ihres verwirrten Aussehens zeigte sie Spuren von bewusster Nachdenklichkeit.

»Dann müssen Sie mit meiner Tochter Erin reden. Sie hat gesagt, sie kommt später vorbei. Versuchen Sie es doch dann noch einmal«, sagte die alte Frau mit fester Stimme und schloss die Tür, noch ehe Olivia etwas erwidern konnte.

Sie zog ihre Hand zurück und blickte einen Moment ratlos auf das schlichte Holz. Sie war verunsichert. Sollte sie erneut anklopfen, oder wäre es besser, später zurückzukehren?

»Das können Sie sich sparen«, hallte eine geerdete, ältere Stimme hinter Olivia wider und schon schien es, als würde das Schicksal Höchstselbst ihr die Entscheidung aus den Händen nehmen. Als sie sich umwandte, sah sie den Sprecher jenseits des Gartenzauns. Einen Herrn mit wettergegerbtem Gesicht und in fortgeschrittenem Alter.

Der Mann, der etwas älter als Mrs. McKenzie wirkte, war bekleidet mit Gummistiefeln und einer Latzhose, die ein arbeitsreiches Leben erahnen ließen. Sein Mantel, eher praktisch als modisch, und eine abgetragene Schiebermütze, rundeten das Bild des ländlichen Weisen ab. Seine von Wind und Wetter gefärbten Wangen steckten voller Leben und seine Augen, so dunkel und durchdringend, waren Zeugen seines scharfen Verstandes.

»Guten Tag, Sir«, antwortete Olivia mit sorgsamer Freundlichkeit und trat näher an den Gartenzaun heran. »Ich bin Olivia Evans, vom Youth Welfare Office in Inverness. Vielleicht haben Sie ein paar Minuten?«

Der Mann, dessen Blick sich für eine Sekunde verdunkelte, als wäre seine Seele kurz auf Tauchstation gegangen, nickte mit einem leisen, leicht mürrischen Grunzen. »Paul McElroy, mein Name. Ich lebe nebenan«, sagte er und nickte mit seinem Kopf in Richtung des anmutig gealterten Häuschens, das sich weiter oben am Weg befand. »Sagen Sie, sind Sie wegen Erins unseligem Unfall hergekommen?« Sein Blick war von einem Hauch Argwohn geprägt, als wäre Olivia ein Bote schlimmer Nachrichten.

»Ja, das bin ich«, gab Olivia offen zu. »Ich kümmere mich um Mrs. McKenzies Enkelin. Ich hatte die Hoffnung, sie hätte Licht ins Dunkel meiner Nachforschungen bringen können. Ich versuche mehr, über ihre Familie oder Verwandte zu erfahren.«

Paul McElroy entließ ein kurzes, herb klingendes Lachen in die kühle Luft. »Licht? Da herrscht seit Langem Dämmerung, fürchte ich. Edinas Geist ist getrübt. Sie leidet unter Demenz, schon eine Weile. Jedes Jahr scheint es schlimmer zu werden.« Ein hörbarer Seufzer entwich seinen Lippen, während er in die Ferne zu blicken schien. Sorge zeigte sich in seinen Zügen »Es ist schon tragisch, zu sehen, wie einem Menschen der Verstand schwindet.«

Olivia spürte das Gewicht seiner Worte. »Das ist in der Tat ein schweres Los. Könnten Sie mir vielleicht weiterhelfen? Sie scheinen Mrs. McKenzie gut zu kennen.«

»Aye, das will ich meinen. Meine Frau und ich versuchen uns um Edina zu kümmern. Wir tun unser Bestes, um sie zu unterstützen. Meine Frau, sie backt ihr Brot und hält das Haus in

Schuss. Doch es ist fraglich, wie lange wir uns noch um sie kümmern können. Auch wir sind nicht mehr die Jüngsten«, erklärte er mit einem Hauch von Altersmüdigkeit. »Caitrìona, wie geht es dem Mädchen? Hab sie schon lange nicht mehr gesehen.«

Olivia zögerte, »Den Umständen entsprechend.« Ihre Antwort war bedacht und verhalten, um Caitrìonas Privatsphäre zu schützen. »Kennen Sie noch andere Verwandte?«

Paul McElroy schüttelte den Kopf, sein Gesicht bildete eine Landschaft aus Falten, während seine Gedanken scheinbar über die Landkarte seiner Erinnerung strichen. »Nein, da ist niemand mehr übrig. Ross, ihr Mann, verstarb vor Jahren. Sie selbst ist eine gebürtige MacLeod, kam aus Stornoway. Ihre Mutter zog mit ihr und ihrer Schwester hierher, als auf den Inseln die Männer nach dem Krieg Mangelware wurden. Sie fand Ross und gründete hier ihre Familie. Ihre Schwester zog in jungen Jahren nach Kanada. Ross hatte noch einen Bruder, aber …«, er stockte einen Augenblick, »Auch er zog es vor, sein Dasein im Ausland zu fristen.«

»Das erleichtert es nicht«, murmelte Olivia und kritzelte die gesammelten Informationen hastig in ihren Block. Sie warf einen zögernden Blick zum Himmel, als könnte dieser irgendwelche Antworten preisgeben. »Und über Caitrìonas Vater … wissen Sie etwas?«

McElroy lächelte matt, fast spöttisch. »Ich meine er hieß Munro. Aye, ja so hieß er. Ich meine, er stammte aus Dingwall. Erin war nie verheiratet. Er kam um, bevor es zur Hochzeit kam. Im Krieg. In Afghanistan« Sein Gesicht verdüsterte sich, die scharf umrissene Missbilligung eines Mannes, der den Wandel der Zeiten am eigenen Leib gespürt hatte. »Ein unsinniger Krieg. Warum schicken wir nur unsere Jungen in solche Länder?« Er schüttelte den Kopf in stiller Empörung.

Olivia nickte und vermied es, das Thema weiter zu vertiefen. »Kannten sie ihren Vater?«, fragte sie stattdessen.

»Nay. Jedenfalls nicht persönlich. Ich weiß nur das, was Edina und Erin über ihn erzählten. Er war nicht oft Thema«, entgegnete er fast schon entschuldigend.

»Eine letzte Frage, Mr. McElroy, kennen Sie einen William Cavenworth?«

Seine Antwort kam schnell und sicher. »Cavenworth? Nay, der Name sagt mir nichts. Hier, in dieser Gegend, ist er mir noch nie untergekommen.«

Nach einer Pause, in der die kühle schottische Luft um sie herum zu flüstern schien, fuhr Olivia fort, während sich Sonnenstrahlen sanft auf die zerzausten Spitzen des Gartens legten. »Ich verstehe. Nun, Ihre Hilfe ist mir trotzdem sehr wertvoll, Mr. McElroy. Ich danke Ihnen für Ihre Offenheit.«

Paul McElroy nickte, seine Gedanken schienen noch immer auf einer Reise entlang alter Pfade und verschlafener Erinnerungen. »Wenn Sie sonst noch etwas wissen müssen … über die McKenzies oder das Dorf hier … fragen Sie einfach. Zumindest das Gedächtnis ist mir noch treu«, fügte er mit einem Anflug von trockenem Humor hinzu.

Olivia lächelte dankbar. »Das werde ich ganz bestimmt, Mr. McElroy. Ich gebe ihnen meine Nummer, wenn es Ihnen recht ist? Vielleicht erinnern Sie sich noch an weitere Details, die nützlich sein könnten.«

»Wenn's helfen kann, dann sicher«, stimmte er zu und schob die Hände tiefer in die Taschen seines Mantels. »Dann vielleicht über einer Tasse Tee. Meine Margret backt auch ganz hervorragende Scones.«

Zu dem Angebot eines Gesprächs bei Tee und Gebäck nickte Olivia, während sie ihm ihre Nummer notierte. Der alte McElroy schien die Vergangenheit von Mrs. McKenzie gut zu kennen, zudem schien er ein gütiges Herz zu besitzen. Und vielleicht würde ihm tatsächlich noch etwas einfallen, was ihr weiterhelfen würde.

»Das klingt wunderbar. Bis dahin, Mr. McElroy, wünsche ich ihnen alles Gute.« Mit diesen Abschiedsworten wandte sich Olivia ab und ließ ihren Blick noch einen Moment über die sanften Hügel und das satte Grün schweifen, welches Glenfinnan umgab. In ihren Gedanken ordnete sie bereits die nächsten Schritte. Und während des rhythmischen Klangs ihrer Stiefel auf dem Kiesweg als Begleitmelodie ihrer Gedanken widerhallte, überlegte sie, ob eine Anfrage bei der kanadischen Botschaft etwas bringen würde. Obgleich ihr bei dem Gedanken nicht ganz wohl war. Sollte es tatsächlich noch Verwandte in Kanada geben, so wüssten sie vielleicht nichts von Caitrìona und umgekehrt.

Olivia hatte gerade den schmalen Pfad, der den Garten von Paul McElroys Haus umrandete, erreicht, als hinter ihr eine Stimme rief. »Miss Evans!«

Sie drehte sich um und sah Paul McElroy am Zaun stehen, etwas unsicher wirkend, als hätte er noch etwas Wichtiges auf dem Herzen. »Ja, Mr. McElroy?« Ihre Stimme trug ein Echo der Überraschung.

Der Alte rieb sich das Kinn und sah in die Ferne, dann fügte er schnell hinzu: »Ich … ich erinnerte mich gerade. Ich meine bei Kinlochmore gibt es ein altes Anwesen, in dessen Zusammenhang ich den Namen Cavenworth schon mal hörte. Aber ist schon einige Jahre her.«

Olivia blinzelte, dieses Detail schien trivial. Sie nickte und versicherte dennoch: »Ich werde mich informieren, Mr. McElroy. Vielen Dank.«

Als sie davon ging, nahmen ihre Gedanken wieder Fahrt auf. Jedes Detail konnte ein Schlüssel sein, besonders für jemanden in Caitrìonas Lage. Aber ob diese, Information wirklich hilfreich war, bezweifelte Olivia. Wenn dort noch jemand, mit dem Namen Cavenworth leben würde oder wirklich gelebt hatte, dann hätte Constable Meyers dies mit Sicherheit erwähnt. Dennoch notierte sie sich den Hinweis in ihrem Notizblock, als sie schließlich ihren Wagen erreichte und eingestiegen war. Sie grübelte und startete den Motor. Warum konnte es nicht einmal einfach sein?

WENN EIN WORT
DAS ANDERE ERGIBT

Im sanften Dämmern des späten Nachmittags fand sich Caitrìona, wie ein sprödes Blatt, auf den Eingangsstufen des Rosewood House wieder. Das Jugendheim trug den Mantel ihres vorübergehenden Zuhauses, während sie die Ungeduld eines wilden Tieres im Käfig, in sich trug. Der Gedanke an das bevorstehende Treffen mit Olivia Evans, ließ ihren Blick unruhig über den Vorplatz schweifen. Noch am Morgen hatte sie die Nachricht erhalten, Olivia würde sie erst zum Abend hin besuchen können. Mit dieser Botschaft wuchs in ihr das beklemmende Gefühl einer weiteren Nacht unter diesem Dach heran und legte sich wie ein düsteres Gewicht auf ihre Schultern.

Ein Umstand den Dee und Emily ausnutzten und Caitrìona drängten, einen Arzt aufzusuchen. Sie selbst sah sich nicht als fragiles Püppchen, das bei jedem Kratzer einem Doktor seine Huldigung darbringen musste. Vielleicht war diese Haltung auch ein Symbol für ihren innerlichen Kampf gegen all die Herausforderungen, die sich ihr gerade entgegenstellten. Egal wie groß oder klein diese sein mochten. Sie wollte stark sein und sich nicht, weder von ihrem Körper noch von sonst wem einschränken lassen. Die Schmerzen waren zwar unangenehm, aber sie hätte es ausgehalten, so wie im immer.

Doch so sehr Caitrìona auch ihren Widerwillen zum Ausdruck brachte, gegen Dee und Emily kam sie in diesem Zusammenspiel nicht an. Vielmehr war es sogar so, dass die junge Schottin schließlich zustimmte, nur um ihre Ruhe zu haben. Das beharrliche Duo war für Caitrìonas Gemütslage zu viel. Also gab sie nach und ging.

Im Wartezimmer des Arztes herrschte eine Stille, die so dick war, dass man sie mit einer Gabel hätte aufspießen können. Der Arzt, ein Mann von straffer Seriosität, gab seine Diagnose mit einer Stimme ab, die Caitrìona an nachladende Pistolen erinnerte.

»Nur eine gezerrte Sehne. Also, nichts, was ein bisschen Eis und Ruhe nicht heilen könnten. Aber das Knie braucht Schonung – und damit meine ich keine spontanen Shintyturniere im Garten oder sonstige Belastungen.«

Caitrìona hatte mit den Augen gerollt, als der Arzt ihr die Schiene anlegte.

»Keine Heldenaktionen mehr, ja?«, hatte er dabei gesagt.

»Aye Doc«, hatte sie mit einem besserwisserischen Funkeln in den Augen geantwortet. »Ich habe doch gesagt, dass es nichts Ernstes ist. Und er alte Miller hatte mit seinen Kühlpacks absolut recht.«

Mit einem halb müden Lächeln hatte der Arzt lediglich den Kopf geschüttelt. Ganz offensichtlich hatte er noch nic cinc Patientin behandelt, die ihre Verletzung so stoisch herunterspielte oder gar ignorierte.

Es war kurz vor fünf Uhr am späten Nachmittag, als Caitrìona jugendliche Stimmen in der Ferne vernahm. Zunächst nur leise, doch dann immer deutlicher und näherkommend. Sie hob ihren Blick und beobachtete, wie die ersten Schatten zwischen den dichten Bäumen an der Einfahrt zum

Rosewood House erschienen. Die Gruppe Jugendlicher war ein bunt zusammengewürfelter Haufen. Einige unterhielten sich lebhaft, während andere in schweigender Begleitung auf den Eingang zusteuerten.

Als sie sich dem Haus näherten, zeichnete sich jedoch eine kleinere Gruppierung ab, die direkt auf sie zuzukommen schien: Zwei Jungen und ein Mädchen.

Der Erste war nicht schwer zu übersehen, hochgewachsen mit kurzen, maisblonden Haaren. Seine Gesichtszüge breit und deutlich von Sportlichkeit geprägt, ein Bild jugendlicher Kraft. Sein Arm ruhte besitzergreifend um die Schultern des ebenfalls blonden Mädchens neben ihm, deren Gesicht zwar stark geschminkt war, aber dadurch auch eine gewisse Ausstrahlung besaß. Der Zweite im Bunde beeindruckte weniger durch Größe. Er hatte die stämmige Statur, die nicht von sportlichem Eifer zeugte. Seine längeren Haare reichten ihm strähnig bis zum Kinn und schimmerten in der sanft scheidenden Sonne leicht fettig. Die junge Schottin konnte nicht anders als die kleine Gruppe aufmerksam zu mustern. Ihr Instinkt sagte ihr, dass sie etwas von ihr wollten. Und sie sollte recht behalten, als die drei direkt vor ihr zum Stehen kamen. Caitrìonas Sinne waren geschärft, ihr Blick fest auf die Neuankömmlinge gerichtet.

»Hey!«, hallte es ihr lebhaft entgegen, als sie von dem groß gewachsenen Jungen angesprochen wurde. Seine Begleiter musterten sie mit prüfenden, abschätzenden Blicken.

»Aye?«, blinzelte sie.

»Du bist also die Neue? Willkommen im erlauchten Rosewood House«, begann er mit einer Art höhnischer Eleganz. »Hier hast du alles, was dein Herz begehrt: ein kleines Zimmer, schlechtes Essen und unzählige Regeln. Was will man mehr?« Sein zynisches Grinsen war so übertrieben, dass es beinahe

Charme hatte. »Ich bin Richard«, stellte er sich vor und nickte in Richtung des Mädchens neben ihm. »Und das ist die entzückende Anne.« Ein weiterer Schwung seines Kopfes führte zu dem Kerl, der komfortabel in seinen Klamotten zu wohnen schien. »Der kleine Dicke da ist Michael.« Richards Worte tanzten auf der Grenze zwischen Spott und Kameradschaft.

»Und du, wie heißt du, Shorty?«, spöttelte er, ein Grinsen um seine Lippen.

Caitrìonas Augen blitzten herausfordernd auf. Mit einer Mischung aus Würde und Eigenwilligkeit richtete sie sich zu ihrer vollen, wenn auch nicht eindrucksvollen Größe auf. Und trotz, dass sie auf der ersten Stufe stand, überragte er sie noch immer um einige Zentimeter.

»Jedenfalls nicht Shorty. Ich heiße Caitrìona«, verkündete sie mit ernster Miene. Dabei legte sie auf die Silben ihres Namens ebenso viel Nachdruck wie auf ihren unbeugsamen Gesichtsausdruck.

»Shorty also«, nickte Richard grinsend, ihren Einwand merkbar überhörend. »Wie alt bist du? Zwölf? Siehst aus wie zwölf.« Er musterte sie mit einem Blick, der eine Mischung aus Neugier und spöttischer Abwägung zu sein schien und Michael dazu aufforderte, ein lachendes Geräusch auszustoßen.

»Und dieses Ding an deinem Bein ist das, weil du irgendeine Behinderung hast?« War es Anne, die sich einmischte und mit schiefem Blick die Schiene am Bein der jungen Schottin betrachtete.

»Und wo kommst'e überhaupt her?« Michael setzte einen misstrauischen Blick auf, während Caitrìona die drei taxierte.

»Fort William«, kam ihre Antwort, ausgestattet mit einem leisen zungenspitzigen Akzent, der ihre Wurzeln verriet.

»Scheiße, ein Landei!«, lästerte Michael, sein spöttisches Grinsen breiter als der Fluss Clyde. Er schüttelte den Kopf, als würde er Ackerstaub von seinen Gedanken abschütteln.

Richards Augen funkelten herausfordernd. »Und Shorty? Was hast du angestellt, dass man dich hierher gebracht hat?«, fragte er und verschränkte seine Arme vor der Brust.

Caitrìona zog ihre Schultern zurück, stehend wie ein Leuchtturm inmitten eines Sturms der Geringschätzung. »Das Ding, wie du es nennst«, erklärte sie mit klarer, ruhiger Stimme, wobei ihre Augen Anne fixierten, »ist eine Schiene, hab' mich beim Shinty verletzt.« Ein Funken des inneren Feuers, das sie aus den schottischen Highlands mitgebracht hatte, entzündete ihre Worte. »Und Landei?« Ihr Kopf drehte sich zu Michael. Ein Lächeln, das halb spöttisch, halb selbstbewusst wirkte, spielte um ihre Lippen. »Ich bin stolz darauf, aus einem Ort mit mehr Grün zu kommen, als du je in deiner beschränkten Betonwüste sehen wirst.«

Richard reckte sein Kinn in die Höhe. »Hör auf zu gackern Shorty. Was hast du angestellt?« Seine Stimme hallte wie das Knurren eines Wolfes.

Verärgerung kochte in der Schottin hoch, diese Macker kannten doch nichts über ihre Vergangenheit oder die Gründe für ihren Aufenthalt hier. »Ich?« Caitrìona reckte sich, jeden Zentimeter ihrer Körpergröße auftürmend zu einer Festung des Stolzes. »Ich habe gar nichts angestellt! Und selbst wenn, würde ich es euch Clowns nicht auf die Nase binden. Aber hey, ich bin sicher, ihr habt eure Gründe, hier zu sein. Soll ich raten? Das Jugendheim brauchte ein paar Komiker?« Für einen gespannten Moment, so kurz wie das hohe 'C' einer Violine, herrschte Stille. Es stand den dreien ins Gesicht geschrieben: Mit einer derartigen verbalen Gegenwehr, hatten sie nicht gerechnet.

Caitrìona war schon im Begriff sich umzudrehen und die drei stehenzulassen, als sie Benisha erkannte, die gerade ihren Fuß auf die Treppe setzte. Ihre Gesichtszüge ein Mosaik aus Vorsicht und Neugier, musterte die Szene mit einem Blick, der zügig über die Anwesenden huschte. Ihre Gegenwart brachte eine neue Dynamik mit sich. Die Gruppe teilte sich wie Wasser um einen Felsen, als diese ihren Weg nach oben antrat.

Mit einer schüchternen Bewegung, die in ihrer Stimme widerhallte, grüßte sie kurz und kompakt wie eine SMS. Keine Pause einlegend, keine Zeit vergeudend. »Hey …«

»Warum stinkt es hier denn plötzlich nach Curry?«, fragte Anne, während sich ihr Gesicht zu einer Maske aus gespielter Abscheu verzog. Ihr Blick glitt abgeklärt zu Benisha, wo sich ein Anflug von scheinbar erschrockener Unschuld über ihre Züge legte. »Oh Benisha, Entschuldigung, dich hatte ich ja ganz übersehen.«

Das Lachen der beiden Jungs hallte über den Vorplatz des Hauses wie das Echo von Hyänen in einer windigen Nacht. Caitrìona beobachtete das Geschehen, während es unter ihrer Oberfläche bereits brodelte. Ihr Blick huschte zwischen Benisha und den anderen Hin und Her, ein stummer Zeuge der Veränderung ihrer Zimmernachbarin von einer freundlichen Figur zu einer Gestalt, die sich schützend zusammennahm und hastig den Treppenaufgang erklomm.

Caitriona, die vielleicht teilnahmslos wirkte, spürte dennoch den Druck des Unrechts. Es war ihr im Grunde egal, was zwischen den Jugendlichen ablief, doch schlagartig meldete sich auch all der Frust ihrer jüngsten Vergangenheit.

»Ey, du stinkst auch wie ein orientalischer Puff und es scheint niemanden zu stören«, entgegnete sie mit bissiger Sachlichkeit, die wie ein imaginärer Handschuh quer durch den Raum zu Anne flog.

Das Mädchen erstarrte, überrascht von der Schärfe des unerwarteten Gegenwinds. Ihre Augen weiteten sich. »Was hast du da gerade gesagt?« Die Schwingungen ihrer Stimme ein Tanz von Ärger und Schock.

Richard schob seinen Körper vor seine Freundin und starrte die junge Schottin an. »Pass auf, Shorty«, sein Ton, ein Gemisch aus Warnung und Überheblichkeit. Er stieß mit dem Finger gegen ihre Schulter. »Du bist die Neue hier und solltest erst einmal unter dem Radar fliegen, okay? Du hast hier noch nichts zu melden und stehst in der Nahrungskette ganz weit unten.«

»Ich stehe, wo immer ich stehen will. Und ich sage, was immer ich sagen will. Und mein Name ist nicht Shorty«, entgegnete Caitrìona, mit kräftigem Klang und frei von der Bürde der Einschüchterung, die Richard zu säen versuchte.

Anne, die ihre Fassade wieder gefunden hatte, stichelte weiter. »Wahrscheinlich hat sie gestern schon zu viel von dem Currygestank eingeatmet.«

Richard hingegen fixierte die junge Schottin und bemerkte Michaels amüsierten Blick, der ihn nur noch mehr anstachelte. Er fühlte sich gezwungen, seine Dominanz deutlicher zu machen. Erneut stieß er gegen ihre Schulter, wesentlich kräftiger als das mal zuvor.

Wie eine sommerliche Gewitterwolke, die urplötzlich über das ruhige Inverness hereinbricht, so explosionsartig entlud sich Caitrìonas Kampfgeist. Mit der Anmut und Energie einer Wildkatze stieß sie sich von der Treppenstufe ab. In einer tiefen Haltung und mit einer Entschlossenheit, als ob sie einen Angreifer im Shinty-Spiel zu stoppen versuchte, rammte sie ihren Körper gegen Richard. Kalt erwischt von der Wucht schien es, als würde er wie ein Baum im Sturm schwanken, bevor er das Gleichgewicht verlor und stolpernd rückwärts taumelte.

Dabei ließ sich Caitrìona durch nichts aufhalten. Trotz des eisigen Bisses des Schmerzes in ihrem verletzten Knie drängte sie Richard in eine scheinbar unendliche Rückwärtsbewegung, bis er endlich über seine eigenen Füße stolperte. Beide gingen zu Boden. Zwei Gladiatoren, die im hitzigen Gefecht die Welt um sich vergaßen. Die junge Schottin kannte keine Nachsicht. Ihre Faust fand mit der Präzision eines Skalpells den Weg in Richards Bauch. Traf ihn an jener empfindlichen Stelle, die einem die Atmung raubt und Sprache stiehlt. Ein verächtlicher Fluch von Michael zerriss die Stille des Moments. Sein Griff suchte ihren Hoodie, fand ihn und das reißende Geräusch des Stoffs bezeugte seine rohe Kraft.

Wie ein Schlachtross, das die Zügel abwirft und in die Freiheit prescht, schleuderte Caitrìona herum. Ihren Ellbogen nach oben schlagend, befreite sie sich aus Michaels Umklammerung und traf ihn direkt ins Gesicht. Ein Knacken, von Bitterkeit umwölkt, erfüllte die Luft.

Auf dem Boden und umringt von Gegnern spürte die in Fahrt kommende Schottin, wie ihr verletztes Knie versagte. Schmerzerfüllt doch unbeugsam in der Niederlage. Sie war eine gefallene Kriegerin, ohne die Chance sich zu erheben, gefesselt an das Schlachtfeld vor der Treppe des Jugendheims.

Richard, rasch wieder auf den Beinen, ließ seinen Instinkten freien Lauf. Ohne Zögern schwang seine Faust und traf Caitrìonas Gesicht mit einer Brutalität, die in der Welt des Sports keinen Platz gefunden hätte. Der Schlag schleuderte sie weiter zu Boden. Erde und Schmerz ihr einziger Verbündeter.

Triumphierend und schwer atmend, richtete er sich auf. Sein Fuß hob sich, bereit zum Nachtreten. In diesem Tanz der Grausamkeit war es Anne, die ihn zurückhielt. »Lass uns verschwinden«, flüsterte sie hastig. Ihre Worte, durchtränkt mit der Angst vor den Konsequenzen, die ihre zukünftigen Freiheiten beschneiden könnten. Sie war schlau und selbstsüchtig zugleich und wollte nicht riskieren, dass ihr Freund wegen dieser neuen Bekanntschaft seine Privilegien, wie am Abend ausgehen zu dürfen, einbüßte.

Nur widerwillig ließ er sich von seiner Gefährtin zurückziehen und wandte Caitrìona den Rücken zu. In der jungen Schottin aber, loderte jener Funken von Hartnäckigkeit, der die grünen Weiten ihrer Heimat geprägt hatte.

Wie in einem alles forderndem Shinty-Spiel mobilisierte sie ihre Kraft und kämpfte gegen den Schmerz an. Sie stürzte sich wie ein wildgewordenes Tier von hinten in Richards Beine und riss selbst seine Freundin dabei mit zu Boden. Erneut verknoteten sich ihre Körper in einem intensiven Kampf.

Caitrìona zog den Kürzeren und steckte ordentlich Prügel ein, dennoch konnte niemand bestreiten: In diesem Moment hatte die junge Schottin bewiesen, dass sie nicht nur robuster war, als sie aussah, sondern auch über ein beachtenswertes Durchhaltevermögen verfügte.

∞ ∞ ∞

Dee drückte den Hörer mit einem strengen und ernsten Gesichtsausdruck gegen ihr Ohr. Der Raum war still, abgesehen vom deutlichen Freizeichen, das über allem in der Luft hing und darauf wartete, dass jemand am anderen Ende der Leitung antwortete. Vor ihr saß die junge Schottin. Die Arme vor der Brust verschränkt und einem widerspenstigen Blick, der keinerlei Schuldeingeständnis verriet. Die Kapuze ihres Hoodies wurde nur noch von einem winzigen Stückchen Stoff gehalten. Ihre Unterlippe war aufgeplatzt und ein Veilchen bildete sich langsam unter ihrem linken Auge.

Mit jeder vergangenen Minute mehr fand Caitrìonas aufgepeitschter Körper zu seinem inneren Frieden zurück. Wie das Meer nach einem Sturm glätteten sich die Wellen ihres Pulsschlags. Doch in dieser wiedergewonnenen Ruhe schlichen sich die Schmerzen listig ein und tanzten um ihre Aufmerksamkeit. Wo es vorhin nur ihr Knie war, das schmerzte, war es nun – so fühlte es sich zumindest für sie an – ihr ganzer Körper, der zu einem orchestralen Leidgesang ansetzte. Dennoch fühlte sich Caitrìona gut, wenigstens innerlich. Sie bereute nichts von dem, was eben vorgefallen war, außer vielleicht, dass sie es nicht geschafft hatte, noch mehr auszuteilen.

∞ ∞ ∞

Olivia hingegen, war bereits auf dem Rückweg von Glenfinnan nach Inverness. Die Straße vor ihr schlängelte sich durch das sanfte Hügelland. Auch wenn ihre Gedanken noch immer bei dem eben geführten Gespräch, mit der alten McKenzie hingen, konnte sie doch nicht anders, als die Landschaft zu bewundern. Das satte Grün der frisch erwachenden Natur und die leuchtenden Farben der wilden Blumen am Wegesrand faszinierten sie zutiefst. Viel zu abrupt wurde sie durch das Klingeln ihres Handys in die Realität zurückgeholt. Das Display auf dem Armaturenbrett zeigte Dee Millars Nummer. Innerlich seufzte Olivia, denn sie glaubte, den Grund des Anrufs zu erahnen. Sie hatte Caitrìona am Abend zuvor versprochen, sie heute zu besuchen, wurde aber von ihrer Recherchearbeit vollkommen in Beschlag genommen. Auch wenn sie sich am Morgen telefonisch hatte entschuldigen lassen, hatte die hartnäckige junge Schottin Dee wahrscheinlich so lange gedrängelt, bis diese endlich zum Telefon griff und anrief.

»Dee, es tut mir wirklich leid, dass ich so spät dran bin. Ich wurde aufgehalten, aber ich werde in etwa 20 Minuten in Inverness sein«, entschuldigte sich Olivia prompt, als sie den Anruf entgegennahm.

»Ich erwarte, dass du unverzüglich hierherkommst. Es gab einen Vorfall mit Miss McKenzie«. Dees Stimme war betont ernst. Doch auch ohne jegliche ernsthafte Verpackung ihrer Worte oder Betonungen wusste Olivia sofort, dass etwas Beunruhigendes vorgefallen sein musste. Die im Grunde herzensgute Dee Millar nutzte die Nachnamen ihrer anvertrauten Schützlinge nur dann, wenn irgendetwas im Argen lag.

»Ich beeile mich«, antwortete Olivia eilig, »was ist denn passiert?«

»*Das* ... wird dir die junge Dame selbst erklären.«

»Ich beeile mich!«, versicherte sie ihr nochmals, bevor das Freizeichen zu hören war. Sofort rasten unzählige Gedanken und Möglichkeiten durch ihren Verstand, während sie frustriert auf das Lenkrad schlug und kräftiger aufs Gaspedal drückte.

∞ ∞ ∞

Dee beendete das Gespräch und legte das Telefon souverän auf ihrem Schreibtisch ab. Caitrìona hob langsam den Blick. Sie ahnte, was jetzt kommen würde und straffte ihre Schultern, um den strengen Augen standzuhalten. Die Atmosphäre war angespannt und das Schweigen in der Luft war zum Schneiden dick. Mrs. Millar mochte zwar ein herzensguter Mensch sein, dem ihre Schützlinge am Herzen lagen, aber sie konnte auch eine sehr bestimmende und autoritäre Frau sein.

»Caitrìona McKenzie«, sagte sie mit scharfer Intonation in ihrer Stimme, »ich bin zutiefst enttäuscht von deinem Verhalten heute. Das ist nicht der Umgangston, den wir hier im Rosewood House pflegen. Du solltest verstehen, dass Gewalt niemals eine Lösung ist. Vielleicht konntest du dich in Fort William so benehmen, aber nicht hier. Es ist an der Zeit, dass du dir deines Verhaltens bewusst wirst und Verantwortung für deine Taten übernimmst.« Ihre Worte waren wie peitschende Schläge in der Luft und Caitrìona spürte fast den Stachel der Reue in sich aufkeimen. Trotzig hielt sie dem Blick stand, während Mrs. Millar weitersprach. »Dein Verhalten heute steht deinem persönlichen Wachstum und deiner Zukunft im Weg.« Caitrìonas Augen funkelten vor Widerstand, doch sie konnte die Vorwürfe schlecht leugnen. Sie hatte sich in diesen Kampf gestürzt. Ihn genaugenommen sogar begonnen und es gab keinen Weg, dies abzustreiten. Lediglich war die Ursache für die junge Schottin diskussionswürdig.

»Die hätten einfach ihre Fresse halten sollen«, verteidigte sie sich murmelnd.

Mrs. Millar seufzte und fuhr fort, ihre Stimme einen Hauch sanfter. »Caitrìona, du musst verstehen, dass das Leben nicht immer gerecht ist. Du hast einen Verlust erlitten, aber das bedeutet nicht, dass du dich in Selbstzerstörung verlieren darfst. Du hast es in dir, eine starke und selbstbewusste junge Frau zu sein. Du musst nur lernen, deinen Weg zu finden und dein wahres Potenzial zu entfalten.«

Caitrìona beobachtete Mrs. Millar aufmerksam, während ihre Worte langsam in ihr Bewusstsein drangen. Vielleicht hatte die streng wirkende Frau doch mehr Weisheit in sich, als Caitrìona ihr zugestanden hätte.

»Hör mir gut zu, Caitrìona«, fuhr Dee fort, während ihre Stimme nur leicht an Schärfe verlor, »du hast jetzt die Chance, dein Leben in die Hand zu nehmen. Wir hier im Rosewood House wollen dir helfen, deinen Weg zu finden. Aber du musst bereit sein, Veränderungen zuzulassen und Unterstützung anzunehmen. Dein Zorn mag verständlich sein, aber er darf nicht dein Leben beherrschen.« Die Worte der Hausleitung hallten tief in der jungen Schottin wider. Dennoch zeigte ihr Blick nur wenig Reue. Was ihr so richtig aufstieß, war der Umstand, dass man anscheinend nur sie hier vor den Kader zerrte und voll textete.

»Sie denken also wirklich, ihr habt alles raus aye? Ihr meint, nur weil ihr hier im Rosewood House seid, wisst ihr wie man Leute repariert oder so?« Caitrìonas Stimme war beißend vor Spott und Unglauben. »Ihr wisst nicht mal die Hälfte von meinem Leben«, fuhr sie aufgebracht fort, »und jetzt kommt ihr mir mit Veränderungen zulassen und Unterstützung annehmen. Ich brauche eure Hilfe nicht. Ich komme ganz allein klar. Ihr könnt euren Wir-wollen-dir-Helfen-Kram behalten. Ich bin hier, weil man mir keine Wahl gelassen hat und nicht, weil ich hier sein will, oder denke, dass es irgendetwas bringt.« Die Worte der jungen Schottin erfüllten den Raum mit ihrem kraftvollen Ausbruch. Doch selbst inmitten ihrer von Stolz und Selbstbewusstsein strotzenden Stimme offenbarten ihre Augen einen Hauch an Unsicherheit. Vielleicht ein Hinweis darauf, dass die Äußerungen von Mrs. Millar tatsächlich eine gewisse Wirkung auf sie hatten.

Die Reifen von Olivas Dienstwagen klebten fast hörbar auf dem feuchten Asphalt, als sie mit Schwung auf den Parkplatz des Rosewood House einbog und scharf bremste. Die Nässe des einsetzenden Regens hatte die Straßen glatt gemacht, aber das hinderte Olivia nicht daran, ihren Wagen sicher zum Stehen zu bringen. Ohne viel Zeit damit zu verschwenden, darüber nachzudenken, ob sie ordentlich eingeparkt hatte, schnappte sie sich ihre abgenutzte Tasche und schritt zielstrebig Richtung Eingang.

Ihre roten Haare wurden vom feinen schottischen Regen

bestrichen und verliehen ihr einen wilden Charme. Und ihre Stiefel aus robustem Leder ließen einen kraftvollen Takt vom Boden widerhallen.

Währenddessen herrschte im Büro von Mrs. Millar eine Atmosphäre der Anspannung nach einem heftigen Gewittersturm. Man konnte förmlich spüren, wie die Wände noch immer von einem Hauch wütender Energie durchdrungen waren, als hätten die Worte der jungen Schottin wie Blitze eingeschlagen und Spuren in der Luft hinterlassen.

Dee saß hinter ihrem Schreibtisch aus dunklem Eichenholz. Ihre Finger tippten nervös ein besorgtes Trommelsolo, bis endlich die energischen Schritte von Olivias Stiefeln im Flur erklangen und sich die Tür öffnete. Caitrìona hatte sich inzwischen erneut mit verschränkten Armen vor der Brust positioniert und einen Blick aufgesetzt, der so stur war wie die Highlands selbst. Die beiden Kolleginnen begrüßten sich mit einem knappen Nicken.

»Olivia, danke dass du so schnell kommen konntest«, sagte Dee mit ernster Miene, während ihr Blick gleichzeitig Caitrìona streng fixierte.

»Es tut mir leid«, keuchte Olivia, einen Hauch außer Atem und drehte sich schnell, um Caitrona mit ihrem Blick zu erfassen. Ihre Augen weiteten sich, als sie den Anblick der jungen Schottin verarbeitete. Die aufgesprungene Lippe, welche stumm ihre Geschichte erzählte, und das Veilchen, das sich mittlerweile in einer kühnen Palette von Purpurtönen über ihre Wange spann.

»Was ist denn bitte passiert?«, rutschte es ihr erschrocken heraus, während ihr Blick ungläubig zwischen Dee und Caitrìona hin und her pendelte.

Die Leiterin des Hauses hob eine Augenbraue und ihre Stimme trug den ernsten Unterton einer Lehrerin, die gerade zur Tafel blickte. »Das sollte dir Caitrìona am besten selbst erzählen.«

»Heiliger Haggis«, murmelte Olivia, als sie sich neben das Mädchen setzte. Caitrìonas blaue Augen trafen Olivias Blick, der nach Antworten suchte.

»Es war nur ein kleines Handgemenge«, brummte sie, während ihre Schultern leicht nach oben zuckten und Stolz in ihrer Stimme mitschwang.

Ein Anflug von Besorgnis legte sich auf Olivias Stirn. »Ein Handgemenge, hm? Und wie ist es dazu gekommen?« Ihr Tonfall war sanft, aber bestimmt zugleich.

»Wie es eben so kommt … Ein Wort führt zum Nächsten und irgendwann verpasst man dem anderen eine.« Ihre Klangfarbe schwankte zwischen Ärger und Verletzlichkeit, während sie abwechselnd Dee und Olivia ansah. »Warum werde eigentlich nur ich verhört?« Die junge Schottin konnte ihre Aufregung nicht länger zurückhalten. »Dieser Idiot Richard hat doch angefangen, dumm daherzureden! Warum fragt ihr ihn nicht?«

Olivia konnte die Wut in ihrer Stimme hören, aber auch den verzweifelten Versuch einer Rechtfertigung für ihr Handeln. Sie spürte, dass Caitrìona sich missverstanden fühlte und nach Verständnis suchte. Fragend blickte sie zu Dee, die zwar ruhig aber immer noch mit ernster Miene hinter ihrem Schreibtisch saß.

»Weil wir jetzt dich fragen! Mit Richard werde ich im Anschluss noch reden, da brauchst du dir keine Sorgen zu machen«, versicherte ihr Dee.

»Fein!« Murrte Caitrìona sichtlich genervt. »Ich habe jedenfalls nichts mehr dazu zu sagen.«

Olivia und Dee, bemerkten synchron Caitrìonas Körperhaltung, die jetzt verräterisch nach innen gewandt war. Ihre Arme noch enger verschränkt als zuvor. Ein Schutzwall gegen die Sorgen und das Misstrauen der Welt, den Blick ins Nichts gelenkt. Die beiden Frauen kommunizierten in einem stillen Dialog, der mehr aussagte, als Worte es vermochten.

»Nun gut, ich denke, das reicht für den Moment«, bestimmte Dee mit bedachter Sanftheit in der Stimme. »Du darfst dich auf dein Zimmer zurückziehen. Es wäre gut, wenn du dich ein bisschen frisch machst. Und beim Abendessen sehen wir uns dann wieder, in Ordnung?« Dees Anweisungen waren klar und deutlich, gesäumt von einer unausgesprochenen Einladung, den Tag hinter sich zu lassen und einen neuen Abschnitt zu beginnen. Olivia nickte Caitrìona ermutigend zu, ein stilles Versprechen, dass sie da sein würde, wenn das Mädchen bereit wäre darüber zu reden.

Wortlos und mit finsterer Miene stand die junge Schottin auf und verließ das Büro, wobei sie ihre Frustration und ihren Ärger nicht verbarg. Als die Tür dann lauter als gewöhnlich ins Schloss fiel, blickten sich Dee und Olivia an.

Olivia verharrte einen Moment, ehe sie elegant vom Stuhl glitt und sich an den Türrahmen lehnte. Ihre Augen klebten an Dee, die sich in selbstvergessener Manier die Brille abnahm und mit einem Stofftuch über die randlosen Gläser strich.

»Dee, glaubst du nicht, wir sollten unseren Ansatz bei Caitrìona neu überdenken? Sie ist ein einzigartiger Fall, findest du nicht auch?«

Dee, pausierte einen Herzschlag lang in ihrer Arbeit und hob den Blick, ihre Augen zwei klare Seen des pragmatischen Verständnisses. »Ein einzigartiger Fall? Was schwebt dir vor, Olivia? Wir haben hier Protokolle. Und streng genommen dürfte das Mädchen nicht einmal hier sein.«

Olivia, die eine Mauer aus Bürokratie vor sich sah, ließ ein, keckes Lachen hören. »Protokolle, schmotokolle – sind das nicht eher Richtlinien als feste Regeln?« Sie zwinkerte verschwörerisch. »Das Mädchen hat Feuer. Sie braucht kein Kuckucksnest, sie braucht einen Windkanal …«

Dee hob warnend ihren Zeigefinger, der anschließend rhythmisch, wie der Taktstock eines Dirigenten auf die Tischplatte pochte. »Das Mädchen braucht eine engmaschige Betreuung und Stabilität. Sie muss lernen, ihren Schmerz zu verarbeiten und das, ohne sich zu prügeln. Sie ist kaum hier und schon hat sie sich in Raufereien verstrickt. Dies, liebe Olivia, ist ein leuchtend rotes Alarmlicht.«

Eine Gegenwelle von Entschlossenheit wogte in Olivia hoch. Ihre Hände gestikulierten lebhaft und ihre Stimme trug die Schwere einer anbrechenden Gewitterwolke. »Ich weiß, ich weiß. Aber was soll ich sonst tun? Aus dem Ärmel schütteln kann ich die Lösung nicht. Du weißt selbst am besten, wie lang die Wartelisten und wie überfüllt die Einrichtungen sind.«

Dee rückte ihre Brille auf der Nase zurecht und fixierte Olivia mit ihrem durchdringenden Blick. »Dann kann ich deinen Worten entnehmen, wir sollten uns darauf einstellen, Caitrìona hier länger zu beherbergen? Wie stellst du dir das praktisch vor, Olivia?«, Dees Tonfall trug eine Mischung aus Skepsis und festen Erwartung.

»Ja. Und sie braucht eine Herausforderung. Eine Beschäftigung, die zugleich Ablenkung und Lehre ist. Etwas, das ihr aufzeigt, dass sie mehr ist als nur ihre Wut«, sinnierte Olivia und in ihrem Blick lag das Flimmern einer aufkeimenden Idee. »Boxen!«

Dee stockte einen Moment der Atem. »Boxen?« Sie hustete leicht. »Das Mädchen brodelt vor Zorn – und du – du willst ihr Schlagfertigkeit im wahrsten Sinne des Wortes beibringen?«

»Genau. Disziplin, Kraft … einen Weg ihre Wut zu kanalisieren«, Olivias Augen blitzten auf, und sie blickte durch den Raum, als könnte sie bereits das Echo einer erfolgreichen Zukunft hören. »Die konventionellen Methoden haben uns doch noch nie wirklich weitergebracht, warum also nicht mal einen neuen Weg einschlagen? So kann sie ihre Energie anderweitig los werden und lernt vielleicht sich zu beherrschen.« Ihre Stimme tänzelte an der Grenze zwischen Herausforderung und Versprechen.

Dee, die vielleicht eine Zähmende, keinesfalls aber eine Träumerin war, ließ sich von dem Rebellischen in Olivias Worten anstecken. »Zumindest würde sie sich dann im Gym und nicht im Vorgarten schlagen«, Dee seufzte, ihr Gesicht reflektierte eine Mischung aus Widerwillen und sich breitmachender Zustimmung. »Wenn es Caitrìona hilft, ihren inneren Sturm zu bändigen, dann werde ich wohl oder übel unsere Regeln neu schreiben müssen.«

Olivia lächelte bestärkend. »Ich wusste doch, dass ich auf dich zählen kann, Dee.«

»Aber ich warne dich, Olivia – weitere solcher Ausrutscher werde ich nicht tolerieren. Ich möchte nicht, dass wir aus den Augen verlieren, warum wir hier sind«, entgegnete Dee mit einer Strenge, die mehr Liebe als Standpauke trug.

Olivia hielt einen Moment inne, ihr Blick schweifte gedankenvoll zu Dee, die eine Aura von Anspannung und Fürsorge ausstrahlte. »Wir sind hier, um die Wege dieser Jugendlichen zu ebnen. Und das, was ich für Caitrìona im Sinn habe, könnte genau der Richtungswechsel sein, den sie braucht«, sagte Olivia mit einem Augenzwinkern.

»Du konntest noch keine Angehörigen ausfindig machen?«, erkundigte sich Dee und wechselte scharfsinnig das Thema.

Olivia atmete tief durch, ihre Hand fuhr gekonnt durch die

wilde Mähne ihres Haars. »Heute war ich in Glenfinnan. Ihre Großmutter ist dement und kann sich nicht einmal selbst versorgen. Ich habe mit einem Nachbarn gesprochen, der sich um sie kümmert. Es ist außer Frage, dass ich Caitrìona guten Gewissens dort lassen könnte.«

»Und der Vater?«, bohrte Dee nach, ihre Stirn in Sorgenfalten gelegt. »Gibt es dort irgendeinen Anhaltspunkt?«

Olivia schüttelte den Kopf. »Von dem Namen, den Caitrìona mir gab, keine Spur – ein Phantom in ihren Erzählungen. Wahrscheinlich von ihrer Mutter erfunden, um ein tragisches Schicksal zu verschweigen. Und der Mann aus der Geburtsurkunde … nach Constable Meyers Informationen, verstarb auch er vor Jahren bei einem Verkehrsunfall. Aber jetzt wird es seltsam …« Ihre Stimme war kaum mehr als ein Flüstern, das die Dicke der Mauern um das Geheimnis des Vaters betonte. »Die behördlichen Akten über ihn sind unter Verschluss.«

»Unter Verschluss?«, wunderte sich Dee. Ein Stirnrunzeln zeichnete ihre Sorge, gemischt mit einer Prise Detektivgeist.

»Wie Constable Meyers sagte, unter Verschluss. Ich selbst habe auch recherchieren wollen aber wurde nur an die Verwaltung der City of London Corporation verwiesen. Keine Antworten, nur mehr Fragen.« Olivia befand sich in einer Sackgasse, so viel war sicher.

»Das ist in der Tat seltsam«, bestätigte Dee nachdenklich. Dann aber verwandelte sich ihr Grübeln in Entschlossenheit und ihre Augen nahmen ein sanftes Leuchten an. »Dann haben wir keine andere Wahl, Olivia. Wir müssen vorerst als ihre Ersatzfamilie agieren – und als ihre Anwälte. Wir sollten sicherstellen, dass sie trotz allem eine stabile Umgebung und die richtige Förderung bekommt.«

Olivia nickte beherzt. »Genau. Stabilität, Therapie, Ablenkung. Ich werde meine Kontakte spielen lassen und sehe mich nach einem Therapieplatz um.«

»Gut«, bekräftigte Dee und klopfte mit ihrer Handfläche auf den Schreibtisch, ein symbolischer Akt, als wäre es ein Versprechen, das sie Caitrìona gab, obwohl sie nicht anwesend war.

EINE NEUE FREUNDSCHAFT

Caitrìonas Schritte hämmerten wütend rhythmisch über die Dielen, als ob sie dem Flur ein paar Wahrheiten eintrichtern wollte. Mit einer Handbewegung, die vor Dramatik nur so strotzte, schleuderte sie die Tür ihres Zimmers auf, nur um sie dann mit einem Knall zu schließen, dass die Bilder an den Wänden zitterten.

Benisha zuckte zusammen. Ihre Augäpfel drohten fast aus den Höhlen zu springen, so heftig starrte sie auf die rebellische Erscheinung der jungen Schottin, die sich wie ein Meteorit auf ihr Bett krachen ließ. Ihr Gesicht stürmisch in ihrem Kissen vergrabend.

»Alles okay? Wie schlimm war es?«, fragte Benisha in ihrem typisch zurückhaltenden Tonfall, nachdem sie sich vom ersten Schrecken erholt hatte. Ihr war bewusst, dass Caitrìona zu Dee ins Büro musste. Und ebenso wusste sie, wie die Hausleiterin zu Gewalt stand. Besonders in ihrem Haus. Sie rutschte auf die Bettkante und legte das Buch zur Seite. »Egal was sie gesagt haben, es wird sicher nicht so schlimm.«

»Drauf geschissen«, murmelte Caitrìona. In Benishas Ohren klang es jedoch wie ein ferner Donner, ein Echo kriegerischer Standhaftigkeit. Sie atmete langsam aus, als würde sie versuchen, mit diesem Seufzer die Welt wieder ins rechte Licht zu rücken. »Du hättest dich wirklich nicht prügeln sollen. Erst recht nicht wegen dem, was diese Idioten von sich geben.«

Caitrìonas Augen schimmerten wie kalter Stahl, während sie sich aufrichtete. Ihr Blick voller Zweifel an der Gerechtigkeit, den Sternen, den Göttern, war gefangen zwischen Protest und Schmerz. »Du lässt dir so was vielleicht gefallen. Ich nicht«, die Schärfe ihrer Worte konnte man nahezu spüren. Es klang wie das Zischen einer Klinge in der Luft.

»Und was bringt es? Nichts als Ärger«, hielt Benisha dagegen. Ihre Stimme war fest und doch so zerbrechlich wie das Zirpen einer Grillenmelodie in einer Sommernacht.

»Und?«

Benisha, deren anfängliches Erschrecken sich nun in verwirrtes Unverständnis verwandelte, fühlte, wie unter der Oberfläche ihrer Gelassenheit eine Flut von Fragen heranrollte. »Und? Kümmert es dich nicht?«, drangen ihre Worte heraus, mit einer Dringlichkeit, die aus der Tiefe ihres Wesens zu stammen schien. Ihre braunen Augen, sonst Pools der Ruhe, spiegelten jetzt das aufgewühlte Meer der Verwunderung wider. Sie konnte nicht fassen, dass Caitrìona sich scheinbar derart gleichgültig zeigte – wie ein Schiff, das behauptet, sich vor den stürmischen Wellen nicht zu fürchten, während es dennoch gefährlich am Rande des Untergangs segelt.

»Nay, ich scheiß' drauf.« Caitrìona schleuderte die Worte zurück, als wären es abgelegte Fesseln, die sie nicht länger binden konnten. Voll von Trotz und einer fast rohen Unverfrorenheit. Sie schwang die Beine über die Kante des Bettes, dessen unordentliches Laken zu einem Symbol ihrer inneren Zerrissenheit wurde.

In einem Schweigen, das wie ein unberührtes Schneefeld zwischen zwei einsamen Bäumen lag, fanden sich die Blicke der beiden Mädchen. Sie waren Spiegel füreinander in dieser Stille, von einer gegenseitigen, stillen Faszination und einem Ringen nach Verständnis erfüllt. Benisha, fast schon weise hinter ihrer jugendlichen Stirn, schüttelte sanft den Kopf, als könnte sie mit dieser Geste die dunklen Gedanken ihrer Mitbewohnerin abschütteln. Ihre Worte, mattiert mit Weichzeichner, brachen die Stille: »Das ist keine gesunde Einstellung.«

Die junge Schottin wog ihr Haupt von einer Seite zur anderen, so als balanciere sie auf einer unsichtbaren Waage die Argumente, die in ihrem Inneren ein heftiges Tauziehen austrugen. Es war nicht leicht für sie, zuzugeben, dass ihre Strategien der Weltbewältigung fehlerhaft sein könnten, aber in Benishas präsenten, bedächtigen Augen spiegelte sich vielleicht auch das Versprechen einer anderen Perspektive.

»Mag sein, aber besser als sich alles gefallen zu lassen«, entgegnete sie, ihre Stimme ein Säbelrasseln der Selbstverteidigung gegen eine Welt, die manchmal zu eng schien, um darin Luft zu bekommen.

»Dein Hoodie ist zerrissen. Gib her, ich nähe ihn dir«, sagte Benisha nach einer kurzen Pause. Fast instinktiv, so natürlich wie das Atmen, öffnete sie die Schublade ihres Nachtschränkchens und zog ein unscheinbares Nähkästchen hervor.

Trotz ihrer stürmischen Seele und ihres aufgestauten Unmuts suchte Caitrìona nach einem Hauch von Autonomie in ihrer Ablehnung. »Schon okay, musst du nicht«, beschied sie, der eigenen Verwundbarkeit ausweichend. Doch in dieser Abwehr schwang ein leiser Unterton von Einsamkeit mit.

»Rede keinen Unsinn. Los gib schon her. Ist wohl das Mindeste, was ich tun kann, um dir zu danken.«Ihre Hand streckte sich aus, fordernd und doch voll sanfter, unausgesprochener Zuneigung.

Mit einem brummigen seufzen, welches tief aus dem Inneren der jungen Schottin zu kommen schien, streifte sie ihren Hoodie über den Kopf und reichte ihn ihrer Mitbewohnerin.

Jene Geste war mehr als eine Zustimmung, es war ein stilles Dankeschön an die verborgenen Bande, die sich langsam, aber sicher, unter den beiden zu spinnen begannen.

Die Verwirrung zeigte sich deutlich in Caitrìonas Gesichtszügen. »Du musst mir nicht danken. Wofür auch?«, gab sie zurück, ihr Blick fest auf Benisha geheftet, die den Riss zwischen Kragen und Kapuze begutachtete.

Das Mädchen mit den indischen Wurzeln hob nur leicht die Augenbrauen, während ihre Finger bereits ihr Handwerk angingen. »Du hast dich für mich eingesetzt.« Ihre Stimme war ein gedämpfter Ton, der keine Erwiderung erforderte, sondern lediglich zur Kenntnis genommen werden wollte.

»Quatsch. Ich habe mich nicht für dich geprügelt. Ich habe meinen Standpunkt klargemacht«, kam es scharf von Caitrìona, deren Worte die Abwehrhaltung einer Festung trugen, die nicht einsehen mochte, dass bereits Friedensflaggen gehisst worden waren.

Mit einem Seufzer, der eine Mischung aus Akzeptanz und freundschaftlichem Tadel war, entgegnete Benisha sanft, »wie auch immer du es nennen willst.«

Die zierliche Nadel glitt geschmeidig durch den Stoff wie ein silberner Fisch durch stilles Wasser, während sie begann, die gerissenen Ränder zu vereinen.

Stumm und doch voller Worte beobachtete Caitrìona Benishas geschickte Hände. Und im Herz-Raum zwischen Nähzeug und Rissen wuchsen die unsichtbaren Bindungen ihrer neu entdeckten Verbundenheit.

»Wo hast du das gelernt?«

»Von meiner Mutter. Sie war Näherin«, antwortete Benisha, ohne den Rhythmus ihrer Arbeit zu verlieren. Stolz und eine Spur von Melancholie schwangen in ihrer Stimme mit. »Ich bin sicher nicht so gut wie sie, aber hierfür wird's reichen«. Ein leises Schmunzeln schmückte ihre Worte, ein Echo einer frohen Erinnerung, die in der Gegenwart nachklang.

»Wo ist deine Maw jetzt?«

Benisha pausierte nicht in ihrer Handarbeit, doch ihre Finger zögerten den Bruchteil einer Sekunde. »Sie ist tot«, ließ sie mit einer Stimme fallen, in der ohrenbetäubendes Schweigen und ein tiefes Reservoir an Bewältigung mitschwangen. Ein kaum hörbarer Seufzer löste sich inmitten der Worte, so leise, dass er beinahe im Geräusch des Nähens verloren ging. Ein Schauer der Verbundenheit kroch über Caitrìonas Rücken, ein zartes Band, das sich zwischen ihren Schicksalen webte. »Meine auch«, gestand sie schließlich, ihre Stimme ein unerwartet milder Klang im Orchester ihres sonst so stürmischen Daseins.

»Das tut mir leid.«

»Aye, mir auch«, entgegnete Caitrìona. Es war mehr ein Einverständnis als eine Klage.

Die Luft zwischen ihnen wurde schwerer, erfüllt mit einer unausgesprochenen Anerkennung der tiefen Narben, die die Abwesenheit ihrer Mütter hinterlassen hatte. Es kehrte Stille ein. Und während Benishas Hände weiter ihre bedächtige Magie webten, hatte sich etwas verändert. Die Verbindung, die sich in der Gemeinsamkeit des Verlustes enthüllt hatte, war nicht länger nur ein Hauch – sie war real geworden. So greifbar wie die Fäden, die nun den Hoodie zusammenhielten.

Caitrìona breitete die Worte vor sich aus wie eine alte Karte – das erste Mal, dass sie die Geschichte aussprach, die bislang nur in ihrem Inneren resoniert hatte. »Meine Maw hatte einen Unfall. Wurde überfahren. Als ich sie das letzte Mal sah, haben wir gestritten. Total dumm«, gestand sie und Berge von bisher ungeteilter Last schienen mit jeder Silbe von ihr abzufallen.

Benisha hingegen, deren Vergangenheit wie ein Schatten

ihrer eigenen Worte zu sein schien, antwortete mit einer lakonischen, aber gewichtigen Offenbarung. »Meine wurde umgebracht.«

»Was?« Benishas Nicken jagte ihr einen eisigen Schauer über den Rücken. »Ja. Weil sie nicht von hier war. Weil sie dunkle Haut hatte.«

Ein ersticktes »Fuck« brach sich durch Caitrìonas Schock, ihre Empathie in einem einzigen Wort verdichtet. »Und was ist mit deinem Vater?«

»Was ist mit deinem?«

»Hab’ ich nie kennengelernt. Ist in Afghanistan gefallen, als Held«, sagte Caitrìona, und durch ihre Stimme schien der stolze, schwere Mantel der Heldenverehrung zu schweifen. »Olivia – die Frau vom Welfare Office, versucht Verwandte zu finden. Aber das kann sie sich auch sparen. Zu der Sippe meines Vaters werde ich sicher nicht gehen.«

Benishas Blick, durchsetzt mit stummen Fragen, traf auf Caitrìonas Unnachgiebigkeit. »Wieso denn nicht? Familie ist Familie, auch wenn man sich nicht kennt.«

»Weil es Munros sind«, entgegnete die junge Schottin, ihre Antwort so abweisend wie eine Burgmauer.

»Was hat das denn damit zu tun? Ist doch egal, wie sie heißen oder wer sie sind.«

»Ist so ’ne alte Clan-Geschichte«, seufzte Caitrìona, die Tragweite vergangener Streitigkeiten in ihrem Atem tragend, »die McKenzies und die Munros können sich nicht leiden.«

Und bei Benishas Frage danach, warum nicht, musste sich Caitrìona eingestehen, dass die Antwort nur in einem Nebel von Geschichte und überliefertem Vorurteil schlummerte. »Keine Ahnung. Ist eben so«, endete sie mit einem Schulterzucken.

»Das ist kein logischer Grund. Wegen einer Geschichte, die

vielleicht schon hundert Jahre zurückliegt, sich immer noch in den Haaren zu liegen.«

Ein zögerliches »Vielleicht« wich einem abschätzigen Handwink, während sie auf ihrer Sturheit beharrte. »Ist eben so. 'Ne Art Tradition. Ich habe die Regeln nicht gemacht. McKenzies und Munros verstehen sich nicht. Punkt.«

Das leise Lachen Benishas erfüllte den Raum mit einer anderen Sorte Magie. »Du machst es dir tatsächlich einfach.«

Doch Caitrìona wollte von Einfachheit nichts wissen. »Ich mache es mir überhaupt nicht einfach!«, beharrte sie und fügte dann die eigene Schlussfolgerung über das Schweigen der Munros hinzu: »Außerdem, wenn die Munros Interesse gehabt hätten, dann hätten sie sich damals schon bei meiner Maw gemeldet. Haben sie aber nicht. Das sagt doch schon alles.«

Es folgte ein Seufzer, ein Hauch von Akzeptanz in Benishas Ausdruck. »Wenn ich die Möglichkeit hätte zu meiner Familie zu kommen, egal wie sie aussieht, dann würde ich das tun. Familie ist verbunden durch Blut und damit das wichtigste, was es geben kann.«

Caitrìonas Schmunzeln war halb Verspottung, halb Nachdenklichkeit. Dennoch zogen sie die intensiven Worte ihrer Zimmernachbarin in einen Strudel des Zweifels.

Mit einem Stöhnen gab sich die junge Schottin der Schwerkraft ihres Bettes hin und ließ die Finger über die Wand streichen. Ihr Geist so aufgewühlt wie der Stoff, der nicht länger nur eine Decke, sondern auch das dünn gewebte Netz ihres derzeitigen Zuhauses war.

»Wir werden sehen. Vielleicht findet Olivia sie auch gar nicht«, gab sie leise, beinahe einvernehmlich zu und die Stille, die darauf folgte, war nicht länger ein unbeschriebenes Blatt, sondern die erste Seite einer neuen Freundschaft.

An jenem Tag auf dem Friedhof von Fort William, als der schwermütige Himmel seine graue Decke über die Welt breitete, war es, als ob die Natur selbst innehielt. Nur um Caitrìona in ihrem Moment tiefster Trauer zu begleiten. Die Stille schien unabdingbar und doch passend. Eine stumme Geste des Respekts angesichts des endgültigen Abschieds.

Die Gedenkstätte war schlicht; kein Pomp, keine gekünstelte Aufmachung, nur eine kleine Gruppe von Menschen, die zusammengefunden hatte, um einer geliebten Frau die letzte Ehre zu erweisen. Das Beisetzen der Urne geschah sanft, fast zärtlich, als käme es darauf an, das abschließende Geleit nicht weiter zu erschweren, als es ohnehin war.

Und dann, fast wie eine Erlösung von der drückenden Stille, begann der Dudelsackspieler seine Melodie zu weben. Amazing Grace – ein Lied, so alt und ergreifend, dass es jedem Anwesenden unter die Haut kroch. Die Töne trösteten, schmerzten und ehrten zugleich. Sie umhüllten die Trauernden wie eine sanfte, musikalische Umarmung, ließen Raum für Erinnerung, Liebe und Abschiedsschmerz.

Caitrìona, wie verloren am Rande des Grabes stehend, ihre Augen auf die Urne gerichtet, fühlte, wie die Melodie jede Mauer in ihr zum Bröckeln brachte. Die Tränen, die sie so verzweifelt zurückgehalten hatte, bahnten sich nun ihren Weg. Ein stummer, heißer Fluss, der von inneren Kämpfen und nicht ausgesprochenen Worten erzählte. Die gesagten und die Ungesagten stiegen empor wie die sanften Nebelwolken um die Gipfel von Ben Nevis. Formlos. Eindringlich.

Das 'Für immer' drückte auf sie. Eine Last, die kein Mensch allein tragen sollte. Und doch ist es ein Teil des Menschseins. Jeder Atemzug schien ein Kampf, jeder Lidschlag eine Anstrengung, als ob sie gegen die Schwere des Universums ankämpfen müsste.

Es war jener Moment des Abschieds, in dem sich der Schmerz und die Liebe in ihrer reinsten Form zeigten. Nichts war dafür bereit, nichts konnte vorbereiten auf dieses letzte Lebewohl. Und während die abschließenden Töne von Amazing Grace verklangen, stand Caitrìona da. Sie stützte sich auf ihre eigene innere Stärke. Olivia indes, ohne ein Wort zu sagen, legte ihr beistehend die Hand auf die Schulter.

Caitrìonas Gestalt verharrte so lange regungslos neben dem Grab, dass sie schier eins zu werden schien mit der kalten Umgebungsluft.

»Du bist stark, Caitrìona. Erinnere dich an sie, so wie sie wirklich war«, sagte sie mit leiser Stimme.

Die Gedanken der jungen Schottin schwankten in dem Raum zwischen der stillen Erde und den Worten, die Olivia ihr eben mit solcher Sanftmut gereicht hatte. Stärke. Die Bezeichnung hallte in ihr nach, hämmerte gegen die Mauern ihres trauernden, doch zum Abschied noch nicht bereiten Herzens.

Die Wärme von Olivias Hand auf ihrer Schulter holte Caitrìona zurück in die Gegenwart. Die Stimme, getragen von Mitgefühl und einem Verständnis, für das Geschehene, das weit über das Berufliche hinausging, ließ Caitrìonas Welt für einen kostbaren Augenblick innehalten.

Obgleich Olivia Erin McKenzie nie persönlich begegnet war, fühlte sie die Schwere des Verlustes tief in sich. Sie wusste, hinter den nüchternen Akten und Zahlen verbargen sich wahre Geschichten. Jede ein Geflecht aus Liebe und Schmerz, die jeder Mensch auf seine Weise erzählte.

Die Übelkeit und der aufsteigende Zorn, die Caitrìona überkamen, waren natürliche Verbündete ihrer Trauer. Fluchtpunkte einer Seele, die vom Schicksal zu Fall gebracht worden war und sie am Boden hielt.

»Du darfst fühlen, was du fühlst. Willst du dich noch von deiner Granny verabschieden?«, flüsterte Olivia sanft. »Wir sollten allmählich zurückkehren. Es wird schon spät.«

Die Frage nach dem Abschied von ihrer Großmutter kam für Caitrìona nicht unerwartet. Dennoch wirkte sie in diesem Moment wie ein Rettungsring, der auf einen zutreibt, während man in dunstigem Wasser driftet. Ein tiefer Atemzug füllte die Lungen der jungen Frau, als sie langsam nickte. »Aye.« War alles, was krächzend über ihre Lippen kam.

Paul McElroy, ein stilles Monument der Beständigkeit, hatte die Zeremonie aus der Ferne beobachtet, die Gesichter der Trauernden eher als Silhouetten, denn als Individuen wahrnehmend. Er hatte in den vergangenen Jahren das Auf und Ab von Edina McKenzie miterlebt wie kaum ein anderer und stand ihr nun wortlos bei. Sein stilles Beileid war beinahe greifbar, doch als er spürte, wie Caitrìona und Olivia nähertraten, zog er sich respektvoll zurück, um ihnen Raum zu geben.

Granny Edina, die mitten im Nebel des Vergessens stand, hatte Momente der Klarheit und solche, in denen die Gegenwart schien, als würde sie durch ihre Finger rinnen wie das Wasser von Loch Shiel. Ihr warmes Lächeln, das sie ihrer Enkelin schenkte, war echt, aber ihre Worte führten durch ein Labyrinth der Verwirrung.

»Caitrìona«, lächelte sie und nahm sie in den Arm. »Wie schön, dich zu sehen.«

»Aber Granny, wir haben uns doch schon gesehen«, schluckte Caitrìona schwer, ihre Stimme kurz vor dem Ersticken.

»Oh natürlich haben wir das«, antwortete Edina mit einer unerklärlich fremden Heiterkeit. »Eine schöne Beerdigung, nicht wahr? Nur schade, dass Erin nicht dabei sein konnte. Immer muss sie arbeiten«, seufzte sie schwer und fast schon vorwurfsvoll.

»Oh Granny.« Caitrìona strauchelte erneut an der Schwelle zu ihren Tränen.

Es war ein doppelter Abschied. Von ihrer Mutter und immer ein Stückchen mehr von ihrer Granny. Dabei war es nicht ihre Seele, die sich langsam verabschiedete, sondern ihr Geist. Und dieser schleichende Verlust zerrte vielleicht noch härter an Caitrìonas Herz.

»Kommt ihr denn am Wochenende?«, fragte Edina plötzlich leuchtend vor Erwartung. »Ich habe Marmelade eingekocht. Die magst du doch so gerne.«

»Natürlich, Granny, wir sehen uns dann«, sprach Caitrìona und jedes Wort kostete sie Überwindung, versprach eine Normalität, die es nicht mehr gab.

Paul McElroy trat behutsam wieder an Edinas Seite und legte vorsichtig seinen Arm um ihre Schulter. »Wir sollten jetzt aufbrechen. Der Himmel zieht sich zu«, sagte er leise und reichte Caitrìona seine Hand. Sie ergriff sie, ein fester Händedruck, der ohne Worte auskam. Gemeinsam verließen sie das Gräberfeld, das in diesem Moment so viel mehr als ein Ort des Abschieds war.

Die junge Schottin warf einen letzten Blick zurück, ehe sie sich abwandte, bereit, Rosewood House mit all der beklemmenden Fremdheit erneut zu betreten. Es wartete eine Zukunft ohne Mutter und mit einer Granny, die ihr langsam entglitt. Ein Ort, der sich für Caitrìona anfühlte wie die Welt selbst: unendlich fremd und unwirklich.

Der Sohn Englands

Ein grauer, verregneter Spätsommer Tag lag über Kensington, einem Stadtteil im Westen Londons, welcher bekannt für seine prächtigen viktorianischen Gebäude und exklusiven Einkaufsmöglichkeiten ist. Die Bauwerke in der Straße waren durchzogen von Efeu und Vorsprüngen. Jedes Haus anders: vom viktorianischen KleinstPalast hin zum Tudor-Komplex am Ende der Straße. Der Geruch von nassen Blättern, alten Steinen und Historie lag spürbar in der Luft.

Eine Straße, die in diesem Viertel besonders hervorsticht, ist die Kensington High Street.

Im 17. Jahrhundert als Verbindung zwischen den königlichen Palästen in Kensington und St. James' Park angelegt, ist sie heute eine der meistbesuchten Einkaufsstraßen Londons. Hier findet man alles, von Designer Boutiquen bis zu großen Kaufhäusern wie Marks & Spencer und Whole Foods Market. Doch die Geschichte der Kensington High Street ist auch von Tragödien geprägt. Im Zweiten Weltkrieg wurde die Straße schwer bombardiert. Heute erinnern nur noch Gedenktafeln an jene, schreckliche Zeit.

»Chadwick!« Die Stimme des etwa 60-jährigen Herren donnerte durch das Haus in Kensington Palace Gardens, als ob ein

Sturm über die Wände fegte.

Es war Edward Peregrin Cavenworth, der 12. Duke of Derbyshire. Ein Mann von Macht und Einfluss.

Der Lord saß in seinem Arbeitszimmer und starrte auf den Stapel an Dokumenten vor ihm – ein Meer aus Papier, das seine Gedanken zu ertränken drohte. Doch sein Fokus lag auf einem Brief in seiner Hand, der wie ein Funke der Unruhe in seinen Augen loderte. Sein Gesichtsausdruck war ernst, seine Stirn von Sorgenfalten gezeichnet.

Das Zimmer wirkte ruhig und friedlich, als ob es die Ruhe vor dem Sturm wäre. Der schwere Teppich unter seinen Füßen dämpfte das Klappern seiner Lederschuhe, als er aufstand.

Seine Stimme bebte vor Energie und Lebendigkeit, als er den Namen seines Butlers und rechten Hand erneut rief. »Chadwick! Wo in drei Teufels Namen stecken Sie?« Die Worte hallten durch den Raum und schienen die Luft zu elektrisieren.

Der Lord griff nach einem Glas und schenkte sich einen Scotch ein, während sein Verstand wie ein wilder Sturm tobte. Die Flüssigkeit brannte auf seinen Lippen und ließ seine Kehle brennen.

»Chadwick!« Der Name hallte zum dritten Mal ungeduldig in den prächtigen Gemäuern wider. Sein Blick glitt über die kostbaren Gemälde an den Wänden und blieb schließlich an einem alten Ölgemälde hängen, das ihn selbst als jungen Mann darstellte. Mit dem heutigen Tag näherte er sich rasch seinem fünfundsechzigsten Geburtstag, doch zeigte er noch immer ein beeindruckendes Erscheinungsbild.

Seine markanten Gesichtszüge waren von einer männlichen Kraft geprägt, die seinen Charakter widerspiegelten. Mit seinem vollen Kopf aus silbrigem Haar strahlte er eine natürliche Autorität und Würde aus. Seine tiefblauen Augen funkelten wie Sterne und verrieten einen gewissen Charme, der Frauen weltweit zu betören vermochte. Die Falten im Gesicht zeugten von den Jahren an Lebenserfahrungen und gaben ihm eine Aura der Weisheit.

Ein Flackern von Nostalgie huschte über sein Gesicht, doch es verschwand ebenso schnell wieder. Er hatte keine Zeit für sentimentale Gefühle.

Mit festen Schritten kehrte er zu seinem Schreibtisch zurück, blieb jedoch davor stehen und nahm erneut den Brief in die Hand, als es endlich klopfte.

»Ja doch! Kommen Sie herein Chadwick.« Mit einem energischen Tonfall gab er den Befehl und konnte kaum seinen Blick von dem Geschriebenen abwenden.

»Sie haben gerufen, Sir?«, fragte Chadwick mit belegter, aber kraftvoller Stimme und verschränkte die Arme auf dem Rücken. Seine Haltung spiegelte eine Aura von Würde und Eleganz wider, die ihresgleichen suchte. Sein dunkles Haar war ordentlich nach hinten gekämmt. Sein makelloser schwarzer Anzug, perfekt gebügelt und bis zur Perfektion sitzend, zeigte die Sorgfalt und Hingabe, mit der er seinen Aufgaben nachging. Mit jedem Schritt verströmte er eine Mischung aus Selbstbewusstsein und Understatement. Sein Stand war aufrecht, sein Blick scharf und sein Lächeln zurückhaltend, als ob er ein Mysterium bewahrte, das nur er kannte. In den Augen Chadwicks spiegelten sich die Geschichten und Geheimnisse, die er im Laufe der Jahre erfahren hatte; von königlichen Besuchen hin zu politischen Intrigen. Er war der Hüter der Traditionen und der Bewahrer der Etikette und sein Wissen über die feinen Details des adligen Lebensstils war schier unerschöpflich. Er verkörpert die jahrhundertealte Tradition des englischen Butlers – loyal, dienstbar und immer darauf bedacht, seinen Herrn bestmöglich zu repräsentieren. Doch hinter dieser Fassade der Stärke und Disziplin verbarg sich auch ein Mann mit einer tief sitzenden Leidenschaft für Kunst und Kultur. In den stillen Stunden der Nacht konnte man ihn oft dabei beobachten, wie er in seinem kleinen, aber fein eingerichteten Arbeitszimmer saß und mit einem Glas Whisky in der Hand die Seiten eines klassischen Romans umblätterte. Seit Jahrzehnten bereits diente er treu und ergeben der Familie Cavenworth. Chadwick war mehr als ein Butler. Er trug nicht nur die Verantwortung für das reibungslose Funktionieren des Haushalts oder die Einhaltung der Termine seines Arbeitgebers. Er war faktisch die rechte Hand seines Lords, aber er war auch ein Freund in Zeiten der Not und ein Ratgeber in allen Lebenslagen.

Der Adelige konnte es kaum fassen. Seine Gedanken überschlugen sich förmlich, als er seinem Butler aufgebracht den Brief hinhielt. »Was bitte schön ist das hier?«

»Mit Verlaub, Sir, das ist ein Brief.«

»Das sehe ich selbst, dass das ein Brief ist Chadwick!« Über die Jahre der gemeinsamen Arbeit hatte sich ein besonderes Band zwischen den beiden Männern entwickelt. Ein Umstand, der Chadwick genau wissen ließ, wie er die jeweiligen Launen seines Herren zu meistern hatte. Und so wusste er bereits an dem Tag, es mochte etwa vor einer Woche gewesen sein, als er besagten Brief das erste Mal las, dass eben jenes Schreiben ein besonderes Augenmerk verdiente. Natürlich stellte der Untergebene im Sinne des Lords Nachforschungen an, welche ihn am heutigen Morgen nun dazu veranlassten, den Brief in die Ablage Edwards einzusortieren und ihm so vorzulegen.

»Well Sir«, begann Chadwick mit belegter Stimme auszuholen, »ich habe mir erlaubt, aufgrund der gegebenen Dringlichkeit, das Schreiben zu ihrer persönlichen Korrespondenz hinzuzufügen.«

Der Lord kam um seinen Schreibtisch herum und baute sich vor seinem Butler auf. Den Brief in der Hand verschränkte auch er seine Arme hinter dem Rücken und blickte ihm stechend in die Augen.

»Und wieso in drei Teufels Namen, sollte mich ausgerechnet dieser Erbschleicher Brief interessieren?« Es war nicht der erste Brief dieser Art, den Lord Cavenworth erhielt. Über die Jahre erreichten ihn immer wieder Bittsteller Briefe oder Briefe, mit an den Haaren herbei gezogenen verwandtschaftlichen Hirngespinsten. In der Hinsicht stand er jedoch nicht allein da, die meisten der alten Adelsgeschlechter waren von dieser Art der Belästigung betroffen. Ein Grund, weshalb er seinen Butler bereits vor Jahren damit beauftragte, sämtliche Post vorzusortieren, um sich nicht mit unnötigen Dokumenten aufzuhalten. Umso unverständlicher war es ihm jetzt, einen eben solchen Brief vorzufinden.

»Ich habe natürlich Nachforschungen angestellt, Sir. Der Grund, warum Sie diesem Anliegen nachgehen sollten, ist der Umstand, dass es eine Geburtsurkunde mit dem eingetragenen Namen sowie eine Anerkennung der Vaterschaft, seitens Ihres verstorbenen Sohnes William gibt, Sir«, erklärte Chadwick mit einer gewissen Trockenheit und Ruhe. Dass sich Lord Cavenworths verstorbener Sohn William tatsächlich zu dieser Zeit in Schottland aufhielt, merkte er nicht extra an. Edward würde noch genau wissen, dass sein Sohn in den Jahren 2008/2009 an der University von St. Andrews eingeschrieben war und des Öfteren seine Wochenenden im Lochlan House, nähe Fort William verbrachte.

Ein tiefes Brummen war aus der Kehle des adeligen zu vernehmen, als er Chadwick zuhörte. Sein Blick fixierte den Butler einige Momente, in denen die Gedanken sichtbar in seinem

Kopf umher tanzten. Letztlich aber, drehte er sich wortlos um und schritt zurück Richtung Schreibtisch, um sich zu setzen. Seine Hand griff nach dem Whiskey und leerte es ihn einem Zug.

»Soll das heißen, mein Sohn hatte eine Tochter und hat es mir verschwiegen?«, fragte er, nachdem das Brennen in seiner Kehle nachgelassen hatte. Indes hatte Chadwick, wohl wissend, dass sein Dienstherr heute Morgen mehr als ein Glas benötigen würde, bereits die gläserne Karaffe mit dem Scotch geholt.

»Well Sir, wir können es nach aktuellem Wissensstand nicht ausschließen«, meinte er und schenkte nach – einen doppelten.

Der Lord führte das Glas, ohne zu zögern, zu seinen Lippen und trank einen Schluck. Vor seinem inneren Auge kamen Erinnerungen an William zurück. Sein Verhältnis zu ihm war bei Weitem nicht das Beste, was ein Vater zum einzigen Erben haben konnte. Seine verstorbene Frau Blair hatte ihm zu ihren Lebzeiten des Öfteren vorgeworfen, zu streng zu sein und zu viel zu verlangen. Vielleicht die Antwort auf die gerade vorherrschende Frage, warum ihm sein Sohn nichts von dem Ergebnis seiner Affäre erzählt hatte.

»Wenn mir ein Vorschlag erlaubt ist, Sir?«, ergriff Chadwick erneut das Wort und ohne auf die ohnehin gekommene Erlaubnis zu warten, fuhr er fort. »In Anbetracht der aktuellen prekären politischen Situation, sollten wir die junge Dame nach London holen, um einen DNA-Abgleich vorzunehmen. So hätten wir auch eine gewisse Kontrolle darüber, was an die Presse gerät und was nicht.«

Edward überlegte und nickte. »Machen Sie das so Chadwick. Aber nicht hier nach Palace Garden«, erklärte er und nahm einen weiteren Schluck von seinem Scotch.

»Ich habe mir bereits erlaubt, das Haus in der Queens Gate Terrace bereiten zu lassen, Sir.«

Und gerade als der Lord erneut das Wort erheben wollte, kam ihm sein Bediensteter zuvor. »Ihre Anwälte sind bereits informiert, Sir. Mr. Jones wird morgen Vormittag vorstellig werden.«

Edward presste die Lippen fest aufeinander und warf seinem Butler einen scharfen Blick zu. Einerseits gefiel es ihm nicht, gegenüber Chadwick so vorhersehbar zu sein, andererseits aber, genoss er auch die Annehmlichkeiten und Sicherheit, die er ihm so entgegengebrachte.

»Ich werde mich um alles Weitere kümmern, Sir.« Verabschiedete er sich und deutete eine leichte Verbeugung an, ehe er umdrehte und zur Tür ging.

»Und sag meine Termine für heute ab. Ich brauche Zeit zum Nachdenken.«

»Auch dies habe ich bereits veranlasst, Sir.«

∞ ∞ ∞

Olivias Blick haftete an dem Monitor in ihrem Büro, ihre Stirn in Falten gelegt. »Wir bedauern, Ihnen mitteilen zu müssen …« Worte, die eine frische Ablehnung einer Pflegeeinrichtung signalisierten, ein weiterer Rückschlag bei ihren Bemühungen, für ihren Schützling Caitrìona McKenzie ein neues Zuhause aufzutun. Trotz Dees Großzügigkeit, der Leiterin des Rosewood House, waren deren Möglichkeiten begrenzt. Olivia fühlte die Dringlichkeit, die passende Einrichtung für die junge Schottin zu finden. Ihre Suche hatte sie mittlerweile bis in die Lowlands erweitert. Immer mehr kristallisierte sich die Option einer Pflegefamilie heraus, trotz Olivias Bauchgefühl, dass dies nicht das Beste für das Mädchen sei.

Für einen flüchtigen Moment hatte Olivia sich sogar überlegt, ob sie Caitrìona nicht doch zu ihrer Großmutter nach Glenfinnan schicken könnte – ein Gedanke, den sie aber gleich wieder verwarf.

Sie checkte ihre E-Mails weiter in der Hoffnung auf eine Antwort aus London – ohne Erfolg. Unerwartet und sie schreckhaft aus ihren Gedanken reißend, durchschnitt das scharfe Klingeln ihres Telefons die Ruhe ihres Büros. Mit einem angestrengten Seufzer griff sie zum Hörer. Sie kam nicht mal zu Wort, da ließ schon die dringliche Stimme ihres Chefs, Shawn Doherty, die Leitung vibrieren.

»Miss Evans! Ins Besprechungszimmer. Sofort. Es ist dringend!«

Überrumpelt von der plötzlichen Anweisung brachte sie nur ein ersticktes »Verstanden« heraus, bevor die Leitung mit einem Knacken tot war.

Mit einem Herzen, das aufgeregt im Rhythmus der Neugier hämmerte, jagte Olivia durch die Flure. Vorbei an verschwörerisch knisternden Papieren, die Geschichten von gebrochenen Jugendlichen erzählten. Als sie die Hand zur Türklinke des Besprechungszimmers ausstreckte, zögerte sie kurz. Ein unangenehm kalter Hauch schien sie durch die Tür zu treffen, doch mit einem tiefen Atemzug drückte sie die Klinke nach unten und trat ein. Unvermittelt fand sie sich in einer Szene wieder, die eher an eine Gerichtsverhandlung als an ein Büromeeting erinnerte.

Die Männer, die den Raum in Beschlag genommen hatten, saßen dort nicht zum Austausch von Freundlichkeiten. Das verrieten ihre ernsten Blicke. Ihre Anzüge waren mehr Panzer als Kleidung, ausgestattet für Schlachten in gerichtlichen Sitzungssälen. Shawn Doherty, der ansonsten so zwanglose Amtsleiter, stand da wie ein Schuljunge vor einem Straftribunal. Sein billiger Anzug eine verknitterte Kapitulation seiner üblichen

Nonchalance. Mit einer Atmosphäre, die dick genug war, um sie zu zerschneiden und eisig genug, um den Gipfel des Mount Nevis zu beschämen, herrschte ein Spannungsbogen, der vor feindlichem Feuer nur so knisterte. Die Schatten, die auf die grauen Wände fielen, füllten Olivias Erwartungen und Zweifel, während der Flüstertanz der Neonlichter ihren Geist umspielte.

»Miss Evans, da sind sie ja endlich!«, begann ihr Amtsleiter, noch ehe Olivia ein Wort des Grußes entrichten konnte. Mit kurzen, schnellen Schritten kam er auf sie zu. Sein Verhalten spiegelte deutlich seine Ungeduld wider. Obgleich Olivia keine fünf Minuten von ihrem Büro zu diesem Meeting gebraucht hatte. Die Beziehung zwischen Olivia und Doherty war üblicherweise beruflich und formal, wobei Doherty die übergeordnete Position innehatte, die aber jetzt durch sein nervöses Auftreten untergraben wurde. Eine Woge von Fragen und Spekulationen überschwemmte ihren Geist, während sie sich darauf vorbereitete, den fragenden Blicken der zwei unbekannten Männer standzuhalten.

»Die beiden Herren sind aus London«, flüsterte er ihr schnell zu, als er sie erreicht hatte und sich neben ihr postierte. »Wenn ich sie bekannt machen darf …?«, säuselte er gleich darauf weiter, dieses Mal in einer Tonlage, die als unterwürfig bezeichnet werden konnte.

»Wenn sie erlauben?« Der ältere der beiden Männer erhob sein Wort und stand auf. Olivia blickte den unbekannten Mann erwartungsvoll an. Seine Stimme war freundlich, jedoch mit einer gewissen Autorität gezeichnet. »Miss Evans, sehr freundlich, dass sie es so schnell einrichten konnten«, fuhr er mit einem ernsten Lächeln fort. »Mein Name ist Jones. Ich bin einer der Senior Partner der renommierten Anwaltskanzlei Grey und Jones aus London. Mein Begleiter ist Mr. Hughes.« Er deutete auf den Herren neben ihm, »ein hoch angesehener

Ermittler unserer Kanzlei. Aber bitte, setzen sie sich doch.«

Mr. Hughes, ein Mann entsprungen aus einem Guss eiserner Entschlossenheit, nickte kurz. Seine Augen analysierten, sondierten, stahlen Gedanken, als er ein Notizbuch mit der Sorgfalt eines Buchhalters öffnete.

»Aus London? Ein Ermittler?«, entkam es Olivia leise und die erste Vorahnung schlich sich in ihre Gedanken.

»Wir wurden von einer wichtigen Angelegenheit in Bezug auf einen unserer Mandanten hierher gerufen«, erklärte Mr. Jones und seine Worte wogen schwer in der Luft wie Blei. Er zog eine Akte aus seiner Tasche, legte sie auf den Tisch und setzte sich wieder. »Es geht um einen Fall, den Sie gerade bearbeiten.«

Spannung kroch weiter Olivias Nacken empor, als sie Mr. Hughes und Mr. Jones anstarrte und langsam auf einem Stuhl platz nahm.

»Miss Evans«, erhob nun Mr. Hughes sein Wort, »Sie haben vor einigen Tagen eine Anfrage im Wählerverzeichnis von London getätigt, ist das richtig?« Seine Stimme war leise und besaß einen rauchigen Klang. Jedes seiner Worte sprach er mit Bedacht und hob seinen Blick nur kurz von seinem Notizbuch.

»Ja Sir, das ist richtig, aber ich verstehe noch nicht ganz, worum es eigentlich geht.« Olivas Tonlage verriet ein gewisses Unbehagen.

»Es geht darum …« Mr. Jones zog dabei einige weitere Papiere aus seiner Tasche, »dass Sie eine Anfrage bezüglich Mr. William Cavenworth getätigt haben. Augenscheinlich mit der Unterstellung einer Vaterschaft bezüglich einer Miss McKenzie.« Seine Stimme hatte jeglichen Ton von Freundlichkeit verloren und klang eher so, als würde er den Zeugen eines Mordprozesses ins Kreuzverhör nehmen.

»Zunächst mal habe ich gar nichts unterstellt, Sir. Ich habe lediglich eine Anfrage zu seiner Adresse gestellt und eine amtliche Geburtsurkunde eingereicht«, verteidigte sich Olivia, während ihr der Anwalt, mit einer schwungvollen Geste, einige Papiere über den Tisch schob.

Ein Netz aus Fragen spannte sich hinter ihrer Stirn und sie spürte, wie die Fäden sich verhedderten. Mit jeder Sekunde, die sie die Akte begutachtete, verdichtete sich dieses Netz, verhärtete sich der Knoten der Ungewissheit. Der Fall von Caitrìona McKenzie, den sie so umsichtig zu behandeln versuchte, wirkte schlagartig wie ein wildes Tier, das sich losgerissen hatte und jetzt unaufhaltsam auf sie einstürmte.

»Haben Sie die Geburtsurkunde prüfen lassen, oder woher wissen Sie, dass es sich um ein echtes Dokument handelt?« Mr. Hughes Stimme hatte etwas Anklagendes und seine Augen etwas Durchdringendes.

Bei seinen Worten löste sie ihren Blick von den Papieren und sah ernst auf. Olivia hatte das Gefühl, von einer Lokomotive überrollt zu werden. »Natürlich habe ich das Dokument nicht auf seine Echtheit geprüft. Ich habe die Urkunde aus dem Nachlass der verstorbenen Mutter des Mädchens. Es gab keinen Anlass dazu«, erklärte sie und beobachtete, wie die beiden Männer sich einen kurzen Blick zuwarfen. »Hören Sie, wenn ich jede Geburtsurkunde auf ihre Echtheit prüfen ließe, käme ich zu nichts mehr. Ich habe nach Mr. Cavenworth gesucht, um ebendies herauszufinden«, rechtfertigte sie sich weiter. »Ich nehme an, ein Verwandter von Mr. Cavenworth ist Ihr Mandant, dann können sie doch sicher etwas dazu sagen, oder?«

»Die Lage ist etwas komplizierter, Miss Evans«, entgegnete Mr. Jones mit sonorer Stimme.

»Was bitte ist daran kompliziert? Entweder er ist der Vater, oder er ist es nicht«, brach es aus Olivia heraus.

»Leider kann sich Mr. Cavenworth nicht mehr dazu äußern. Er verstarb vor zehn Jahren bei einem Autounfall«, erklärte Mr. Jones und räusperte sich kurz. »Wir sind hier im Auftrag seines Vaters.«

»Dann wird doch sicherlich er etwas dazu sagen können. Ich weiß wirklich nicht, worum es gerade geht. Alles, was ich versuche, ist das arme Mädchen unterzubringen. Es gehört nicht zu meiner Aufgabe, ein Verfahren anzustreben, falls sich der Vater von Mr. Cavenworth sorgen um sein Geld oder Verantwortung machen sollte.« Olivia schaltete schnell. In vielen ihrer Fälle gab es Väter oder Familien von Erzeugern, die sich genau darum sorgten. Doch das waren Dinge, um die sich im späteren Verlauf das Amt kümmern würde, wenn es daran ging, Kosten zu decken oder einen Unterhalt für das betreffende Kind einzufordern. Ihr Auftrag lag ausschließlich darin, die Kinder sicher unterzubringen.

»Der Fall ist etwas prekärer gelagert.« Mr. Jones und faltete seine Hände auf dem Tisch wie zu einem Gebet. Olivias Blick wanderte fragend zwischen den beiden Männern hin und her.

»Bevor ich Ihnen genau mitteile, worum es geht, muss ich Sie darauf aufmerksam machen, dass Sie einer Schweigepflicht ihres Amtes unterliegen. Alles, was wir hier besprechen, darf diesen Raum nicht verlassen. Mr. Doherty war so freundlich, uns dies noch einmal schriftlich zu bestätigen«, erklärte Mr. Jones mit einer mahnenden, nur so vor Eindringlichkeit strotzenden Stimme. Olivia warf einen fragenden Blick auf ihren Amtsleiter, der immer noch wie ein unbeholfener Schuljunge daneben stand und scheinbar gar nichts zu sagen hatte. Ein Seufzer der Furcht entkam ihr fast, umspielt von der Gischt der Neugier, die an ihren Gedanken nagte. Doch unter dem Strudel an Zweifeln und Befürchtungen keimte auch ein Funke Entschlossenheit in Olivia auf. Eine Haltung, die sie durch unzählige Stürme der Verwaltung und emotionalen Wetterscheiten getragen hatte, meldete sich lautstark. Mit dem Aufprall der Herausforderung erwachte die Kämpfernatur in ihr, bereit, sich den geballten Ungewissheiten, die dieses Treffen ihr präsentierte, entgegenzustemmen.

»Ich höre?«, entgegnete sie selbstsicher und verschränkte die Arme vor der Brust, während sie sich in ihrem unbequemen Stuhl zurücklehnte.

»Bei dem Vater von William Cavenworth handelt es sich um niemand geringerem, als Lord Edward Peregrin, dem 12. Duke of Derbyshire.«

Die Worte trafen Olivia wie eine Bombe, die eine Detonation auslöste, die ihresgleichen suchte. Ihr Ausdruck wechselte zu Ungläubigkeit. Ihre Augen standen weit offen und ihr Mund schien schlagartig auszutrocknen.

»Vielleicht verstehen Sie jetzt unsere prekäre Lage?« Mr. Jones konnte ihrem Gesicht deutlich die Überraschung ablesen.

»Ihre Lordschaft befindet sich gerade in einer, sagen wir angespannten politischen Situation. Ein derartiger Skandal, egal ob in Tatsachen begründet oder nicht, würde zu einem nicht vorhersehbaren Chaos führen, das wir versuchen abzuwenden.« Die Worte des Anwalts schienen vorsichtig gewählt und offenbarten die Nüchternheit, mit der er die Sache anging. Olivia indes glaubte, ihren Ohren nicht zu trauen.

»Ein Skandal? Es geht hier um das Leben und die Zukunft eines jungen Mädchens! Ihr Skandal ist mir dabei herzlich egal!« Olivia fuhr hoch und schlug mit ihren Handflächen so fest auf den Tisch, dass die Wassergläser vibrierten.

»Miss Evans … ich bitte Sie«, versuchte, sich Mr. Doherty einzumischen.

»Dies ist auch unser Anliegen!«, erhob Mr. Hughes seine Stimme. Er sah Oliva an und fast schien es, als würde er lächeln.

»Mr. Jones drückte es vielleicht nicht aus. Aber ich kann Ihnen versichern, dass uns das Wohlergehen des Mädchens ebenso am Herzen liegt wie Ihnen.«

Olivias Blick wandte sich mit fragendem Ausdruck dem Sprecher zu. »Das drückte Ihr Kollege wirklich nicht aus.«

»Wenn wir einmal die Tatsache und die damit verbundene Skandalträchtigkeit eines unehelichen Kindes außer Acht lassen, was glauben Sie, was das Mädchen durchmachen muss? Die Presse wird sich auf sie schmeißen wie ein Rudel hungriger Wölfe. Die mediale Aufmerksamkeit wird ihr keine ruhige Minute mehr lassen. Menschen, die nicht unbedingt die besten Absichten haben, werden ihr womöglich nachstellen. Sie verstehen?«, erklärte der Ermittler, wobei er sich erhob und mit bedeutungsschwangeren Gesten durch den Raum schritt. »Und dabei ist, bei allem Respekt Miss Evans, die tatsächliche Vaterschaft noch immer nicht geklärt. Erfahrungsgemäß haben wir nicht sehr viel Zeit, bis diese Nachricht, die Runde macht und sich Gerüchte entwickeln. Die politischen Gegner ihrer Lordschaft werden zwangsläufig auf Miss McKenzie aufmerksam und dann?« Gab er weiter zu bedenken, als er langsam um den Tisch schritt. Mit seinem stechenden Blick hatte er etwas Lauerndes, das einem Raubtier gleichkam. »Unsere Aufgabe ist es, nicht nur ihre Lordschaft zu schützen, sondern ebenso dieses – arme Kind.« Beendete er seine Rede und blieb hinter Olivia stehen. Ein Umstand, der ihr einen Schauer über den Rücken jagte.

»Und was gedenken die Herren nun zu tun?«

»Wir würden sie nach London bitten«, erklärte Mr. Jones stumpf und glich dabei einer Statue.

»Nach London?« Olivias Stimme war leise und nachdenklich.

»So ist es Miss Evans«, stimmte Mr. Hughes dem Senior Partner der Anwaltskanzlei zu. »In London haben wir nicht nur einen gewissen Einfluss darauf, was an die Presse gerät, wir können Miss McKenzie auch vor ihr schützen, sollte es nötig sein. Auch möchte ich nicht verschweigen, dass ihre Lordschaft einen Vaterschaftstest anstrebt, um Gewissheit zu haben. Im Anschluss dessen werden wir weitersehen.« Der Ermittler verschränkte seine Arme auf dem Rücken. Gedanken und Überlegungen schossen durch Olivias Kopf.

»Und wie stellen Sie sich das vor? Denken Sie allen Ernstes, ich lasse Caitrìona einfach mit zwei, ihr wildfremden Menschen nach London fahren? Haben Sie eigentlich eine Ahnung, was so etwas in einem jungen Menschen anrichten kann?«

»Tatsächlich haben wir das nicht.« Die Zustimmung von Mr. Hughes kam unerwartet.

»Daher werden Sie sie begleiten«, erklärte der Anwalt und Olivia schien aus allen Wolken zu fallen.

»Und wie stellen Sie sich das bitte vor? Ich kann hier unmöglich weg. Ich betreue noch andere Fälle, die meiner Aufmerksamkeit bedürfen.« Die junge Frau warf einen verständnislosen Blick auf den Anwalt.

»Ihre Dienststelle wird Sie für die Zeit freistellen, das wurde mit Mr. Doherty bereits besprochen«, konterte der Anwalt mit trockenem Ton.

Olivia fuhr augenblicklich herum und sah ihren Vorgesetzten böse, wenn auch fragenden an. Doch dieser zuckte nur unmerklich mit den Schultern. Dabei setzte er einen Blick auf, der aussagte, ihm wären die Hände gebunden.

»Miss Evans, Sie sagten selbst, es geht Ihnen um das Wohlergehen des Mädchens. Wie anders könnten Sie es sicherstellen?« Der Ermittler setzte seinen Weg um den Tisch fort.

»Halt! Moment, warten Sie!« Olivias Stimme hatte einen Hauch von Panik. Sie musste sich sammeln, das Karussell ihrer Gedanken zur Stille zwingen. Die Ereignisse überschlugen sich, rasten in einem Tempo an ihr vorbei, dass sie kaum verarbeiten konnte. Dabei hämmerte in ihrem Inneren die Ahnung, dass bereits eine Entscheidung ohne Raum für Zwischentöne oder Verhandlungen getroffen wurde.

Mit einer Gleichgültigkeit, die sich in seiner Stimme spiegelte, setzte der Ermittler ungerührt fort. »Selbstverständlich wird ihre Lordschaft sämtliche anfallenden Kosten übernehmen. Die Reise, die Unterkunft – alles wird geregelt sein.«

Olivias Blick wanderte erneut zu ihrem Vorgesetzten. In ihren Augen war deutlich die Frage, nach der Ernsthaftigkeit der Aussagen abzulesen.

»Und wer kümmert sich dann um meine Fälle? Wir sind jetzt schon gnadenlos unterbesetzt und kommen der Arbeit kaum nach.« Sie richtete ihre Worte vorwurfsvoll an ihren Chef.

Shawn Doherty, der Olivias besorgten Blick auffing, räusperte sich und wirkte dabei merklich angespannt. »Wir werden eine temporäre Unterstützung organisieren«, sagte er, die Worte jedoch mit einer Unsicherheit ausgesprochen, die kaum zu überhören war. »Ihre Fälle sind wichtig, Miss Evans. Wir sorgen dafür, dass sie in guten Händen bleiben, während Sie weg sind.«

Olivia fühlte sich nicht vollständig beruhigt. Sie kannte die Belastungsgrenzen ihres Teams und die Komplexität ihrer Fälle, die jedes Detail ihrer Aufmerksamkeit forderten.

»Gute Hände sind schwer zu finden«, entgegnete sie und ihre Stimme trug einen entschiedenen Unterton. »Es braucht mehr als nur eine Bereitschaft zur Arbeit – es braucht Erfahrung, Empathie und Engagement.«

Mr. Hughes legte seinen Kopf schief, musterte Olivia, als würde er sie zum ersten Mal wirklich wahrnehmen. »Wir sind uns der Bedeutung Ihrer Arbeit bewusst Miss Evans«, sagte er mit einer Wärme, die neu zu sein schien. »Die Entscheidung wurde nicht überstürzt getroffen. Ihre Abwesenheit wird nur von kurzer Dauer sein, und wir haben die Ressourcen, um Ihre Abteilung zu unterstützen.«

»Es ist selbstverständlich Ihre Entscheidung …« Der Anwalt sah sie mit emotionslosem Blick an. »… Jedoch sollte Ihnen bewusst sein, dass Miss McKenzie nach London gehen wird. Mit Ihnen, oder *ohne* Sie.«

Olivia stockte der Atem. Ein Seufzer entrann ihrer Kehle, ehe sie tief Luft schöpfte. »Da lassen Sie mir keine große Wahl.«

»Eins noch, Miss Evans. Wir erwarten Ihr absolutes Stillschweigen und Diskretion über das, was hier heute besprochen wurde. Kein Wort an Personen, die nicht in diesem Raum sind.« Mr. Hughes hatte seine Reise um den Tisch beendet und wieder Platz genommen. Seine Worte, obgleich freundlich gesprochen, enthielten eine nicht zu überhörende Warnung.

VORBEREITUNG AUF LONDON

Olivia sah aus dem Fenster des Taxis, das sie zum Jugendheim fuhr und betrachtete die regennassen Straßen. Es war kurz nach halb neun am Morgen. Die junge Frau hatte eine schlaflose Nacht hinter sich. Fortwährend hatte sie sich von einer Seite auf die andere gerollt und fand keine Ruhe. In ihrem Kopf formten sich immer wieder Erklärungen für Caitrìonas Ohren, die gleich darauf verworfen wurden. Olivia kämpfte damit, die richtigen Worte zu finden.

Sie sollten – nein mussten – nach London. Weg vom vertrauten Schottland, das Caitrìona so sehr liebte. London, der Ort, der Antworten bereithielt, welche die Jugendliche höchstwahrscheinlich nicht hören wollte.

Das Prasseln des Regens auf dem Dach klang wie leises Klopfen an der Tür zu Caitrìonas Zukunft. Olivia wusste, die 14-Jährige stand kurz davor, eine Welt zu betreten, die ihr bislang unbekannt und mit Sicherheit alles andere als willkommen war. Sie, die ihr schottisches Herz mit Stolz trug würde erfahren, dass sie die uneheliche Tochter eines englischen Lords war. Diese Wahrheit würde ein Schock sein.

Wie sollte sie Caitrìona erklären, dass diese Reise eine Tür zu neuen Möglichkeiten öffnete, zu einer Familie, die über den Schatten ihrer Vergangenheit hinausreichte? Die Mitarbeiterin des Youth Welfare Office suchte nach einer Begründung, die das junge Mädchen nicht sofort zurückweisen würde. »Wir gehen auf Entdeckungsreise«, würde sie sagen. Sie schüttelte ihre Gedanken ab und atmete verzweifelt aus. Das konnte sie vielleicht einer Zehnjährigen erzählen aber nicht der jungen Schottin. Ihre Besorgnis driftete zu Caitrìonas verlorenem Blick, wenn sie über ihre Mutter sprach und Olivia spürte einen Stich. Ja, sie wollte für Caitrìona nur das Beste. Sie wollte, dass sie ihre Geschichte kannte, ihre ganze Geschichte. Aber so verbunden Olivia sich dem Mädchen auch fühlte, sie konnte dessen Herz nicht kontrollieren. Sie konnte nur hoffen, dass Caitrìona verstehen würde, dass jede Wurzel, ob schottisch oder englisch, Teil ihres einzigartigen Lebensbaums war.

Die Taxitüren schwangen auf und Olivia trat hinaus in den Nieselregen. Sie atmete tief ein, richtete ihren Mantelkragen gegen die kühle Luft und schritt mit Entschlossenheit auf die schwere Eingangstür von Rosewood House zu. Es war Zeit, Caitrìona von der Reise zu erzählen, die bestimmt war, ihre Sicht auf die Welt für immer zu verändern.

Als Olivia die steinernen Stufen des Rosewood House hinter sich ließ, spürte sie den schweren Schlüsselbund in ihrer Tasche. Er gab ihr ein Gefühl von Sicherheit, das ihre nervösen Schritte auf der kühlen Steintreppe begleitete. Innerlich übte Olivia ihren Einstieg, während ihre Finger die glatte Kühle des bronzenen Türgriffs spürten. Sie drückte die schwere Tür auf und ein vertrautes Knarren begrüßte sie. Der Geruch von gebohnertem Holz und der warme Duft nach frisch gebackenem Brot aus der Küche schwebten in der Luft. Es erfüllte das alte Gebäude mit Leben und boten eine alltägliche Normalität.

Sie wusste, dass ihr ein schwieriger Dialog bevorstand und sie war sich noch immer nicht sicher, welche Worte sie wählen sollte. Die tiefe Verbundenheit zum Land der Seen und Berge klang in jedem ihrer Worte mit. An ihrer Liebe zu Schottland würde ihre Reise nach London nichts ändern, doch Olivia befürchtete, dass die Nachricht von Caitrìonas Herkunft das Mädchen in einen Zwiespalt stürzen würde.

Dee, mit ihrer immer präsenten Brille leicht wippend auf der Nasenspitze, erschien am Ende des Flurs wie ein wachsames Schiff, das den sicheren Hafen ihrer Schützlinge bewachte. Ein halbes Lächeln umspielte ihre Lippen und ihre Augen waren so durchdringend wie eh und je. »Olivia, meine Liebe«, grüßte sie »Habe ich dich richtig verstanden, dass du mit Caitrìona nach London reisen möchtest?«

Olivia, die Dees fürsorgliche Art kannte und schätzte, nickte und erwiderte den Gruß seufzend in muttersprachlichem Gälisch. »Von möchten, kann keine Rede sein, aber ja, genau das habe ich vor. Du hast ihr noch nichts verraten? Wo hält sie sich auf?«

Dee schob ihre Brille zurück auf die Brücke ihrer Nase. »Nein natürlich nicht. Deine Anweisungen waren sehr deutlich.« Ihr Blick hatte einen mütterlichen Tadel. »Sie sitzt im Wohnzimmer und starrt die Wand an. Es war schwer, sie im Haus zu halten, selbst bei diesem Wetter. Aber Olivia, du wirst mich nicht im Dunkeln stehen lassen?«

Es war für Olivia keineswegs leicht, Dee nicht einzuweihen; zu tief war ihre Wertschätzung für die Frau, die das Heim mit ruhiger Hand führte. »Es tut mir leid, Dee. Viel kann ich nicht sagen. Ihr Vater ... es gibt Neuigkeiten.« Olivias Lächeln war sanft, fast bittend, während sie Dees prüfenden Blick standhielt.

»Ah, ich hatte so eine Ahnung«, murmelte Dee, ihr Verstand schnell wie eh und je. »Das erklärt aber nicht die Dringende abreise. Wir sollten dieses Gespräch mit dem Mädchen in meinem Büro führen.«

Dees Kommentar brachte die Sorge in Olivia zurück. »Ja, ich weiß … Caitrìona wird dies nicht einfach hinnehmen. Aber ja, in deinem Büro können wir in Ruhe sprechen.« Sie wusste, dass das Aufdecken von Geheimnissen selten ohne Aufregung vonstattenging.

Mit einer Handbewegung, die ebenso einer Einladung wie einer Aufforderung glich, wies Dee den Weg.

»Ich bin neugierig darauf, wie du diese Neuigkeiten vermitteln willst. Ich kann mir vorstellen, dass unsere kleine schottische Löwin kaum begeistert sein wird, mehr über ihren, ich vermute, englischen Stammbaum zu erfahren.«

Ein Seufzer entkam Olivia. »Dee, ich fürchte mich genau davor«, teilte sie leise ihre Besorgnis.

»Aber bitte, Olivia, vergiss nicht die Bedeutung, die ihre Wurzeln für sie haben.«

Beide Frauen schritten Schulter an Schulter den Flur entlang, vereint in der Sorge um ein junges Mädchen, dessen Welt im Begriff war, auf den Kopf gestellt zu werden.

Im Wohnzimmer, dem Herz des Gemeinschaftslebens, entdeckte Olivia Caitrìona, die auf einem der Sofas saß und die Gemälde an der Wand anstarrte. Es waren beeindruckende Bilder, die mit ihrer meisterhaften Darstellung die Anmut und Pracht der Highlands in all ihren Facetten zum Ausdruck brachten. Jeder Pinselstrich war sorgfältig gesetzt, jede Farbnuance perfekt abgestimmt, sodass man förmlich in diese bezaubernde Landschaft eintauchen konnte.

Olivia zögerte, wusste jedoch, dass sie vor dieser Aufgabe nicht fliehen konnte.

»Caitrìona, hättest du kurz Zeit für mich? Im Büro?«, rief

Olivia mit einer Stimme, die gleichzeitig sanft und dringlich war.

Aus ihren Gedanken gerissen, schaute Caitrìona auf. Die ungewohnte Förmlichkeit in Olivias Auftreten entging ihr dabei nicht. Ihr sonst so legeres Lächeln wich einer ernsten Falte zwischen den Augenbrauen und ein Schatten der Besorgnis tauchte in Caitrìonas blauen Augen auf. »Habe ich ein Problem?«

»Nein, liebes«, versuchte Olivia den Schatten auf ihrem Gesicht wegzulächeln, »ich möchte nur kurz etwas mit dir besprechen.«

Gemeinsam schritten sie durch die stillen Gänge, spürten das Gewicht der kommenden Neuigkeiten, das unsichtbar, aber schwer auf ihren Schultern lastete. Als sie Dees Büro betraten, waren es die vier Wände voller Wärme und Vertrautheit, die sie begrüßten. Dee nahm, eine Tasse Tee rührend, hinter ihrem Schreibtisch Platz und für einen Moment war nur das leise Klingen des Löffels in der Stille zu hören.

»Caitrìona«, sagte Olivia und ließ ihre Worte langsam und bedächtig in den Raum fließen. »Uns steht eine Reise bevor – nach London.«

Die Offenbarung hing schwer in der Luft, während Dee die zwei aufmerksam beobachtete. Sie ahnte, wie bedeutsam dieser nächste Schritt für das Mädchen sein könnte.

Die Überraschung der Worte zeigte sich deutlich auf Caitrìonas Gesicht. »London? England? Was soll ich da?« Zweifel schwangen in jeder Silbe mit, während sie Dee und Olivia abwechselnd fixierte. Halb in der Hoffnung, einer von ihnen würde die das ganze als Scherz entlarven – einen schlechten Scherz.

»Es gibt Antworten, die nur London uns geben kann. Antworten über deine Wurzeln und darüber hinaus.« Olivias Ton war ebenmäßig und klar, ihre Worte sorgfältig abgewogen. Und der Ernst ihrer Worte webte ein schweres Tuch durch den Raum.

»Antworten?« Caitrìonas Stimme zitterte vor Entrüstung. »Was für Antworten könnten das schon sein, dass ich mich zu den Torys bequemen müsste?« Ihre Stimme hallte durch das Büro wie ein Donnerschlag über das schottische Hochland. Sie? Nach London? In die Höhle der englischen Löwen? Niemals!

»Ich verstehe dich«, antwortete Olivia und begegnete Caitrìonas Blick mit der Stärke von Zuversicht. »Leider geht es nicht anders. Es ist nicht nur eine Reise, es ist eine Chance, Caitrìona. Ich habe versprochen dir zu helfen. Und in London …«

»Dreck, elender! Nay!«, platzte es aus Caitrìona heraus, dröhnend und impulsiv. »Da verzichte ich auf die Antworten.« Sie zog eine Linie im Sand, eine Grenze, die nicht überschritten werden durfte. Ihre Worte waren ein Spiegelbild der unerschütterlichen Hingabe an ihr Hochland – fest, unverbogen, pur.

Es war der Moment, in dem Olivia ein Stück Wahrheit wie Köder auslegte. »Ich habe vielleicht die Familie deines Vaters gefunden.«

»Mein Vater hat in Dingwall gelebt, nicht in diesem … diesem Smog verseuchten London!« Verzweiflung, Schmerz und Trotz lagen in Caitrìonas heftigem Tonfall.

Mit einem Seufzer suchte Olivia Beistand bei Dee. Die Hausleiterin thronte hinter ihrem Schreibtisch und umklammerte ihre Tasse, als wäre sie ein Schutzschild in dieser, vor ihr tobenden Schlacht. Sie nickte mit einem Blick geeint aus Sorge und Anteilnahme.

»Liebes, hör zu«, setzte Olivia neu und bedachtsam an. »Der Name deines Vaters taucht in einem Wählerverzeichnis von

London auf. Ich vermute, dass er dort eine gewisse Zeit gelebt hat, vielleicht, als er bei der Armee war. Ich bekomme aber nur weitere Informationen, wenn du dabei bist. Vorschriften, die es auch mir schwer machen.« Sie überquerte leise die Grenze zwischen Wirklichkeit und der Notwendigkeit, die Begebenheit zu verschleiern.

Dass dies nicht die ganze Wahrheit war, schien Dee zu ahnen – nein, zu wissen und ihre Augenbrauen hoben sich unmerklich. Ein kleiner Bruch des Vertrauens, aber vielleicht unerlässlich. Beide Frauen beobachteten, wie Caitrìonas Widerstand ein Fünkchen nachließ, ihre Gedanken sich um diese neue, unerwartete Wendung rankten. Die Erklärung klang logisch in Caitrìonas Ohren. Dennoch mischte sich ein Hauch von Skepsis in ihren Blick.

»Und dann? Die Sippe der Munros ist nicht gut auf McKenzies zu sprechen. Und ich bin es ehrlich gesagt auch nicht auf sie«, gab Caitrìona zu bedenken und berief sich auf eine alte Fehde der Clans, die bereits hunderte Jahre zurücklag. Denn auch wenn die junge Schottin lediglich einem kleinen Seitenarm des MacKenzie-Clans entsprang, war ihre Loyalität zu diesem ungebrochen.

»Es sagt auch niemand, dass du zu den Munros sollst«, behalf sich Olivia mit einer weiteren Notlüge, die eigentlich keine war, schließlich gab es diese Familie ja nicht. »Es geht vielmehr um einen bürokratischen Akt. Wir müssen nachweisen, dass wir alles unternommen haben, um die Familie deines Vaters ausfindig zu machen. Mehr nicht.«

»Und was, wenn wir die Munros finden? Was passiert dann?«

»Sollte das wirklich passieren, sehen wir weiter. Willst du denn gar nichts über deinen Vater wissen? Oder seine Familie? Die Wahrheit?« Olivia spielte mit dem Feuer.

»Soweit ich die Geschichte des MacKenzie-Clans kenne,

schreckten sie nicht vor der Suche nach Wahrheit zurück. Egal wie unbequem sie auch sein mochte«, mischte sich Dee mit gerader Haltung in die Arena des Gesprächs ein. »Wie kannst du das also wissen, ohne dich selbst davon überzeugt zu haben? - Angst vor der Wahrheit steht einem wahren MacKenzie nicht gut zu Gesicht.«

»Ich habe keine Angst!« Caitrìona erhob sich und in der Kraft ihrer Worte klang die Entschlossenheit der Highlands durch. Ihre Ahnen würden sich im Grabe umdrehen bei der Vorstellung. Eine Reaktion, mit welcher Dee gerechnet hatte und ja, auch provozierte. »Und zu guter Letzt, wäre es immer noch deine Entscheidung. Ganz gleich wie die Wahrheit auch aussehen mag.«

Caitrìona sah Dee nachdenklich an, ehe sich die Regung einer Entscheidung in ihrem Blick zeigte. »Von mir aus fahren wir nach London. Und dann werdet ihr schon sehen«, sagte sie mit einer Stimme, die vor Stärke, Stolz und Überzeugung nur so vibrierte. Dee nickte zufrieden mit sich selbst, während Olivia innerlich ausatmete.

»Sehr schön, dann geh und pack deine Sachen, Liebes. Das Taxi wartet bereits«, erklärte Olivia, wobei ein erleichtertes Lächeln ihre Lippen umspielte.

»Jetzt?« Caitrìonas Augen waren weit aufgerissen.

»Ja, das Taxi wartet. Wir haben keine Zeit zu verlieren.« Olivias Stimme war ruhig, aber es eilte ein stummer Drang darin. »Tut mir leid, dass alles so abrupt kommt, aber ich habe nur wenig Zeit Caitrìona, du bist nicht die einzige Jugendliche, die ich betreue. Also bitte beeil dich. Je eher wir loskommen, desto eher sind wir auch wieder zurück.«

Olivias Worte erzeugten erneut einen logischen Klang in ihren Ohren.

»Ich brauche fünf Minuten zum Packen«, sagte sie, die

Bestimmtheit einer Entscheidung in ihrer Kehle und verließ das Büro.

Dee richtete sich in ihrem Bürostuhl auf. »Ein bürokratischer Akt?«

Olivia seufzte schwer.

»Ich weiß nicht um was genau geht. Aber ich habe das Gefühl, dass du ein riskantes Spiel spielst, meine Liebe.«

Dees Blick ging zu ihrer Bürotür und nach einem Moment des Schweigens zeigte sich ein vages Lächeln auf ihren Lippen. »Die junge Dame wächst mit ihren Herausforderungen, nicht wahr?«

Olivias Blick, ebenfalls auf die Tür gerichtet, nickte gedankenverloren. »Ja, das tut sie. Wie eine Distel in der Wildnis – stur, stark und so bemerkenswert anpassungsfähig.« Sie blickte Dee an, ihre Augen fragten nach unausgesprochenen Gedanken. »Glaubst du, wir tun das Richtige?«

Dee atmete tief durch. »Ich hoffe es. Sie hat es verdient, ihre Geschichte zu kennen, wie auch immer diese aussehen mag.«

»Und wenn sie dort etwas findet, wonach sie gar nicht sucht?« Olivias Stimme war leise und schien das Gewicht der ganzen Welt zu tragen.

»Dann hast du ihr immerhin den Mut gelehrt, Fragen zu stellen, selbst wenn die Antworten nicht die sind, auf die sie hoffte.«

∞ ∞ ∞

Draußen, in den Fluren, die von alten Holzvertäfelungen gesäumt waren, eilte Caitríona zu ihrem Zimmer. Ihr Kopf war ein wilder Strudel aus Gedanken. London. Antworten. Das Taxi, das schon wartete. Ein Teil von ihr, möglicherweise der

Teil, der nach Wahrheit hungerte, pochte unregelmäßig in Erwartung des Unbekannten.

Die Tür zu ihrem Zimmer flog auf, als sie hereinstürzte und ließ Benisha erschrocken hochfahren. Die junge Inderin war in ihre Lieblingslektüre versunken und hatte nicht mit einem solch plötzlichen Überfall gerechnet.

»Musst du denn immer so reingestürzt kommen? Was ist denn los? Ist was passiert?«, fragte sie, den Schrecken noch immer in ihren Knochen spürend.

»Aye, ich fahre nach London!« Caitrìona eilte zu ihrem Schrank, öffnete ihn und begann wie ein wildes Tier darin herumzuwühlen.

Benisha, die das zerzauste Haar aus ihrem Gesicht strich, setzte sich auf. Das Buch in ihrem Schoß war mit einem Mal vergessen. Mit ihren großen, besorgten Augen beobachtete sie ihre Zimmernachbarin.

»Du hast immer von den Highlands gesprochen, nie von London. Warum jetzt dieser plötzliche Aufbruch?«

»Olivia hat anscheinend Hinweise zur Familie meines Vaters gefunden. Und ich habe sicher keine Angst, diesen Hinweisen nachzugehen, auch wenn sie bedeuten, auf Munros zu treffen«, gab Caitrìona mit einer Mischung aus Sarkasmus und Verbitterung zurück. Benisha konnte den Sinn ihrer Worte jedoch nicht ganz begreifen.

»Wieso solltest du Angst haben? Und wer sind die Munros? Das verstehe ich nicht.«

»Na, weil es London ist und weil mein Vater ein Munro war, verstehst du?«

»Nein. Ehrlich gesagt, verstehe ich nur Bahnhof.«

Die junge Schottin hielt einen Moment inne und wandte sich ihr seufzend zu. »Die Munros und die McKenzies verstehen sich nicht sonderlich, die alte Clan Geschichte. Du erinnerst dich?«

»Ah, diese Familienfehde. Ich verstehe dich da immer noch nicht …« Benisha verlor sich für einen Moment in Gedanken, »… Das ist wie bei Romeo und Julia. Die Familien haben ihre Fehde über das Glück ihrer Kinder gestellt. Und was hatten sie davon?«

Caitrìona blieb stehen, ein verwaschenes Slipknot T-Shirt in der Hand. Sie musterte Benisha und ein kleines Lächeln stahl sich auf ihre Lippen. »Sagen wir so, Romeo hätte es einfacher gehabt, sich mit Julias Familie zu einigen, als dass ein Munro und ein McKenzie friedlich Tee trinken.«

Benisha kicherte, trotz dem ernst der Lage. »Und du musst da jetzt mitten rein, um … was zu tun?«

»Um die Wahrheit herauszufinden. Um meine Geschichte zu ergründen. Um Olivia zu zeigen, dass sie mit ihrer idiotischen Auffassung von Versöhnung irrt. Und vor allem, weil sie anscheinend ohne mich nicht an die Informationen kommt.« Caitrìonas Stimme war vehement und glich der einer Kriegerin, die in eine Schlacht zieht, deren Ausgang ungewiss ist.

»Was für Informationen?«

»Keine Ahnung. Fürs Amt eben. Bescheuerte englische Bürokratie. Ich kann es gerade nicht besser erklären. Das Taxi wartet und ich muss mich beeilen.«

»Aber du … du wirst doch wieder hierher zurückkehren?« Benishas Stimme brach ein wenig. »Ich werde dich vermissen …« Sie hatte sich an die junge Schottin gewöhnt und konnte sie gut leiden. Und das nicht nur, weil sie für sie Partei ergriffen und sich mit Richard und Michael geprügelt hatte.

»Wirklich?«, fragte Caitrìona und blickte Benisha überrascht an. »Na ich werde sicher nicht bei den Munros bleiben. Eher friert die Hölle ein.«

»Ja wirklich! Du magst zwar stur und verbohrt sein, aber du trägst dein Herz am rechten Fleck.«

Caitrìona hielt erneut inne und setzte sich neben ihr aufs Bett. Sie legte das T-Shirt beiseite und schwang ihren Arm um Benishas Schultern. »Ich werde dich auch irgendwie vermissen.«

»Irgendwie?«, fragte Benisha leise, die Unsicherheit in ihrer Stimme kaum verhüllend.

»Mehr, als ein dickköpfiger Highlander zugeben würde …«, erklärte Caitrìona mit einem Seufzer. »Für eine nicht Schottin bist du ziemlich okay, weißt du.«

Für einen Moment hielten die beiden jungen Frauen inne, die Luft zwischen ihnen geladen mit Versprechen und unausgesprochenen Worten. Caitrìona stand auf, schnappte sich ihren Shinty Schläger und schwang ihren Rucksack, Richtung Tür gehend, über die Schulter.

»Ich komme zurück. Und wenn ich gegen Windmühlen kämpfen muss – wie dieser Don Quijote.«

»Du weißt, dass er nicht gewonnen hat, oder?«, rief Benisha Caitrìona nach, wobei ein Schmunzeln ihre Lippen umspielte.

Die Schottin hielt noch einmal inne und wandte ihren Blick über die Schulter. »Er war ja auch kein Schotte, aye?«

Und mit diesen letzten Worten und einem Mut, der ebenso viel von Benisha geborgt war wie von den weiten grünen Hügeln Schottlands, trat Caitrìona aus der Tür und ließ ihre Mitbewohnerin zurück. Allein, in einem Raum, der nun leerer wirkte als je zuvor, umklammerte Benisha ihr Buch und flüsterte, »Für eine nicht Schottin … bin ich ziemlich okay.« Ein Lächeln, das sich schmerzlich und stolz zugleich anfühlte, bedeckte ihr Gesicht, und sie wusste – Caitrìona würde zurückkehren.

Als Caitrìona das Büro erreichte, erhoben sich Dee und Olivia, ernst dreinblickend von ihren Plätzen.

»Bist du bereit?«, fragte Olivia leise.

»Ich bin eine McKenzie«, antwortete Caitrìona mit einem schiefen Grinsen, das selbstironisch ihre Mundwinkel umspielte, während sie ihren Shinty-Stick demonstrativ über die Schulter legte. »Natürlich bin ich das.«

»Willst du wirklich den Schläger mitnehmen …?« Ein leises Seufzen entwich ihr, als Caitrìonas entschlossener Blick ihr begegnete. »Ich weiß schon, ohne deinen Schläger gehst du nirgendwo hin, richtig?«, hob sie nachgiebig die Hände und nahm Caitrìona den Rucksack ab.

»Aye«, bestätigte die Schottin und schritt neben Dee zum wartenden Taxi. Auf der Schwelle des Rosewood House legte die Hausleiterin ihre Hand sanft auf Caitrìonas Schulter, um sie noch einen Moment zurückzuhalten.

»Caitrìona Liebes«, wandte sich Dee mit einem warmen Lächeln an die junge Frau, während Olivia bereits das Gepäck dem Taxifahrer übergab.

»Du bist in diesen Highlands verwurzelt, dein Herz ist so sturmerprobt wie die Kiefern auf unseren Hängen.« Sie intonierte die Worte mit dramatischer Stimme. »Vergiss niemals deine Herkunft und wer du bist. Möge die Reise dir nur das Beste bringen.«

Caitrìona, die Augen rollend, ließ ein schemenhaftes Kichern los. »Es wirkt fast so, als würdest du mich zu einer großen Schlacht und nicht bloß zu einem Taxi nach London verabschieden. Ich werde schon wieder kommen.«

»Und wer sagt, dass das Leben keine Schlacht ist? Wer kann schon sagen, welche Drachen in London lauern?« Dee zwinkerte verschwörerisch, während sie mit ihren Händen durch die Luft focht, als würde sie Schildschuppen imaginärer Kreaturen darstellen. Sie teilte Caitrìonas Optimismus einer Rückkehr nicht ganz und noch weniger ahnte sie, wie prophetisch ihre Worte waren.

»Langsam sollten wir aufbrechen, sonst verpassen Sie den Zug!«, rief der Taxifahrer ungeduldig, mit nachdrücklichem Blick auf seine Armbanduhr.

Das Lächeln wich einem ernsteren Ausdruck in Dees Augen. »Aber im Ernst, Caitrìona. Du bist so viel mehr als das Mädchen aus Fort William. Du bist stark, du bist klug, und du wirst jede Hürde überwinden, welche dir das Schicksal auch in den Weg stellen mag. Da bin ich mir sicher.«

Und noch bevor sie sich versah, war sie in Dees fester Umarmung gefangen, während ihre Stimme zitternd flüsterte: »Danke, Dee.«

»Nun aber wirklich, Schluss mit dem Geplänkel, setzt die Segel, ihr Seeleute«, rief Dee augenzwinkernd und schob Caitrìona sanft Richtung Taxi.

Im Taxi war die Stimmung gemischt. Olivia wandte sich der jungen Schottin zu. »Du weißt, Caitrìona, es ist okay, wenn du nervös bist oder … unsicher.«

»Wie wenn man an einem Loch ohne Boden steht und überlegt, ob man irgendwann aufschlagen wird?« Caitrìonas Stimme bebte hauchdünn.

»Genau so. Aber ich verspreche dir, es gibt ein Sicherheitsnetz. Und ich … ich bleibe an deiner Seite.«

Während sie durch die Straßen fuhren, schienen die schottischen Hügel sie noch einmal leise zu umarmen.

»Du beginnst ein neues Kapitel, Caitrìona. Es ist nicht besser oder schlechter, es ist nur anders«, erwiderte Olivia gefühlvoll, die ungehörten Gedanken des Mädchens aufgreifend.

»Quatsch, es wird sich nur zeigen, dass du Unrecht hast«, entgegnete das blonde Mädchen voller Überzeugung.

Mit einem sanften Rucken kam das Taxi zum Stillstand, und sie standen vor der Schwelle zu einem vollkommen neuen Teil von Caitrìonas Lebens.

»Na los, wir finden jetzt heraus, wie deine Geschichte weitergeht«, sagte Olivia mit einem aufmunternden Schmunzeln, während sie die Türen aufstießen und hinaus in die kühle schottische Luft traten.

London

Das Getöse der Lokomotive durchdrang die mittägliche Stille, als würde die ganze Welt in Schwingung versetzt und ließ die Reisenden in einer farbenfrohen Schar ihre Plätze einnehmen. Mit einem verträumten Seufzer presste Caitrìona ihre Wange gegen das kühle Zugfenster und bestaunte das Leben außerhalb, wie es in hohen Wellen der Begeisterung dahin rauschte. Ganz so, als habe Mutter Natur den Norden Schottlands mit einem zusätzlichen Schuss Tatendrang gewürzt.

»Pünktlich elf Uhr fünfundfünfzig – unsere große Reise beginnt!«, rief Olivia, ein keckes Zwinkern tanzte in ihren Augen.

Caitrìona schenkte ihr ein halbes Lächeln. «Aye, direkt in den Schlund der Bestie», antwortete sie mit einer Mischung aus Sarkasmus und Ehrfurcht; als der Zug ruckelnd seine Reise aufnahm, fühlte sich der Abschied von der Stadt irgendwie endgültig an.

Kaum hatten die Bahnschwellen die letzten Häuser Inverness' hinter sich gelassen, begann sich ein überdimensionales, lebendiges Bild zu entfalten. Der am Morgen herrschende dichte Nebel hob sich nun langsam, fast respektvoll, und enthüllte die gewaltige Szenerie grüner Weiten, die sich vor ihren Augen erstreckte.

Caitrìona atmete tief ein, der Anblick entlockte ihr eine Melancholie, süß und herzzerreißend zugleich. «Das ist Schottland. Wild und frei. Wie es sein sollte.»

«Es ist wunderschön, Caitrìona», entgegnete Olivia, während sie der jungen Frau behutsam über den Rücken strich. «Es ist, als würde das Land Geschichten flüstern».

Täler und sanfte Hügel schmiegten sich aneinander, durchzogen von abenteuerlustigen Flüssen, die sich wie Kinder im Sonntagsstaat durch die Natur schlängelten.

Der Tag schritt voran und die satten Grüntöne gingen langsam in das friedliche Gold der späten Nachmittagssonne über. Selbst die unerschütterlichen Berge hinter ihnen schienen in einem stillen Salut zu verharren, bevor der Zug sie endgültig zurückließ.

Mit jeder Meile gen Süden gesellten sich mehr und mehr Zeichen menschlicher Existenz zur Landschaft. Eine stille Übereinkunft inmitten von Natur und Zivilisation, ein beinahe feierlicher Wandel. Caitrìona nahm ihre Unterlippe zwischen die Zähne, ein stummer Beweis ihrer Ambivalenz. Für das, was die Zukunft bereithalten würde.

Die Reise nach Carlisle brachte eine schleichende Veränderung. Die malerische Wildnis wich der geometrischen Ordnung landwirtschaftlicher Felder. Weizen und Gerste wogten nun in der sanften Brise, ein Mosaik aus Gold und Umbra, während der Hintergrund von industriellen Meisterwerken in Eisen und Beton langsam Form annahm. Caitrìonas Augen hinter dem Fenster reflektierten die Verwandlung, ein ehrfürchtiges und doch kritisches Staunen über die Kühnheit des Menschen, die Natur nach seinem Willen zu gestalten.

Die Nähe zur Realität urbanen Lebens wurde in Carlisle

offensichtlich, wo sich die einst uneingeschränkt herrschende Flora und Fauna jetzt respektvoll in die Rolle des Zuschauers begab. Hier zeigte sich ein anderes Skript des Lebens, in schweren Pinselstrichen einer industriellen Lebensweise, eine Symphonie aus Stahl und Dampf. Caitrìona legte die Stirn in Falten und wirkte dabei entschlossen, sich nicht einschüchtern zu lassen, sondern sich mit dieser neuen Ordnung anzufreunden. Wenigstens für ein paar Tage.

Versunken im Sitz der zweiten Klasse, den Kopf in der weichen Polsterung der Kopfstütze gebettet, umarmte Caitrìona mit den Beinen ihren Rucksack, während sie in einem halb wachen Dämmerzustand verharrte. Ein leises, rhythmisches Summen unterlegte ihre gedankenverlorene Trance, das konstante Wiegenlied aus Stahl auf Stahl: die Zug-Räder, die in perfekter Harmonie die Schienen küssten.

Olivia, in stummem Gedanken, betrachtete ihre junge Begleiterin mit einem Hauch von Besorgnis. Wie würde Caitrìona reagieren, wenn die Wahrheit sich lüftete? Es war eine delikate Angelegenheit, bei der Olivia sich ertappte, wie sie mit der Wahrheit jonglierte – eine seltene und bittersüße Notwendigkeit.

Mit einem schweren Seufzer löste sie den Blick von der blonden Mähne, die ins fahle Licht des Abteils eintauchte. Ihre Finger fanden den Weg zu der glatten Oberfläche ihres Smartphones. Ihre sonst so ruhige Hand zitterte kaum merklich, als sie Mr. Hughes, den Mitarbeiter der Anwaltskanzlei der Familie, anrief.

«Hier ist Olivia Evans … Ja, wir haben gerade Carlisle passiert. Caitrìona ist bei mir und … Ja, ich verstehe Ihre Bedenken, aber wir gehen das langsam an. Keine Sorge, ich passe auf sie auf. Ich weiß, wie sensibel die Information über ihren Vater ist … In etwa vier Stunden erreichen wir Kings Cross Station in London … Ja, ich habe die Adresse, wir kommen dorthin.«

Während Oliva sprach, lauschte Caitrìona, kaum merklich, mit einer Mischung aus Misstrauen und Neugier. Zunächst schien sie desinteressiert, doch bei der Erwähnung ihres Vaters schärfte sich ihr Sinn. Äußerlich unbeirrt, grübelte sie innerlich, welche Geheimnisse in dieser sensiblen Information verborgen sein könnten.

Die Stunden dehnten sich zähflüssig dahin, bis schließlich der Abend seine schattigen Fäden durch die Landschaft zog, die nun dem aufkeimenden Sternenhimmel Platz machte. Die Lichter Londons durchstachen die Dämmerung. Eine Armada von funkelnden Sternen am Boden, die mit der hereinbrechenden Nacht zu flirten schienen. Ein sanfter Ton von Wehmut mischte sich in Caitrìonas Stimme, als sie die Veränderung der Welt beobachtete; Olivia bemerkte den schwermütigen Glanz in den jungen, staunenden Augen.

»Es ist wie in einem Film.« Caitrìona starrte auf die sich ausbreitenden Lichter. Sie blitzten auf wie Glühwürmchen, die im Wettstreit gegen die vorrückende Nacht anzutanzen schienen.

Und als der Zug wie eine silberne Schlange in den Bauch von Kings Cross glitt, waren es nicht nur die massiven Stahlträger, die in das Gesichtsfeld von Caitrìona und Olivia drangen. Es war eine neue Welt, die sich vor ihnen ausbreitete. Raunende Durchsagen verwoben sich mit dem Klicken von Kofferrädern auf den Fliesen – ein Orchester aus Bewegung und Vorfreude.

Caitrìona ließ ihre Hand an der Fensterscheibe ruhen. Die städtische Silhouette, gekrönt von einem purpurfarbenem Himmel, zog ihre Blicke auf sich und ließ sie für einen flüchtigen Moment alles um sich herum vergessen. Sie war eine Reisende zwischen den Welten, ihre Seele im Nordwind verankert, ihr Schicksal nun flüchtig in den Süden gewebt.

Kurz vor 21 Uhr wurden beide von der pulsierenden Metropole in einen Abend voller neuer Versprechen entlassen. Sie erhoben sich, ihre Siebensachen fest im Griff, ein letzter Blick aus dem Zugfenster – dann ein entschlossenes Nicken, ein flüchtiges Lächeln und Seite an Seite traten sie hinaus auf den Bahnsteig.

Sie zogen ihre Spur durch die belebte Menge, die sich durch den Bahnhof ergoss, ein Strom aus eilig geschäftigem Treiben. Plötzlich beugte sich Olivia zu Caitrìona hinüber, ein freudiger Ausdruck auf dem Gesicht tragend. »Sag mal, was würdest du davon halten, wenn wir dem Geheimnis von Gleis 9¾ auf den Zahn fühlen? Du weißt schon, wie bei Harry Potter. Wir könnten ein Foto machen! Ein Bild für die Ewigkeit.«

»Jetzt fängst du auch schon damit an«, erwiderte Caitrìona genervt und demonstrativ mit den Augen rollend. So theatralisch, dass es fast ein Tanz geworden wäre.

»Ich dachte, es könnte dir Spaß machen … Entschuldige.«

»Lassen wir die Touristen Spielchen und kommen direkt zur Sache. Je eher du deine Informationen bekommst, desto eher können wir zurück, aye?« Caitrìonas Ton war leicht gereizt, ihr Blick bohrte sich fordernd in Olivia, als sie ihr ein bekräftigendes »Aye?«, hinterherschickte.

Olivia wandte sich vom durchdringenden Blick der jungen Schottin ab. »Heute werden wir ohnehin nicht mehr viel erledigen können, die Büros sind zu.« Sie setzte ihren Weg fort, realisierte aber nach einigen Schritten, dass Caitrìona nicht folgte. Die blonde Schottin war stehen geblieben, ihr Blick fest auf Olivia gerichtet, wartend.

Mit einem gequälten »Aye!«, gab Olivia nach und überdeckte die Spannung in ihrer Stimme. Erst daraufhin nickte Caitrìona, beruhigt und setzte ihren Weg fort.

Als sie aus den Tiefen der Kings Cross Station hinaustraten, wehten die letzten Regungen des dämmernden Himmels zwischen den Wahrzeichen des Bahnhofs durch die Luft. Die frische Brise Schottlands war einer belegten, lebhaften Wärme Londons gewichen – ein Gemisch aus Atemwolken, die sich in der Luft wandten. Lachen, gedämpftem Motoren-Brummen und dem Takt unzähliger Schritte. Die Stadtlichter glitzerten und zuckten wie herabgefallene Sterne, wild entschlossen, in ihrem urbanen Theater die Hauptrolle zu spielen. Caitrìona, eine Tochter des schottischen Hochlands, stand da, die Augen geblendet, den Mund offen, so verblüfft, als erblickte sie das erste Mal die grenzenlose Weite des Ozeans.

»Holy Fucking keech …«, brachte sie hervor, bevor das intensive, pfeffrige Parfum der Stadt, durchdrungen vom Schleier der Abgase, der wie ein dicker Teppich über dem geschäftigen Treiben lag, in ihre Nase drang. Es folgten süßliche Aromen von chinesischem Essen mit dem scharfen Zauber indischer Gewürze.

Caitrìona rümpfte die Nase. »Es stinkt …«

Olivia, ein kaum verhaltenes Lächeln auf den Lippen, zog ihren grünen Rucksack fester an sich und gab der jungen Schottin einen sanften Schubs. »Willkommen im pulsierenden Herzen des Landes«, sagte sie warm.

»Wohl eher dem pulsierenden Arsch des Landes«, erwiderte Caitrìona trocken und obschon beeindruckt, ließ sie doch ihre Skepsis gegenüber der englischen Hauptstadt erkennen.

An jeder Straßenecke schienen funkelnde Fassaden und licht-durchflutete Schaufenster ihre ganz eigenen, lebendigen Märchen zu flüstern. Ein Kaleidoskop aus Neon und Eleganz legte sich über die Szenerie und das ungleiche Paar wurde Zeuge einer schillernden Symphonie des Stadtlebens. Um sie herum wogte ein Meer aus Menschen, ein buntes Gewusel aus Eile und Muße, aus Business-Outfits und lässigem Streetstyle, als kreuzten sich hier sämtliche Lebenswege.

»So viele Menschen«, hauchte Caitrìona, und ein Anflug von Staunen schwang in ihrer Stimme mit, während ihr Blick nach oben wanderte. Die Lichter der Stadt ließen nur eine vage Silhouette des nächtlichen Himmels erkennen.

»Jede Straße, ein Universum für sich«, entgegnete Olivia, während ihre Hand Caitrìonas Schulter suchte, ein vertrauter Anker im Schwarm der Metropole.

Unerwartet erklang die Melodie eines Dudelsackspielers, ein Echo aus der Heimat, das sich zärtlich durch die Häuserschluchten schlang – ein elektrisierend vertrautes Lied, das eine direkte Verbindung zu Caitrìonas Herzen schlug.

Caitrìona lachte befreit auf, ein Lachen, das die Ungewissheit schluckte. »Sie wissen wenigstens, was gute Musik ist!«, rief sie aus, ein freches Leuchten in ihren Augen.

Die Düfte, die Klänge, das lebendige Treiben – London hielt Caitrìona fest umschlungen, zeigte ihr in vollen Zügen sein pulsierendes Herz.

»Der vorläufige Höhepunkt, meine ich«, flüsterte Olivia, während sie die belebte Skyline auf sich wirken ließ, ein Schauspiel aus Lichtpunkten, das mit der Dunkelheit um die Wette glänzte. Im Gewirr der schillernden Straßenzüge fiel ihr Blick auf das gelb erleuchtete Schild eines Taxis, das einladend nahe parkte. Das Dach des klassischen schwarzen Gefährts wölbte sich wie ein Versprechen in der Nacht.

»Wir sollten ein Taxi nehmen. Wie klingt das?«

Caitrìona nickte, überwältigt von der unbändigen Energie der Stadt, als sie gemeinsam auf die Schlange wartender Taxis zusteuerten.

»Wohin soll's gehen, meine Damen?«, fragte der Fahrer gut gelaunt. Er hatte das korpulente Erscheinungsbild eines Weihnachtsmanns und zwinkerte ihnen aus schelmisch glitzernden Augen zu. Sein Akzent war unverkennbar Cockney, satt und herzhaft, wie Marmite dick auf den Morgentoast gestrichen.

»Wir müssen in die … Einen Moment, wir sind neu in London.« Olivia zückte ihr Smartphone und suchte die Adresse, die Mr. Hughes ihr gegeben hatte.

»Ah, Frischfleisch für die große Stadt!«, lachte der Taxifahrer und tippte sich keck an die Mütze, an der ein winziger Union Jack baumelte. »Mein Name ist Harry. Ich werd' euch zeigen, was London ausmacht. Eurem Akzent nach kommt ihr aus dem Norden? Schottland?«, plauderte er weiter und öffnete ihnen die hintere Tür.

»Aye, aus Schottland.« Stolz klang in Caitrìonas Stimme und sie schwang sich ins Auto.

»Wir müssen zur Queens Gate Terrace Nummer 6, in South Kensington«, informierte Olivia den Fahrer und hielt ihm ihr Handy entgegen. Ein leises, beinahe beeindrucktes Pfeifen entwich dem Fahrer, als er beifällig nickte.

Harry verwandelte sich während der Fahrt durch das Straßenlabyrinth in eine sprudelnde Quelle des Insiderwissens. »Baker Street, meine Damen, für euer Sherlock-Holmes-Selfie. Das ist Pflichtprogramm!«, empfahl er, während sie die berühmte Adresse passierten. »Und für den besten Chai Latte Londons müsst ihr zu 'The Little Teapot' in Shoreditch. Ein wahrer Geheimtipp, das.« Dabei zeichnete er mit einer Handbewegung Kreise in die Luft, so als wäre sie voller Tee-Duft.

Olivia tippte eifrig etwas in ihr Handy und schaute kurz auf. »Gibt es auch einen Ort, den nicht jeder Tourist kennt, der aber ein absolutes Muss ist?«

Harrys Augen funkelten, als er antwortete. »Ah, das wäre der versteckte Garten bei St. Dunstan in the East. Ein Ort, an dem die Zeit innezuhalten scheint und das mitten im Großstadttrubel!«

»Wir sind nicht hier, um uns irgendwelche Gärten anzuschauen«, raunte Caitrìona ihr mürrisch zu.

»Warum nicht das Angenehme mit der Arbeit verbinden? Ich war noch nie in London und was schadet es, die Stadt etwas besser kennenzulernen?«, entgegnete Olivia, die sich dabei durchaus überlegte, wie sie das Herz der jungen Schottin doch noch für die Stadt erwecken konnte. Diese hingegen war alles andere als davon angetan und zeigte es auch deutlich in ihrer Mimik.

Das Auto schnurrte zufrieden, als sie über die Serpentine Bridge im Hyde Park fuhren, wo die reflektierten Lichter auf der Wasseroberfläche tanzten.

»Und wenn euch nach einer Auszeit vom Trubel ist«, flüsterte Harry verschwörerisch, »dann begebt euch zur South Bank. Der Sonnenuntergang dort lässt selbst die altehrwürdige Themse erröten.«

»Und beim Anblick des Sonnenuntergangs am Loch Linnhe, würde sie vor Scham im Erdboden versinken«, entgegnete Caitrìona, während ihre Blicke suchend in die Nacht hinaus drifteten. Harrys Augen begegneten ihr kurz über den Rückspiegel.

Als sie ihr Ziel erreichten und der Wagen zum Stillstand kam, überreichte Harry ihnen mit einem verschlagenen Augenzwinkern seine Visitenkarte. »Falls ihr noch einmal eine Stadtrundfahrt wünscht oder einfach jemanden zum Zuhören braucht.« Während Olivia vorn das Fahrgeld übergab, nahm Caitrìona seine Karte entgegen. »Danke, Harry. Wir planen nicht, lange zu bleiben. Vielleicht rufen wir dich für die Fahrt zurück zum Bahnhof an«, sagte sie und schob die Karte in ihre Tasche.

Ausgestiegen blickten sie sich um. »Nicht übel, oder?«

»Aye, ganz nett …«, murmelte Caitrìona, »aber ich dachte, es geht in ein Hotel.«

»Etwas in der Art«, erwiderte Olivia, beeindruckt von dem Gebäude, das sich stolz in die Reihe viktorianischer Stadthäuser einreihte. Seine Kalksteinfassade fesselte den Blick, während raffinierte architektonische Details, den Reichtum und die Epoche widerspiegelten, aus der das Gebäude stammte. Die großen, weiß gerahmten Sprossenfenster fügten sich symmetrisch in das Design und bildeten einen ansprechenden Kontrast zur dunkleren Fassade. Ein besonderes Highlight aber war der elegant herausgearbeitete Balkon im ersten Obergeschoss. Geschwungene Balustraden und ein filigranes Geländer schmückten diesen charmanten Außenbereich, der einen malerischen Blick über die ruhige Straße versprach.

Mit einem geübten Rhythmus, der beinahe die Stille der vornehmen Londoner Straße durchbrach, klopfte Olivia an die prächtige Eichentür des Hauses. Es vergingen einige Augenblicke, die an eine bedeutungsvolle Pause in einem entscheidenden Dialog erinnerten, bis sich die Tür langsam und schwer öffnete. Vor ihnen stand Mr. Hughes, der Mann mit dem durchdringendem Blick und gekleidet in einen scharf geschnittenen Anzug, der seine methodische Art betonte.

Eine eindrucksvolle Silhouette im schimmernden Licht des

Foyers.

»Ah, guten Abend, Miss Evans«, empfing er sie mit einem professionell kühlen Lächeln, bevor sein Blick an ihr vorbei auf Caitrìona fiel, die etwas berauscht von Neugier und Skepsis die Szenerie betrachtete.

»Mr. Hughes«, grüßte Olivia und wich einen Schritt zurück, um Caitrìona vorzustellen. »Das ist Caitrìona McKenzie, über die ich Ihnen … berichtet habe.« Ein flüchtiges Zögern lag in ihrer Stimme.

Mr. Hughes' Gesichtsausdruck verriet einen verborgenen Funken Aufregung, als er die Hand ausstreckte. »Ein Vergnügen, Miss McKenzie. Ihre Bekanntschaft zu machen, ist mir eine Ehre.« Seine Augen schienen dabei ein Spinnennetz aus Höflichkeiten zu weben.

»Really?« Caitrìona hob stutzig eine Braue und ihr skeptischer Blick fragte ein 'Wer ist der Typ?', in Olivias Richtung.

»Miss Evans hat mir einiges über Sie … erzählt.« Ein kurzer, schwer deutbarer Blickwechsel mit Olivia folgte, als sei jedes Wort ein verborgener Hinweis. »Ich hoffe, Ihre Anreise war komfortabel?«

»Ehrlich, wir waren 'ne Ewigkeit unterwegs für 'ne dumme Information«, entgegnete Caitrìona unverblümt, während ihr Blick hinter die Oberfläche von Hughes' Maske zu dringen versuchte. Trotz ihres Stirnrunzelns huschte ein halb amüsiertes, halb verblüfftes Lächeln über seine Lippen.

»Reizend, wirklich reizend«, gab er mit einem Anflug von Reserviertheit zurück. Dann aber schien er sich daran zu erinnern, dass Förmlichkeit hier nicht sein Verbündeter sein sollte. »Aber ich bitte Sie, nennen Sie mich Anthony. Kein Grund für steife Formalitäten zwischen uns, nicht wahr?«

Er führte sie weiter ins Innere des Hauses, die schwere Tür sachte hinter ihnen schließend. »Ihr schottischer Akzent ist ent-

zückend. Er verleiht den Worten einen gewissen … Charme.«
Er warf einen prüfenden Blick auf Caitrìona.

»Aye, entzückend«, konterte sie mit einem trockenen Lächeln
und wandte sich, mit einem unausgesprochenen Appell in den
Augen, an Olivia. Eine Erklärung für dieses Zusammentreffen
fordernd.

»Lasst mich euch die Mäntel abnehmen«, bot Anthony an, die
Atmosphäre mit einem Wechsel zu unverfänglichen Nettigkei-
ten aufhellend. »Ihr möchtet sicherlich nach der langen Reise
etwas ausruhen. Vielleicht bei Tee und Sandwiches?«

»Das wäre wundervoll«, erwiderte Olivia dankbar.

»Ich bin entzückt«, schmunzelte die junge Schottin so leise,
dass es nur ihre Begleitung hören konnte.

Olivia warf ihr lediglich einen kurzen, tadelnden Blick zu,
wobei sie Mr. Hughes keinen Moment aus dem Blick verlor. Sie
konnte ihn nach wie vor nicht einschätzen und seine Rolle in
diesem Spiel vermittelte ihr ein ungutes Gefühl.

»Dann folgt mir bitte.« Ihr Gastgeber war vorangeschritten in
Richtung eines Salons, der in gedämpftem Licht erstrahlte und
dessen Möbel von einem stummen Luxus erzählten. »Bitte,
nehmt Platz. Fühlt euch wie zu Hause.« Er drückte einen
unauffälligen Knopf an der Wand. Während Caitrìona das
Zimmer neugierig in Augenschein nahm, trat ein Hausmädchen ein. »Etwas Tee, Limonade und ein paar Sandwiches,
bitte«, wies er sie mit gewohnter Souveränität an.

»Sehr wohl, Sir«, entgegnete das Mädchen mit einem höflichen Nicken und verschwand wieder.

Olivia, die immer noch eng an Caitrìonas Seite weilte, fühlte
sich hin- und hergerissen. Einerseits war sie sich sicher, das
Richtige zu tun, andererseits fühlte sie sich unbehaglich und
unsicher, ob dies wirklich der richtige Weg war.

Als sie sich setzten und Anthony sie mit prüfenden Augen

bedachte, brach Caitrìona das aufkeimende Schweigen. »Woher kennt ihr euch eigentlich?«

»Anthony hat von meiner Suche nach deinem Vater gehört und uns seine Hilfe angeboten«, antwortete Olivia umgehend, bevor der Engländer, der bereits ansetzte aufzublicken, das Wort ergreifen konnte.

»Dann kennst du die Munros?« Ihr bohrender Blick auf Anthony gerichtet.

»Die Munros?« Anthony reflektierte die Frage unwissend zu Olivia.

»Aye, die Familie meines Vaters«, bestätigte die junge Schottin und lehnte ihren Shinty-Stick nebensächlich gegen den Tisch, die Arme vor der Brust verschränkend. »Das solltest du wissen, wenn du wirklich vorhast, uns zu helfen.«

Anthony hob eine Augenbraue, sein Gesichtsausdruck blieb unleserlich, während er Caitrìonas herausfordernden Blick standhielt.

»Natürlich, Miss McKenzie. Munro ist ein weithin verbreiteter Name in Schottland. Und ich bin mir dessen Bedeutung bewusst«, erwiderte er vorsichtig und mit Bedacht, wobei er sorgfältig darauf achtete, keine weiteren Details preiszugeben. Er schien zu ahnen, dass Olivia dem Mädchen nicht den wirklichen Grund ihrer Reise verraten hatte. Womit sie sich im Grunde nur an das hielt, was er in Inverness von ihr verlangt hatte.

»Na dann, super! Scheint, als wären wir da in guten Händen, aye?« Caitrìonas Stimme zeigte deutliche Ironie, während sie einen skeptischen Blick auf Olivia warf.

Diese zog die Stirn in Falten und zupfte nervös an ihrem Ärmel, unsicher, was sie sagen, oder wie viel sie preisgeben sollte. »Anthony hat einen exzellenten Ruf. Seine Unterstützung könnte entscheidend sein.« Ihr Tonfall verriet Hoffnung, zugleich aber auch eine Spur Vorsicht.

Das Gespräch wurde unterbrochen, als das Hausmädchen mit einem Tablett voller Tee und Snacks zurückkehrte. Sie stellte es sorgfältig auf den Tisch, ein Lächeln spielte um ihre Lippen, und nach einem weiteren höflichen Knicks entfernte sie sich wieder.

Anthony goss den Tee ein und reichte den Damen die Tassen. »Bitte, bedient euch. Ich hoffe, es ist nach eurem Geschmack.«

Sie nippten am Tee, ein jeder verloren in eigenen Gedanken. Die Sandwiches blieben größtenteils unberührt.

Schließlich brach Caitrìona erneut das Schweigen. »Also Tony, was genau weißt du über die Munros?« Sie setzte ihre Tasse ab, ihre Augen fixierten den Mann, als könnte sie die Wahrheit aus ihm herausziehen.

Anthony räusperte sich elegant, lehnte sich zurück und maß die beiden Damen mit seinem ruhigen Blick. Der Umstand, von der blonden Schottin mit einer Abkürzung seines Namens bedacht worden zu sein, missfiel ihm. Dennoch versuchte er sich nichts anmerken zu lassen. »Nun, es ist eine umfassende Geschichte. Aber lassen Sie uns am Anfang beginnen. Ich bin beauftragt, bestimmte Informationen zu bestätigen, die für Ihre Familie von größter Wichtigkeit sein könnten.« Er achtete darauf, weder zu viel noch zu wenig zu verraten, vor allem aber versuchte er, die Geschichte, welche Caitrìona offensichtlich aufgetischt worden war, geschickt zu umgehen.

Die Augen der jungen Schottin blitzten mit einer guten Portion Argwohn auf und legten sich auf Olivia. »Um was geht es hier wirklich?«

Anthony spürte, wie die Spannung im Raum zunahm. »Es sieht so aus, als könnten Sie rechtmäßig Ansprüche geltend machen. Es wäre jedoch voreilig, ohne die richtigen Beweise zu handeln«, sagte er und zog ein schmales Röhrchen aus der Innentasche seines Jacketts.

Olivia setzte sich aufrechter hin. »Es geht um deinen Vater Caitrìona. Darum wer er war. Aber vielleicht sollten wir morgen darüber reden, wenn wir ausgeschlafen sind und die Dinge klarer betrachten können.«

Anthony nippte an seinem Tee und setzte die Tasse mit einem leisen Klirren ab. In seinen Augen blitzte etwas auf, das einer Mischung aus Respekt und Herausforderung glich. »Gut gesprochen, Miss Evans. Und ich kann Ihnen versichern, dass Gray & Jones bei dieser Suche nach der Wahrheit höchst gründlich vorgehen werden.«

Ein weiteres Schweigen folgte seinen Worten, als das Spiel um Wahrheiten und Ungesagtes weiterging. Caitrìona fühlte sich wie auf einem Schachbrett, auf dem sie gleichermaßen Spielerin wie Spielfigur war.

»Was genau soll ich also hier?« Caitrìonas Stimme schwankte zwischen Neugier und Ungeduld.

»Nun, zunächst brauchen wir einen Beweis, der Ihre Abstammung nachweist«, erklärte Anthony sachlich und legte demonstrativ das eben hervorgeholte Röhrchen in die Mitte des Tisches.

»Was ist das?« Caitrìona warf abwechselnd einen skeptischen Blick zwischen Olivia und Anthony hin und her.

»Ein Stäbchen für einen Abstrich der Mundschleimhaut. Ein DNA-Test«, erklärte er mit ruhiger Stimme, »zweifellos eine bahnbrechende Methode, um auf unanfechtbare Weise die familiäre Verbindung nachzuweisen. Durch diesen Test ist es möglich, mit absoluter Sicherheit festzustellen, ob Personen biologisch miteinander verwandt sind.«

»Ihr verarscht mich doch!«, platzte es aus der Schottin heraus.

»Das hätten wir genauso gut in Schottland machen können. Dafür hätte ich nicht extra herkommen brauchen! Soll das der bürokratische Akt sein?«

»Caitrìona, bitte beruhig dich«, versuchte Olivia, die brodelnde Schottin zu besänftigen. »Es geht nicht nur um den Test. Es geht darum, wer dein Vater war, okay? Und das ist schon wichtig.«

»Es ist mehr als das«, mischte sich Anthony wieder ein und kam der jugendlichen zuvor, etwas zu erwidern. »Es geht um mehr als nur um familiäre Beziehungen. Es geht darum, einen Teil von Ihnen selbst zu finden, Miss McKenzie.«

Caitrìonas Schultern spannten sich, sie spürte, wie die Gewichtung dieser Worte auf ihr lasteten.

»Und wenn ich das gar nicht finden will?« Ein Teil von ihr zog sich zurück, skeptisch gegenüber dem, was sich entfalten könnte, während ein anderer Teil mutig voranschreiten wollte.

Olivia sah sie an, ihre Augen voller Stärke und Unterstützung. »Wir sind zusammen hierhergekommen und wir werden das zusammen durchstehen. Egal, was passiert. Okay?« Ihre Stimme eindringlich. »Vielleicht sollten wir erst einmal darüber schlafen. Der Tag war anstrengend genug«, sprach sie an den Ermittler gerichtet weiter und warf ihm einen entschuldigenden und zugleich warnenden Blick, nicht weiter nachzubohren, zu.

»Natürlich, Sie haben recht Miss Evans.« Er nickte knapp, den Blick richtig deutend und drückte erneut den unscheinbaren Knopf an der Wand. Nur wenige Augenblicke später erschien das Hausmädchen.

»Würden sie unseren Gästen ihre Zimmer zeigen?« Seine Stimme gewohnt souverän, wandte er sich schon im nächsten Moment den beiden jungen Frauen zu. »Entschuldigen Sie bitte, falls ich zu forsch war. Man wird Ihnen ihre Zimmer zeigen und wir bereden morgen früh alles Weitere.«

Olivia nickte dankbar und legte einen Arm um Caitrìonas Schultern, während sie dem Dienstmädchen hinaus folgten.

Anthony verharrte einen Moment im Hintergrund, die Arme auf dem Rücken verschränkt, während er den beiden Frauen nachblickte. Es lag nicht in seiner Macht, zu entscheiden, ob das Mädchen tatsächlich ein Teil der Cavenworths war – so hatte es auch sein Vorgesetzter, Mr. Jones, zum Ausdruck gebracht. Seine Aufgabe war es lediglich, die Berechtigung ihrer Ansprüche zu prüfen. Und diese Verantwortung nahm er sehr ernst.

Sein Blick wanderte zu dem Röhrchen für den DNA-Test, das noch immer unberührt auf dem Tisch lag. Ein leises Schmunzeln umspielte seine Lippen, als er die aufgebrachte Reaktion der Schottin vor seinem inneren Auge Revue passieren ließ und das Röhrchen sorgsam wieder an sich nahm. Sollte sich die Vermutung bestätigen und sie wirklich die Enkeltochter des alten Lords sein, stünde ohne Zweifel ein Sturm bevor. Ein Sturm, der nicht nur durch die politischen Kreise fegen, sondern auch das Fundament der adeligen Familie erschüttern würde.

Mit einem nachdenklichen Seufzen umkreiste er den Tisch und hob behutsam die Tasse auf, aus der Caitrìona getrunken hatte. Er musterte sie sorgfältig, nahm sie dann an sich und verließ ebenfalls den Salon. Er würde den nächsten Schritt angehen, auch ohne die Zustimmung oder die Mitarbeit der jungen Schottin.

Verraten und Deportiert

Die ersten Sonnenstrahlen des Tages schlichen zaghaft durch die mit Vorhängen versehenen Fenster und weckten Caitrìona sanft. Sie streckte sich, blinzelte und erinnerte sich, dass sie in einem fremden Bett lag. Die junge Frau strich verschlafen über ihre Augenlider hinweg, während ihre Blicke auf der Zimmerdecke ruhten. Für einen Moment war da noch die Müdigkeit, die sie von der Realität trennte, doch dann kam alles zurück wie ein Paukenschlag. Die Begegnung mit Anthony Hughes, Olivia, deren wahre Absichten hinter dieser Reise sie anscheinend bewusst verschwiegen hatte und natürlich auch die Frage nach ihrer Familiengeschichte. Insbesondere die ihres Vaters.

Mit einem Ruck setzte sie sich so schnell auf, dass ihre blonden Haare wild umherschwirrten und beinahe ihr gesamtes Gesicht bedeckten. Ein Gefühl der Fremde überkam sie, während sie vorsichtig ihre Haare aus dem Gesicht strich und den Raum genauer betrachtete.

Ihre Hand glitt über das seidene Laken, als versuche sie, diesen unerwarteten Moment zu begreifen. Sie fand sich in einer Atmosphäre von solch atemberaubender Pracht wieder — eine Szenerie, die zugleich erdrückend und faszinierend war. Gestern Abend war Caitrìona sowohl müde als auch zu aufgewühlt gewesen, sodass es ihr schwerfiel, alles vollständig wahrzunehmen. Doch jetzt war sie hellwach.

»Verdammtes England!« Frustriert und energisch schlug sie die Decke zur Seite.

Ein zögerndes Knarzen durchbrach die morgendliche Ruhe, als Caitrìona die Tür ihres Zimmers leise öffnete. Lauschend erstarrte sie. Nichts als die gedämpfte Stille des Flurs griff nach ihr. Vor ihr breitete sich eine Allee aus kostbarem Holz und kunstvoll verzierten Teppichen aus, an den Wänden hingen Gemälde, die augenscheinlich wertvoll waren und in verführerisch goldenen Rahmen ruhten.

Gesprächsfetzen, begleitet von entferntem Klirren von Geschirr, drangen nur gedämpft zu ihr durch. Es waren die Stimmen von Olivia und Mr. Hughes – oder Anthony, wie er genannt werden wollte.

Mit der Vorsicht einer Katze, die unbekanntes Terrain erkundet, folgte sie den Stimmen. Ihren Weg säumten die holzgetäfelten Wände des Flurs und sie setzte einen Fuß vor den anderen, die Treppe hinab. Es war derselbe Pfad, den sie am gestrigen Abend, geführt von der freundlichen Hausangestellten, beschritten hatte. Als sie die Mitte der Stufen erreichte, sah sie die Tür zum Salon schon geöffnet. Die Stimmen nahmen an Deutlichkeit zu.

»Und wie gedenken wir, heute fortzufahren?« Die Stimme Olivias durchschnitt die Stille mit scharfer Klarheit.

»Vielleicht ist ein wenig Ablenkung angebracht. London hat viel zu bieten, Langeweile ist hier ein Fremdwort«, hörte sie Anthony sagen, während ein leises Klingen das Absetzen einer Tasse verriet.

»Ich sprach von Caitrìonas Situation.« Olivias Stimme trug einen Hauch von Ungeduld.

»Wenn das Testergebnis eintrifft, werden wir schlauer sein und entsprechend handeln.«

»Sie sprechen von dem DNA-Test? Ehrlich gesagt bin ich mir nicht sicher, wie – oder ob ich Caitrìona überreden kann, ihn durchführen zu lassen«, gestand Olivia.

»Das ist bereits erledigt, Miss Evans. Ich habe mir die Freiheit genommen, eine Probe von der Tasse zu entnehmen, die sie benutzt hat. Er befindet sich bereits im Labor und in einigen Stunden wissen wir mehr.« Eine Spur von Zufriedenheit um malte seine Stimme.

»Ohne ihr Einverständnis?« Olivia klang empört.

»Miss Evans, bitte fassen Sie sich. Ich erfülle nur meine Pflicht und nicht mehr als das.«

Caitrìona hörte, wie Olivia einen resignierenden Seufzer von sich gab.

»Es wird ihr nicht schaden. Sollte sich die DNA-Probe als negativ herausstellen, wird sie eine entsprechende Entschädigung erhalten und kann nach Schottland zurückkehren. Andernfalls …«

»Andernfalls?«

»Das wird dann nicht mehr in meinen Händen liegen. Doch gestatten Sie mir eine Frage?«

»Bitte sehr, es scheint ja, dass es tatsächlich etwas gibt, dass Sie nicht wissen.« Ein Hauch von Spott schwang in ihrer Stimme mit.

»Was hat es mit dem Namen Munro auf sich? Ich gestehe, bei dessen Erwähnung gestern kam ich aus dem Gleichgewicht.«

»Das ist der Name, den ihre Mutter ihr für ihren Vater nannte«, seufzte Olivia.

»Oh«, war alles, was Anthony darauf erwidern konnte. Die unspektakuläre Wahrheit schien den Mann zu überraschen. »Ein cleverer Zug von Ihnen, diesen Namen als Vorwand für den Besuch hier zu nutzen.«

»Es war alles andere als …« Olivias Worte wurden verschluckt.

»Guten Morgen, Miss McKenzie. Ich hoffe, Sie hatten eine angenehme Nachtruhe und alles war zu Ihrer Zufriedenheit?« Die Stimme des Hausmädchens durchschnitt die geheime Unterhaltung abrupt. Caitrìona zuckte erschrocken zusammen. Olivia und Anthony wandten ihre Blicke zur Tür, wo sie die junge Schottin erkannten.

»Caitrìona«, entfuhr es Olivia überrascht und ihr Gesichtsausdruck verdunkelte sich.

»Du hast mich angelogen?« Donnerte es aus der blonden Schottin heraus, das Echo ihrer Empörung war wie das Dröhnen eines aufziehenden Unwetters.

»Es ist kompliziert.« Olivia versuchte sie zu beschwichtigen und war schon auf dem Weg zu dem Mädchen.

»Spar dir deine Ausreden!«, knurrte Caitrìona und wirbelte so heftig herum, dass sie gegen das Hausmädchen stieß, die ein Tablett mit frischem Tee und Frühstück trug. Die Hausangestellte taumelte, bemühte sich, das Gleichgewicht zu halten, doch dann zerschellten Tasse und Kanne klirrend am Boden. Olivia wich reflexartig zurück, um nicht von dem heißen Tee getroffen zu werden.

Caitrìona ergriff die Flucht. Ihre Hand riss die Tür auf und ihr zurückgeworfener Blick war eine stille Warnung, ihr nicht zu folgen.

»Bitte, Caitrìona, warte … hör mir zu!«, rief Olivia, doch ihre Worte fanden keinen Weg zum Ohr der aufgebrachten jungen Frau.

Caitrìona ignorierte den aufkeimenden Schmerz in ihrem Knie und rannte los. Den Bürgersteig entlang, hinein in die pulsierenden Straßen Londons, ohne zu wissen, wohin. Nur weg von den Lügen und dem Verrat, den sie sich soeben ausgesetzt sah.

Olivia hatte einen verzweifelten Anlauf genommen, Caitrìona zu folgen, doch die Gassen und verwinkelten Wege von London hatten ihren Dienst erwiesen. Das schottische Mädchen war wie verwischt aus dem Stadtbild. Frustration nagte an Olivia, die das Gefühl nicht abschütteln konnte, sie hätte von vornherein ehrlich sein sollen, ungeachtet dessen, was die Anwälte von ihr verlangten.

Als sie in das stattliche Haus in der Queens Gate Terrace zurückkehrte, empfing sie ein Bild des Dilemmas: Das Hausmädchen, voller Bedauern und Aufopferung, räumte die letzten Überreste der kleinen Katastrophe auf. Anthony Hughes, das Sinnbild eines Mannes, dessen Gestalt in jedem Moment eiserne Entschlossenheit zu versprühen schien, stand derweil im Salon, sein Handy an sein Ohr gepresst. Die dunklen Augen, die sonst so analytisch und durchdringend wirkten, funkelten in gereizter Ungeduld, während sein Körper eine wilde Pantomime an Gesten vollführte.

»… Genau so, wie ich es Ihnen sage, Sir. Sie hat sich aus dem Staub gemacht. Ja, einfach so. Ich habe keine Ahnung, wohin.« Olivias Eintreten unterbrach sein hitziges Telefonat. »Einen Augenblick, Sir.« Signalisierte er und trat auf Olivia zu.

»Haben Sie das Mädchen aufhalten können?«, fragte er forsch, nur um dann in Olivias grünen Augen zu lesen, dass sie nicht die erhofften Nachrichten brachte.

Nach einem erneuten kurzen Austausch wandte Anthony sich wieder dem Telefon zu. »Nein, Sir, keine Spur. Ja, ich verstehe, dass das problematisch ist. Selbstverständlich, Sir, ich kümmere mich darum. Soll ich Ihrer Lordschaft Bescheid geben?« Ein paar letzte Worte, dann klickte das Gespräch weg und seine Aufmerksamkeit galt wieder der Mitarbeiterin des Youth Welfare Office.

»Ein echtes Problem ist das hier«, stellte er nüchtern fest.

»Was Sie nicht sagen«, spottete Olivia, ihre roten Haare wirkten wie ein Flammenmeer um ihren Kopf. Ihre ansonsten lässige Art war zur puren Besorgnis geworden.

»Seine Lordschaft wird nicht erfreut sein. Wir müssen sie schnellstmöglich finden. Können Sie sie nicht einfach anrufen?« Die Frage sprach Bände über seine eigene Ratlosigkeit.

»Sie hat kein Handy.« Olivias Stimme war ein Flüstern der Resignation.

»Wie bitte? Welcher Teenager lebt heutzutage ohne Handy?« Anthony konnte seine Verwunderung kaum verbergen, während sein markantes Gesicht sich in Ungläubigkeit versteinerte.

»Ein schottischer Wildfang.« Ihre Gestalt schien kleiner zu wirken, als sie sich erschöpft an den Tisch setzte.

»Nehmen wir an, sie kennt sich hier nicht gut aus. Sie wird nicht weit kommen.« Mit diesen Worten zückte Anthony wieder sein Handy, die Finger flink über den Bildschirm tanzend, um Verstärkung zu rufen.

»Das brauchen wir nicht annehmen. Natürlich kennt sie sich hier nicht aus.«

»Wir schnappen sie.« Er war wieder ganz der professionelle Ermittler, während er mit scharfem Verstand die nächsten Schritte koordinierte.

∞ ∞ ∞

Mit zusammengebissenen Zähnen und einer Wut im Bauch, die jedem Brodeln eines aufkommenden Unwetters Konkurrenz machte, schoss Caitrìona aus der Queens Gate Terrace, ihre junge Seele schwer von Verrat getroffen. Ihre Füße hämmerten auf das Pflaster, als wolle sie mit jedem Schritt die Verzweiflung und den Schmerz abschütteln.

Die prunkvollen Fassaden der Queens Gate zogen an ihr vorbei wie verschwommene Erinnerungen – bedeutungslos in diesem Moment der Empörung. Sie lief, als könnte sie vor den Unstimmigkeiten und Fragen davonlaufen, die nun ihre Wirklichkeit waren.

Der Verkehr auf Kensington Gore war nichts weiter als ein fernes Rauschen, ein untergeordnetes Stück Realität, das vor der Intensität ihrer Emotionen verblassen musste. Caitrìona beachtete weder die roten Doppeldeckerbusse noch die entnervten Fahrer, die ihretwegen bremsen mussten und verärgert hinter ihr her riefen. Ihre Welt wurde zu einem Tunnel, ein schmaler Pfad der Absolution.

Als das Albert Memorial, mit seinen filigranen Verzierungen und der erhabenen Statue, in Sicht kam, fiel ihr Blick darauf und doch wieder nicht. Die Details des Denkmals, sonst strahlend und beeindruckend, verloren sich gegenüber dem wilden Rausch ihrer Gedanken.

Sie überschritt die Schwelle zum Hyde Park, der unter normalen Umständen eine Oase der Ruhe und Besinnlichkeit war. Heute jedoch bot er nur die Kulisse für Caitrìonas tobenden Ansturm. Das Gras unter ihren Füßen kaum mehr als ein grüner, unscharfer Teppich, der sich unter der Geschwindigkeit ihres Laufes dehnte.

Unbeirrt setzte sie ihren Weg zu den Sportfeldern fort, wo die Welt scheinbar normal weiterlief. Menschen spielten, lachten und genossen den Freiraum des Vormittages, doch all das war für die junge Schottin nur ein fernes Summen hinter der festen Mauer ihrer Enttäuschung.

Ihre Lunge brannte, die Muskeln schmerzten, aber es war

nichts im Vergleich zu dem Feuer, welches in ihrer Brust loderte. Sie lief weiter, mit der Hoffnung, dass die körperliche Erschöpfung schließlich auch ihren Geist beruhigen könnte und die Meilen unter ihren Füßen die bittere Wahrheit, die sie jetzt kannte, ausradieren würden. Caitrìonas Schritte verlangsamten sich, das Pochen in ihrem verletzten Knie zwang sie zum Ende ihrer Flucht. Innerlich verfluchte sie alles – England, Olivia und ganz besonders die Mauer von Mallaig, der sie ihre Verletzung zu verdanken hatte.

»Vorsicht!« Hallte eine warnende Stimme, gedämpft wie durch einen Schleier des Nebels. Sie drehte sich um, als ein heftiger Schlag ihren Kopf traf und sie urplötzlich zu Boden riss. Ein Meer aus Sternen tanzte vor ihren Augen, und Wörter, die wohl ihr galten, erreichten sie nur gedämpft.

»Holy … verdammt …«, murmelte sie benommen und spürte ein pochendes Dröhnen in ihrem Schädel. Nur langsam nahmen die Konturen ihrer Umgebung wieder Gestalt an. Als Erstes wurden ihr die Gesichter bewusst, die sich besorgt über sie neigten.

»Alter, Perry, du hättest sie beinah ins Jenseits befördert«, zischte eine Stimme durch die schwindende Betäubung.

»Schnauze! Denkst du, ich wollte das?«, konterte eine andere verärgert.

Mit jedem Moment mehr fühlte Caitrìona, wie ihre Sinne zu ihr zurückkehrten und ein weiteres Gesicht sich ihnen hinzugesellte.

»Oh Mann, ich werd' nicht mehr, die Jakobinerin!«

Als ihr Blick klarer wurde, nahm sie das Gesicht vor ihr genauer wahr.

»Tottenham?«, stöhnte sie und ihr Herz setzte für einen Sekundenbruchteil aus. Sie zweifelte, ob sie nicht doch einer

Sinnestäuschung unterlag.

»Heilige Scheiße kennst du die Kleine?«

»Flüchtig, aber ja.« Hörte sie Liam sagen. Ihre Gedanken kreisten träge, als sie versuchte, sich auf das bekannte Gesicht zu fokussieren, das über ihr schwebte. Mit den langsam zurückkehrenden Sinnen fühlte sie, wie eine Hand zögernd ihre Schulter berührte.

»Tottenham«, murmelte sie erneut, dieses Mal jedoch mit mehr Gewissheit, als das Bild immer schärfer wurde und sie ihn gänzlich erkannte. Ihre blauen Augen machten die Runde. Ringsum hatte sich ein Kreis von besorgt, teils belustigten Gesichtern gebildet. Jugendliche in bunten Sporttrikots.

»Alter, der hast du aber ordentlich die Murmel verrückt.«

»Jetzt haltet doch mal die Schnauze und macht Platz!« Hörte sie Liam, der bereits neben ihr kniete. »Hey Cat, kannst du mich hören? Alles okay?«

Sie versuchte, sich aufzusetzen, ein dumpfer Schmerz schoss durch ihren Kopf und raubte ihr fast den Atem. »Ich … ich glaube schon«, krächzte sie und rang nach Luft, während sie ihre Hand zur schmerzenden Stelle führte.

»Komm, lass dir hoch helfen« Liam reichte ihr seine Hand und half ihr vorsichtig auf die Beine. Langsam richtete sie sich auf, wobei jeder Muskel protestierte.

»Na los, spielt weiter! Es gibt nichts mehr zu sehen!«, rief Liam laut und blickte auffordernd in die Runde. Die Jugendlichen folgten und trotteten langsam wieder Richtung des Fußballfeldes.

»Das Lob ich mir, Perry knallt die Alte ab und Liam krallt sie sich!« Johlte einer der Jungs, ehe sie sich gänzlich entfernt hatten. Liam richtete seinen Blick erneut auf Caitrìona. In seinen Augen lag ein Ausdruck von Sorge gepaart mit der Überraschung, sie hier anzutreffen.

Die Welt drehte sich, stabilisierte sich nur langsam. Stöhnend tastete sie die Stelle ab, wo sie der Ball getroffen hatte.

»Du solltest dich vielleicht noch einen Augenblick hinsetzen«, schlug er vor und suchte mit seinen Augen nach einer Bank. Bereitwillig ließ sich die junge Schottin führen und setzte sich. »Holy Fucking keech«, stöhnte sie.

Liam beobachtete sie nachdenklich. »Ich hätte nicht erwartet, dich hier anzutreffen.«

»Wirklich?« Ihre Stimme klang sarkastisch, während das Pochen in ihrem Schädel langsam nachließ. »Wenn es dich beruhigt, ich hätte mit dir auch nicht gerechnet.«

»Im Gegensatz zu dir lebe ich in der Gegend. Die Wahrscheinlichkeit ist also gar nicht so gering … trotz der Größe Londons«, erwiderte er mit einem schiefen Grinsen. »Was verschlägt dich hierher? Ist das womöglich der Anfang einer neuen Jakobitenrevolte?« Er grinste.

»Sehr witzig. Echt jetzt, sehr witzig«, murmelte Caitrìona, während ihre Gedanken langsam wieder Ordnung annahmen.

»Okay tut mir leid. Spaß beiseite. Was hat dich nach London gebracht?« Sein Gesichtsausdruck wurde ernster.

»Ich wurde abgeschoben – deportiert«, erwiderte Caitrìona trocken. Liam sah sie überrascht ob dieser Antwort an. Einen Moment lang war er unsicher, wie er reagieren sollte, dann aber brach doch ein Lachen aus ihm heraus.

»Ich weiß nicht, was daran lustig sein soll.«

»Komm schon, du machst Witze, oder?« Sein Lachen verklang, als er erkannte, dass Caitrìonas Gesichtsausdruck ernst blieb.

Die blonde Schottin warf ihm einen durchdringenden Blick zu, der endgültig jede Spur von Humor in seinem Gesicht zum Verstummen brachte. Sie rieb sich die Schläfe, als suche sie nach der richtigen Dosierung an Sarkasmus. »Nay, kein Witz.«

Sie fixierte ihn. »Also keine Sorge, ich bin nicht hier, um das Empire zu stürzen.«

Liams Gesichtsausdruck veränderte sich, wurde weicher und nachdenklicher. Er legte den Kopf leicht schräg. »Erzählst du mir, was passiert ist?«

Es war ein Moment der Stille, in dem die beiden nur das ferne Echo des Großstadttrubels hörten, als Caitrìona tief durchatmete und dann begann, die Ereignisse der letzten Tage und Wochen zu enthüllen. Wie aus einer schier unendlichen Quelle sprudelten die Erzählungen über das Zusammenleben mit ihrer Mutter, die Konfrontationen, ihren plötzlichen Tod, die unerwartete Entscheidung nach Inverness zu müssen und letztlich ihre erzwungene Abreise nach London.

Liam lauschte mit einer Intensität, die ihm die Aura eines stillen, bedachten Beobachters verlieh. Jede nickende Geste, jedes nachdenklich gemurmelte »hm« war ein Beweis dafür, dass er ganz und gar bei Caitrìona war. In diesem Augenblick mit ihr verschmolz die Welt um sie herum wie Schatten im Zwielicht. Seine dunklen Locken umrahmten sein gedankenvolles Gesicht und verrieten im sanften Spiel des Lichts den Sympathie erregenden Rebellen in ihm. Und Caitrìona fand, trotz ihrer Abneigung gegenüber jedem Sassenach, geradezu widerwillig anerkennend, dass er eine beinahe poetische Form von Schönheit besaß.

Als sie ihre Geschichte beendete, legte sich Ruhe über die beiden. Nicht die eines unbequemen Schweigens, sondern ebendiese eines stillen Verstehens. Liam sah sie an – seine Augen, jener warme Braunton, der an den dunklen Torf ihrer Heimat erinnerte und der durchsetzt war von einem festen Glanz an Mitgefühl und Entschlossenheit. Es war dieser Blick, der ihre stillen Widerstände herausforderte. Sie wusste, sie sollte ihm misstrauen, einfach aus dem Grund, weil er Engländer war. Doch etwas in seinen Augen und der Art, wie seine Haarsträhnen rebellisch seine Stirn kitzelten, untergrub ihre festen Vorsätze.

Caitrìona fühlte sich von diesem Blick unwiderstehlich eingefangen und unfähig, sich abzuwenden. Wie ein unausgesprochenes Band zwischen ihnen knisterte, eine unterschwellige Verbindung, die sie verleugnen wollte. Sie hatte sich geschworen, nie einem Sassenach ihr Herz zu öffnen. Doch nun, angesichts dieses jungen Mannes, der so anders war als die Stereotypen, die in ihrem Kopf herumspukten, merkte sie, dass ihre Überzeugungen ins Wanken gerieten. Die tiefen Gräben der Geschichte schienen bei Weitem nicht mehr so unüberwindlich, wenn sie in die Augen von jemandem wie Liam sah.

Scones
mit Clotted Cream

»Hast du Hunger?« Seine Stimme durchbrach unvermittelt die Stille.

Caitrìona schien einen Moment zu überlegen, dann aber gab ihr knurrender Magen die Antwort. »Aye, könnte was vertragen.« Sie nickte und ein schiefes Grinsen huschte über Liams Gesicht.

»Na dann auf! Am Serpentine gibts den besten Cappuccino und die beste Schokolade in ganz London«, grinste er und erhob sich voller Tatendrang.

»Hey Liam!« Eine Stimme hallte hinter ihnen. Als Caitrìona sich erhob und umsah, erkannte sie einen Jungen, dessen Gesicht vorhin über sie gebeugt war. Dramatisch hob er den Arm und präsentierte seine Smartwatch. »Liam, mach hin Bro, Zeit rennt!« Er erreichte sie und sein Blick wanderte zu Caitrìona. »Und, alles klar bei dir?«

»Aye, so ein kleiner Schubser haut mich nicht um«, erwiderte sie flapsig.

»Schottin, oder?« Er hob überrascht eine Augenbraue bei ihrem Akzent, was nicht an Caitrìona vorbeiging.

»Aye, eine Schottin. Hast du was dagegen?« Ihre Stimme war herausfordernd, bereit für eine Debatte, bevor Liam überhaupt reagieren konnte.

»Hey, easy, alles cool«, beschwichtigte er und drehte sich

196

wieder zu Liam. »Ticktack, Bro, wir müssen los.«

Liam schob sich zwischen Caitrìona und einen möglichen Konflikt. »Zieht ohne mich los. Ich komm' nach.«

»Echt jetzt? Und was erzählen wir Anderson?«

Ein Moment des Nachdenkens, dann blitzte ein frecher Schimmer in Liams Augen auf. »Erzählt ihm, ich bin kurz beim Doc. Wegen dem Ball-Ding.«

»Wie du meinst. Später dann!« Mit diesen Worten drehte sich der Junge um und schlenderte mit lockerer Gangart davon.

Liam wandte sich zu Caitrìona um und fixierte sie mit einem Blick, der die Luft zwischen ihnen vor Spannung knistern ließ. »Sag mal, ist es dein Hobby, Engländern Kontra zu geben? Oder hast du einfach nur ein leichtes Aggressionsproblem?«

Sie zuckte die Schultern, ihre Antwort gespickt mit einem trockenen Unterton. »Nicht bei allen, nur bei den meisten.«

»Also ich auch eingeschlossen?«, wollte er mit einer gewissen Beunruhigung wissen.

Ein Seufzer flüchtete über Caitrìonas Lippen, während sie ihn mit einem spielerisch kritischen Blick von Kopf bis Fuß betrachtete. »Mmh, nay, du bist vielleicht eine Ausnahme und ganz okay – für einen Sassenach.« Ihre Worte endeten in einem frechen Lächeln, das unwillkürlich auch über Liams Gesicht tanzte.

Mit einer überzogenen Geste legte Liam die Hand aufs Herz. »Was für ein Glück ich doch habe«, prustete er und deutete in die Richtung, aus der sie gekommen waren. »Komm, lass uns gehen, bevor uns der Regen erwischt.«

Nebeneinander her laufend, führte er sie in Richtung des Colicci Serpentine Coffee House, welches eingebettet im weitläufigen Grün des Hyde Parks und gleich neben der Serpentine Bridge lag. Das Design des Kaffeehauses bestach durch seine runde, organische Form, die beinahe an eine Skulptur erinnerte. Es fügte sich harmonisch in die natürliche Umgebung ein, mit einer Fassade aus Holz, deren warme Töne der Rinde der umstehenden Bäume gleichkamen. Große Glasscheiben ermöglichten einen fast nahtlosen Übergang zwischen Innen- und Außenraum und boten Besuchern einen spektakulären Blick auf den See sowie die malerische Park-Landschaft.

Liams Gesicht, umspielt von Locken, die in der frischen Brise tanzten, zeigte nur ein flüchtiges Lächeln. Seine Hände waren tief in den Taschen seiner kurzen Sporthose vergraben, während seine Augen, den Kiesweg fixierten, auf dem er beiläufig einen Stein vor sich her kickte.

»Wer ist Anderson?«, wollte Caitrìona wissen und durchbrach damit die aufgekommene Stille.

»Niemand.« Seine lässige Art spiegelte die gelassene Atmosphäre des Parks wider. »Kein Grund zur Sorge. Ich manage das.«

»Ich bin nicht besorgt«, protestierte Caitrìona schnell, und ihr schottischer Akzent unterstrich ihre Worte mit einem kämpferischen Unterton. Dabei wusste sie selbst nicht, ob es die Besorgnis um Liam oder die unterschwellige Anziehung war, die sie ansprach. Die Art, wie sein leichtes Schmunzeln ihre Abwehr ins Wanken brachte, störte sie mehr, als sie zugeben mochte.

Sie setzten ihren Weg zum Coffee House fort, vorbei an der malerischen Kulisse, die das Ufer des Serpentine-Sees bot. Das gedämpfte Geräusch von Stadtverkehr wurde ersetzt durch das sanfte Rascheln der Blätter und das entfernte Lachen anderer Parkbesucher. Hier, in diesem Moment, schien sich die Welt ein wenig langsamer zu drehen, und die Grenzen zwischen Schottin und Engländer verwischten in dem gemeinsamen Schweigen, das sie begleitete.

Als sie das Coffee House betraten, wimmelte es bereits von Leben – zeigte eine typische Morgenszene. Jogger ließen sich nach ihrer Runde erschöpft aber zufrieden auf den weichen Sofas nieder, Mütter waren im bunten Geplauder vertieft und Rentner lachten gemeinsam bei ihrem morgendlichen Kaffeeklatsch.

Den drohenden Wolken trotzend, die sich wie unbequeme Gäste am Himmel über London breitmachten, führte Liam, dessen Haarsträhnen bereits den ersten Regentropfen trotzig standhielten, Caitrìona nach drinnen. Er steuerte direkt auf einen leeren Tisch an der Fensterfront zu, wo sie sich niederließen, um den Blick auf das glitzernde Wasser zu genießen.

In Caitrìonas blauen Augen spiegelte sich die Neugier wider, als sie unter ihrem rebellischen Pony hindurch das Interieur des Cafés musterte. »Ganz nett hier«, kommentierte sie beiläufig und ihre zierliche Statur rückte etwas näher an den Tisch heran.

»Nur nett?« Liams Tonlage umgab eine gespielte Empörung, ehe ein breites Grinsen seine Gesichtszüge aufweichte. »Das hier kann's locker mit eurem Fischlokal aufnehmen. Du weißt schon, der Bude am Pier mit dem roten Dach.«

»Das Crannog?« Ihre Augen weiteten sich, als hätte er gerade den Heiligen Gral der Gastronomie infrage gestellt. »Also, bitte! Das hier ist solide, aber bei uns«, sie machte eine ausladende Geste, »ist die Aussicht unschlagbar.«

»Wieso? Hier haben wir doch auch Wasser«, neckte Liam weiter, während er ihr verspieltes, herausforderndes Funkeln einfing.

»Der Tümpel hier ist doch kein Vergleich mit dem Blick auf Loch Linnhe!« Caitrìona lachte auf, als die Kellnerin zu ihrem Tisch kam und aufmerksam auf ihre Bestellung wartete.

»Also, wir nehmen die Scones mit der Clotted Cream und Erdbeermarmelade. Und einen Cappuccino für mich«, bestellte

Liam, während seine Augen Caitrìona aufforderten, sich das nicht entgehen zu lassen.

»Für mich eine Schokolade.«

Die Kellnerin notierte mit einem Lächeln die Bestellung und verschwand zum nächsten Tisch.

»Was kramst du da?« Liam beobachtete verwundert, wie Caitrìona ihre Hosentaschen umstülpte.

»Ich such' mein Geld«, schnaubte Caitrìona scheinbar genervt, da sie nicht mehr fand als einige Pence, »oder nehmen die hier Steine als Zahlungsmittel?«

»Hmm, ich fürchte, schottische Pfund werden hier nicht akzeptiert.« Sein Grinsen wurde breiter, als sie ihn irritiert ansah.

»Hä? Wir haben doch dieselbe Währung wie ... ihr«, setzte Caitrìona an, bis sie realisierte, dass sie auf Liams Scherz hereingefallen war. Sein Lachen umspielte die Kanten seines Gesichts.

»Ein echter Scherzbold, was? Dunderheid.« Sie schüttelte grinsend den Kopf.

»Schon gut, ich lade dich ein. Betrachte es als Wiedergutmachung für die Ballattacke.«

Caitrìona musterte Liam kurz mit einem Blick, der ein Mischmasch aus Amüsement und leichtem Tadel war. Ihre Lippen jedoch verrieten ein zurückhaltendes Schmunzeln. »Na gut, aber das nächste Mal bin ich dran«, stimmte sie zu und lehnte sich in ihrem Stuhl zurück, als ob sie den bevorstehenden Frieden ihres Kompromisses offiziell machen würde.

Liam nickte. Sein Grinsen spiegelte sich in der Fensterscheibe, als er seine Hände hinter dem Kopf verschränkte und einen Moment lang das Bild des entspannten Gentlemans abgab. »Abgemacht«, erwiderte er gemütlich. »Obwohl ich es kaum erwarten kann, dich ins Crannog einzuladen, um zu sehen, wie es sich gegen unsere englischen Delikatessen schlägt.«

»Du willst mich ins Crannog einladen?« Caitrìona hob den Kopf. Sie war überrascht und vielleicht ein wenig verwirrt durch die Ungezwungenheit in seinem Angebot.

»Klar, wieso nicht? Ist doch nichts dabei«, gab sich Liam unbekümmert und sein Lächeln vertiefte sich, als er ihre Reaktion beobachtete.

»Aye, ist doch nichts dabei«, wiederholte sie nachdenklich und ihre Sehnsucht nach der vertrauten Heimat schwang unüberhörbar mit.

»Außerdem ist Lewis nicht gerade der gesprächigste Typ« Ein schalkhaftes Funkeln leuchtete in seinen Augen, welches auch Caitrìona ein befreiendes Grinsen entlockte.

Die heiße Schokolade und der Cappuccino erreichten ihren Tisch zusammen mit den frisch duftenden Scones. Der süße Duft der Erdbeermarmelade vermischte sich mit der aromatischen Wärme der Getränke, ein sinnliches Versprechen auf die Geschmacksexplosionen, die sie gleich erleben würden.

Während sie den ersten Bissen nahmen, verstrich die Zeit wie Sirup, langsam und süß. Die Gespräche um sie herum glichen einem stimmungsvollen Hintergrundchor, der das gemütliche Ambiente des Cafés vervollständigte. Caitrìona, fand sich unerwartet in der Ruhe des Moments wieder und bemerkte, wie ihr die Gesellschaft Liams eine seltsame Form der Zufriedenheit bot. Es war ein Gefühl, das sie seit ihrer Ankunft in London, ja selbst in Inverness, selten empfunden hatte.

Unter dem sanften Schein der Cafébeleuchtung, die warm und einladend die Farben der Tische vergoldete, blickte Liam ein wenig nachdenklich Caitrìona an. Es war ein Blick, der vorsichtsvoll einen Dialog zu eröffnen suchte, der an ihr Innerstes rührte. »Was denkst du, wie es weitergeht? Also, wie lange wirst du in London bleiben?« Seine Stimme war sanft, fast als hätte er Angst, zu viel Druck auf die feinen Spannungen ihrer noch jungen Freundschaft zu legen.

Caitrìona saß mit nachdenklich umklammerter Tasse da, ihr Blick suchte seinen Halt und fand ihn flüchtig. In einer Geste, die aus Unsicherheit geboren war, zuckte sie die Schultern. »Nicht sehr lange. Ich werde zurück nach Schottland. Vielleicht kannst du mir zeigen, wo der Bahnhof ist?«

Seine Brauen hoben sich in einer Mischung aus Überraschung und einem Anflug von Enttäuschung. »Du willst also zurück?«

»Aye natürlich. Was soll ich denn hier?« Caitrìona versuchte ihre Unsicherheit zu verbergen, doch in ihrer Stimme schlich sich ein Schatten ein, ihre Miene verdunkelte sich, wie ein Himmel vor dem Gewitter.

Liam, mit der Ruhe, die ihm eigen war, nippte bedächtig an seiner Tasse. Ein Hauch von Milchschaum blieb an seiner Lippe unbeachtet, denn sein Blick erfasste jeden Winkel ihres Gesichts.

»Das ist schade, ich hatte gehofft, du würdest etwas länger bleiben.« Seine Worte waren einfach, aber sie trafen einen empfindlichen Nerv und Caitrìona spürte ein Kribbeln in ihrem Herzen. Unsichtbar flatternd wie ein gefangener Schmetterling. Ein Wirbelsturm, von Gedanken begann sich in ihrem Kopf zu drehen. »Warum hast du das gehofft?« Forschte sie nach, ihre direkte Art durch die Melodie ihres Akzentes verstärkt.

Liam setzte ein schmunzelndes Pokerface auf, seine Augen wurden weit, als wäre er von ihrer Frage überrascht. »Na, weil ich nicht gedacht hätte, dass du vor Problemen davonrennst.«

»Ich renne nicht davon!« Caitrìonas Gegenwehr war vehement, ein Blitzen in ihren Augen – ihr Stolz war angekratzt.

»Nicht? Also auf mich wirkt es so.« Liams Lächeln blieb hinter seiner Tasse verborgen, aber seine Worte trafen präzise einen Nerv.

»Nay!« Die junge Schottin hörte ihr eigenes Geschirr klirren, als ihre Tasse heftiger als beabsichtigt auf den Teller traf. »Ich wurde unter Vortäuschung falscher Tatsachen hierher deportiert! Meine Maw hat mich mein ganzes Leben belogen und mein Vater … drauf geschissen. Warum sollte ich den Arsch kennenlernen wollen?«

Während Liam ihr zuhörte, las er zwischen den Zeilen ihrer Worte. Er konnte die ungezügelte Frustration in ihrer Stimme wahrnehmen, das Gewicht eines ganzen Lebens, das auf ihre Schultern gedrückt wurde. Behutsam und mit einem leisen Seufzer sorgfältigen Respekts stellte er seine Tasse ab. »Du wurdest also belogen. Aber anstatt der Sache auf den Grund zu gehen, ziehst du es vor, zurück nach Schottland zu gehen. Sorry, Girl, aber für mich klingt das nach Flucht.«

»Du nervst gewaltig!« Caitrìona funkelte ihn herausfordernd an, aber in ihrem Inneren lösten seine Worte etwas aus. Ein Ringen um Wahrheit und Identität. War sie vielleicht doch auf der Flucht?

Ein schwerer Atemzug dehnte ihre Brust. Liam sah, wie sie in einem stummen Schauspiel mit sich selbst kämpfte, ein sichtbares Hin und Her der Seele. Er legte neugierig und zugleich wohlwollend den Kopf schief, während seine Augen dem stillen Drama ihrer Gedanken folgten.

»Ich laufe nicht weg«, murmelte sie mehr zu sich selbst. Eine Bekräftigung. Ein Bannspruch gegen die Geister der Angst.

»Sondern?« Seine Stimme drang vorsichtig in die Stille, als ob er den schwersten Vorhang zur Seite zog. Er bohrte tiefer, aber nicht um zu verletzen, sondern um zu enthüllen.

Stumm setzte Caitrìona zu einer Antwort an, doch die Worte verschwanden wie Rauch zwischen ihren Lippen.

»Ich denke, dass du es bereuen würdest«, sprach Liam weiter, jedes Wort sorgfältig abwägend.

»Wen interessiert schon, was du denkst?« Ihre Erwiderung war schnippisch, ein Schild aus Trotz, das sie hochhielt.

»Dich«, entgegnete Liam mit einer ruhigen, unwiderstehlichen Selbstsicherheit. »Ansonsten würden wir dieses Gespräch nicht mehr führen. Du vermeidest die Konfrontation, weil du fürchtest, was du über deinen Vater, über deine eigene Geschichte herausfinden könntest. Zu erkennen, wer du wirklich bist. Und vielleicht fürchtest du, dann nicht mehr die zu sein, die du bist. Eine stolze Schottin – mit leichtem Aggressionsproblem.« Sein charmantes Grinsen nahm den Stachel aus seinen Worten, ließ sie weniger als eine Kritik und mehr wie ein neckender Stups wirken.

Caitrìona, gefangen zwischen Rebellion und Reflexion, starrte ihn an. Aber da, fast unbemerkt, bildete sich ein zaghaftes Lächeln auf ihren Lippen.

»Ich glaube, deine Wurzeln zu kennen, wird dich nur stärker machen. Und es wird garantiert nichts an dir ändern. Für mich bist und bleibst du Caitrìona McKenzie, die letzte, wahre Jakobinerin.«

»Du nervst echt gewaltig«, wiederholte Caitrìona, aber nun mit einem echten Lächeln.

»Ja, nervend, aber nicht ganz im Unrecht, oder?«, entgegnete Liam leichtherzig.

Die Wärme des Cafés schien sie beide in eine unsichtbare Decke zu hüllen, als Caitrìona mit ihrem Lächeln ein unausgesprochenes Einverständnis preisgab. Ihre Worte waren vielleicht genervt und widerspenstig, aber ihre Augen erzählten eine andere Sprache – eine, die zugab, dass sie seine Aussage durchaus schätzte.

Liam lehnte sich zurück, ein verschmitztes Grinsen umspielte seine Lippen. Die verspielte Frechheit in seiner Stimme tanzte durch die Luft. »Dir zu zeigen, wo der Bahnhof ist, würde dir ohnehin nichts bringen.«

Das Grinsen, das als Echo seines Eigenen auf Caitrìonas Gesicht erschien, war zugleich herausfordernd und heiter. Sie erwiderte seinen Blick, die Funken zwischen ihnen waren fast greifbar.

»Ach? Und wieso nicht?«, fragte sie mit einem blinzeln, dass seine Resolutheit ebenso auf die Probe stellte wie das seine ihres.

Liams Augen leuchteten vor Belustigung. Er beugte sich ein kleines Stück näher, so als würde er ihr ein Geheimnis anvertrauen. »Weil du kein Geld hast und die Schaffner keine Steine als Zahlungsmittel akzeptieren.« Lachte er und zog eines ihrer früheren Zitate heran.

»Oh haud yer wheesht. Du bist wirklich nervend.« Ihre Entgegnung kam prompt, wobei ein verspieltes Schmunzeln ihre Worte begleitete und bestätigte, dass sein neckender Ton bei ihr durchaus Anklang fand.

»Ich werde mir Mühe geben, weniger nervend zu sein, aber ich gebe keine Versprechen.« Er zwinkerte ihr zu. »Was hältst du von folgendem Vorschlag?«, fuhr er nach einem kurzen Schluck seines Cappuccinos fort. »Ich zeige dir meine Welt in London und du … na ja, nach Möglichkeit führst du mich irgendwann durch Schottland. Deal?«

»Deal«, sagte sie, und obwohl es eine einfache Vereinbarung war, schien es ihr, als hätte sie gerade ein unsichtbares Band geknüpft, das über eine schlichte Freundschaft hinausging. In diesem Augenblick allerdings, verdrängte sie diesen Gedanken mit einem letzten Bissen vom Scone. Ein beiläufiger Nichts-als-

Freundschaft-Deal – so redete sie sich ein. Dennoch konnte Caitriona nicht leugnen, dass ein Teil von ihr darauf hoffte, dass aus diesem simplen Austausch von Scones und Kulturerlebnissen irgendwann vielleicht doch mehr werden könnte. Doch das war eine Überlegung für einen anderen Tag.

Fürs Erste waren da nur Liam, der abklingende Regenschauer und die bequeme Atmosphäre des Colicci Serpentine Coffee House, die sich wie eine warme Decke um sie legten und den anstehenden Nachmittag versüßten.

Schließlich stand er auf und bot ihr seine Hand, eine stille Einladung, sich dem Unbekannten zu stellen. »Lass uns hier verschwinden. Ich zeige dir die Stadt.«

Caitriona zögerte einen Augenblick. Es war ein Zögern, das vom Gewicht des Kommenden kündete, von einer Entscheidung, die nicht nur ihre nächsten Tage, sondern ihr ganzes Leben beeinflussen könnte. Schließlich aber legte sie ihre Hand in seine, ließ sich von seiner Sicherheit leiten und von dem gleichmäßigen Pochen der Hoffnung, die ihr Herz in seiner Gegenwart schneller schlagen ließ.

Als sie das Café verließen, war die Welt draußen verändert. Der Regen hatte nachgelassen und die Straßen von London schimmerten nass und vielversprechend im Licht der Sonne, die sich ihren Weg zurück durch die Wolkendecke kämpfte. Caitriona blickte auf die Wassertropfen, die wie Perlen an den Ästen der Bäume hingen und dachte darüber nach, wie das, was eben noch nach einer Flucht ausgesehen hatte, jetzt den Anschein eines Abenteuers annahm.

»Glaubst du wirklich, dass ich bleiben sollte?« Ihre Stimme war leise, fast verschüttet unter dem Wirbel der vorüberziehenden Menschen und dem entfernten Rauschen des Verkehrs.

Liam hielt inne und blickte ihr tief in die Augen. »Ich glaube, dass du vor nichts davonlaufen solltest, was dich definiert. Es gibt Geschichten in dir, die entdeckt werden wollen, und wer weiß – vielleicht ist die größte davon noch ungeschrieben.«

In diesem Moment spürte Caitrìona etwas, was sie schon lange nicht mehr gefühlt hatte: den scharfen Geschmack der Neugier und die Süße der Möglichkeiten. Vielleicht war es an der Zeit, das Blatt zu wenden und eine Seite aufzuschlagen, auf der sie ihre eigene Geschichte sein konnte.

Mit einem Lächeln, das jetzt fester und sicherer wirkte, sah sie zu Liam auf und nickte. »Zeig mir die Stadt. Aber ich warne dich, ich bin eine harte Kritikerin.«

Liams schallendes Lachen vermischte sich mit dem Rauschen Londons, als sie über die Serpentine Bridge schlenderten. »In Ordnung, Miss McKenzie. Auf geht's!« Mit verschwörerischem Grinsen führte er sie den Weg hinunter, tiefer in das Herz des Parks hinein.

Rosen, Harrods und Irn-Bru

Die Sonne streichelt zärtlich über die Knospen im Rosengarten des Hyde Parks, wo Caitrìona und Liam zwischen den Beeten spazierten. Es war April, und die Luft war bereits schwer vom Duft blühender Rosen und dem herüberwehenden Grün des frischen Frühlings belegt. Caitrìona hielt inne, und ihre Augen leuchteten auf, als sie die Farbenpracht der Blumen betrachtete. Ihr sonst so starker schottischer Akzent weichte vor Staunen und Rührung ein wenig auf.

»Es ist wie ein Gemälde, das lebendig geworden ist«, sagte sie, und Liam, der zuvor noch die Vielfalt der Rosen erklärt hatte, konnte nur zustimmen, als er sich ihre faszinierte Miene ansah.

»London hat seine versteckten Wunder«, entgegnete er und genoss die ungezwungene Leichtigkeit, die zwischen ihnen herrschte.

»Wie kommt es eigentlich, dass du so versiert in Sachen Botanik bist? Ich hätte nicht unbedingt erwartet, dass du ein Blumenexperte bist«, fragte sie mit einem schelmischen Aufblitzen in ihren Augen, während sie durch die Blumenreihen des Parks schlenderte und neugierig zu ihm hochsah.

»Was soll das heißen, jemand wie ich?«, entgegnete Liam, schmunzelnd, ein Augenzwinkern nicht unterdrückend.

»Na ja, du siehst jetzt nicht unbedingt aus wie jemand, der

den ganzen Tag mit Gießkanne und Spaten in der Erde wühlt.«

Er lachte, ein warmes, ehrliches Lachen. »Das mag zwar sein, aber meine Mutter hat ihr halbes Leben in einem Blumengeschäft verbracht. Als Kind habe ich so manche Nachmittage dort verbracht. Ein paar Dinge hab' ich wohl doch aufgeschnappt«, erklärte er mit einem liebevollen Unterton in seiner Stimme, während er verträumt in Erinnerungen zu schwelgen schien.

Caitrìona betrachtete ihn einen Moment lang nachdenklich, ihre Augen durchdringend, als versuche sie, die verborgenen Kapitel seiner Geschichte zu lesen. Es war, als schimmerte durch Liams Worte eine andere Ebene der Verbundenheit, die sie noch nicht ganz fassen konnte. Sie nickte und gab den Impuls, weiter nachzufragen, nicht nach, spürte jedoch, dass die wahre Essenz ihrer Entdeckung noch ausstand.

Doch bevor sie die Gelegenheit hatte, dem Rätsel weiter auf die Spur zu kommen, ergriff Liam plötzlich ihren Arm und zog sie enthusiastisch zur Seite. »Komm, ich will dir was zeigen, etwas, das du in Schottland nicht finden wirst«, grinste er mit einem verschwörerischen Unterton, eine funkelnde Spannung lag in der Luft.

Sie ließen die liebliche Ruhe und den betörenden Duft des blumigen Refugium hinter sich, als sie sich dem urbanen Rhythmus der Brompton Road näherten, wo das Londoner Leben in all seiner energetischen und chaotischen Pracht pulsierte.

Für Caitrìona, die aus einer kleinen schottischen Stadt kam, wirkte jedes Gebäude und jeder Laden wie ein Kapitel aus einem Buch, das sie noch nie gelesen hatte.

Und schließlich ragte das legendäre Kaufhaus Harrods vor Caitrìona und Liam auf. Ein prächtiger Koloss aus Glas und Stein. Es war, als öffne sich der Vorhang zu einer anderen Welt.

Einer Welt voller Glanz und Glimmer, in der jeder Wunsch Wirklichkeit werden konnte. Die beiden Teens standen einen Atemzug lang still, beeindruckt von der ausladenden Fassade und den wehenden Flaggen, die Stolz im Wind flatterten.

»Holy …«, murmelte Caitrìona mehr zu sich selbst als zu Liam, ihre Stimme ein Gemisch aus Ehrfurcht und Vorfreude.

»… Fucking keech?«, lachte Liam und vollendete ihren Satz.

»Ist das ein Kaufhaus oder ein Palast?«

Liam, üblicherweise mit einer lässigen Haltung gesegnet, fand sich in der Anwesenheit von Caitrìona mit einem unerwarteten Nervenkitzel wieder. »Warte ab, drinnen ist es noch beeindruckender«, entgegnete er, seine Augen nicht vom hellen Leuchten ihrer faszinierten Miene lösend.

Als sie durch die doppelläufige Tür traten, wurden sie von einer Welle warmer, parfümierter Luft und dem weichen Klang klassischer Musik umschlungen. Um sie herum breiteten sich opulente Displays aus – verführerische Düfte, schillernder Schmuck und hochwertige Stoffe, in allen Farben des Regenbogens.

»Wow, sieh dir nur diese Kleider an«, sagte Caitrìona staunend, als sie durch die Damenmode streiften. Die Seide und der Satin schimmerten im Licht der Kristallleuchter, als würden sie nur für sie leuchten.

»Du würdest in jedem Einzelnen blendend aussehen«, bemerkte Liam, ein Hauch von Röte auf seinen Wangen, als er schnell den Blick senkte.

Caitrìona wandte sich ihm zu, ein sanftes Lächeln umspielte ihre Lippen und ihre Augen wurden für einen Sekundenbruchteil weicher, bevor sie ihr altes, rebellische Funkeln wieder annahmen. »Nay thanks … in so etwas bekommt mich keiner rein. Außerdem müsste ich noch ein paar Jahre sparen, um mir ein einziges davon leisten zu können«, erwiderte sie. Gutmütiger Spott in ihrer Stimme, während sie eine lockere Strähne hinter ihr Ohr steckte.

Sie schlenderten weiter, vorbei an prächtigen Uhren, welche die Zeit mit einem noblen Ticktack anzeigten, und standen schließlich vor Hochglanz-Kosmetika, die einen feinen Schleier von Luxus ausstrahlte.

»Eine Freundin von mir würde jetzt ausflippen«, lachte Caitrìona als sie die Lippenstifte, Wimperntusche und Cremes betrachtete.

»Du scheinbar nicht.«

Sie sah auf und ihre Blicke trafen sich. »Nay, ich mal mir mein Gesicht nicht an. Das ist unecht.« Vielleicht einen Moment zu lang, ruhten sie still aufeinander.

»Und was ist mit blauer Farbe?« Ein freches Grinsen zeigte sich auf seinen Lippen.

»Was soll damit sein? Farbe ist Farbe?«

»Trugen das nicht die wilden Highlander, ehe sie in die Schlacht zogen?«, versuchte er möglichst ernst zu fragen, konnte sich aber ein gewisses Schmunzeln nicht verkneifen. Er spielte auf den Block Buster ›Braveheart‹ an. Und als Caitrìona begriff, was er meinte, lachte sie auf. »Spinner.« Kopfschüttelnd schritt sie die Regale weiter ab, während Liam ihr lächelnd mit seinem Blick folgte.

»Die Sportabteilung!«, rief Caitrìona, als ihre Augen ein weiteres Stockwerk höher glitten. Sie zog an Liams Arm, die jugendliche Begeisterung in ihr plötzlich freigesetzt, stürmte sie los. Ein Lächeln breitete sich auf Liams Gesicht aus, als er sich widerstandslos mitziehen ließ.

Schulter an Schulter schritten sie durch die Gänge. Das Sortiment war überwältigend – von Yoga-Matten bis zu Phalanxen edler Golfausrüstung.

»Ich wette, hier könnte man sich stundenlang verstecken und keiner würde einen finden«, witzelte Liam und tat so, als würde er hinter einer Golf-Tasche in Deckung gehen.

Caitrìona lachte, ein Klang so unbeschwert und echt, wie er nur selten aus ihrem Innersten kam. »Da wäre ich sofort dabei.« Ihre Augen funkelten im Einklang mit ihrem Lachen. Doch dann war es eine besondere Ecke, die Caitrìonas Blick einfing und ihr Herz einen Takt schneller schlagen ließ.

»Oh, hey! Feldhockeyschläger! Dann gibt es sicher auch Shinty-Sticks.« Ihre Augen leuchteten auf wie ein sonniger Morgen über den schottischen Heidelandschaften.

Liam sah sie verblüfft an, wie sie hastig auf die Auslage zusteuerte. »Feldhockey, huh? Ist das nicht wie Shinty, dass du in Schottland spielst?«, fragte er, während er neugierig versuchte, den Enthusiasmus in ihren Augen zu entschlüsseln.

Caitrìona hielt inne und wandte sich ihm mit einem amüsierten Grinsen zu. »Nur entfernt«, erklärte sie, begeistert über seine Frage. »Shinty ist viel rauer und man spielt es hauptsächlich bei uns in den Highlands. Beide Sportarten haben einen Schläger und einen Ball, aber das ist auch schon fast alles, was sie gemein haben.«

Sie griff nach einem makellosen Feldhockeyschläger, dessen Schaft in der Beleuchtung des Geschäfts schimmerte. »Sieh mal, dieser hier ist für Feldhockey. Die Schläger sind leichter und haben eine flachere Schlagfläche.«

Bevor Liam antworten konnte, schwang Caitrìona den Schläger mit einer Professionalität, die nur aus jahrelanger Übung stammen konnte. Ein improvisierter Ball – eigentlich ein unachtsam liegen gelassener Tennisball, fand sich plötzlich in ihrer Reichweite.

»Nein! Warte! Caitrìona!«, protestierte Liam, als sie zum Schlag ausholte. Und mit einer geschmeidigen Bewegung, die ihrer zierlichen Figur unerwartete Kraft und Präzision verlieh, schickte sie den Ball zischend durch die Gänge des Sportgeschäfts.

Liam folgte dem Ball mit den Augen, der beinahe in Zeitlupe zwischen den erstaunten Kunden hindurchjagte und krachend in einem Regal landete. Der Inhalt, es waren verpackte Golfbälle, verlor durch die Wucht des Einschlags den Halt und knallte auf den Boden. Einige der Verpackungen platzten auf und eine kleine Flut aus Golfbällen ergoss sich über den Gang.

Caitrìona, den Schläger noch triumphierend in der Hand, drehte sich zu Liam um, ihr Atem leicht beschleunigt von der kurzen Adrenalinwelle. »Und das …«, sagte sie mit blitzenden Augen, »ist Feldhockey. Allerdings spielen wir normalerweise nicht in Kaufhäusern.«

Liam atmete erschrocken aus. »Du bist verrückt«, grinste er und sein Lachen verriet seine Bewunderung. »Aber danke für die Lektion. Ich glaube, ich bleibe beim Fußball. Es ist definitiv sicherer, jedenfalls für die umstehenden Regale.«

»Das sagst du, bis dich so ein Fußball am Kopf erwischt.« Caitrìona grinste und deutete auf die Stelle, an der sie noch vor wenigen Stunden niedergestreckt wurde.

Mit stampfenden Schritten marschierte ein Verkäufer auf sie zu, sein Gesicht rot angelaufen, die Anspannung in seinen Schultern deutete auf ein bevorstehendes Unwetter hin. »Was fällt euch ein! Das ist kein Spielplatz hier!«, donnerte seine Stimme durch die Abteilung und die umstehenden Kunden wichen zur Seite, um dem imposanten Mann Platz zu machen.

Caitrìonas Augen weiteten sich und sie packte Liams Hand. Mit einem flüchtigen: »Sorry, wir gehen schon!«, gab sie die Richtung vor und zog Liam mit sich, weg von dem tobenden Verkäufer, vorbei an den Regalen und Ständern, wo neugierige

Blicke ihnen folgten.

Liam konnte kaum Schritt halten, als Caitrìona mit einer Entschlossenheit voranschritt, die er ihrer zierlichen Gestalt kaum zugetraut hätte. Ihre Finger verflochten sich, eine Kette der Verbundenheit bildend, die in dieser flüchtigen Situation so stark war wie das Fundament des Kaufhauses selbst.

Sie huschten durch die verwinkelten Gänge des Kaufhauses, vorbei an Düften und teuren Stoffen, durch die Lebensmittelabteilung, wo das Aroma von gebratenem Fleisch und frischem Brot in der Luft lag. Sie bogen abrupt um eine Ecke, als sie den aufgebrachten Ruf des Verkäufers hinter sich vernahmen, der ihnen noch immer auf den Fersen war.

Das Labyrinth der Luxuswaren diente ihnen als Deckung, und sie schlüpften geschickt durch eine kaum sichtbare Servicetür, die in einen ruhigeren Korridor mündete. Die beiden setzten ihr flinkes Tempo fort, das Echo ihrer Schritte mischte sich mit dem fernen Rauschen des Einkaufsgeschehens.

»Links!«, flüsterte Caitrìona atemlos, als sie auf eine Notausgangstür zusteuerten. Liam drückte die Klinke herunter, und ein kalter Luftzug strömte ihnen entgegen, als die Tür aufschwang und den Weg in die Freiheit offenbarte.

Ein letzter Blick zurück, ein letzter Flügelschlag des Herzens in schwindelerregender Höhe und sie traten hinaus, hinein in das lebhafte Treiben Londons.

Kaum hatten sie das Kaufhaus hinter sich gelassen, spürten Caitrìona und Liam die kühle Luft auf ihren Wangen. Ein plötzliches Bewusstsein über ihre verflochtenen Hände ließ sie gleichzeitig innehalten. Sie standen dort, der pulsierende Fluss der Passanten strömte an ihnen vorbei, als wären sie zwei Statuen in der Zeit.

Caitrìona blickte auf ihre Hände herab, sah die Verschmelzung ihrer Finger und ein Lächeln umspielte ihre Lippen. »Du kannst mich wieder loslassen, wir haben es raus geschafft«, kommentierte sie mit einer unterschwelligen Sanftheit in ihrer Stimme, die kaum wahrnehmbar durch ihren spöttischen Ton schimmerte.

Liam, der ihre veränderte Haltung bemerkte, ließ sie nicht los, sondern betrachtete ihre verbundenen Hände wie ein Kunstwerk. Er zuckte lässig mit den Schultern, ein Bild der Coolness. »Warum? Das war Teamarbeit in Bestform«, erwiderte er mit einem unbeschwerten Grinsen, das die erlebte Aufregung und Spannung zu verbannen schien.

Für einen weiteren kurzen Moment, in dem das Gedröhne des städtischen Lebens um sie herum schwoll, erlaubten sich beide, den kleinen Funken der Nähe zu spüren. Dann lösten sie fast gleichzeitig, als wäre es still vereinbart, das Band ihrer Hände.

»Du bist echt verrückt«, schmunzelte er leise, um die aufkommende Stille zu unterbrechen.

»Ich bin Schottin.« Sie zwinkerte keck, ehe sie ihren Weg fortsetzten, ihre Finger noch leicht von der Wärme des anderen beseelt, einen Hauch verborgener Zuneigung zwischen ihnen webend.

Caitrionas Schritte wurden bedächtiger, als das Adrenalin von ihrem schnellen Abenteuer nachzulassen begann. Ein sanftes Lächeln stahl sich auf ihre Lippen, verharrte dort zwischen Erleichterung und einem Hauch versteckter Freude. »Denkst du, dass es hier eine Bude gibt, die Irn-Bru verkauft?«, fragte sie an Liam gewandt, als wollte sie den vorherigen Moment des Zusammenseins beiläufig hinter sich lassen.

Liam, dessen Blick noch gelegentlich zu ihrer Hand zurückwanderte, nickte. »Meine Mission ist es also, herauszufinden, ob es in diesem Teil der Stadt einen guten, schottischen Drink gibt«, erklärte er mit einem frechen Zwinkern und malte das Versprechen gemeinsamer weiterer Erkundungen in die Luft. »Also, wenn Lady Caitrìona mich auf dieser Quest begleiten würde?«, scherzte er weiter und vollführte eine so große theatralische Verbeugung, dass einige Passanten irritiert dreinblickten.

Mit einem halb gespielten Seufzen der Resignation lenkte Caitrìona ein. »Aber nur, wenn du es wirklich schaffst.«

»Zweifelst du etwa an meinen Fähigkeiten?«, gab sich Liam gespielt empört und steuerte auf einen kleinen Laden zu, vor dem er stehen blieb. »Gib mir eine Minute und warte hier«, sagte er schnell, ehe er für einige Momente im Inneren verschwand. Und als er wieder hinauskam, zierte sein Gesicht ein triumphales Grinsen. In einer weiteren, weit ausholenden Bewegung fiel er vor der jungen Schottin auf die Knie und präsentierte eine Flasche Irn-Bru, wie eine Trophäe. Caitrìona musste bei dem Anblick lachen, gestand sich aber einen durchaus anerkennenden Blick zu.

»Ich glaub's ja nicht!«, rief sie aus und nahm strahlend das Kleinod aus seinen Händen.

»Na was denkst du denn? Wir sind hier in London. Hier gibt es alles. Selbst das, was es nicht gibt«, scherzte er und erhob sich, während Caitrìona bereits einen Schluck nahm und ein kleines bisschen Heimat auf ihren Lippen kostete.

»Du bist trotzdem ein Spinner«, grinste sie, wobei sich ihre Blicke ein weiteres Mal ineinander verfingen.

Sie schlenderten die von Gebäuden gesäumte Straße hinunter, vorbei an den schillernden Schaufenstern und den eiligen Fußgängern, deren Schritte ein anhaltendes Echo in der Gasse bildeten. Der Nachmittag verfärbte den Himmel in ein sanftes

Violett, das sich allmählich in Orange und dann in die dunklen Schattierungen der langsam aufkommenden Abenddämmerung kleidete. Liam führte sie langsam zurück zum Haus in der Queens Gate Terrace.

»Du … Cat«, begann Liam, während sie die vornehmen Häuser entlanggingen, »würdest du mir deine Telefonnummer geben? Nur für den Fall, dass ich dir den Bahnhof zeigen muss – oder einfach nur zum Quatschen?«

Caitrìona blickte zu ihm auf, der Spitzbogen eines Lächelns spielte um ihre Lippen. Sie schüttelte den Kopf. »Ich habe kein Handy. Hab's ständig verloren und irgendwann hat's meine Maw aufgegeben mir ein neues zu kaufen. Ehrlich gesagt, ich mag den Gedanken nicht, dass jeder jederzeit wissen kann, wo ich bin und was ich mache.« Dass es sie im Detail nervte, dass ihre Mutter sie ständig anrief, und fragte, wo sie sei, oder was sie machte, behielt sie für sich. Auch wenn sie sich in diesem Moment gefreut hätte, wenn ihre Maw sie nerven würde.

Liam nickte, teils amüsiert darüber, vor allem aber beeindruckt von ihrer Entschlossenheit. »Verstehe … na ja, wie wäre es dann andersherum? Ich gebe dir meine Nummer. Falls du sie jemals brauchst, oder nur um Hallo zu sagen.«

»Aye, das klingt nach einem Plan.« Ihre Augen leuchteten. Liam kramte ein Stück Papier und einen Stift hervor, kritzelte seine Nummer darauf und reichte es ihr.

»Pass aber besser auf die Nummer auf. Es ist die Einzige, die ich habe«, scherzte er.

»Ich werde es wie einen Schatz aus Harrods hüten«, versprach sie mit einem feierlichen Nicken und verstaute das Papier sicher in der Tiefe ihrer Jackentasche.

Sie schlenderten weiter die Straße entlang, ihre Schatten wurden lang im Licht der Nachmittagssonne.

»Also, in welchem Hotel wohnst du genau? Im Queens Gate

Hotel? Da müssten wir allerdings weiter gerade aus.« Seine Blicke glitten neugierig über die prächtigen Fassaden der Gebäude.

Caitrìona schüttelte den Kopf, sichtlich amüsiert über Liams Annahme. »Nay, ich übernachte bei einem Freund, oder, eher einem Kollegen von Olivia vom Youth Welfare Office. Keine Ahnung, was er genau ist.«

Liam hob die Augenbrauen und ein breites Grinsen schlich sich auf sein Gesicht. »Ah, ein Kollege von Olivia, sagst du? Hier in dieser Gegend?« Er streckte seine Arme aus und deutete auf die noblen Stadthäuser ringsum. »Wenn man bedenkt, dass hier fast jedes zweite Gebäude ein Konsulat oder eine Botschaft ist, scheint dein Olivia-Kollege ja ziemlich betucht zu sein.«

Caitrìona lachte leise und nickte, »Aye, es scheint fast so.«

»Wer hätte das gedacht, nicht wahr? Unsere schottische Jakobinerin, umgeben von Diplomaten und internationalen Geheimnissen.« Liam zwinkerte ihr zu und machte eine kecke Verbeugung, als würden sie gerade an den Toren einer dieser prestigeträchtigen Einrichtungen vorbeilaufen.

Caitrìona stieß ihn spielerisch in die Seite. »Jetzt übertreibe mal nicht. Es ist nur ein Platz zum Übernachten.«

»Ich kann mir schon vorstellen, wie du morgens am Frühstückstisch sitzt und Teetassen klirren lässt, während du über Weltpolitik debattierst«, scherzte er, während er mit theatralischer Geste eine Tasse zu halten und zu schlürfen schien.

»Oh, aye. Weil ich auch so viel Ahnung von Weltpolitik habe« Caitrìona rollte gespielt die Augen. »Aber wer weiß, vielleicht schaffe ich es ja doch, das Empire zu stürzen, während ich hier bin. Ich könnte die Befreierin Schottlands sein.«

Beide lachten, und für einen Moment schien der Nachmittag keine Grenzen mehr zu kennen – keine Frage zu gewagt, kein

Scherz zu kühn, kein Traum unerreichbar. Stattdessen waren es nur ein Junge und ein Mädchen, die durch die Straßen von London schlenderten.

TAG
DER WAHRHEIT

Vor dem großzügigen viktorianischen Stadthaus mit seiner steinernen Fassade, die im Abendlicht schimmerte, versammelte sich die Stille des Nachmittags wie eine unsichtbare Wache. Caitrìona und Liam betrachteten das Anwesen von der anderen Straßenseite aus. Inmitten der königlichen Reihe gepflegter Häuser wirkte es wie ein wohl gehütetes Geheimnis.

Eine elegante Bentley-Limousine parkte davor und blendete mit ihrem polierten Chrom und reflektierte die letzten Strahlen der Nachmittagssonne. Ihr zur Seite, wie treue Lakaien, standen zwei schwarze Mercedes.

Liam legte seine Hand leicht auf Caitrìonas Schulter. »Es ist okay, nervös zu sein. Aber denk dran.« Die Ernsthaftigkeit seines Tons mischte sich mit einem Anflug von Zuversicht. »Egal was dich da drin erwartet, du bleibst der Mensch, der du bist. Okay?«

Caitrìona nickte, erneut gefangen im Strudel aufkeimender Ängste. Am Fenster konnte sie Olivia mit Sorgenfalten auf der Stirn und rastlosem Blick erkennen. Ihre Gestalt, flüchtig und doch eindringlich, hatte einen Stich der Besorgnis durch die junge Schottin gejagt.

Sie war nicht allein: Neben ihr zeigte sich die Silhouette von Mr. Anthony Hughes, in ein energisches Telefonat verwickelt.

Seine Gestik war heftig, die Bewegungen schneidend und voller Nachdruck – ein stummes Drama, das sich hinter den schweren Vorhängen abspielte.

Die Welt um sie herum schien in diesem Augenblick verstummt zu sein, alle Klänge verschluckt von der Schwelle des Hauses, die nun Caitrìonas Ziel war.

Mit einer letzten aufmunternden Geste entfernte sich Liam, sein Schatten schlängelte sich über das Kopfsteinpflaster, bevor er um die nächste Ecke verschwand.

Caitrìona stand allein da, die Luft um sie vibrierte vor ungenutzter Energie. Sie raffte all ihren Mut zusammen und überquerte die Straße. Das Herz bis zum Hals schlagend. Mit jedem Schritt fühlte sie das Gewicht ihrer eigenen Geschichte, die hier, eine neue Richtung einschlagen würde.

Sie erreichte die mächtige Eingangstür des Anwesens. Ein tiefes Durchatmen – dann erhob sie die Hand und ließ den Türklopfer niederfallen.

Die Tür öffnete sich, und ein Gesicht erschien. Es war weder Olivia noch Anthony. In den Augen des Mannes lag der Widerhall all der Geschichten, die diese Mauern kannten. Sein Blick glitt über die Gestalt des zögernden Mädchens vor ihm. Einen Augenblick schien er sie zu taxieren»Ja, bitte?«

Caitrìona nahm all ihre Bestimmtheit zusammen. »Ay-Up Mate, ich will zu Olivia Evans. Kann sein das sie mich vermisst.«

Der Butler hob bei ihren Worten eine Braue und musterte sie ein wenig genauer. »Miss McKenzie, nehme ich an?«

»Aye«, seufzte sie nickend.

»Caitrìona!«, erklang Olivias Stimme aus dem Salon, kurz bevor sie um die Ecke eilte und die junge Schottin in eine schnelle Umarmung zog. Von der überschwänglichen Geste überrascht, verzog die jugendliche das Gesicht, gab sich der Geste dann aber hin.

»Tu das nie wieder! Hörst du? Nie wieder!«, schimpfte Olivia, nachdem die Erleichterung über die Rückkehr geschwunden war. »Ich habe mir echt Sorgen gemacht!«

»Sorry«, flüsterte Caitrìona in Olivias Ohr. »Brauchte frische Luft. Musste nachdenken.«

Olivia sah sie an, ohne sie auch nur einen Moment dabei loszulassen. »Es tut mir leid, ich hätte von Anfang an ehrlich sein sollen. Aber einfach zu verschwinden ist … das ist keine Lösung.«

»Aye«. Caitrìona seufzte kläglich. »Aber ich bin immer noch angepisst deswegen!« So schnell würde sie das nicht vergessen. Auch wenn sie wusste, dass es falsch war, einfach abzuhauen, sah sie sich zu einem gewissen Grad im Recht.

»Wenn sie erlauben, würde ich die Tür gerne schließen. Die Nachbarschaft muss nicht unbedingt mitbekommen, was vorgefallen ist«, mischte sich der Butler ein und warf einen bedenklichen Blick nach draußen.

»Ja, natürlich«, verstand Olivia den Wink. Ihren Arm um Caitrìonas Schultern gelegt, zog sie die junge Schottin hinein. Schon waren die schnellen Schritte von Anthony zu hören, der ihr aus dem kleinen Salon folgte.

»Sie ist zurück? Gott sei Dank!« Er wirkte erleichtert, wenn auch aus einem anderen Grund als der reinen Sorge um das Mädchen.

»Wo warst du denn nur?«, fragte Olivia.

»Oh ich war im Park. Und dann im Harrods. Scheiße, du glaubst nicht, wie groß der Laden ist! Und was es da alles gibt. Man kann ja über die Torys sagen, was man will, aber da haben sie echt ein Händchen für.« Caitrìona scherzte und erntete einen mahnenden Blick. Auch wenn sich Olivia ein Schmunzeln nicht gänzlich verkneifen konnte.

Der Butler indes hatte die Tür geschlossen und war in den Salon vorausgegangen. Nicht ohne dem Ermittler einen vielsagenden Blick zuzuwerfen.

»Miss Evans, auf ein Wort, bitte.« Anthony legte, sein Handy in der Hand, eine ernste Miene auf. »Unter vier Augen, wenn Sie erlauben, es dauert nur einen Moment.« Er deutete einige Schritte weiter.

»Weitere Geheimnisse und Tuscheleien?« Die Augenbrauen der jungen Schottin zogen sich zusammen.

»Keineswegs, Miss McKenzie. Lediglich eine Information, die Miss Evans erhalten sollte, bevor diese Ihre Ohren erreicht«, entgegnete er in gefasstem, aber gleichermaßen auffallend ungewohntem Tonfall. Selbst Olivia schien dieser plötzliche Tonwechsel aufzufallen.

»Keine Geheimnisse mehr. Ich werde kurz mit ihm sprechen und wenn es dich betrifft, werde ich es dir sagen. Mein Wort drauf.« Sie sah die junge Schottin eindringlich an. Es schmeckte Caitrìona zwar nicht, aber sie nickte seufzend.

»Von mir aus, aber mach's kurz«, verschränkte sie die Arme vor der Brust.

Olivia folgte Anthony einige Schritte, ehe ihr der Ermittler wortlos sein Handy hinhielt. Sie las den Text auf dem Display und jegliche Farbe schien aus ihrem Gesicht zu weichen. Sie sah ihn an, stumm fragend, ob das wahrhaftig real sei.

Er nickte. »Es ist nur ein vorläufiges, erstes Ergebnis, aber wir können davon ausgehen, dass das Endresultat kein anderes Bild zeigt.« Seine Stimme war leise, als würde er ein Staatsgeheimnis weitertragen.

»Das bedeutet ...«

Er nickte abermals und sein Blick deutete weisend Richtung Salon.

Der Jugendlichen entging sein Blick ebenso wenig. Eine skeptische Maske überzog ihre Mimik. »Was ist los?«

»Nichts Liebes, komm ...« Olivia führte sie in den Salon. »... ich möchte dir noch jemanden vorstellen.« Sie sah die junge Schottin ernst an. »Und ich möchte, dass du dich benimmst und vielleicht einen Gang runterschaltest, okay?«

»Ich benehme mich immer.« Caitrìona grinste. »Eben den Umständen angepasst.«

Trotz seines unveränderten Erscheinungsbildes seit dem Vorabend, lag auf dem kleinen Salon eine unwirkliche Schwere. Fast so, als hätte sich der Raum über Nacht in eine Bühne verwandelt, bereit für das Drama, das sich in Kürze entfalten würde. Die Bilder hingen an denselben Stellen an den Wänden, doch diese schienen jetzt wachsamer, als wäre da eine Vorahnung der bevorstehenden Ereignisse. Tisch und Stühle verharrten in vertrauter Anordnung. Die Gardine schmückte das Fenster wie immer, doch ein anderes Licht fiel durch das Glas und verlieh jedem Gegenstand eine zusätzliche Bedeutsamkeit. Ein ungreifbarer Nebel der Ahnung schwebte in der Luft und bedeckte das Zimmer mit einer dunstigen Decke der Erwartung.

Anthony Hughes war vorangegangen und hatte seinen angestammmten Platz vom Vorabend wieder eingenommen. Sein Smartphone legte er behutsam auf den Tisch, während sein Laptop gleich einem geschlossenen Buch voller Geheimnisse daneben ruhte. Am Kopfende saß ein älterer Herr – majestätisch, nahezu thronend – mit einer Teetasse, die trotz ihrer filigranen Eleganz nicht von seiner ernsten Miene ablenken konnte. Seine Augen, in denen sich normalerweise die Weisheit und Abgeklärtheit eines langen Lebens spiegelten, blitzten mit einem ungewohnten Feuer, als die beiden jungen Frauen den Raum betraten. Der Butler, eben noch damit befasst, die Tür für Caitrìona zu öffnen, stand jetzt dienstbar an der Seite des älteren Herren und raunte ihm vorsichtig eine Botschaft ins Ohr. Mit einem fast unmerklichen Nicken erwiderte der ältere und richtete seine Augen auf die junge Schottin, die stutzend innehielt.

»Und wer ist der? Wie ein Munro sieht er jedenfalls nicht aus.« Caitrìonas Stimme durchbrach unvermittelt die gedämpften Töne des Salons. Ihre Worte entglitten unbedacht und klatschten wie herausfordernde Schritte auf einem frisch gebohnerten Parkett.

Der alte Lord, dessen Gesichtszüge sich kurz zu einem heimlichen Ärger verzogen, vergaß für einen Moment seine Haltung und murmelte so leise, dass es nur Chadwick hören konnte. »Grundgütiger.«

Ein subtiler, jedoch dringlicher Stoß von Olivia traf Caitrìona im Rücken. Es war eine unmissverständliche Aufforderung zur Mäßigung. Die junge Schottin spürte den Tadel genauso wie das Gewicht der neugierigen Blicke, die auf ihr ruhten.

»Was denn?«, empörte sie sich. Ihr irritiertes Gemüt vollends zur Schau gestellt. Und bevor sie weiter ansetzen konnte, bemächtigte sich Anthony Hughes des Raumes.

»Wenn ich vorstellen darf?« Ein Anklang von Förmlichkeit klärte seinen Hals und unterstrich die Bedeutsamkeit seiner Worte. »Ihre Lordschaft, Edward Peregrin Cavenworth, Duke of Derbyshire.«

Caitrìonas Augen verengten sich skeptisch.

»Ihre Lordschaft«, fuhr Anthony fort, wobei er sich hinter der 14-Jährigen aufbaute, »darf ich Ihnen Miss Caitrìona Blair

McKenzie vorstellen, die Tochter Ihres verstorbenen Sohnes.«

Diese Offenbarung – laut ausgesprochen und gleichsam einer Offensive aus dem Nichts – traf alle Anwesenden, selbst die, die schon Kenntnis hatten, mit der Wucht einer Kanonenkugel. Caitrìona, der klar wurde, dass die Festung ihres bisherigen Lebens mit einem Schlag ihre soliden Mauern verlor, spürte, wie sich Stille um sie wob. Ihre Blicke begegneten sich – zwei Duellanten in der Sekunde des unausweichlichen Showdowns.

»Was hat er gerade gesagt?« Ihr Tonfall, entkräftet von der Schwere der Erkenntnis, war kaum mehr als ein Flüstern.

»Mr. Hughes.« Der Lord erhob seine Stimme, ruhig und dennoch mit einem Timbre, das die angespannten Nerven jedes Zuhörers berührte. »Wie sicher ist das Ergebnis? Sind Zweifel ausgeschlossen?«

»Nun, Sir, dies ist natürlich nur das vorläufige Ergebnis einer ersten Untersuchung …«

»Ich bat um eine Antwort nach der Gewähr, nicht nach den Details der Untersuchung.« Der Lord unterbrach ihn scharf.

»Das Labor gibt eine anfängliche Wahrscheinlichkeit von 95 Prozent an, rechnet jedoch mit einer Genauigkeit von 99,9 Prozent, sobald die detaillierten Ergebnisse vorliegen.«

Ein Schnauben, tief aus der Brust des älteren Herrn, vermischte sich mit der sich verdichtenden Luft des Salons – der Laut eines stolzen Schiffes, das auf unbekannte Gewässer zusteuerte.

»Eine schöne Bescherung haben wir da«, sprach der Lord, und obwohl seine Worte beinahe leger wirkten, offenbarte seine Miene die Anspannung, die er kaum vermochte unter Kontrolle zu halten.

»Was soll das heißen, Olivia? Wovon redet er da?« Caitrìona wurde lauter. Ihre innere Bestürzung war einem Strudel der

Forderung nach Aufklärung gewichen.

Olivias Gesichtszüge waren von bekümmerter Anteilnahme gezeichnet. Sie suchte nach Worten, die das Unfassbare greifbar machten. »Dein Vater …« Sie zögerte. »Dein Vater hieß nicht Murdo Munro. Er hieß William. William Cavenworth. Und dieser Herr …«, sie deutete auf den Lord, eine Geste, die zugleich Verbindung und Distanz schuf, »… ist dein Großvater.«

Die Worte, einmal ausgesprochen, ließen die Wahrheit in das Zimmer treten, kraftvoll und unumkehrbar. Und mit ihr ragte die Gestalt des Dukes noch stärker in den Mittelpunkt aller Gedanken. Ein neues Kapitel, unerwartet und zwingend, begann sich in den Lebenslinien der Anwesenden einzubrennen. Der Donnerschlag der Offenbarung hallte nach, während sich ein Netz aus Betroffenheit, Faszination und Skepsis über die Stille des Salons legte. Caitrìona, jetzt einer neuen und schwindelerregenden Wirklichkeit gegenüberstehend, hatte das Gefühl, wie sich der Boden ihrer Existenz beharrlich verschob.

»Du verarschst mich doch!«, kam es explosionsartig über ihre Lippen und ihr Blick richtete sich auf Olivia. Hoffend, sie könne etwas an dem Gesagten ändern.

Der alte Lord beobachtete aufmerksam die junge Frau, die eine Blutlinie mit ihm teilte – eine Verbundenheit, die er, bis zu dieser unerwarteten Drehung des Schicksals, für unmöglich gehalten hatte. Seine Hand schlug heftig auf die Tischplatte, sodass die Tassen klirrten und Stille einkehrte.

»Miss McKenzie«, er richtete sich auf, jede Silbe bewusst formend, »ich kann nicht behaupten, dass ich die Ehre hatte, Ihre Mutter zu kennen. Doch im Angesicht Ihrer Abstammung fühle ich eine unabweisbare Verantwortung.«

Etwas in seiner Sprechweise, eine ungreifbare Mischung aus Reue und Würde, erreichte Caitrìona tief im Inneren. Ein

Gemisch aus Zorn und Neugier, zusammengehalten durch den schieren Unglauben an die Situation, stieg in ihr auf.

»Verantwortung?« Ihre Stimme zittrig von der Schockwelle. »Es gibt keine Verantwortung, weil es nicht stimmt!«

Der Lord vollzog eine Geste, als wolle er Wörter aus der Luft greifen – die richtigen Worte, die seit langen, unausgesprochen, auf just diesen Moment gewartet hatten. »Sei nicht dumm Kind«, sagte er schlicht. »Die Vergangenheit ist unumstößlich. Aber die Zukunft ... die Zukunft ist eine leere Leinwand. Und du solltest dich glücklich ...«

»Nay! Keine Ahnung welchen Bären du dir hast aufbinden lassen, aber das hier stinkt schlimmer als alter Haggis, der im Sommer in der Sonne vergessen wurde.«

Die Erwachsenen im Raum hielten den Atem an. Die junge Schottin, wild und ungezähmt, und der alte Lord, ein Mann, der wie ein lebendiges Relikt anmutete. Ein Wandler zwischen den Epochen, unfreiwillig mit der Moderne konfrontiert – beide standen sie an einem Scheideweg, gezeichnet von der Laune des Schicksals.

»Junge Dame, was erlauben Sie sich?«, entrüstete sich der alte Lord.

»Ich erlaube mir, die Dinge klarzustellen.«

»Dinge, von denen Sie keine Ahnung haben.«

»Oh ich habe ausreichend Ahnung zu wissen, dass ich Schottin bin!«

»So?«

»Aye!«

»Und wie erklären Sie sich dann den Umstand jetzt hier zu sein?«

»Ich wurde deportiert.«

»Sie wurden mitnichten deportiert. Der Test ist eindeutig.«

»Dann ist der Test eben falsch.«

Die Atmosphäre in dem kleinen Salon war von einer Elektrizität durchdrungen, die jede Faser im Raum vibrieren ließ. Anthony Hughes, dessen detektivisches Auge selbst die subtilsten Regungen nicht entgingen, spürte den aufkeimenden Sturm. Mit einem beiläufig wirkenden, doch deutlichen Räuspern signalisierte er seine Bereitschaft, einzugreifen, sollten die Emotionen weiter über die Ufer des Anstands treten.

»Bei Gott, ich wünschte es wäre so. Immerhin wissen wir jetzt weshalb mein Sohn seine Liebschaft verschwiegen hat.« Der Blick des Lords lag prüfend auf der jungen Schottin.

Olivia stand wie versteinert, eine stumme Statue der Sorge, deren Blick besorgt zwischen ihrem impulsiven Schützling und dem Duke hin und her wanderte. Sie wollte eingreifen, eine Brücke schlagen, doch fand sie sich in einem Strudel widersprüchlicher Loyalitäten gefangen.

»Es erklärt auf jeden Fall warum meine Maw mich angelogen hat. Es war ihr *peinlich*.«

Es regte sich etwas in der bisher beherrschten Gestalt des Lords, die von Souveränität und einer strengen Aura konservativer Werte zeugte. Seine Augenbrauen zogen sich in starren Falten zusammen. Dunkle Wolken, die sich im Gesicht eines Gewittergottes sammelten.

»Miss McKenzie!« Seine Stimme donnerte mit einer Stärke, die den alten Philosophen und Soldaten in ihm entblößte. Jedes Wort ein abgemessener Schlag gegen die Ungezwungenheit, welche die junge Schottin zur Schau stellte. Seine Hand, gewohnt an die Schwere von Kommandostäben, schlug erneut mit unerwarteter Vehemenz auf die geschliffene Holzplatte des massiven Tisches. Die Teetassen erbebten.

Anthony trat entschlossen einen Schritt vor. »Eure Lordschaft, gestatten Sie mir ...« Seine Worte verfingen sich im dicken Flor der Spannung, die das Zimmer erfüllte.

Olivia, die in solchen Momenten oft intuitiv das Richtige zu tun wusste, fasste Mut. »Ich bitte um Verzeihung, Mylord.« Ihre Worte fielen fast gleichzeitig mit denen des Ermittlers, während sie ihren Schützling vehement nach hinten zog und zum schweigen brachte. Ein Versuch, den aufgewühlten See zu glätten. »Sie besitzen die Gabe der Nachsicht und des Verständnisses. Verzeihen Sie dem jungen Geist sein ungestümes Wesen. Miss McKenzie hat bislang wenig Gelegenheit gehabt, sich mit den Umständen anzufreunden oder den Regeln der Etikette vertraut zu machen.«

Die Worte Olivas legten sich wie eine schützende Hand über das junge Mädchen, während die geschliffene Redegewandtheit der Sozialarbeiterin auf den Respekt vor dem Adel hinwies. Ein Appell an die Großherzigkeit des Lords, dessen Stolz unzweifelhaft angerührt war, aber sein Herz womöglich für die Unwissenheit und jugendliche Kühnheit offenstand.

Und tatsächlich, seine alternden Züge, von der Schärfe seines Ärgers gezeichnet, entspannten sich in kleinen Schritten. Er betrachtete Olivia mit einem Blick, der zwar die Brise akzeptierte, aber den Sturm nicht vergessen konnte. Seine Antwort lag im Schatten des Grollen, doch bar der Intensität vorheriger Worte. »Miss McKenzie mag nicht aus unserer Welt sein, doch sie muss lernen, dass selbst in den Highlands die Winde des Respekts und des Anstandes gegenüber dem Empire wehen.«

»Oh soll ich dir sagen, was mich deine Winde …« Caitrìona hielt stur wie ein Highland Cattle dagegen, ehe sie mit einem beherzten Ruck nach hinten, von Olivia zum Schweigen gebracht wurde.

Der Moment hing schwer im Raum. Eine stille Hervorhebung dessen, dass die Brücken zwischen den Welten sowohl fragil als auch essenziell waren. Anthony und Olivia standen wachsam bereit. Bollwerke gegen die Erwartungen des Lords und die ungestüme Natur Caitrìonas, während sich die Grenzen zwischen altem Erbe und neuer Realität in den Köpfen aller Beteiligten langsam zu verweben begannen.

Und noch bevor jemand etwas weiteres sagen konnte, unterbrach eine ruhige, aber unüberhörbare Stimme. Es war Chadwick, dessen Gesicht erstmals eine Spur von Emotion zeigte. »Miss McKenzie«, sagte er ruhig, »könnte es nicht sein, dass es mehr gibt als nur Blutsbande, die hier wieder zusammengeführt wird?«

Überrascht durch Chadwicks Einmischung, die sonst so unüblich für einen Diener seiner Stellung war, wandten sich die Blicke ihm zu. Der alte Lord nickte knapp. »Bitte, Chadwick …«, bescheinigte er die Fortführung der Unterredung.

Mit einer vornehmen Verbeugung akzeptierte der Butler die Einladung.

»Miss McKenzie, Ihres Vaters Vermächtnis liegt nicht nur in seiner Abstammung, sondern auch in dem Leben, das er lebte und den Entscheidungen, die er traf – darunter womöglich die schwerste: Sie allein aufwachsen zu lassen. Es könnte gut sein, dass Ihre Lordschaft dies als Möglichkeit sieht, einen Teil dieser alten Schulden zu begleichen.« Die Luft vibrierte unter seinen Worten.

Caitrìona begann die Tiefe ihrer neuen Realität zu ermessen. Nicht nur ihr Name, ihre Geschichte, sondern insbesondere ihre Zukunft waren plötzlich ein Kaleidoskop von Möglichkeiten, die eng mit dem schicksalhaften Vermächtnis der Cavenworths verwoben waren.

»Vielleicht sollten wir eine Pause machen«, schlug Olivia mit ruhiger Stimme vor, »die Gemüter sind erhitzt und die Neuigkeiten wiegen schwer. Geben wir uns die Zeit sie zu verarbeiten.«

Der Ausdruck des Lords zeigte noch immer Verärgerung,
dennoch nickte er langsam, aber zustimmend. »Sie haben recht,
Miss Evans. Sie dürfen sich zurückziehen. Ich habe noch einiges mit Mr. Hughes zu besprechen.« Lord Cavenworth warf
einen scharfen Blick auf den Ermittler.

Eine schwere Entscheidung

»Was für eine verquirlte Bockscheiße ist das bitte?«, donnerte Caitrìona, kaum dass Olivia die Tür des Zimmers hinter sich geschlossen hatte, los.

»Caitrìona! Versuch, dich zu beherrschen.«

»Mich beherrschen?« Die aufgebrachte junge Schottin wirbelte herum. »Mich beherrschen?« Ihre Stimme schwoll zu einem lauten Echo an. Unverständnis blitzte in ihren weit aufgerissenen Augen auf, als sie Olivia fassungslos anstarrte. »Du hast mich hinters Licht geführt! Mich mit erfundenen Geschichten hier nach London in eine Falle gelockt! Das habe ich *dir* zu verdanken!«

Olivia spürte den Stich des Vorwurfs. Ja, sie hatte Caitrìona nicht die Wahrheit, nicht einmal annähernd, über die Hintergründe ihrer Reise enthüllt. Doch sie hatte gehandelt, wie sie es für richtig gehalten hatte. Ein tiefes, ehrliches Seufzen entwich ihr.

»Caitrìona, bitte, lass mich erklären …«

»Oh haud yer wheesht!«, zischte die jüngere drohend. »Ich kann deine Ausreden echt nicht mehr hören!«

»Caitrìona!«, erhob Olivia ihre Stimme, bestimmt und kräftiger, als die junge Schottin es von ihr gewohnt war. Es brachte sie für eine Sekunde zum Verstummen.

»Es stimmt, ich habe nicht alles erzählt. Das war ein Fehler und ich stehe dazu. Aber sei doch mal ehrlich, hättest du dich überhaupt auf diese Reise eingelassen, wenn ich dir gleich die ganze Geschichte aufgetischt hätte?«

»Nay, natürlich nicht.«

»Siehst du, ich habe getan, was ich für nötig hielt.«

»Du hättest ehrlich sein sollen und dann wäre dieser ganze Schlamassel nie passiert!«.

»Glaubst du das wirklich?«, fragte Olivia, ihre Stimme bemüht ruhiger, als sie sich auf den Bettrand setzte. »Du wärst in jedem Fall hier gelandet. Nur allein. Oder meinst du, der Lord hätte einfach ignoriert, dass ein Nachfahre seines Sohnes in den Highlands herumstreift? Es geht hier um mehr als nur dich, Caitrìona. Auch wenn du das wahrscheinlich gerne anders hättest.«

»Oh um was geht es denn sonst? Sollen sie mich doch in Ruhe lassen!«, fauchte sie, die Arme stur vor dem Körper zu einem scheinbar unüberwindlichen Bollwerk verschlungen.

»Das können sie nicht. Das muss dir doch einleuchten.« Olivia seufzte und korrigierte ihre Sitzposition auf dem Bett. Ihr Blick, geladen mit sorgenvollem Verständnis, hielt Caitrìonas rebellierenden Augen stand. »Du bist die Tochter von William Cavenworth. Er wäre der 13. Duke von Derbyshire geworden. Hast du überhaupt eine Ahnung, was das bedeutet?«

Getrieben von einer inneren Unruhe, wandte sich Caitrìona von Olivia ab und tigerte unruhig durch den Raum. Ihr Blick flackerte. Eine Zündschnur vor der Explosion, durchzogen von streitbarer Entschlossenheit, aber auch von einem zögerlichen Nachdenken. »Und was bedeutet es? Das mein ganzes Leben eine Lüge war? Das meine Maw mich angelogen hat? Das ich eigentlich eine Engländerin bin? Eine Tory?« Die Fragen brachen hervor, wie die Wassermassen eines gebrochenen Damms.

»Dein Leben ist keine Lüge. Und nur weil dein Vater aristokratischer Abstammung war, bist du noch lange keine Tory oder Engländerin. Gott bewahre«, sagte sie mit unverhohlen ironischem Unterton, fügte dann aber ernsthaft hinzu: »Aber es bedeutet, dass du eine gewisse Verantwortung übernehmen musst. Jetzt, nachdem du weißt, wer dein Vater war.«

Die Worte trafen Caitrìona wie der Schlag einer Turmuhr, unerwartet und resonierend. Sie blieb abrupt stehen und starrte Olivia einige Sekunden regungslos an, während das Lichtspiel auf ihrem Gesicht die chaotischen Schattierungen ihrer Empfindungen offenbarte. »Wenn mein Vater den ganzen Scheiß gewollt hätte, warum war er dann nicht da? Und warum hat meine Maw so ein scheiß Geheimnis darum gemacht?« Ihre Stimme offenbarte einen Hauch von Verletzlichkeit. Sie wollte Wahrheiten. Tatsachen, die man ihr vorenthalten hatte.

Olivia, das Gesicht durchbrochen von Schatten und Licht, lehnte sich vor, als hätte sie die Last dieser Enthüllung selbst zu tragen. »Um ehrlich zu sein … ich weiß es nicht. Dein Vater verstarb früh.« Ein Hauch von Resignation schwang in ihrer Stimme. »Und deine Mutter. Vielleicht wollte sie dich schützen.« Sie hielt kurz inne, als sammle sie die Kraft weiterzureden. »Ich weiß aus Erfahrung, dass Väter, die kein Interesse an ihrem Kind haben, die Vaterschaft nicht einfach so anerkennen. Erst recht nicht, wenn sie aus besser gestelltem Hause sind. In dem Fall wäre eine Geldsumme geflossen, die Schweigen erkauft hätte. Und seien wir ehrlich, du und deine Mutter seit nicht gerade in Geld geschwommen, oder?«

Caitrìona stand still, ließ das gehörte, in einem tumultartigen Rauschen in ihren Gedanken widerhallen, auf sich wirken. Dann nickte sie. Eine langsame, nachdenkliche Geste, die mehr aussagte als tausend Worte. In ihren Augen lag ein Nachdruck, der keinen Platz für Klischees beließ – die Erwartung, dass jemand seines Standes Schweigen mit Geld erkaufen würde, schockierte sie nicht. Doch das Bild, welches sie von ihrem abwesenden Vater gezeichnet hatte, schien nun wesentlich komplexer und rätselhafter zu sein.

»Dir bietet sich jetzt die Möglichkeit, all diese Fragen beantwortet zu bekommen. Und nur weil dein Vater Engländer war, heißt das nicht, dass dein Herz nicht mehr Schottisch schlägt. Immerhin hat er sich in eine Schottin verliebt. Sicher nicht ohne Grund«, gab Olivia weiter zu bedenken und ihre Worte glichen einem Anker in dem aufgewühlten Ozean, der Caitrìonas Seele zu sein schien.

»Du hättest mir trotzdem die Wahrheit sagen müssen.«

»Das hätte ich. Dennoch wärst du nicht mitgekommen, dann hätten sie dich geholt. Dem Lord geht es ebenso um seine Familie, wie dir. Nur das er wesentlich mehr bedenken muss.« Olivias Worte waren leise und vorsichtig gewählt. Immer in der Hoffnung die junge Schottin nicht erneut im Streit zu verlieren.

Caitrìonas fragender Blick nahm etwas Sarkastisches an. »Ach ja? Was muss er schon bedenken?«

»Du würdest doch auch alles tun, um deinen Clan zu schützen, oder?«

»Aye natürlich.«

»Das tut er auch. Nur das er, in Anbetracht seiner Stellung, auch die politische Seite bedenken muss.« Olivia hatte die Worte noch nicht ausgesprochen, da erkannte sie schon in Caitrìonas Augen, dass sie dagegenhalten wollte. Mit einer schnellen Bewegung hob sie ihren Finger, eine Stille gebietende Geste. »Er ist nun mal ein Lord. Und sein Sohn ist dein Vater. Daran kannst du nichts ändern. Das ist so unverrückbar wie Ben Nevis. Und du meine Liebe, du bist nicht nur eine McKenzie, sondern auch eine Cavenworth. Und auch das ist so unverrückbar wie Ben Nevis. Die Frage, die sich jetzt stellt, ist die, wie du damit umgehst. Entweder du bockst und verleumdest das unverleumdbare oder du stellst dich deinem Erbe wie eine echte McKenzie.«

Die eindringliche Ansprache schien eine Saite in Caitrìonas anzuschlagen. Und mit einer beinah verschwörerischen Geste fügte Olivia hinzu: »Die Schlacht von Bannockburn – glaubst du, unsere Vorfahren hätten gesiegt, wenn sie vor der Übermacht der Engländer zurückgeschreckt wären? Nein, sie haben ihre Lage akzeptiert und haben sich trotzdem dem Kampf gestellt.«

Jetzt, da der Geist der Vergangenheit wie eine unsichtbare Kraft im Raum zu wirken schien, spürte Caitrìona die Verbindung zu ihrer Ahnenreihe stärker denn je.

»Stelle dich deinem Schicksal, so wie es deine Vorfahren getan haben, und ergib dich ihm nicht«, schloss Olivia und weckte damit das erhoffte Feuer in den Augen der jungen Schottin.

Die Worte hatten das Ziel erreicht.

»Ihr englischen Hunde, küsst meinen schottischen Hintern und seid stolz darauf, dies tun zu dürfen. Etwas Besseres kann einem jämmerlichen Engländer nicht passieren!« Caitrìonas hingeworfenes Zitat des großen William Wallace, anfangs leise, schwoll zu einem mächtigen, rebellischen Bekenntnis an, während ihr Gesicht einen Ausdruck von ungezügeltem Schwur und Stolz annahm.

Lord Edward Cavenworth, eine distinguierte Erscheinung, hatte sich just erhoben und zum Fenster bewegt. Sein Blick streifte über die ruhige Straße außerhalb – dem Bild viktorianischer Häuser. Er stand aufrecht, die Hände auf dem Rücken verschränkt, während er die vorbeiziehenden Wolken betrachtete, die wie Gedanken am Himmel entlangzogen.

Anthony Hughes wirkte wie ein Kontrast zur Welt außerhalb des Fensters. Ein Mann des 21. Jahrhunderts, der die Stille des Salons mit dem sanften Klicken seines Mobiltelefons brach. Sein Blick war auf das leuchtende Display geheftet, und in seinem Gesicht spiegelten sich seine wechselnden Gedanken wider.

Chadwick, stets aufmerksam und der Inbegriff eines britischen Butlers, schritt bedächtig durch den Raum. In seinen Händen balancierte er ein silbernes Tablett. Darauf ein frisch zubereiteter Drink – ein altbewährter Scotch, so traditionell und geerdet wie der Butler selbst.

Mit einer nahezu lautlosen Geschmeidigkeit näherte er sich seinem Dienstherren und reichte ihm das Glas. Der Lord wandte sich vom Fenster ab, ein dankbares Lächeln umspielte seine Lippen. Die bernsteinfarbene Flüssigkeit fing das Licht ein und gab es tänzelnd wieder. Eine Symphonie aus Farbe und Wärme.

»Danke, Chadwick. Ein Scotch ist genau das, was ich in diesem Augenblick brauche.«

Der Butler nickte knapp. »Sehr gerne, Mylord. Soll ich das Abendessen für acht Uhr ansetzen?«

Lord Edward nahm einen tiefen Schluck und ließ die Wärme des Scotchs seine Kehle hinunterfließen. »Das klingt vorzüglich«. Er drehte sich herum und sein Blick wanderte durch den gediegenen Raum. Seine Augen fixierten den Ermittler, während er das Glas vorsichtig schwenkte. »Ich muss sagen, Anthony, diese Nachricht …«

Der Ermittler steckte das Gerät weg und sah auf. »Natürlich Sir, ein Schock, das ist doch verständlich.«

»Es ist, als ob ein Wirbelsturm direkt in meinem Wohnzimmer gewütet hätte.«

»Nun, Mylord, Miss McKenzie ist ein … ehm … lebhaftes Kind, nicht wahr?« Ein amüsiertes Lächeln umspielte seine schmalen Lippen.

»Lebhaft?« Lord Cavenworth hob eine Braue und ein verhaltenes Zucken zupfte an den Winkeln seiner Lippen. »Das Wort scheint mir nicht ganz den Nagel auf den Kopf zu treffen. Da platzt dieses Mädchen in mein Leben, von dessen Existenz ich nicht einmal etwas ahnte, tollt wie ein wildgewordener Otter durch meinen Salon und benimmt sich dabei wie ein kleiner Vandale.«

Chadwick indes hatte sich so unauffällig am Rande des Raumes platziert, dass man leicht hätte vergessen können, dass noch eine dritte Seele anwesend war. Ein vorsichtiger Glanz ruhte in seinen Augen, während er die glühenden Blicke seiner Konversationspartner von seinem unaufdringlichen Standpunkt in der Nähe der schweren Flügeltür aus betrachtete. »Sie hat Charakter, Mylord«, warf er mit einer Zurückhaltung ein, die fast so fein war wie das Porzellan in der Vitrine neben ihm.

»Charakter? Nennt man das heute so?« Lord Cavenworth ließ sich einen Augenblick in die Erinnerung an die explosiven, kobaltblauen Augen seiner Enkelin fallen. Jene Augen, die vor nicht einmal einer halben Stunde so herausfordernd in die seinen geblickt hatten. »Wie dem auch sei, sie ist Familie. Und wir Cavenworths sind bekannt dafür, selbst den stürmischsten See zu navigieren. Anthony, ich wünsche, dass Sie mich über die Ergebnisse des Labors auf dem Laufenden halten. Sollte sich wider Erwarten noch etwas ändern, will ich es unverzüglich wissen.«

»Natürlich Sir, unverzüglich«, wiederholte Anthony den ihm erteilten Auftrag pflichtbewusst.

»Ich frage mich, ob die Schotten uns jetzt Wilde schicken, um uns an den Rand des Anstands zu bringen«, sinnierte Lord Edward weiter, wobei sein Blick zwischen Irritation und versteckter Faszination schwankte.

»Sir, möglicherweise ist ihr Temperament ein Ausdruck ihrer ungezügelten Highland-Abstammung.« Anthonys Anmerkung war mit einer Spur von Schalk gezeichnet und ließ seine Stimme leicht vibrieren. Er betrachtete das Unbehagen seiner Lordschaft mehr wie ein amüsantes Rätsel und weniger als ein echtes Problem.

Lord Edward wandte sich dem Ermittler zu, sein Blick streng, doch nicht ohne ein Anzeichen von Verwunderung. »Ungezügelt, ja, das ist wohl der passende Ausdruck, Hughes. Aber zu solch einer Zeit, mit der Krönung von Charles kurz bevor und dem ganzen Land im Aufruhr, müssen wir zusammenstehen. Geschliffen. Kultiviert. Bereit sein. Und hier habe ich nun eine junge Wilde, die ...« Als er stöhnend innehielt, ließ sich der undeutliche Schatten eines Lächelns auf Chadwicks Lippen nieder, während er sich ohne Worte näherte und seinem Herrn nachschenkte.

»Vielleicht, Mylord«, fügte der Diener mit leiser, doch achtsamer Stimme hinzu, »vielleicht sind es gerade diese Zeiten, die nach der Unbekümmertheit der Jugend rufen. Nach einer Sichtweise, die ihren klaren Blick noch nicht hinter den schweren Vorhängen von Politik und Manieren verloren hat. Und wenn Miss McKenzie eines verkörpert, dann ist es zweifelsohne eine frische Brise.«

Der Aristokrat sah seinen Diener an und wog die Worte wie einen guten Scotch ab. Für einen Moment zeigte sich ein Schatten der Besinnung in seinen aristokratischen Zügen. »Eine frische Brise also«, echote er, eine hochgezogene Augenbraue vor einem Meer von Gedanken. Er senkte den Blick, verlor sich in den wirbelnden Mustern des edlen Teppichs. »Ein interessanter Gedanke, Chadwick. Allerdings könnte diese sanfte Brise sich sehr rasch zu einem wüsten Sturm wandeln, der uns allen das Heim unter den Füßen fortreißt.«

Ein zaghaftes Klopfen an der geöffneten Tür unterbrach den Lord in seinen Gedanken. Olivia, mit einem Hauch von Entschuldigung im Lächeln, zog die Blicke auf sich.

»Verzeihen Sie die Unterbrechung, Mylord«, sagte sie und betrat den Salon. »Dürfte ich kurz mit Ihnen sprechen?«

Lord Edwards Blick glitt prüfend über die Gestalt der engagierten Frau. Er nickte knapp. »Aber sicher, Miss Evans.«

Der Aristokrat warf dem Ermittler einen auffordernden Blick zu.

»Meine Zeit ist um, ich werde Sie auf dem Laufenden halten, Sir.« Er verstand den Wink, nahm seinen Laptop auf und schenkte der jungen Frau ein verabschiedendes Lächeln. »Es war mir eine Ehre, Miss Evans.«

Erst als Anthony Hughes das stilvolle Domizil verlassen hatte, wandte Lord Cavenworth sich Olivia zu. »Was kann ich für Sie tun, Miss Evans?«

Sie zögerte. »Ich möchte über Ihre Enkelin sprechen – und mich für ihr Benehmen entschuldigen, sie ...«

»Miss Evans«, unterbrach der Lord mit einer Stimme, in der das Grollen ferner Orkane mitschwang. »Für ihr ungebührliches Verhalten muss sich Miss McKenzie selbst entschuldigen.«

Auf Olivias Lippen tanzte ein zaghaftes Lächeln. »Da mögen Sie recht haben, aber …«

»Bitte, wir belassen es dabei. Nehmen Sie Platz und kommen Sie zum Punkt. Was haben Sie mir noch zu sagen?« Lord Edward wischte alle Umschweife beiseite und gab damit das Zeichen, endlich über das Wesentliche zu sprechen, während er sich setzte.

Olivia nahm an dem massiven Eichenholztisch, dessen glänzende Oberfläche Jahrhunderte von Geschichten widerzuspiegeln schien, platz. Um sie herum erhob sich der Salon in stolzer Eleganz, während sie kurz, aber tief durchatmete.

»Sir, es ist diese, sagen wir, stürmische Natur Ihrer Enkelin, die vielleicht etwas befremdlich wirken kann. Sie ist – anders. Vibrant, mit einer Energie, die sich nur schwer einschränken lässt, aber die durchaus Potenzial hat.«

Lord Cavenworth rollte das Wort Vibrant auf seiner Zunge, als würde er es wie einen guten Whisky prüfen. »Sie meinen also, dieser ungestüme Ausbruch, fast möchte man sagen, diese Wildheit, sei etwas Gutes?«

Ein zartes Lächeln huschte über Olivias Züge und in ihrer Stimme schwang ein fast unbändiger Optimismus mit. »Ja, genau das meine ich. Caitrìona hat ein Feuer in sich, das wir nicht einfach unter den Teppichen kehren dürfen. Sie hat das Potenzial eines frischen Windes. Und Wind, Sir, kann manchmal auch dafür sorgen, dass die Luft wieder klar wird.«

Lord Cavenworth richtete sich auf, schwenkte das Glas in seiner Hand und musterte Olivia. Er schien ihre Worte zu überdenken, während das Spiel der Sonne durch die hohen Fenster des Salons die Szene in ein wärmendes Licht tauchte.

»Miss Evans, ich bin ein Mann des Empires. Ich bin Stürmen begegnet, die ganze Flotten verschlungen und politische

Wirren, die festgefahrene Dynastien erschüttert haben. Aber ich gebe zu, in all den Jahren hat noch nichts derart Aufsässiges meinen Weg gekreuzt.«

»Sie braucht einen Anker in dieser Welt und wer, wenn nicht Sie, Mylord, kann ihr diesen bieten?«

»Anker, ja«, murmelte er und ein Lächeln, halb melancholisch, halb amüsiert, umspielte seine Lippen. »Was also würden Sie mir raten, Miss Evans? Wie gehe ich mit einem solchen … Naturereignis um?«

Olivia sah den Lord aufrichtig an. Ihre Entschlossenheit so offensichtlich wie das Prunkstück eines alten Meisters an der Wand. »Arbeiten Sie mit ihr, nicht gegen sie. Lassen sie ihre Wurzeln und die Stärke ihrer eigenen Traditionen zu einer neuen Blüte kommen, die in der Lage ist, die Vergangenheit zu ehren und gleichzeitig eine neue Ära für die Cavenworths einzuläuten.«

Ein Nicken, fast unmerklich, ehe der alte Lord von seinem Glas aufblickte und Olivia ansah. »Ihr Engagement für das Wohlergehen des Mädchens ehrt Sie, Miss Evans«, begann er, seine Überlegungen abwägend, »doch ich will offen zu Ihnen sein: Die Zeit hätte kaum unglücklicher gewählt werden können. Ich habe weder Muße noch Kapazitäten, mich um die Wirren zu kümmern, die Miss McKenzie zweifellos mit sich bringen wird. Sollte sich allerdings bestätigen, dass sie das uneheliche Kind meines verstorbenen Sohnes ist, fühle ich mich verpflichtet, für ihren Lebensunterhalt zu sorgen und ihre Erziehung zu gewährleisten. Ein Internat in der Schweiz erscheint mir hierfür angemessen.«

Entsetzen zeichnete sich auf Olivias Gesicht ab, als sie die Worte vernahm. »Ein Internat in der Schweiz? Aber, Mylord, ist dieses Vorhaben denn wirklich ernsthaft zu erwägen? Sie hat ihre Mutter verloren und steht nun fast allein da. Wie können

Sie in Erwägung ziehen, sie vollständig ihrer Heimat zu entfremden?« Ihre Stimme schwankte, während sie versuchte, ihre Bestürzung zu verbergen.

»Von einer Entfremdung kann keine Rede sein. Ich biete dem Mädchen eine Aussicht auf eine gute Zukunft.«

»Ich bin die Letzte, die den Wert einer soliden Bildung verkennt. Und Ihre Sorgen, Sir, entbehren nicht einer gewissen Logik. Doch die Verwurzelung in ihrer kulturellen Identität, im schottischen Erbe, kann nur in ihrer Heimat effektiv gedeihen. Zu lernen, was es heißt, Teil der Familien Cavenworth und McKenzie zu sein, ist von unschätzbarem Wert …«

»Genug!« Lord Cavenworth schnitt ihr scharf das Wort ab. »Ihre Anteilnahme ist durchaus ehrenhaft, Miss Evans, doch Bildung und Disziplin stehen an vorderster Stelle. Und lassen Sie uns nicht missverstehen: Ein nächtlicher Fehltritt meines Sohnes mit ihrer Mutter macht sie noch lange nicht zu einer Cavenworth. Ich habe meine Entscheidung getroffen. Seien Sie dankbar, dass ich sie nicht einfach dem staatlichen System überlasse.« Seine Hand schlug laut auf den Tisch und besiegelte das Ende der Debatte. Mit einer entschlossenen Geste erhob er sich und richtete seine Krawatte. »Miss Evans, ich weiß Ihren Einsatz zu schätzen. Die erforderlichen Schritte werden in den kommenden Tagen eingeleitet. Ich würde es begrüßen, wenn Sie bis dahin in London bleiben und sich um das Mädchen kümmern. Sollten Sie natürlich in Inverness gebraucht werden, würde ich mich um Ersatz bemühen.« Er sah sie mit resolutem Ausdruck an. »Wenn Sie mich nun Entschuldigen würden, ich habe noch andere, dringendere Verpflichtungen.« Mit einem suchenden Blick durch den Raum signalisierte er seinem Diener, der sich aus dem Schatten der Türe löste, seinen Anweisungen zu folgen. »Wir fahren, Chadwick.«

»Gewiss, Mylord«, gab der Butler mit einer flüchtigen Verbeugung zurück und half ihm in den Mantel. Er bedachte Olivia mit einem mitfühlenden Blick, ehe er voranschritt, um seinem Dienstherren die Tür zu öffnen.

Im gepolsterten Luxus des Bentleys hatte sich Lord Cavenworth auf dem Rücksitz niedergelassen. Chadwick saß vorn neben dem Chauffeur und warf seinem Herrn diskrete Blicke durch den raffinierten Konversationsspiegel zu. Es war ein traditionelles Überbleibsel – ein Erbstück aus der Zeit, als die Herrschaften mit ihren Dienern lediglich über Blickkontakt kommunizierten. Eine elegante dunkle Trennwand mit Fenster, das sich für mehr Diskretion verschließen ließ, separierte die Welt des Fahrers vom Rückzugsraum des Adels.

Chadwick beobachtete seinen Dienstherren, der schlussendlich nicht umhinkam, es zu bemerken. Obwohl er anfangs versuchte, den forschenden Blicken auszuweichen, ließen sie ihn nicht los. Chadwicks Augen sprachen in diesem Moment mehr aus, als Worte es je gekonnt hätten.

»Rede schon. Sag, was du zu sagen hast«, forderte der Lord ungeduldig von der Rückbank. Der Grund seiner Verärgerung war ihm selbst nicht klar, obgleich er ihn vielleicht auch nicht wahrhaben wollte.

»Was meinen Sie, Sir?« Chadwick gab sich ahnungslos, obwohl die Luft zwischen ihnen bereits die ganze Geschichte flüsterte.

»Jetzt rede schon in drei Teufels Namen. Unverblümt und ohne Umschweife!«

»Nun, ich denke, Sie haben Ihre Sicht der Dinge umfassend erläutert, Mylord.«

»Richtig, das habe ich«, räumte der Lord ein, rückte unruhig in seinem Ledersitz und blickte abermals in den Spiegel. »Aber du glaubst, dass ich eine Fehlentscheidung getroffen habe, nicht wahr?«

»Mit Verlaub, Mylord, Glaubensfragen überlasse ich der Kirche. Ich vertraue lieber auf meinen Instinkt und Fakten, Sir.«

»Mhhh«, brummte der Lord mürrisch. »Instinkt ... und welche Fakten genau?«

»Well Sir, zum einen die Tatsache, dass Ihr Sohn seine Vaterschaft zweifelsfrei anerkannt hat. Zum anderen die Tatsache, dass er zu Lebzeiten mehr Zeit in Lochlan House verbrachte als sein Studium in St. Andrews, es erforderte.«

Ein Grollen, fast wie das Schnurren des starken Motors, entschlüpfte dem Lord. »Und was wollen uns diese *Fakten* deiner Meinung nach sagen?«

»Sie ließen mich vermuten, dass William ein intensiveres Interesse an Schottland hegte, als er es Ihnen gegenüber verlauten ließ, Mylord.«

»Das ist doch absurd, Chadwick!«

»Natürlich, Sir. Entschuldigen Sie meine Offenheit.« Seine Augen voll unerschütterlicher Ruhe und ohne den Blick vom Spiegel abzuwenden.

»Was denn noch, Chadwick?«

»Mylord, es gäbe da noch eine weitere Überlegung beruhend auf Fakten.«

»Oh natürlich gibt es die.« Der Lord stöhnte kapitulierend und rieb sich die Schläfen. »Also los Chadwick! Raus mit der Sprache.«

»Ihre verstorbene Gemahlin sehnte sich stets nach einem Enkelkind. Und was würde Ihr Sohn davon halten, wenn Sie seiner Tochter nicht die Zuwendung gewähren, die Sie ihm einst zukommen ließen? Noch dazu, wo das Mädchen auch den Namen Ihrer Gemahlin trägt?«, gab Chadwick zu bedenken und fügte eher nebensächlich und leise hinzu: »Von der Wirkung in der Presse und der Meinung ihrer Wähler will ich gar nicht erst anfangen, Mylord.«

Chadwicks Worte hingen wie Nebelfäden im gediegenen Innenraum des Bentleys – schwer und doch nicht zu greifen. Es war, als hätte sich die Stille selbst in Samt gehüllt, während der Lord nachdachte. Die leisen Stöße der reibungslosen Fahrt sorgten für eine fast wiegende Bewegung, ein Tanz der Gedanken.

Lord Cavenworth, dessen Mimik eingefroren war, löste den Blick vom Spiegel und starrte aus dem Fenster in den vorbeifliegenden Nebel aus Grün und Grau. »Mein verstorbener Sohn William. Wenn er nur noch hier wäre.« Seine Stimme klang leise und er sprach mehr zu sich selbst als zu Chadwick.

»Ihr Sohn war ein Mann von großer Leidenschaft, Mylord. Seine Tochter, trägt dasselbe Feuer in sich.« Der Butler ließ die Worte sachte ins wogende Schweigen fallen, wie Kieselsteine, die Kreise in einen stillen Teich zeichneten.

Der Lord nickte langsam. Ein Lächeln huschte über sein Gesicht, Freude gemischt mit Trauer.

»Vielleicht sollten wir ihr eine Chance geben.«

»Ein weiser Entschluss, Mylord. In ihr lebt das Erbe Williams weiter. Und mit Verlaub Mylord, ich brauche keinen Test, der mir verrät, was ihre Augen deutlich aufzeigen. Sie hat denselben trotzigen Blick wie William, wenn Sie ihn zurechtwiesen.« Chadwick schenkte seinem Herrn ein Lächeln im Spiegel. Eines, das in seiner Wärme eine Verbindung schuf, die weit über das Verhältnis von Herrn und Diener hinausging.

Es folgte ein Nicken. Zunächst nur schwach und kaum wahrnehmbar, dann aber umso entschlossener. »Dann ist es beschlossen. Wir werden den Kurs ändern. Nicht die Schweiz, sondern Cavenworth soll es sein. Sobald wir zu Hause sind, veranlassen Sie alles Weitere.«

»Stets zu Diensten, Mylord.« Chadwick lächelte still, während er durch das Fenster in den schimmernden Himmel blickte – in eine Zukunft, die eben noch fern aber nun zum Greifen nah schien, für einen alten Lord und das Erbe seines Sohnes.

GESCHMACK VON EARL GREY UND SCHWEIZER GIPFELN

Das Morgengrauen legte seinen zarten Schimmer über die Londoner Queens Gate Terrace, als Caitrìona und Olivia Evans im Salon am schweren Eichentisch mit seinem polierten Finish Platz nahmen. Die erste Mahlzeit des Tages sollte, eingehüllt in den aromatischen Duft nach frisch gebackenen Scones und Earl Grey, eine Szenerie der Ruhe darstellen. Doch die Anspannung und die ungeklärten Fragen des vorangegangenen Tages waren unübersehbar zu ihren stummen Begleitern geworden.

Caitrìona, deren zerzauste Mähne aus blonden Haaren noch Zeugnis eines unsanft verabschiedeten Schlafes ablegte, zupfte unbewusst an der blassblauen Serviette herum.

»Es regnet«, bemerkte sie, den Blick durch das streifige Panoramafenster nach draußen gerichtet, wo feine Wasserperlen einen wettergesprenkelten Tanz aufführten. »Schottischer Regen ist anders. Echter.«

Olivia, deren Augenschatten die Bereitschaft für diesen Tag etwas anzweifeln ließen, nickte. »Jeder Ort hat seine eigene Art zu weinen, nicht wahr?« Ihre Stimme trug einen Hauch von Melancholie, als sie vorsichtig von ihrem Tee nippte.

Ein karges Lächeln huschte über Caitrìonas Gesicht. »In Fort William sagt man, Regen ist nur flüssiger Sonnenschein.«

»Dann nimmt London heute ein Bad im flüssigen Sonnenschein«, entgegnete Olivia und versuchte, etwas von ihrer gewohnten Wärme in das Gespräch einfließen zu lassen. »Wie war deine Nacht? Ich hoffe, du hast gut geschlafen?«

»Wie auf Wolken«, erwiderte Caitrìona ohne jede Überzeugung.

Olivia sah sie verständnisvoll an. »Der gestrige Tag war auch voll von neuen Eindrücken. Es ist absolut normal, dass man da nicht sofort Ruhe findet.«

Caitrìona spielte mit dem Löffel in ihrem unberührten Porridge. »Irgendwie fühlt sich alles noch fremd an.«

Beide schwiegen einen Moment und ließen das Geräusch, der tickenden Uhr, den Raum mit strukturierter Ordnung füllen. Schließlich räusperte sich Olivia und fand den Mut, das Thema anzusprechen, das zwischen ihnen wie ein Berg stand. »Caitrìona, es gibt da etwas, über das wir reden sollten.«

Die junge Schottin hob mit sarkastischem Glänzen in den Augen ihren Kopf. »Ach was? Worüber denn?«

»Dein Großvater hat Pläne für deine Zukunft gemacht. Er denkt, dass eine Auslandszeit dir gute Perspektiven bieten könnte.«

Die Stirn der blonden Schottin zog sich in Falten. »Erstens nenn ihn nicht meinen Großvater und zweitens … was meinst du mit Auslandszeit?«

»Dein Gro…, Lord Cavenworth, sieht es als beste Option für dich, wenn du für einige Zeit in die Schweiz gehen würdest, um dort die Schule zu besuchen. Ein Internat.«

»In der Schweiz?« Ihre Stimme schwankte scharf zwischen Unglauben und aufkeimender Wut. »Aber … Oh ich werde sicher nicht in die Schweiz gehen! Ich werde in Schottland bleiben.« Ihr Löffel knallte demonstrativ auf den Tisch.

Olivia seufzte schwer. In diesem Moment erinnerte sie das Mädchen an den alten Lord, der am gestrigen Abend, mit ähnlicher Geste, das gesuchte Gespräch beendet hatte.

»Herrgott Caitrìona! Kannst du bitte ruhig bleiben? Ich weiß, dass dies nicht leicht ist«, mahnte Olivia und sah ihren Schützling streng an, »ich versuche, dir gerade zu helfen und mit dir zu sprechen, aber du machst es einem wirklich nicht leicht.«

Die junge Schottin hatte das Gefühl, als hätte eine kalte Welle sie umspült. »Mir helfen? Holy Fucking keech!«, fluchte sie laut, »das hast du in Schottland auch schon gesagt und wo hat es mich hingebracht?« Mit ausladender Gestik breitete sie die Arme aus und sah sich demonstrativ um. »Und er? Hat er denn überhaupt gefragt, was ich will?«

»Das ist genau der Punkt. Ich glaube, deine Wünsche wurden noch nicht ausreichend berücksichtigt.« Olivias Stimme war sanft, obgleich sie innerlich ihre Augen verdrehte. Aber in ihren Worten lag auch ein festes Versprechen. »Lass uns gemeinsam herausfinden, was am besten für dich ist, ja?«

»Was ich mir wünsche? Auf einmal? Ich wollte nie aus Schottland herkommen. Ich will in den Highlands, frei und …« Ihre Stimme verklang, das Wort Freiheit hing schwer in der Luft.

»Ich verstehe dich, Caitrìona«, sagte sie leise. »Und ich möchte, dass du weißt: Ich setze mich dafür ein, dass du eine Wahl hast. Dass deine Meinung zählt. Du verdienst es, gehört zu werden.«

Caitrìona blickte Olivia direkt an, ihre Augen spiegelten ein stürmisches Meer voller Wut und Verzweiflung. »Glaubst du wirklich, dass es einen Unterschied macht, was ich will? Das es diesen … diesen Rotarsch von Tory überhaupt interessiert?«

»Ja, das macht einen Unterschied.« Olivias Stimme hatte einen entschlossenen Klang angenommen. »Das ist mein Job, und es ist mir eine Herzensangelegenheit. Jeder hat das Recht auf seine eigene Geschichte. Und ich werde alles daransetzen, dass deine auch so geschrieben wird, wie du es willst«, erklärte Olivia. »Aber du solltest aufhören, deinen Großvater als Rotarsch zu betiteln.«

»Dann hör du auch auf ihn meinen Großvater zu nennen.« Caitrìona wirkte überraschend ruhig und setzte sich wieder. Ihre Unsicherheit, schien für einen Moment verflogen, ersetzt durch eine neu entdeckte Hoffnung. »Es ist nur so … ich hatte mein Leben in Schottland, meine Freunde, mein Team – ich will nicht einfach alles hinter mir lassen.«

»Ich verstehe das vollkommen. Aber manchmal bringen uns die unverhofften Wege weiter als die, die wir selbst wählen.« Olivia legte eine Hand auf ihren Arm. »Und manchmal müssen wir Wege einschlagen, die uns mehr ärger einbringen, als uns lieb ist.« Olivias Worte verklangen zu einem murmeln. Vielleicht war es der Ton, vielleicht der gedankenvolle Ausdruck, den sie dabei an den Tag legte, aber Caitrìona wurde hellhörig.

»Was genau meinst du damit?«

»Ich meine damit, dass wir zurück nach Schottland fahren.«

Der Mund der jungen Schottin klappte auf, als sie das hörte. Ungläubig starrte sie die Mitarbeiterin des Youth Welfare Office an. »Dein scheiß ernst?«

Olivia nickte und versuchte zu lächeln. Für einen Moment verharrte sie schweigend, ihren Tee schlürfend. Den stetigen Trommelschlag des Regens gegen die Fenster lauschend, der ein beruhigendes Gegenstück zu den aufwallenden Emotionen, nicht nur in Caitrìonas Herz, bildete. Mit einem stärkenden tiefen Atemzug erhob sich Olivia schließlich.

»Na los, geh rauf und pack deine Sachen, ich werde uns ein Cab rufen«, sagte sie und sah Caitrìona entschlossen an. Eine Aufforderung, welche sich die junge Schottin nicht zweimal sagen ließ.

Mit einem herzhaften »Aye«, sprang sie auf und war schon im nächsten Moment zur Tür hinaus, während die rothaarige ihr Handy zückte, um ein Taxi zu rufen.

Olivia schaute durch das tränengezeichnete Fenster und ließ ihr Handy zurück in die Tasche gleiten. Sie sammelte ihre Gedanken. Die Häuser der Straße zeichneten düstere Konturen gegen den bleigrauen Himmel. Sie wusste, ihr Mut würde bald auf die Probe gestellt werden. Sie handelte nicht mehr nur als Mitarbeiterin des Youth Welfare Office; sie fühlte eine tiefe Verbindung zu Caitrìona.

Ein leiser Schatten von Sorge lag in ihrem Magen, ein kompliziertes Gewirr aus Regeln, Vorschriften und emotionalen Banden. Sie war im vollen Bewusstsein, dass sie gegen den Willen von Lord Cavenworth agierte. Und ebenso war ihr bewusst, dass sie sich damit auf ihrer Dienststelle einen Riesenärger einhandeln würde. Aber auf der anderen Seite stand nun ihre feste Überzeugung, das Richtige zu tun. Sie würde ihr Versprechen halten und Caitrìona helfen. Der Platz der jungen Schottin war vielleicht überall, aber ganz sicher nicht in einem Internat in der Schweiz. Ihre Mundwinkel hoben sich leicht, als sie das unbändige Aufbrausen von Caitrìona in Gedanken Revue passieren ließ. So ungestüm und schmerzhaft ehrlich.

Schritte polterten die Treppe hinab, und die 14-Jährige erschien wieder im Türrahmen. Ihren Rucksack über eine Schulter geworfen, ihren Shinty-Stick in der Hand fest umschlossen und ihr Gesicht gezeichnet von einer kaum fassbaren Hoffnung.

»Bereit?«

»Bereit«, bestätigte Olivia und kam auf sie zu. »Das Taxi müsste jeden Moment da sein. Und der Zug wird uns zurück nach Schottland bringen. Ich hole nur noch meine Tasche.« Sie wusste, sie würde dafür zur Rechenschaft gezogen, doch das Leuchten in den Augen des Mädchens schien all die Schwierigkeiten wert. Caitrìona strahlte. Das erste Mal, seit Olivia sie kennenlernte. Es bekräftigte ihren Entschluss, die junge Schottin auf ihrem Weg zu begleiten und zu unterstützen – gegen die Welt, gegen Lord Cavenworth, gegen jede Konvention.

Mit einem stillen Pakt, geschmiedet im Herzen und besiegelt im Geist, kam Olivia mit ihrer Tasche die Treppe wieder hinunter. Von draußen war deutlich das Stoppen eines Wagens zu hören.

»Hast du Harry angerufen?« Caitrìona grinste voller Vorfreude.

»Harry?«

»Na Harry, der Fahrer, der uns herbrachte«, wurde ihrer Erinnerung auf die Sprünge geholfen.

Olivia musste lachen. »Nein, ich habe einfach nur ein Taxi bestellt.«

»Schade, ich mochte ihn.« Die junge Schottin zuckte mit den Schultern und war schon dabei, sich der Tür zuzuwenden, als ein Schlüssel im Schloss herumgedreht wurde.

»Hat der Taxifahrer einen Schlüssel?«, fragte sie stumpf und warf einen überraschten Blick auf Olivia.

»Unwahrscheinlich.« Olivia erstarrte, als die Tür geöffnet wurde.

Chadwick erschien im Türrahmen, eine Mischung aus Neugier und Verwunderung in seiner Haltung. Seine linke Augenbraue kletterte in die Höhe. Sein Blick ruhte für einen Moment auf Caitrìona und wanderte dann zu Olivia, die wie zwei ertappte Diebe im Morgengrauen dastanden. Ihre Taschen gepackt fertig für die Flucht, während ihre Augen nichts außer purer Entschlossenheit verrieten.

Ein fast unmerkliches Raunen lag in der Luft, eine Vorausahnung des Bevorstehenden. Es war offensichtlich: Beide waren gekommen, um zu gehen.

Ein sanftes Stirnrunzeln umspielte Chadwicks Gesicht, und ein Hauch von Erstaunen schwang in seiner Stimme mit. »Mylord, ich denke, wir haben soeben eine spektakuläre Flucht vereitelt.« Den Schimmer eines Schmunzelns vermochte er sich dabei nicht zu verkneifen und trat zur Seite. Lord Cavenworth, dessen Autorität mit jedem seiner Schritte mitzuschwingen schien, tauchte hinter ihm in der Tür auf. Seine Erscheinung war auch heute wie das lebende Porträt eines Aristokraten aus alten Zeiten – würdevoll, erhaben, undurchdringlich in seiner Statur.

Ein trockenes »Fuck« entwich Caitrìonas Lippen beim Anblick des Lords, mehr ihrer eigenen Frustration geschuldet als der Anwesenheit des Adligen.

»Aha. Lady McKenzie. Miss Evans.« Seine sonore Stimme durchschnitt die Stille, jedes Wort klang wie aus tiefem Granit gemeißelt. »An ihrer Ausdrucksweise, müssen wir arbeiten. Sie geziemt sich nicht für eine Lady.«

Olivia trat entschlossen vor, ihr Tonfall war weder laut noch verhalten, aber ihr lag eine unerschütterliche Bestimmtheit inne. »Lord Cavenworth, Verzeihen Sie, wenn wir Ihre Pläne durchkreuzen. Wir glauben jedoch, dass es für Caitrìona an der Zeit ist, nach Schottland zurückzukehren, um dort ihren Weg zu finden.«

»Aye, genauso sehen wir das«, stimmte die Schottin rebellisch zu.

Die Augen des Lords ruhten auf seiner Enkelin. Und für einen kurzen Zeitraum schien seine ungeheure Präsenz die Luft elektrisch aufzuladen. Elegant, fast theatralisch, entgegnete er: »Mir war so, Miss Evans, als hätte ich meine Wünsche gestern Abend vollkommen klar ausgedrückt.«

Caitrìona, die ihren Shinty-Stick fest umschlossen hielt, erwiderte den Blick des Lords mit einem feurigen Ausdruck voller Kampfgeist in den Augen. Bereit, um ihr Schicksal zu kämpfen. »Sir!«, erhob sie eisern ihre Stimme und ihre Worte hallten mit einem Akzent, der deutlich ihre schottischen Wurzeln verriet, durch den Raum. »Sie mögen mich deportieren, aber Sie werden mich niemals brechen!« Ihr Kinn reckte sich Stolz empor. »Freiheit ist das Beste, das sage ich dir, von allen Dingen, die es zu gewinnen gibt.«

Eine dichte Stille legte sich über den Eingangsbereich, unterbrochen nur von dem steten Herzschlag der antiken Wanduhr. Lord Cavenworth und Chadwick tauschten einen stummen Dialog mit ihren Augen und im Mienenspiel des alten Herren blitzte unerwartet ein Ausdruck von Verständnis auf.

»Ha! Da zitiert sie doch wahrhaftig diesen Strauchdieb Wallace«, lachte er dumpf auf. »Chadwick, ich befürchte, du hattest recht. Aber dieser Akzent …« Und mit einer kopfschüttelnden Geste trat er ein, ließ sich von seinem Butler den Mantel abnehmen und Schritt vorwärts in den Salon.

»William Wallace war ein Held und ich werde mich nicht einfach so in die Schweiz deportieren lassen!« Folgte ihm die 14-Jährige mit hitziger Stimme und wurde fast im selben Moment von Olivia zurückgezogen. Die junge Frau trat schützend vor Caitrìona, gerade als Lord Cavenworth eine Hand hob, um ihr die Worte abzuschneiden.

»Miss Evans, wir werden später über ihre Entführungspläne

sprechen«, brummte er und nahm am Kopfende des Tisches platz.

»Das ist doch totale Bockscheiße! Sie versucht mich nicht zu entführen!«, platzte es aus Caitrìona heraus.

»Lady McKenzie, als Erstes müssen Sie lernen, neben Ihrer Wortwahl auch das Schweigen zu wahren, wenn es angebracht ist«, mahnte er, und ihre Blicke trafen sich in einem stillen Schlagabtausch. Die junge Schottin setzte schon zu weiteren Widerworten an, wurde aber durch Olivias Hand auf ihrer Schulter gebremst.

»Gut«, sagte Lord Cavenworth und richtete seine Aufmerksamkeit auf Olivia. »Ich habe nachgedacht und entschieden, dass es im Interesse aller Beteiligten ist, wenn Lady McKenzie hier bei uns in London bleibt, anstatt sie auf ein Schweizer Internat zu schicken.« Seine Worte hallten im Raum wider, wobei die Bedeutung seiner Aussage die Wände des eleganten Salons zu streifen schien.

»Ich bleibe? In London?« Caitrìonas Stimme war ein schwankender Mix aus Hoffnung und Misstrauen, ihre Hand fest um den Shinty-Stick geklammert, als sei er ein Anker inmitten dieser aufwirbelnden Neuigkeiten.

Lord Cavenworth nickte langsam, und ein seltenes, fast unmerkliches Lächeln spielte um seine Lippen. »Ja, Sie bleiben. Unter gewissen Bedingungen versteht sich.« Es folgte eine bedeutsame Pause, in welcher seine Augen kurz über die entschlossenen Gesichter der jungen Frauen schweiften.

Olivia trat näher, ihre Haltung gemischt aus Skepsis und zaghafter Erleichterung. »Und was für Bedingungen wären das, Mylord?«

»Oh ich werde sicher nicht in London bleiben«, mischte sich die junge Schottin ein und wurde erneut von Olivia zurückgezogen.

Lord Cavenworth richtete sich in seinem Stuhl auf, die aristokratische Autorität legte sich wie ein unsichtbarer Mantel um seine Schultern. »Erstens, Lady McKenzie wird sich auf ihre Ausbildung und die dazugehörigen Pflichten konzentrieren. Zweitens, ein angemessenes Benehmen – innerhalb und außerhalb dieser Wände. Und drittens, ich erwarte, dass sie sich aktiv an den Wohltätigkeitsarbeiten beteiligt, die dieses Haus und unsere Familie unterstützen.«Mit einem kaum hörbaren Stöhnen der Resignation und Blicken, die weniger Begeisterung als vielmehr stille Herausforderung verrieten, verarbeitete Caitrìona die Neuigkeiten, welche ihre neue Realität in London darstellen sollten. Die Gedanken an ihre Heimat ließen sie nicht los – eine psychische Verbindung, die so unentwirrbar war wie das dichte Geäst eines alten Eichenwaldes.

»Und was ist mit Schottland?«, fragte sie und jedes Wort war von Heimweh durchtränkt.

Der Lord, der schon andere aufbegehrende Seelen in seiner langen Zeit gesehen hatte, verstand die fein verhüllte Sorge seiner Enkelin. »Was soll mit Schottland sein? Es wird sicherlich nicht verschwinden, nur weil Sie hier in London leben«, entgegnete er mit einer Gelassenheit, die fast die Untertöne von Empathie versteckten.

»Aye, ich weiß selbst das Schottland nicht verschwindet …«, setzte sie zu einem herausfordernden Kommentar an, wurde dann aber, leicht von hinten angestoßen. Ihre Lippen pressten sich zusammen, noch ein leises Schnauben, bevor sie sich erneut sammelte. »Ich meinte, wann kann ich zurück nach Schottland?«

Dem Lord, wie auch Chadwick, entging diese unscheinbare Zurechtweisung, seitens Olivia, keineswegs. Er betrachtete seine Enkelin einen langen Moment und gab dann einen leisen Brummlaut von sich. »Ich denke, sobald Sie sich hier eingelebt haben, wird nichts dagegensprechen, Ihnen Ausflüge nach Schottland zu erlauben«, erwiderte er, einen flüchtigen, stummen Dialog mit seinem Butler austauschend.

»Durchaus Mylord, ich werde dafür Sorge tragen, dass Lochlan House gerichtet ist«, antwortete er unter einer respektvollen Verbeugung.

Caitrìonas Augen ruhten einen Moment nachdenklich auf dem patriarchischen Gesicht ihres Großvaters, suchten dann aber nach dem Rat in Olivias aufmerksamen Gesichtszügen.

Sie nickte. »Ich glaube, das ist ein fairer Kompromiss und vernünftiger Vorschlag.« Die Augen auf ihren Schützling gerichtet. »Du hast hier in London viele Möglichkeiten und niemand verlangt von dir, deine Wurzeln oder deine Herkunft aufzugeben. Und vor allen Dingen ist es nicht die Schweiz.«

Nachdenklich führte die junge Schottin ihren Blick zurück auf den Lord. »Und wenn ich nicht akzeptiere?«

»In diesem Fall Lady McKenzie: Die Schweiz soll auch ganz ansehnliche Berge haben.« Ihr Großvater beugte sich etwas vor. Erneut trafen sich ihre Augenpaare in einer stummen Verhandlung.

»Aye. Ich akzeptiere deine Bedingungen, aber ich werde mich nicht verbiegen und ich werde bestimmt keine Tory«, bekräftigte Caitrìona entschlossen ihre Entscheidung.

»Eine Tory? Gott bewahre.« Der Anflug eines Schmunzelns umspielte die Lippen des Lords bei diesen Worten – ein kurzes Aufleuchten in den strengen Zügen seines Antlitzes, bevor er sich wieder gefasst hatte.

Gerade wollte er sich an Olivia wenden, als das Geräusch der schweren Eingangstür ihn unterbrach. Ein Mann, dessen dunkler Anzug mit ihm zu verschmelzen schien, trat über die Schwelle zum Salon und füllte die Tür fast vollständig aus. Der

Körperbau des fremden war kräftig und wohlproportioniert, strotzend vor stummer Kraft, was nicht selten die Blicke der Passanten auf sich zog, sobald er die Straße betrat. Jeder seiner Schritte wirkte überlegt und bestimmt. Seine Augen, stahlgrau und wachsam, überblickten mit analytischem Scharfsinn die Szenerie. Lagen vielleicht einen Moment zu lange auf Olivia. Sein Gesicht schien durch tiefe Konzentration gekennzeichnet, seine Stirn unter dem Einfluss geistiger Achtsamkeit leicht gefurcht. Ein kurzer, gepflegter Haarschnitt – dunkelbraunes, fast schwarzes Haar, das militärische Ordentlichkeit verkörperte – ergänzte das ernsthafte Auftreten. Ein sauber getrimmter Vollbart umrahmte die unteren Konturen seines Gesichts und verlieh ihm ein zusätzliches Maß an Entschlossenheit. Die Haut witterungsgegerbt, ein leises Anzeichen jahrelanger Dienste unter freiem Himmel.

Ein kurzer Austausch von Blicken, ein Schweigen, das Bände sprach, ehe er die Ursache seiner unangekündigten Unterbrechung mitteilte. »Sir, es scheint, wir haben ein Problem. Ein Reporter der 'Sun' hat sich vor dem Haus postiert«, informierte er mit einer Stimme, die so tief und rau war, wie das Grollen eines fernen Donners, der einen unausweichlichen Sturm ankündigte.

Lord Cavenworths Reaktion ließ nicht lange auf sich warten. »Ah, das sind in der Tat schlechte Neuigkeiten«, murmelte er, sein Haupt leicht neigend, seine Stirn runzelnd, während Chadwick bereits zum Fenster eilte, um die Vorhänge zu schließen.

»Was ist denn los?«, wollte Caitriona verstört wissen.

»Nichts worüber Sie sich zum gegenwärtigen Zeitpunkt Gedanken machen müssten«, beschied der Lord mit einer Mischung aus Strenge und Sorge, als er sich erhob und seinen Blick auf den Close Protection Officer legte. »McArthur, ich möchte, dass Sie bei Lady McKenzie und Miss Evans bleiben.

Bringen Sie die beiden unbemerkt und vor allem sicher in die Kensington Road.« Sein Tonfall unverkennbar autoritär.

»Sie können sich auf mich verlassen, Sir.« Der Leibwächter nickte knapp, während sich der Lord an Caitrìona und Olivia wandte. »Meine Damen, es wird Zeit, unseren Standort zu wechseln. Welch glückliche Fügung, dass Sie bereits gepackt haben. McArthur hier ist ein hervorragender Mann, er wird Sie beide sicher in mein Domizil geleiten«, erklärte er, während Chadwick den Mantel holte. »Es ist noch zu früh die Presse zu involvieren.« Lord Cavenworth schnitt damit alle aufkeimenden Fragen ab. Verstehend nickend, legte Olivia einen Arm um die Schultern der jungen Schottin.

»Ich raffe echt nicht, wo hier gerade das Problem liegt.« Caitrìona, in ihrer jugendlich schottischen Art unverhohlen aufrichtig, brachte ihr Befremden deutlich zum Ausdruck. Verwirrung leuchtete in ihrem Gesicht und ihre jungen Augen schweiften zwischen den Anwesenden. Sie hatte sich weder an die Tatsache gewöhnt noch gänzlich begriffen, dass sie nunmehr Teil einer Familie war, die mal von den Scheinwerfern der Medien umschmeichelt, mal von ihren Schlammschlachten gebissen wurde.

Lord Cavenworth und Chadwick verließen das Anwesen in der Queens Gate Terrace. Das Haus, welches zuvor als diskrete Herberge für die Gäste ihrer Lordschaft gedient hatte, war jetzt unerwartet in das Visier der Presse geraten. Auffällig intensiv zeigte sich dies in dem Moment, als der Reporter versuchte, dem adeligen nahekommen und von einem Leibwächter energisch daran gehindert wurde.

Hinter dem Fenster stehend, beobachtete McArthur das Treiben vor dem Haus durch einen schmalen Spalt in den Vorhängen.

»Was soll denn die ganze Aufregung?« Caitrìona schaute zu Olivia.

»Ich fürchte, das sind die Schattenseiten deines neuen Lebens.« Ihr Gesichtsausdruck zeigte eine gewisse Besorgnis.

Die junge Schottin überlegte einen Moment. »So war das aber nicht ausgemacht.«

»Keine Sorge.« McArthur schaltete sich ruhig ein und trat von seinem Beobachtungsposten zurück. »Ich werde Sie unbemerkt aus dem Haus bringen, sobald sich die Lage draußen etwas beruhigt hat.« Sein prüfender Blick verharrte kurz auf der jungen Schottin, bevor er zu Olivia wechselte. Mit ausgestreckter Hand stellte er sich vor. »Benedict McArthur«, sagte er knapp und mit einem festen Handschlag.

»Ein schottischer Name«, bemerkte Caitrìona und ihr Gesicht erhellt von einem aufkeimenden Lächeln. »Aus welcher Gegend stammt deine Familie? Loch Awe oder Isle of Skye?« Sie überhörte wohlwollend, dass er keinen Akzent hatte – oder ihn zumindest verbarg.

Der Leibwächter richtete seinen Blick, der zunächst bei Olivia ruhte, auf Caitrìona. »Farnborough in Hampshire.«

Ernüchterung keimte in Caitrìonas Augen auf. »Wie enttäuschend.«

»Die Wurzeln können tief sein, Lady McKenzie. Manchmal führt uns das Schicksal auf unerwartete Wege«, gab er gelassen lächelnd zurück.

»Sieht ganz danach aus, aye.«

»Wenn Sie so weit sind, sollten wir unsere Abreise planen.« McArthur holte unaufgeregt sein Handy hervor. Trotz der latenten Anspannung im Raum war seine methodische Gelassenheit spürbar und wirkte beruhigend.

»Bradley?«, sprach er halblaut in sein Mobiltelefon, während sein Blick noch einmal vorsichtig durch den schmalen Spalt der schweren Samtvorhänge glitt. Draußen in der kühlen Londoner Luft, die sich mit dem Geruch von nassem Asphalt mischte, war die Szenerie einer gewissen Alltäglichkeit gewichen. Der Bentley des Lords, eskortiert von zwei schwarzen Mercedes, hatte seine Reise angetreten. Der Reporter jedoch, zeigte eine gewisse Hartnäckigkeit und stand noch immer vor dem Haus. Inzwischen hielt auch er, die Stirn in Falten gelegt, ein Telefon an sein Ohr.

»Ja, der Kerl steht noch hier. Er hat wohl Lunte gerochen. Hol uns hinten ab. Gib mir Bescheid, wenn du bereitstehst.« McArthur instruierte mit der Kaltblütigkeit eines Mannes, der gewohnt war, seine Emotionen zu kontrollieren, bevor er die Verbindung unterbrach. Seine Augen verharrten einen Moment lang auf denen seiner Schützlinge. »Die Zeit drängt. Wir nehmen den Hinterausgang. Los jetzt.« Seine Stimme hatte diesen Tonfall, der keine Widerrede duldete, während er bereits den Weg antrat.

»Wo zur Hölle liegt denn das Problem?«, murrte die junge Schottin mit Blick auf Olivia, die sie wortlos vor sich her schob.

Ein kleines Labyrinth aus Zimmern und Korridoren empfing sie und führte sie entlang eines langen, engen Flures, der in seinen Winkeln die Geheimnisse des Gebäudes zu wahren schien. Am Ende des Ganges, der von dem schweren Duft der Vergangenheit beschwert war, befand sich eine massiv aussehende Tür. McArthur hielt inne, drehte sich um und fixierte die beiden Frauen mit einem Blick, der sowohl Beschützer als auch Kriegsherr sein konnte.

»Sie bleiben direkt hinter mir. Was auch passiert.«

»Was sollte schon passieren?«, entgegnete Caitrìona trotzig.

»Jetzt ist nicht die Zeit für Trotz. Hör auf ihn!« Olivia zischte sie an, während ein Lufthauch von draußen durch den Flur zog, als wollte er die Anspannung noch verstärken.

McArthur, unbeirrt durch Caitrìonas Widerworte, schwang die Tür auf und spähte hinaus. Als er sich überzeugt hatte, dass die Luft rein war – keine Spur von Gefahr oder gierigen Kameralinsen, führte er sie in einen von Mauern umschlossenen Innenhof. Dort, vor einer unscheinbaren Service-Tür, hielt er inne und lauschte.

»Was jetzt? Warten wir auf einen Geheimcode, um durchzukommen?«, spottete Caitrìona, als sie sich an McArthurs Seite, sichtlich unbeeindruckt, gegen die Mauer lehnte.

»Nur Geduld.«

»Kannst du nicht einmal tun, was man dir sagt?«, raunte Olivia mit ernster Miene, was die junge Schottin mit einem Augen rollen, abtat.

»Und?«, wandte sich die Blonde an den Leibwächter und schob ihr Gesicht dicht neben seines.

»Und was?« Er wandte leicht seinen Blick und sah sie an.

»Na was ist jetzt?«

»Wir warten.«

»Worauf?«

»Es reicht jetzt Caitrìona.« Olivia zog die junge Schottin zurück.

Das Handy des Leibwächter summte unauffällig. Es folgte ein kurzes Nicken ins Telefon.

»War das der Geheimcode?«, fragte die junge Schottin, enttäuscht über die unspektakuläre Art und Weise. Dann aber öffnete McArthur mit einer schnellen Bewegung die Tür. Erneut taxierten seine Augen das Areal. »Jetzt!« Ein knappes, aber dringliches Kommando, ehe er in die kleine Seitenstraße stürmte. Seine Hand griff nach dem Türgriff des Mercedes. Caitrìona, angefeuert durch Olivias sanften Stoß, fand sich plötzlich im Griff des Leibwächter und landete auf dem hinteren Ledersitz des Wagens, der mit laufendem Motor wartete.

Die Tür fiel ins Schloss und das Fahrzeug schoss davon. Weg vom Geschehen, als wäre er nie da gewesen, die junge Schottin und die Mitarbeiterin des Youth Welfare Office, sicher in seinem Inneren verborgen.

EIN NEUES ZUHAUSE

Nicht unweit der Queens Gate Terrace liegt Kensington Palace Gardens, auch bekannt als »Billionaire's Row«. Eine der weltweit exklusivsten Straßen. Von hohen Mauern und Toren umgeben und wird sie von Sicherheitskräften bewacht. Die meisten Häuser sind im Besitz von Milliardären, Oligarchen und Mitgliedern des Königshauses. Prächtige Anwesen, mit gepflegten Gärten und luxuriösen Annehmlichkeiten wie Swimmingpools, Kinosälen und privaten Fitnessstudios.

Die Fahrt in dem schwarzen Mercedes mit den tintenfarbenen Scheiben hätte bei günstigen Verkehrsbedingungen knapp fünf Minuten beansprucht. Doch Personenschützer McArthur bevorzugte einen Umweg von einer Viertelstunde, währenddessen er unablässig die Rückspiegel prüfte, um sicherzugehen, dass ihnen keine unerwünschte Aufmerksamkeit zuteil würde. Die Presse konnte hartnäckig sein – das hatte er im Laufe seiner Karriere oft genug erfahren.

Olivia lehnte sich in ihrem Sitz zurück, verschnaufte und ließ die Ereignisse Revue passieren, während Caitrìonas Nase wie angewachsen an der Autoscheibe klebte. »Wohin geht's jetzt überhaupt?«, fragte sie neugierig und blickte zu McArthur.

»Palace Gardens«, gab er zurück, ohne seine Augen von den Spiegeln abzuwenden.

Caitrìona rutschte in die Mitte des Sitzes und versuchte, zwischen McArthur und Bradley, der das Lenkrad fest im Griff hielt, einen Blick nach vorn zu erhaschen.

»Lady McKenzie, lehnen Sie sich bitte zurück und schnallen Sie sich an.« Er blickte sie an.

»Kannst du mit dem Lady endlich aufhören? Nenn mich Caitrìona. Oder Cat.« Auch sie sah ihn an, rührte sich aber keinen Millimeter.

Olivia griff ein. »Caitrìona, hör bitte auf Mr. McArthur und schnall dich an.« Zog sie sanft und entschieden zurück.

Die junge Schottin seufzte tief und ließ sich widerwillig in die Ledersitze fallen. »Warum diese ganze James-Bond-Masche?«, wollte sie wissen, während sie den Gurt anzog. »Nur wegen einem bescheuerten Reporter?«

»Lord Cavenworth möchte, dass die Sache vorerst unter Verschluss bleibt«, erläuterte der Bodyguard lakonisch.

»Die Sache.« Ein Hauch von Sarkasmus schwang in ihrer Stimme mit. »Meinst du mich damit?«

»Du bist keine Sache.« Olivia schüttelte den Kopf. »Lord Cavenworth hat sicherlich seine Gründe. Gib ihm die Chance, sie dir zu erklären.«

»Sollte ich?«, fragte Caitrìona rhetorisch, wobei sich ihre Stimme hob, ehe sie in ein tiefes Stöhnen absackte. »Das ist doch alles Scheiße.«

»Es lief nicht wie geplant«, warf McArthur ruhig ein und drehte sich nach hinten um. »Alles wird seinen rechten Weg gehen, Lady McKenzie.« Ein flüchtiges Lächeln huschte über seine Lippen und sein Blick streifte kurz Olivia, als wolle er sich vergewissern, dass es auch ihr gutging.

»Das Lady nervt.«

»Gewöhn dich lieber dran«, seufzte Olivia, langsam den ersten Schrecken verarbeitend.

»Und, du bist also ein echter Bodyguard?« Caitrìona legte den Kopf skeptisch zur Seite.

»Ja.«

»Und, hast du auch eine Waffe?« Solche Dinge kannte sie sonst nur aus dem Fernsehen und selbst dort wusste sie, dass alles nur Show war und fernab jeglicher Realität.

»Caitrìona.« Olivia seufzte den Versuch startend, ihr jugendliches Fragespiel zu beenden.

»Nur wenn es notwendig ist.« McArthur beobachtete den Rückspiegel.

»Hast du schon mal jemanden ausgeschaltet?«

»Caitrìona!« Olivia wurde strenger und bedachte sie mit einem vorwurfsvollen Blick. »Ich bitte um Entschuldigung«, wandte sie sich an den Leibwächter.

»Kein Problem Ma'am«, entgegnete er nüchtern.

»Siehst du es macht ihm nichts aus«, triumphierte die junge Schottin und wandte ihren Blick wieder nach vorne. »Also? Hast du?«

»Caitrìona …« Olivia seufzte resignierend.

»Wenn Sie meinen, ob ich einen Angreifer gestoppt habe: Ja. Wenn Sie aber fragen ob ich jemanden erschossen habe: Nein.«

»Wir sind da«, meldete sich Bradley und bog in eine unscheinbar wirkende Seitengasse ein. Am Tor stoppte das Fahrzeug. Das Fenster auf der Fahrerseite fuhr herunter, ein Ausweis wurde vorgezeigt und die Schranke hob sich, gewährte ihnen den Zutritt zur vornehmen Palace Gardens.

Auf den ersten Blick schien die Straße ein Laufsteg des Glamours zu sein – ein glitzerndes Bild unerreichbarer Exklusivität. Doch unter der schimmernden Fassade umhüllte Caitrìona eine klaustrophobische Aura, die wie ein kühler Schatten über das glänzende Pflaster kroch. Die hohen, unüberwindlich scheinenden Mauern flankierten die Straße wie stumme Wächter, welche die Welt der Privilegierten hermetisch gegen das Pulsieren der Außenwelt abschotteten. Eine Abwesenheit von öffentlichen Plätzen, Lädchen und lebhaften Cafés verlieh dem Ort eine gespenstische Stille – einer Geisterstadt gleich, in einem zeitlosen Vakuum gefangen. Kensington Palace Gardens repräsentierte ein fesselndes wie auch beunruhigendes Panorama des Wohlstands und einer abgehobenen Machtelite. Dieser prächtige Boulevard zeigt deutlich, wie weit sich die Schere zwischen Arm und Reich öffnet und wie sich die Superreichen von der restlichen Gesellschaft abschotten.

»Zum Teufel, wo bitte sind wir hier?«, murmelte die junge Schottin, während ihre Augen, geschärft von einem Anflug von Unbehagen, die Umgebung hinter dem Fensterglas begierig aufsogen.

»Hier sind Sie in Sicherheit.« McArthurs Worte erreichten sie, sanft in der Stimme, doch fest in der Überzeugung.

»Während des Zweiten Weltkriegs wurden zahlreiche Häuser requiriert und als diplomatische Vertretungen oder Geheimdienstsitze umfunktioniert. Diese Entwicklung gab Anlass zu Gerüchten über verdeckte Spionageaktivitäten, die sich wie ein Lauffeuer durch Kensington verbreitete«, fing Bradley an zu erzählen, wurde jedoch umgehend durch McArthurs strenger Miene zum Verstummen gebracht.

Langsam bog der Wagen in eine Einfahrt und kam schließlich vor einem der Anwesen zum stehen. Vor dem Haus erstreckte sich ein sorgfältig beschnittener Garten, in dem Rosen und Hortensien in akkurat angelegten Beeten um die Wette blühten. Symmetrische Wege führten zu einer schmiedeeisernen Pforte, die den repräsentativen Vorgarten zur exklusiven Straße hin abschloss. Ein weiteres Tor ermöglichte die Einfahrt zu einer mit Antikpflaster belegten Zufahrt, die zu verborgenen Nebengebäuden und Garagen geleitete.

»Holy Fucking keech.« Caitrìona staunte, als sie ausgestiegen war und ihren Blick langsam, über das imposante Anwesen wandern ließ.

Stolz erhob sich das majestätische Gebäude aus der Mitte des 19. Jahrhunderts, vor der jungen Schottin. Die Fassade aus cremefarbenem Sandstein, der im Sonnenlicht warm schimmerte und dem Herrenhaus eine anmutige Eleganz verlieh. Seine opulente Erscheinung wurde durch raffiniert gemeißelte Fenstereinfassungen und dekorative Quaderungen noch weiter hervorgehoben. Hohe sprossen besetzte Fenster reihen sich würdevoll an den flankierenden Wänden empor, gesichert durch kleine Steingeländer, die jedem Stockwerk ein eigenes Ambiente gaben. Der Eingang war nicht weniger beeindruckend, mit seinen mächtigen, kunstfertig beschlagenen Eichenholztüren. Gerahmt von detailliert behauenen Säulen aus dem gleichen, strahlenden Stein. Ein kunstvolles Oberlicht krönte die Tür, durch welches das Licht in bunten Farben auf das Mosaik der Eingangshalle fiel.

Olivia schritt zur staunenden Caitrìona und legte ihr einen Arm um die zarten Schultern. »Wie aus einem Märchenbuch, nicht wahr?«, hauchte sie ehrfürchtig, selbst von dem Anblick ergriffen.

»Aye.« Caitrìonas Stimme nicht mehr wie ein dumpfes Echo vor der Pracht. »Der Alte scheint ja im Geld zu schwimmen.«

»Der Alte ist dein Großvater«, erinnerte Olivia sanft, doch mit Nachdruck. Ein leiser Tadel inmitten des Zaubers. »Geht das nicht in deinen sturen schottischen Schädel? Nutz die Chance – für ihn und für dich.«

Caitrìona bedachte die rothaarige mit einem scharfen Blick. »Er ist Engländer, und noch dazu ein Tory …«

»Er ist dein Großvater.« Olivia tippte ihr gegen die Stirn und ein liebevolles Lächeln umspielte ihre Lippen. »Vielleicht wird es Zeit zu erkennen, dass Familie nicht durch die Farben unserer Flaggen definiert wird. Blut ist nicht wählerisch und es eint uns auf die denkbar innigste Weise.«

Mit einem nachgebenden Nicken akzeptierte Caitrìona die Worte. Eine Welle von Entschlossenheit, gemischt mit ein wenig Sorge, spiegelte sich in ihrem Gesicht. »Ich werde mich bemühen«, versicherte sie schließlich mit schelmischen Glänzen in den Augen, »aber ich garantiere für nichts.«

In diesem Moment schwang das imposante Portal des Anwesens auf und Chadwick trat hervor. Die Hände hinter seinem Rücken gefaltet, sein Blick fest auf die beiden Frauen gerichtet, tauschte er knappe Worte mit dem scheinbar nicht aus der Ruhe zu bringenden McArthur aus.

Olivia stupste Caitrìona liebevoll an. »Na komm, gehen wir rein. Es sieht so aus, als hätten sie es eilig, uns zu empfangen.«

Mit einem sanften Seufzen gaben die Angeln nach und die schwere Holztür gewährte ihnen den Eintritt in ein Zimmer, das an opulente Zeiten und historischen Reichtum erinnerte. Das hochwertige Holzgetäfel an den Wänden glänzte dunkel und lebendig. Es war das Werk wahrer Meisterhände und schon mit dem ersten Schritt in den Raum umhüllte sie der würzige Duft von geöltem Mahagoni.

Lord Cavenworths Schreibtisch dominierte das Zentrum, ein eindrucksvolles Relikt aus einer Zeit, die geprägt war von Entscheidungen, die Geschichte schrieben. Edles Holz, geschmückt mit kunstvoll geflochtenen Intarsien, trug eine Schreibfläche aus grünem Leder, das weich die Historie seiner Berührungen preisgab. Ein Ensemble aus antiquierten Schreibgeräten und kristallenen Tintenfässern. Daneben sorgfältig gestapelte Dokumente, beschwert durch einen stilvollen bronzenen Briefbeschwerer, zeugten von der anhaltenden Bedeutung des Bewohners.

Neben der Arbeitsstätte, gleichsam eine Oase der Ruhe, boten tief ausgeschnittene Sessel und eine ausladende Chesterfield-Couch, den Raum für stille Momente mit einem edlen Buch oder einem gediegenen Whiskey. Scheinbar zufällig um einen niedrigen Tisch drapiert, das Leder tiefdunkel und einladend, als wäre es eine Verlängerung des üppigen Teppichs darunter. Dazwischen, wie eine eiserne Wächterin der Vergänglichkeit, stand eine antike Standuhr und das Streiflicht einer Tischlampe mit dem bunt schillernden Glasschirm eines Tiffany-Kunstwerks tauchte die Szenerie in ein Spiel aus Licht und Farben.

Chadwick war den beiden Frauen vorangegangen und hatte den Weg gewiesen. Mit einer großzügigen Geste lud er sie ein. »Bitte, nehmen Sie gerne Platz. Lord Cavenworth wird in Kürze anwesend sein. Darf ich Ihnen in der Zwischenzeit etwas zu trinken anbieten?«

Caitrìonas Blick wanderte vorwitzig durch den Raum, während Olivia sich mit einem dankbaren Lächeln an den Butler wandte. »Hätten Sie vielleicht Tee?«

»Ich nehme einen Cider.« Grinsend ließ sich die 14-Jährige in einen Sessel fallen.

»Tee«, korrigierte Olivia rasch, »sie nimmt einen Tee« und warf ihr dabei einen mahnenden Blick zu.

»Das Übliche, Chadwick.« Die Stimme des Hausherren erklang hinter ihnen, als er zügig ins Arbeitszimmer schritt. Der Butler verbeugte sich diskret und verließ den Raum, während sich der Lord in einem der voluminösen Sessel niederließ. »Entschuldigen Sie bitte das Chaos«, begann er, sich entspannt zurücklehnend. »Eines schlechten Gutes – hier können wir ganz ungestört weitersprechen«, fügte er hinzu, während Olivia gegenüber ihrem Schützling auf dem Sofa platz nahm.

»Sie haben diese Umstände sicher nicht herbeigeführt, Mylord.« Olivia lenkte ihren Blick auf den Lord.

»Nein, allerdings nicht.«

»Könnte mir dann jemand erklären, was hier für eine Sch… ich meine, was eigentlich vor sich geht?«

»Ich schließe mich dem an: Es wäre angebracht, ihre Enkelin aufzuklären, Mylord.«

Lord Cavenworth richtete seinen durchdringenden Blick auf seine Enkeltochter und sein Missfallen über ihre nachlässige Haltung im Sessel war nicht zu übersehen, aber er entschied sich gegen eine Zurechtweisung. Stattdessen räusperte er sich, gerade, als Chadwick zurückkehrte, ein Tablett mit feinen Porzellantassen und einer Tee-Kanne tragend. Er servierte zuerst Caitrìona und dann Olivia den Tee, bevor er sich daran machte, seinem Dienstherrn einen Scotch einzuschenken.

»Nun gut«, setzte Lord Cavenworth erneut an, nachdem er sich geräuspert hatte, »mein Sohn William hatte, wie es scheint, eine Affäre mit Ihrer Mutter, Lady McKenzie.«

»Aye, soweit konnte ich folgen und du kannst mich ruhig Caitrìona nennen. Auf die ganzen Formalitäten kann ich gut verzichten. Ich bin keine Lady«, entgegnete sie mit trockenem Tonfall.

»Das ist durchaus wahr – vorerst.« Sein Blick wanderte für einen Moment zu Chadwick. »Trotz alledem ist ein gewisses Maß an Etikette angebracht«, fügte er hinzu und nippte bedächtig an seinem Getränk, während die junge Schottin genervt die Augen rollte. Olivia rückte auf ihrem Platz ein wenig vor und sandte Caitrìona einen weiteren mahnenden Blick.

»Wie auch immer«, fuhr Lord Cavenworth fort, »die Vaterschaft meines Sohnes macht Sie zu einem Teil unserer Familie, was mich in die Pflicht nimmt.«

Caitrìona setzte zu einer Erwiderung an, doch der Lord stoppte sie mit einer bremsenden Handbewegung. »Mir ist bewusst, dass diese Konstellation für Sie – genau wie für mich – nicht leicht ist. Aber dennoch müssen wir uns beide diesem ungewöhnlichen Schicksal hingeben.«

Ein fragender Blick der Jugendlichen traf Olivia, ehe sie ihn wieder auf ihren Großvater richtete.

»Lassen Sie mich Ihnen etwas über unsere Familie erzählen. Die Cavenworths zählen zu den angesehensten Familien des Landes. Meine Stellung und mein Sitz im Oberhaus ziehen gelegentlich die Aufmerksamkeit der Presse auf sich. Die Geschichte über ein uneheliches Kind meines Sohnes mit einer Bürgerlichen ist genau das, worauf sich die Boulevardpresse stürzen würde.« Lord Cavenworth machte eine Pause, in der er einen weiteren Schluck seines Whiskeys genoss.

»Aber dann verstehe ich etwas nicht. Wäre es nicht einfacher gewesen, mich einfach in Schottland zu lassen? Dann hätte die Presse nichts davon erfahren. Du hättest deine Ruhe, und ich könnte mein Leben zu Hause weiterführen.« Caitrìona klang nachdenklich.

»So einfach ist es leider nicht, Lady McKenzie«, warf Chadwick ruhig ein, der unauffällig hinter seinem Herrn Stellung bezogen hatte.

Lord Cavenworth nickte bestätigend. »Chadwick hat recht. Es wäre nur eine Frage der Zeit gewesen, bis die Presse Wind davon bekommen hätte. Die Anfrage von Miss Evans hat schlafende Hunde geweckt.« Sein Blick fiel auf die Mitarbeiterin des Youth Welfare Office. »Bitte verstehen Sie das nicht als Vorwurf, Miss Evans. Sie haben lediglich Ihre Aufgabe erfüllt.«

Olivia nickte seufzend.

»Na toll«, murmelte Caitrìona.

»Es ist vielleicht nicht ideal, aber bei Weitem auch kein Desaster, solange wir die Situation beherrschen.« Der Lord setzte an, um seine Vorgehensweise zu verdeutlichen: »Zuallererst werden wir Lady McKenzie etwas – vorbereiten. So gut es nur geht.« Er wählte seine Worte sorgfältig und bedächtig. »Anschließend werden wir Sie in die Gesellschaft einführen. Meine Mitarbeiter entwerfen bereits eine Stellungnahme für die Medien. Sie können sich darauf verlassen, dass wir alles in unserer Macht Stehende unternehmen werden, um möglichen Schaden abzuwenden.«

»Wie auch immer.« Caitrìona seufzte resigniert. Obwohl leise gesprochen, waren die Worte ihres Großvaters mit so viel Autorität geladen, dass sie wie unumstößlich erschienen. Sie spürte, dass sie in diesem Augenblick kaum Einfluss auf die Ereignisse nehmen konnte.

»Chadwick, hast du dich um die Anstellung einer Gouvernante gekümmert?«, erkundigte sich Lord Cavenworth, ohne den Blick von seinen Gästen abzuwenden.

»Gewiss, Mylord. Genau nach ihren Wünschen. Morgen Vormittag wird Mrs. Abigail Bancroft eintreffen. Sie verfügt über erstklassige Empfehlungen und genießt einen exzellenten Ruf«, antwortete der Butler in seinem charakteristisch distinguierten und zurückhaltenden Tonfall.

»Eine Gouvernante?« Caitrìona horchte aufmerksam auf.

»Eine Dame, die Ihnen ihren Aufenthalt hier erleichtern wird. Eine Art Hauslehrerin, wenn man so will«, erklärte Chadwick seinem Herrn zur Hand gehend.

»Heißt das, ich darf nicht zur Schule?« Caitrìonas Stimme hatte erneut etwas Herausforderndes angenommen. Sie hätte zwar nie gedacht, dass sie sich jemals nach der Schule sehnen würde, aber die Aussicht, hier eingeschlossen zu sein, hatte einen abrupten Wandel ihrer Einstellung bewirkt.

»Das bedeutet es keineswegs. Mrs. Bancroft wird Sie in guten Manieren, Ausdrucksweise und allgemeiner Etikette unterrichten. Natürlich werden Sie, wie von Ihrem Großvater gewünscht, auch eine angemessene Schule besuchen«, bremste Chadwick sie.

Olivia verfolgte das Gespräch mit einem zwiespältigen Gefühl. Sie konnte nachvollziehen, dass Lord Cavenworth nur das Beste für seine Enkelin wollte, aber sie war sich unsicher über die gewählte Methodik. Schon der Gedanke an die bevorstehende Begegnung zwischen der Gouvernante und Caitrìona, geschweige denn an eine Zusammenarbeit, bereitete ihr Unbehagen.

»Chadwick, ich möchte, dass du dich heute um die weiteren Angelegenheiten von Lady McKenzie kümmerst. Lass ihr eine angemessene Garderobe und alles Weitere, was sie benötigen mag, besorgen.« Lord Cavenworth reichte dem Butler sein leeres Glas.

»Sehr wohl, Mylord.«

»Ich habe Klamotten!«

»Sicher haben Sie das, aber ich rede von angemessener Kleidung«, entgegnete der alte Lord, wobei sein Blick prüfend über seine Enkelin wanderte.

»Ein Smartphone«, erklärte Caitrìona unversehens, wie aus Gedanken gerissen und erfasste die Runde. Olivia verschluckte sich, überrascht von der Forderung ihres Schützlings.

»Ein – Smartphone?« Lord Cavenworth sah sie mit hochgezogener Augenbraue und einem Hauch von Skepsis in der Stimme an.

»Aye, genau. Wenn ich schon hierbleiben muss, will ich wenigstens mit meinen Freunden in Kontakt bleiben können«, forderte Caitrìona mit Nachdruck und einer gewissen Entschlossenheit. Ihr Blick traf den ihres Großvaters, der sie zunächst abwägend betrachtete, bevor er nachgab und eine gleichgültige Handbewegung vollzog. »Heutzutage scheint es ja üblich, dass jeder Teenager ein solches Gerät besitzt. Meinetwegen. Chadwick?«

»Ich werde mich darum kümmern, Mylord.« Der Butler agierte routiniert, ohne nach weiteren Details oder Anweisungen zu fragen.

Lord Cavenworth wandte sich Olivia zu. »Bevor wir dieses Gespräch beenden und ich Sie entlasse, möchte ich Ihnen meinen Dank für ihre Loyalität und den positiven Einfluss, den Sie zweifellos auf Lady McKenzie hatten, aussprechen.«

»Herzlichen Dank, Mylord. Doch ich betrachte es als meine Pflicht, mich für alle meine Schützlinge so gut es geht einzusetzen.« Olivia lächelte.

»Selbstverständlich, das ehrt Sie, Miss Evans«, nickte er anerkennend und faltete die Hände auf seinem Schoß. »Ich kann mir vorstellen, dass man Sie in Inverness bereits vermisst.«

»Das stimmt, Mylord. Meine Dienststelle ist, wie viele andere auch, stark gefordert und die Akten stapeln sich.«

»Ich möchte Sie natürlich nicht länger als notwendig von ihren Verpflichtungen abhalten. Jedoch wäre es mir eine

Freude, wenn Sie mein Angebot der Gastfreundschaft noch einige Tage länger in Anspruch nehmen würden.« Der Lord zeigte sich großzügig, seine Intention jedoch, war eine andere. Er hatte unlängst erkannt, welchen Einfluss die junge Frau auf seine Enkelin hatte. Und bevor Olivia antworten konnte, richtete sich Caitrìona abrupt auf. »Natürlich bleibst du noch! Du willst doch nicht schon zurück?«, entfuhr es ihr mit einer Mischung aus Entsetzen und versteckter Angst.

»Natürlich muss ich zurück, meine Liebe«, antwortete Olivia mit einem Lächeln, obgleich ihre Stimme eine Spur von Wehmut enthielt. Die kleine Schottin war ihr in der kurzen Zeit stärker ans Herz gewachsen, als es beruflich angebracht oder vorgesehen war. »Aber ich denke, einige Tage mehr oder weniger, wird das Büro auch ohne mich schaffen.«

Ein erleichtertes Lächeln zeigte sich nicht nur auf den Lippen der 14-Jährigen.

»Dann ist es also abgemacht« Lord Cavenworth nickte zufrieden.

Caitrìonas erster Tag in ihrem, zukünftigen zu Hause war wie eine Reise durch einen Traum, in dem die Realität verblasste und jeder Augenblick in schwelgerischer Unwirklichkeit schimmerte. Als ihr Chadwick die Tür zu ihrem neuen Reich aufstieß, öffnete sich für Caitrìona die Pforte zu einer Welt jenseits ihrer kühnsten Vorstellungen.

Ihr Zimmer war ein Universum für sich – ausladend und königlich. Ein Schlafzimmer, das zu einer vergangenen Epoche zu gehören schien. Edle Stoffe mit Blumenmustern zierten die Wände und fingen das Licht ein, das tanzend hineinfiel. Ein Erker mit weichen Polstern auf der breiten Fensterbank bot einen gemütlichen Rückzugsort. Parkett, das so spiegelglatt und makellos gelegt war, dass die Sonnenstrahlen darauf Schlittschuh laufen konnten.

Im Zentrum ein Bett, so einladend mit Kissen bepackt, als wolle es mit jedem Federbusch die Sorgen der Welt abwehren. Der imposante Kleiderschrank, ein Wächter aus Nussbaumholz, geheimnisvoll und endlos wie die Geschichten, die hinter seinen Türen schlummerten. Am Schreibtisch könnte Caitrìona Briefe an die Zukunft schreiben, während die Kommoden und das gefüllte Bücherregal ihr zuraunten: Das Wissen der Vergangenheit sei nun ihr Gefährte. Und dann dieser Schminktisch – eine verschwörerische Poesie aus Glas und Holz. Auf ihren Lippen brachte er jedoch nur ein müdes Lächeln hervor.

»Holy Fucking keech, ich werde nicht mehr.« Die junge Schottin sah sich um, während der Butler ihren Rucksack neben dem Bett abstellte.

»Ich nehme an, das Zimmer sagt Ihnen zu?« Chadwick sah sie an und legte die Arme auf den Rücken.

Sie lachte auf. »Zusagen? Es ist etwas oldschool aber riesig.«

»Ich bin mir sicher, ihre Lordschaft wird Ihnen zugestehen, es nach Ihren Wünschen einzurichten.«

Caitrìona nahm Anlauf, setzte zu einem beherzten Sprung an und landete in den weichen Kissen des Bettes. Die Brauen des Butlers hoben sich etwas kariert bei dem akrobatischen Schauspiel. »Haben Sie einen besonderen Wunsch, was ihr Mobiltelefon angeht, Lady McKenzie?«

Alle viere von sich gestreckt betrachtete sie die kalkweiß verputzte Decke mit der ausladenden Lampe. »Mein Wunsch wäre, dass du mich Caitrìona nennst.«

»Das wird nicht passieren, Lady McKenzie.«

Sie richtete sich auf und musterte ihn kritisch. »Und warum nicht? Es ist mein Wunsch.«

»Es wäre nicht angebracht. Haben Sie also eine Präferenz, was Ihr Mobiltelefon angeht?«, wiederholte er und sah sie distinguiert an.

Caitrìona seufzte. »Nay. Hauptsache man kann damit telefonieren.«

Das Abendessen sollte ein festlicher Auftakt werden, doch Caitrìona spürte, wie die Worte in ihrem Hals einen Knoten bildeten und sich weigerten, die Freiheit des Speisesaals zu erkunden.

In dem weitläufigen, schummerig beleuchteten Esszimmer saß Caitrìona, beinahe verloren zwischen den hohen Rückenlehnen der schweren Stühle. Das fein arrangierte Abendessen, das sich vor ihr auf dem großzügigen Tisch ausbreitete, fühlte sich an wie ein Schauspiel, bei dem sie weder Zuschauerin noch Darstellerin sein wollte. Mit jeder zaghaften Berührung ihres Bestecks am Braten schien sie eher das Heimweh in ihrem Herzen anzustechen als das saftige Stück Fleisch auf ihrem Teller.

Ihr Großvater plauderte mit Olivia, die für sie nicht mehr nur eine Mitarbeiterin vom Youth Welfare Office war, sondern mittlerweile einen Platz als Verbündete in ihrem Herzen gefunden hatte – trotz ihrer Lüge.

Ihre Gesichter wurden von den flackernden Kerzen erhellt, die Gesprächsfetzen schwebten herüber, doch für Caitrìona waren es nicht mehr als ferne Echos. »Bildungspolitische Lage«, hörte sie und fühlte sich gleichzeitig entwurzelt und überirdisch fern von alldem. Nichts davon konnte die wilden Heidefelder Schottlands ersetzen, die sie verlassen hatte. Und noch weniger davon konnte das Gefühl von Freiheit heraufbeschwören, das sie empfand, wenn sie durch die grünen Täler streifte.

Manchmal fing ihr Blick Olivias warme Augen ein und sie fand darin einen Hauch von Verständnis für ihre Stille. Ein stummes Versprechen, das es in Ordnung war, sich nicht zu

Hause zu fühlen, selbst wenn das neue Heim einen mit Samt und Seide umgarnte. Aber auch dieses stumme Einverständnis konnte den Kummer nicht dämpfen, der sich wie eine dichte Nebelschicht über ihr Herz legte.

Die feinen Silberbestecke klirrten in einem Rhythmus, der nicht zu ihrem verwünschten Inneren passte. Jeder Bissen, den sie versuchte hinunterzuschlucken, erinnerte sie an das raue Brot ihrer Granny, das mit nichts anderem als Liebe und einer Prise schottischer Luft gewürzt war.

»Ich wünschte, Maw wäre hier«, dachte sie und ein tiefes Seufzen entwischte ihrem Seeleninneren, unsichtbar für die Erwachsenen, die in Debatten über Bildung und Politik vertieft waren. Meilen entfernt von ihrer stillen Sehnsucht.

In diesem Moment, in denen sich die Wände des grandiosen Esszimmers, um sie herumzudrehen schienen, sehnte sich Caitrìona zurück. Nach dem rauen Charme der schottischen Landschaft, wo die Natur ihr längst vertrauter war als ebendieses neue Leben in fremden, aber ach so wohlhabenden Mauern.

DON QUIJOTE
GEGEN LONDONS WINDMÜHLEN

Der Morgen brach in Caitrìonas neuem Zimmer durch die himmelhohen Fenster herein. Es war ihre erste Nacht in der aristokratischen Absteige, wie sie es nannte. Sie lag auf ihrem Bett und ihr Blick beobachtete die auf der Satinbettwäsche tanzenden Staubschweifchen. Ein seltenes Schauspiel von Glitzer, das sie nur aus Märchenfilmen kannte.

Das Frühstück glich einem kulinarischen Roadtrip, ähnlich dem Abendessen. Und war ebenso langweilig wie Gedanken durchwandert. Olivia hatte sich nach der ersten Mahlzeit des Tages verabschiedet. Ihre Aufgabe an diesem Tag sah sie darin, die Anwälte ihrer Lordschaft bei den Formalitäten für Caitrìonas Umzug zu unterstützen. Zweifellos wäre die Kanzlei auch ohne ihre Hilfe dazu in der Lage, doch die Mitarbeiterin des Youth Welfare Office zog es vor, ein Auge darauf zu haben. Nur um sicherzugehen, dass alles mit rechten Dingen zuging. Ihr Schützling sollte keinen Nachteil aus dieser Verbindung erfahren.

Ihr Großvater hatte sich in sein Arbeitszimmer zurückgezogen, sodass die junge Schottin alleine am viel zu großen Tisch zurückblieb. Sie saß still da, eine Insel in einem einsamen Meer. Ihre Hand bewegte sich mechanisch, hob die Teetasse, setzte sie ab. Ihre Gedanken waren stürmisch wie der Atlantik in einem schottischen Winter, gepeitscht von Winden der Unsicherheit.

Doch tiefer noch als die Angst vor dem Alleinsein nagte die Sehnsucht nach Schottland. Sie roch die salzige Luft, hörte den Klang des Windes, der über die kargen Hügel streifte, sah den violetten Dunst der Heide in der Ferne. Es war eine lebendige Erinnerung, ein Gemälde ihrer Seele, das so greifbar war, dass ihr fast die Tränen kamen.

Bei dem Gedanken an ihr Shinty-Team zog ein wärmendes Lächeln über ihr trauriges Gesicht. Sie stellte sich vor, wie die Mannschaft ohne sie spielte. Triumphe und Niederlagen teilten sie nun bar ihrer Anfeuerungen. Hatten sie ihre Abwesenheit überhaupt bemerkt? Spürten sie ihre fehlende Energie auf dem Feld? Ein Gefühl des Stolzes mischte sich in ihre Wehmut, Stolz auf die gemeinsam erkämpften Siege und das Band, welches sie als Gruppe vereinte.

Caitrìona knüpfte in Gedanken an die Tage an, wo sie, mit verschwitzten Gesichtern und klopfenden Herzen, Sieg oder Niederlage zelebrierten. Und im selbigen Augenblick beschloss sie, dass sie, egal wie fremd und neu diese Welt hier auch sein mochte, sie nicht aufgeben würde. Sie war eine Schottin. Stolz und wild und frei. Und die Tatsache, inzwischen eine Cavenworth zu sein, würde dies nicht ändern. Sie überlegte schon, was sie mit sich anstellen sollte, als Chadwick ihr ein fabrikneues iPhone überreichte. Die 14-Jährige staunte nicht schlecht, hatte sie niemals mit einem solch teuren Gerät gerechnet.

Zurück auf ihrem Zimmer, hatte die junge Schottin zunächst Probleme mit der Technik, für die sie sich nie interessiert hatte, die aber jetzt ihr scheinbar einziger Kontakt zur Außenwelt war. Mit Fingern, die vor Aufregung vibrierten, fuhr sie über das Display und tippte Nummern, die sie so sorgfältig wie Liebesbriefe auf losen Zetteln aufbewahrt hatte, in das Gerät ein. Ihr Herz vollführte kleine Freudensprünge bei jedem 'Pling' des Kontaktespeicherns.

Das erste Telefonat gebührte Aria, ihrer ältesten Freundin aus Fort William. Caitrìona setzte das iPhone an ihr Ohr und lauschte dem Ton, der eine gefühlte Ewigkeit in ihrem Ohr echote.

»Awrite?« Arias Stimme klang gedämpft, so als würde sie hinter vorgehaltener Hand mit ihr sprechen. Caitrìona konnte sich förmlich vorstellen, wie sie mit einer fadenscheinigen Ausrede den Unterricht verlassen hatte und jetzt auf dem Flur stand. In der Schule war die Nutzung von Handys untersagt, aber Aria hielt sich, wie viele andere auch, nicht an derlei Regeln. Zu groß war die Sorge etwas zu verpassen. So wie aktuell den Anruf einer unbekannten Nummer.

»Y'alright, hen?« Ihre Augen leuchteten amüsiert, als sie die Verunsicherung in Arias Atmung hörte.

»Wer ist da? Catey bist du das?«

»Aye, what's the craic?« Die junge Schottin grinste, als sich schon ein aufbrausender Orkan durch die Leitung bahnte. »Du blöde Kuh! Was fällt dir eigentlich ein, dich jetzt erst zu melden? Wo steckst du? Geht es dir gut?« Arias Stimme wurde für den Moment laut und schien zu vergessen, dass sie unerlaubterweise auf dem Schulkorridor telefonierte.

Ein Schmunzeln zeigte sich auf Caitrìonas Lippen. »Aye, mir geht es so weit gut. Es tut mir leid Aria. Ich weiß ich …«

»Das sollte es auch verdammt. Weißt du eigentlich, was ich mir für Sorgen gemacht habe? Und nicht nur ich!« Arias Stimme hatte sich wieder gedämpft, als sie los schimpfte und ihrer Freundin ein schweres Seufzen entlockte.

»Holy Fucking keech. Ich sag' doch, es tut mir leid!«

»Ja das …« Ein Ächzen war durch die Leitung zu hören. »Wie geht es dir? Bist du immer noch in Inverness? Wann kommst du zurück? Und wem gehört das Handy?«

»Mir geht es gut, ich bin in London, keine Ahnung und das Handy gehört mir, ist neu.«

»Was zur Hölle machst du in London und seit wann hast du ein Handy?«

»Das habe ich seit heute Morgen und du bist die Erste, die ich anrufe.«

»Ist ja wohl das mindeste.«

»Holy … Aria. Ist 'ne lange Geschichte. Echt lange Geschichte. Sagen wir, ich wurde deportiert.«

»Erzähl keinen Quatsch und ich habe Zeit. Also?«

»Isso«, murmelte Caitrìona stöhnend und rollte sich auf den Rücken. »Die vom Welfare Office haben die Familie von meinem Vater gefunden und jetzt bin ich hier bei meinem Großvater.«

»Scheiße.« Arias Stimme zeigte deutlich ihre Verbitterung. Sie wusste, wie sehr Caitrìona ihren Vater als Helden verehrte. Und genauso wusste sie, wie ihre traditionsliebende Freundin zum Clan der Munros stand.

»Heißt das, dass du jetzt in London bleiben musst?«

Caitrìona atmete schwer aus. »Schätze. Mir gefällt das auch nicht.«

»Glaube ich dir.«

»Wie geht es dir denn? Und dem Team? Wie waren die letzten Spiele?«

»Wie immer halt. Die letzten Spiele waren eher durchwachsen. Gegen Fort Augustus haben wir richtig abgestunken. Und gegen Glencoe lief es auch nicht besser«, hörte sie ihre Freundin seufzen, »du fehlst echt im Team.«

»Ich werde dich besuchen kommen, sobald ich kann.«

»Das ist doch scheiße Catey. Wir werden uns höchstens einmal im Jahr sehen, da Wette ich drauf. Wenn überhaupt.« Die Enttäuschung war ihr deutlich anzuhören.

»Wieso das denn? Ich komme öfter, versprochen!«

»Catey, dir ist aber schon klar, dass wir uns jeweils am anderen Ende des Landes befinden? Da kannst du nicht mal eben vorbeischauen.«

»Lass das mal meine Sorge sein. Wenn ich sage, ich komme öfter vorbei, dann komme ich auch öfter vorbei.« Caitrìonas Stimme war getrieben von einer Entschlossenheit, die nur sie aufzubringen vermochte.

»Okay.« Aria seufzte, wusste aber, dass wenn jemand zu seinem Wort stand, dann ihre Catey. »Wie ist denn dein Großvater so?«

Caitrìona überlegte. Die Tatsache, dass sie einer herzoglichen Familie entstammte, war nichts, was sie mit Stolz erfüllte. Vielmehr war es ihr sogar peinlich. Sie und eine Engländerin – nein, sie würde sich zum Gespött von ganz Fort William machen. »Er ist eigen. Hat komische Vorstellungen und so. Aber dank ihm hab’ ich jetzt ein Handy.« Sie grinste.

»Mal sehen, ob du es schaffst es länger als 3 Tage nicht zu verlieren.«

»Natürlich werde ich das schaffen!«

»Dann kann ich mir die Nummer Save abspeichern?« Aria kicherte. »Wie ist London denn so?«

»Mit einem Wort? Scheiße. Na ja fast.«

Aria lachte, war sie sich der Antwort ziemlich sicher. Die Art aber, wie Caitrìona das Wörtchen fast aussprach, ließ sie hellhörig werden. »Okay was ist es?«

»Was ist was?«

»Was macht London fast nicht so scheiße?«

Die junge Schottin zögerte.

»Ist es ein Typ?«

»Nay!« Die Antwort kam zu schnell, als das ihr Aria Glauben schenken würde. »Es ist ein Typ!« Lachte sie überzeugt auf.

»Oh haud yer weesht.«

Ein Klopfen an der Tür unterbrach sie und ließ sie aufblicken. Kurz darauf öffnete sich die Zimmertür und Chadwick trat ein. Wie immer Haltung wahrend und mit trockenem Blick.

»Lady McKenzie, ich bitte die Störung zu entschuldigen«, begann er und hielt inne, als er bemerkte, dass sie ihr Handy am Ohr hatte.

»Ähm hör zu Aria, ich muss schlussmachen, ich melde mich später, aye?«, sagte Caitrìona schnell ins Mikrofon.

»Nein warte! Hatte ich recht? Ist es ein Typ? Catey?«

»Bye«, wurde das viel zu kurze Gespräch beendet. Sie setzte sich auf, ihren Blick fragend auf Chadwick gerichtet, der einen weiteren Schritt in das Zimmer trat. »Bitte verzeihen Sie die Störung«, wiederholte er neu beginnend, »ich möchte ihnen Mrs. Bancroft vorstellen, Ihre neue Gouvernante.«

Der schier unerschütterliche Gleichmut von Mrs. Bancroft, der sich in ihrer aufrechten Haltung und der unnahbaren Ruhe, mit der sie das Zimmer betrat, manifestierte, vermittelte Caitrìona das Gefühl, als wäre ihr die Luft zum Atmen genommen.

In den Augen der jugendlichen wirkte die Ehrfurcht gebietende Erscheinung der Gouvernante, wie eine Frau, die mit einem einzigen Blick Disziplin erzwingen konnte. Ihre hohe Stirn wurde umrahmt von penibel zurück gestrichenem Haar, das nie auch nur den Anflug einer Rebellion gegen das rigide Haarnetz zeigte. Die strenge Schlichtheit ihrer Kleidung — immer in gedeckten Farben gehalten — ließ keinen Zweifel an ihrer unnachgiebigen Natur.

Ihre Augen, blass und durchdringend wie der morgendliche Nebel über den schottischen Mooren, schienen Caitrìonas jugendlichen Geist mit einem einzigen, abschätzenden Fixieren zu durchschauen. Eine innere Kälte breitete sich unter diesem Blick in ihr aus. So als würde sie durch ihr bloßes Dasein ihrem freien Willen Fesseln anlegen.

»Ich sehe schon, ihre Lordschaft hat in keiner Weise übertrieben«, kam es in leisen, scharfen Worten über die Lippen der Gouvernante. Ihre Augen ruhten musternd und in aller Form skeptisch auf der jungen Schottin. Fast so, als würde sie ein Pferd vor dem Kauf begutachten.

»Danke Chadwick. Das wäre alles, ich werde mich mit Lady McKenzie zunächst bekannt machen«, sagte sie weiter und wedelte dabei mit dem bestickten Taschentuch in ihrer Hand, als würde sie versuchen, Fliegen zu vertreiben.

Der Butler deutete eine leichte Verbeugung an und schloss die Tür hinter sich, während Caitrìona das Handy zur Seite legte und auf die Bettkante rutschte. Auch ihr Blick lag abschätzend auf der älteren Dame.

»Ay-Up«, grüßte sie, als die Gouvernante zunächst keine weiteren Anstalten machte etwas zu sagen und ihre Augen durch den Raum wandern ließ. Das Tuch mittlerweile zu ihrem Mund und unter ihre Nase geführt, nahm sie einen tiefen, fast schon theatralischen Atemzug.

»Soll das deine Begrüßung gewesen sein? Ay-Up?« Mrs. Bancroft bedachte die junge Schottin mit einem erwartungsvollen Blick.

»Aye? Das sagt man so. Ay-Up.« Ihre Schultern zuckten ratlos.

»Zunächst einmal erhebt man sich, wenn jemand den Raum betritt.« Die Gouvernante vergeudete keine Zeit und startete mit ihrer ersten Lektion. Ihre gemächlichen Schritte führten sie zum Schreibtisch, wo sie den Stuhl hervorzog und umdrehte, um darauf platz zu nehmen. Es folgte ein ungeduldiges Mustern, das zugleich Aufforderung war.

Die Augen verdrehend erhob sich die Schottin und langsam begann sich in ihr leiser widerstand zu formieren. Sie erkannte mit jedem Blick der Gouvernante, jedem Wort, ausgesprochen oder nicht, wie das Bild ihrer geliebten Freiheit mehr und mehr durch das Schema einer formvollendeten jungen Dame ersetzt werden sollte. Caitrìona fühlte sich befangen, unfähig, der stählernen Disziplin zu entfliehen, die Mrs. Bancroft verkörperte. Sie schien eine Meisterin darin zu sein, jedes Anzeichen von Widerstand mit einer einzigen, wohl platzierten Mahnung zu unterbinden. Ihre Präsenz im Zimmer wirkte wie die Einleitung an die unerbittlichen Regeln, die jetzt ihr Leben diktieren sollten.

»Grundgütiger, du stehst da wie eine Bäuerin auf dem Markt. Keine Haltung, keine Präsenz«, tadelte Mrs. Bancroft scharf. »Ich weiß gar nicht, wo ich da anfangen soll.«

»Also ich habe kein Problem damit, wie ich stehe!« Caitrìona murrte, zutiefst betroffen. Sie würde sich sicher nicht von einer, ihrer Ansicht nach Dahergelaufenen, Engländerin etwas sagen lassen. Erst recht nicht darüber, wie sie zu stehen hatte. Doch schon im nächsten Moment wurden ihre Gedanken von den zusammen klatschenden Händen der Erzieherin unterbrochen. »Na los, beweg dich ein wenig durch das Zimmer Mädchen. Lass mich sehen, wie du gehst, vielleicht besteht ja doch noch Hoffnung.«

»Du willst sehen, wie ich gehe?« Caitrìonas Augen zogen sich gefährlich zusammen.

»Nur keine falsche Scheu, los beweg dich.«

Caitrìona setzte in kleinen Schritten einen Fuß vor den anderen. Zunächst in Richtung des Erkers. Anschließend wandte sie sich um und bewegte sich auf die Tür zu. Erst langsam, doch dann, wie aus dem Nichts, spurtete sie los. Und ehe die Gouvernante noch ein einhaltgebietendes Wort sagen konnte, war die junge Schottin schon aus der Tür verschwunden.

Caitrìona bog mit schnellen Schritten auf den Flur ein und kaum hatte sie einige Meter zurückgelegt, stieß sie unvermittelt auf einen Widerstand, der sie auffing. Es waren die Arme von McArthur, der seine allmorgendliche Kontrollrunde durch das herrschaftliche Anwesen drehte. Mit einem fragenden Ausdruck und Überraschung in seinem Gesicht sah er in die erschreckten Augen der jungen Schottin.

»McArthur! Zum Glück bist du hier. Du musst mich beschützen!« Caitrìonas atemlose Worte prasselten auf ihn ein, wie ein unerwarteter Schauer im Hochsommer. Reflexartig, alarmiert durch die Dringlichkeit in ihrer Stimme und getrieben von der Pflicht seines Berufes, griff seine Hand unter das Jackett zum Holster. Wie ein Schild platzierte er sich vor der Enkelin des Lords.

Kaum hatte er sich in Verteidigungsbereitschaft gebracht, da folgte bereits eine außer Atem geratene Gouvernante aus dem Zimmer und stoppte abrupt vor dem intensiven, festen Blick des Sicherheitsmannes. Ein spitzer, erschrockener Laut – fast ein Schrei – entwich ihrer Kehle, als sie die potenzielle Bedrohung durch die Hand an seiner Waffe registrierte.

»Was zum …« McArthurs Stimme war ein Brummen. Seine Worte im Raum hängen lassend, als schon Chadwick, mit raschen Schritten die Treppe heraufeilte.

»Nun mach schon! Du sollst mich doch beschützen, also tu das auch – vor ihr da!«, rief Caitrìona, ihre Stimme ein Mischmasch aus Beschwerde und grinsender Forderung, die sich hinter der großen Gestalt des Leibwächter in Sicherheit wähnte. Dieser entspannte sich, als er erkannte, dass keine echte Bedrohung bestand.

»Lady McKenzie, Mrs. Bancroft? Was ist hier vorgefallen?« Chadwick hatte die Szene erreicht.

»Großer Gott … Oh mein Gott.« Die Gouvernante rang nach Fassung, ihre Stimme ein Wimpernschlag zwischen Kontrolle und Alarm. Sie warf dem Hausdiener einen strafenden Blick zu, als suche sie in ihm einen Verbündeten in diesem Chaos der Missverständnisse.

Chadwicks Augenbrauen hoben sich angesichts der merkwürdigen Vorfälle. »Beruhigen Sie sich, Mrs. Bancroft und erklären Sie mir, was geschehen ist.« Der Butler strahlte eine Gelassenheit aus, die ihn für solche Zwischenfälle prädestinierte. Er war der Fels in der Brandung, wenn in dem prunkvollen Haus Unruhe aufkam.

»Sie … das … Lady McKenzie sollte ihre erste Lektion erhalten, doch dann stürmte sie einfach hinaus.« Die Worte stolperten aus Mrs. Bancroft heraus. Ihre sonst so beherrschte Stimmung in seltener Unordnung, ein Durcheinander aus Verärgerung und Enttäuschung.

Chadwick nickte verstehend, während Caitrìona sich langsam hinter McArthur hervorwagte. »Du hast doch gesagt, ich soll gehen! Und überhaupt, bis jetzt hat sich noch niemand darüber beschwert, wie ich stehe oder mich bewege! Ich bin Schottin und kein verweichlichter Tory.« Ihre Stimme getrieben von einem Sturm der Emotionen, die sich in ihrem jugendlichen Antlitz spiegelten.

Mrs. Bancroft atmete tief durch, straffte ihre Kleidung und versuchte, das Bild einer Gouvernante wiederherzustellen, das ihr zustand. »Ich verstehe ja, dass Lady McKenzie meine Herangehensweise fremd erscheinen mag, aber wir haben Verpflichtungen hier und ich muss auf eine gewisse Disziplin bestehen.«

»Weißt du was mich deine Disziplin kann?«, hielt die junge Schottin streitlustig dagegen, ehe sie von Chadwick an weiteren Ausführungen gehindert wurde.

»Lady McKenzie!«, intonierte er und wandte sich ihr zu.

»Ich möchte Sie bitten, zurück auf ihr Zimmer zu gehen und dem Unterricht von Mrs. Bancroft zu folgen. Ich möchte ihre Lordschaft oder Miss Evans nur ungern darüber informieren, dass Sie sich nicht an die von ihnen eingeschlagene Abmachung halten. Ein Wortbruch steht einer Cavenworth ebenso wenig wie einer McKenzie.«

»Ich lasse mich doch nicht wie ein Affe dressieren oder vorführen«, verteidigte sich die Schottin mit hartem Akzent.

»Mitnichten sollen Sie das. Sie sollen etwas lernen.« Der Butler machte einen Schritt auf die Schottin zu und fasste sie ins Auge. »Ein angemessenes Benehmen, innerhalb und außerhalb, dieser Wände«, zitierte der Butler die Bedingungen seines Dienstherren, »Sie haben diesen Bedingungen zugestimmt, erinnern Sie sich?«

»Natürlich erinnere ich mich. Ich bin ja nicht blöd«, knurrte sie, »aber ich habe auch gesagt, dass ich mich nicht verbiege!«

»Eine gewisse Haltung oder Benehmen zu erlernen, hat nichts mit verbiegen zu tun. Es zeugt vielmehr von innerer Größe. Doch wenn Sie der Meinung sind, dass diese Kleinigkeit Sie bereits überfordert, dann ist ein Internat in der Schweiz sicher die bessere Alternative.« Chadwick bedachte die jugendliche mit einem herausfordernden Blick, der seine unterschwellige Drohung keinesfalls verbarg.

»Na gut«, brummte Caitrìona. »Aber er bleibt dabei. Nur für den Fall der Fälle.« Forderte die junge Schottin und deutete mit dem Daumen auf den Leibwächter neben sich.

»Natürlich, wenn dies Ihr Wunsch ist.« Chadwick stimmte zu und erfasste McArthurs stumm, fragenden Blick.

Die gespannte Atmosphäre begann sich langsam zu lösen. Mrs. Bancroft strich sich eine imaginäre Strähne aus der Stirn und sammelte sich.

»Entschuldigen sie meine Aufregung. Es scheint mir jedoch, dass dieses Mädchen …« Sie korrigierte sich mit einem Blick auf Caitrìona. »… Lady McKenzie, noch nicht die anstehenden Verantwortungen verstanden hat. Ich sorge mich lediglich um ihre Zukunft.«

»Oh ich habe absolut verstanden.« Die Jugendliche schnaubte und blitzte die Gouvernante trotzig an. »Ich mache mich nur nicht zum Affen und lass mich wie eine Tory-Marionette durch das Zimmer steuern. Ich habe auch meinen Stolz.«

»Stolz bedeutet auch, Dinge zu tun, die man nicht tun will.« Chadwicks Worte waren durchwoben mit der gepflegten Etikette eines Mannes, der Jahrzehnte im Dienst des Adels zugebracht hatte.

Caitrìona sah auf, ihre blauen Augen trafen Mrs. Bancrofts Blick. »Ich kann Verantwortung übernehmen. Auch wenn das bedeutet wie ein dressierter Tory zu tanzen.«

Chadwick neigte leicht den Kopf, ein unbemerktes Zeichen des Respekts für stumme Einsicht, die zumindest ihr Tonfall offenbarte. Er las zwischen den Zeilen und glaubte eine Reife zu erkennen, die man ihr selten zuschrieb. Eine Erkenntnis, die das kindliche Sehnen nach Heimat überstieg. Für ihn machte es den anschein, als hätte sie begonnen, die Last der Verantwortlichkeit, die ihre Herkunft mit sich brachte, zu ergründen.

»Wie auch immer.« Caitrìona ging zurück auf ihr Zimmer. Die Gouvernante folgte mit schlichtem seufzen, während McArthur an Chadwick heran trat.

»Ich soll wirklich dabei bleiben? Es besteht keine Gefahr für Lady McKenzie und ich habe anderes zu tun.« Die Stimme des Leibwächter war leise und nur von den Ohren des Butlers zu vernehmen.

»Du sollst auch nicht Lady McKenzie beschützen, um sie mache ich mir keine Sorgen.« Ein vielsagendes Lächeln folgte, ehe sich der Butler abwandte.

»Was ich versuche Ihnen beizubringen, Lady McKenzie: Wir alle müssen Pflichten erfüllen, die unseren Neigungen nicht entsprechen. Jedoch ist es die Art und Weise, wie wir diese Pflichten erfüllen, die Zeugnis unseres Charakters ablegt.« Die Gouvernante setzte da an, wo Chadwick aufgehört hatte, nachdem die Tür von McArthur geschlossen wurde.

»Das ist doch Bockmist.« Caitrìona sank ein wenig in sich zusammen, als die Worte der älteren Dame den Raum erfüllten. Es war ein Kampf inmitten jugendlicher Sehnsucht und dem strengen Gerüst der Traditionen, die sich miteinander verzahnten. »Ich verstehe das schon, aber – es fühlt sich falsch an, wenn man nur tut, was erwartet wird, aber nicht, was das Herz einem sagt.« Die Stimme der Schottin entblößte einen Zwiespalt zwischen Pflichtgefühl und individuellem Wunsch.

McArthur, der Zeuge dieser feinfühligen Offenbarung wurde, ahnte, dass dies der eigentliche Kern des Dilemmas war. »Es ist ein Balanceakt«, sagte er nachdenklich. »Einen Weg zu finden, um sowohl seiner Verantwortung gerecht zu werden, als auch den eigenen Prinzipien treu zu bleiben. Beides macht uns aus, Lady McKenzie. Der Stolz auf unsere Herkunft und die Liebe zu dem, was uns prägt.«

Mrs. Bancroft nickte. »Es gibt immer eine Möglichkeit, Lady McKenzie und das werden Sie erkennen. Sie müssen sich nur etwas anstrengen.«

McArthur stand indes still neben Caitrìona und ein diskretes Lächeln umspielte seine Lippen. Vielleicht hatte er in diesem Moment nicht nur die Sicherheit der jungen Dame, oder vielmehr der Gouvernante, zu gewährleisten, sondern auch die

Sicherheit ihrer Identität in einer Welt, die sich innerhalb weniger Stunden gewandelt hatte.

»Ich denke, dann kann der Unterricht weitergehen?« Er warf dem Mädchen, wie auch der Gouvernante, einen gleichermaßen auffordernden Blick zu. Seine Stimme hatte etwas Beruhigendes, beinahe wie eine tiefe Note aus den gälischen Balladen, die Caitrìona so liebte.

Der Schatten des Zwists hing noch im Raum, als sich die junge Schottin schließlich mit wohl geübter Haltung in den Armsessel sinken ließ, die Beine elegant zur Seite geneigt, so wie es Mrs. Bancroft von ihr verlangte. Jede Bewegung war ein Abbild der Anforderungen, die der Gouvernante so wichtig waren. Doch Caitrìonas Augen verrieten, dass ihr Geist öfter als ihre Füße ins Straucheln geriet.

»Erinnern Sie sich, Lady McKenzie. Eine Lady bewegt sich mit einer Anmut, die jede ihrer Gesten innewohnend ist. Sie ist das stille Vorbild der Würde.«

Mit jedem Takt dieser endlos scheinenden Lektion schwand ein Hauch von Caitrìonas unbefangener Lebensfreude. Sie wurde gelehrt, wie man Gespräche mit adäquater Distanz führte, wie man lachte – hell und tonvoll, aber niemals zu aufrichtig, zu laut. Sie lernte das Spiel des Zuhörens, des Sprechens, aber niemals zu viel, niemals impulsiv. Die Liste der Ge- und Verbote, Dos and Don'ts des Adels schien tatsächlich unglaublich umfangreich.

Während Caitrìona sich bemühte, all diese Regeln mit Leben zu füllen, sie sich überhaupt zu merken, schwand allmählich das Bild des wilden Mädchens von den Highlands. Und an dessen Stelle trat ein Schatten, ein Echo dessen, was als Bild perfekter Etikette erstrahlte.

EIN STURM
ZIEHT AUF

Am späten Nachmittag zeigte sich der englische Himmel von seiner typischen Seite, es regnete. Es war nicht dieser leichte Nieselregen, der ständig wie ein Schleier über der Hauptstadt zu liegen schien, es war ein plötzlicher Wolkenbruch, der ohne jede Vorwarnung hereinbrach.

Olivia eilte die Stufen hinauf, wobei sie ihre Aktentasche schützend über dem Kopf hielt. Chadwicks Hand, fest um den Griff eines Regenschirms geschlossen, ließ gerade das letzte Klicken des Türmechanismus verhallen, als ihn die junge Frau durch den Schleier des niederprasselnden Regens bereits erreichte. »Miss Evans, welch herrliches Wetter bringen Sie da mit?«, erklang seine Stimme – gewählt scherzhaft, dennoch unverkennbar distinguiert.

»Jemand sagte mir einmal, Regen wäre flüssiger Sonnenschein.« Olivia lachte verlegen und entledigte sich mit Hilfe des Butlers ihrer Jacke.

»Ah, Miss Evans«, rief Lord Cavenworth, der sein Arbeitszimmer verlassen hatte und ins Foyer getreten war. »Ich hoffe, Ihr Tag war von Erfolg gekrönt?«

»Ganz und gar, Mylord, ganz und gar«, erwiderte sie mit einem Lächeln. »Ich habe die Unterlagen für die Vormundschaft dabei. Sie können sie prüfen, und sobald Sie unterschrieben haben, wird alles seinen geregelten Gang nehmen.« Dabei klopfte sie auf ihre Aktentasche.

»Das sind in der Tat erfreuliche Nachrichten.«

»Und wie geht es Caitrìona? Hat sie sich etwas eingewöhnt?«

»Ich darf es sehr hoffen. Mrs. Bancroft hat ihren Dienst angetreten und den Tag mit Lady McKenzie verbracht.«

»Das ging schnell.« Olivia wirkte überrascht.

»Miss Evans, ich bin kein Freund davon, Dinge aufzuschieben«, erwiderte der Lord, strafte seine Schultern und verschränkte die Hände auf dem Rücken, was ihm eine noch autoritärere Ausstrahlung verlieh. »Je eher meine Enkelin in den Formen der allgemeinen Etikette unterwiesen wird, desto eher kann sie in die Gesellschaft eingeführt werden – und wir kommen den Schmierfinken der Presse zuvor.«

Olivia musterte den alten Lord, ihre Miene ein Spiel aus Sorge und Zustimmung. Sie zweifelte, dass sich die lebhafte Schottin kampflos einer Gouvernante fügen würde. »Und wie versteht sie sich mit Mrs. Bancroft?«

Chadwick räusperte sich diskret. »Es gab einige anfängliche Schwierigkeiten, aber nichts, womit wir nicht gerechnet hätten. Und nichts, was Mrs. Bancroft nicht zu handhaben wüsste.«

Kaum waren die Worte verklungen, hallte wie aufs Stichwort, ein Poltern von der Treppe her durchs Haus. Unmittelbar gefolgt vom Ruf der Hauslehrerin. »Lady McKenzie, ich muss protestieren!«

»Sie können protestieren, soviel Sie wollen, aber ich gehe jetzt trainieren!« Caitrìonas Stimme war von Entschlossenheit getragen, während sie mit ihrem Shinty Schläger in den Händen die Stufen hinuntereilte. Erst der durchdringende Blick ihres Großvaters brachte sie am Fuß der Treppe zum Stehen. Gerade rechtzeitig, um nicht mit der kleinen, Gruppe zusammenzustoßen. »Was, um Himmels willen, ist denn das für ein Tumult?«

Die junge Schottin sah sich drei Augenpaaren gegenüber – drei ungleiche Geschwister eines Blickes: Das erste funkelte in strenger Beurteilung, das Zweite weitete sich in verwunderter Erkenntnis, und das Dritte schimmerte mit einer Spur von belustigter Schalkhaftigkeit. Indes folgte ein viertes Augenpaar, das ihr direkt auf den Fersen war.

»Ay-Up, Olivia«, grüßte die Jugendliche mit einem schelmischen Lächeln, bevor sie sich ihrem Großvater zuwandte. »Ich habe genug vom Unterricht. Ich will raus und trainieren.«

»Genug? Trainieren?« Lord Cavenworth musterte sie kritisch. »Lady McKenzie, Sie vergessen, dass dies nicht Ihre Entscheidung zu treffen ist. Überdies schüttet es draußen wie aus Eimern.«

»Es tut mir sehr leid Mylord, Ihre Enkelin hat den Unterricht eigenmächtig verlassen«, keuchte Mrs. Bancroft, die hinter Caitrìona erschienen war und mit ihrem Taschentuch wedelte, als wollte sie sich Luft zufächeln.

Die Augen der jungen Schottin verengten sich zu schlitzen. »Ich habe mir den ganzen Tag den Mist über Haltung und Etikette gegeben.»

»Offenbar ohne jeglichen Erfolg«, mutmaßte Lord Cavenworth mit strenger Miene.

»Holy Fucking keech, ich will nur eine Pause machen! Olivia!« Caitrìona suchte nach Unterstützung. Doch eine Geste des Lords unterband jede Einmischung Olivias. »Das ist nicht das Verhalten, das ich von meiner Enkelin erwarte. Eine Pause mag ich Ihnen zugestehen, aber nicht bei solch ungebührlichem Benehmen und gewiss nicht bei diesem Wetter im Freien.«

Caitrìona verdrehte ihre Augen. »Es ist nur Wasser. Wenn ich dusche, werde ich auch nass.«

Ihre Argumente schienen ihren Großvater kaum zu beeindrucken. »Duschen ist ein ausgezeichneter Vorschlag. Anschließend sollten Sie die neue Garderobe anprobieren.«

»Nay, das ist doch …«

»Keine Widerrede«, fiel ihr Lord Cavenworth ins Wort. »Ich erwarte, dass Sie meinen Wünschen Folge leisten.«

»Mylord, gestatten Sie mir mit Ihrer Enkelin zu reden?«, schaltete sich Olivia behutsam ein und trat neben ihren Schützling.

»Bitte«, gab der Lord nach, »aber ich erwarte, dass Lady McKenzie pünktlich und in angemessener Garderobe zum Abendessen erscheint.«

»Natürlich Mylord«, nickte Olivia und schob die junge Schottin bereits Richtung Treppe.

»Das ist doch Bockmist! Ich will nicht reden, duschen oder die scheiß Klamotten anziehen. Ich will raus und trainieren.« Caitrìona brachte deutlich ihren Missmut zum Ausdruck, aber folgte dennoch dem vorsichtigen Drängen zurück auf ihr Zimmer.

Die junge Schottin stapfte verärgert durch den Raum, während Olivia mit einem schweren Seufzen die Tür hinter sich schloss.

»Den ganzen Tag tue ich mir das Gelaber von der Alten an und jetzt darf ich nicht mal nach draußen. Das ist nicht fair Olivia!« Caitrìonas kraftvolle Worte brachen die Ruhe.

»Es ist bestimmt nicht leicht für dich«, gab Olivia zurück, ihre Arme vor der Brust verschränkt und mit einem nachsichtigen, doch bestimmten Ausdruck in den Augen. »Aber achte auf deine Wortwahl. Wundert es dich wirklich, dass du ständig aneckst, wenn man deine Ausdrucksweise betrachtet?«

»Dein Ernst jetzt?« Caitrìona drehte sich abrupt zu ihr um. »Ich habe mich den ganzen verfluchten Tag bemüht und mitgespielt! Aber zählt das? Nay!«

»Caitrìona!«

»Ist doch so! Und du, wo warst du? Ich dachte, du wolltest mir helfen.«

Mit einem Seufzen ließ sich die Rothaarige auf dem Stuhl vor dem antiken Schreibtisch nieder und rang nach den passenden Worten. »Ich versuche dir zu helfen, aber du machst es mir unglaublich schwer. Ich war heute bei den Anwälten und habe mich um die Papiere zur Vormundschaft gekümmert.«

»Du hast also deinen Job gemacht«, entgegnete die 14-Jährige mit trotzig-bissigen Unterton und ließ sich auf ihr Bett fallen.

»Ja ich habe meinen Job gemacht«, verteidigte sich Olivia, bemüht um Verständnis. »Deshalb bin ich hier. Es ist mein Job, dir zu helfen. Die Unterlagen sind ein wichtiger Teil davon, auch wenn du das nicht wahrhaben willst.«

»Drauf geschissen. Ich wünschte, wir wären nie hergekommen. Ich hasse es hier.« Caitrìonas Worte waren erfüllt von einer tiefen Verzweiflung.

»Und ich wünschte, mir würde ein Prinz in strahlender Rüstung begegnen. Das Leben verläuft nicht immer so, wie wir es uns vorstellen. Manchmal müssen wir uns arrangieren.«

Resigniert ließ sich die junge Schottin zurückfallen und bedeckte mit ihren Armen die Augen. Sie atmete schwer und kämpfte gegen Tränen an, die sich in ihren Augenwinkeln sammelten. »Immer die gleiche Leier …«

»Das ist Teil des Erwachsenwerdens.« Olivia erhob sich von ihrem Stuhl. Ein Anflug von Wärme schlich sich in ihre Stimme, als sie sich zu Caitrìona aufs Bett setzte. »Es ist nicht fair, dass deine Mutter gestorben ist. Es ist nicht fair, dass sie dir nie von deinem Vater erzählt hat. Aber das ist nun einmal nicht zu ändern. Genauso wenig, wie die Tatsache, dass dein Großvater jetzt deine Vormundschaft übernimmt. Doch wie du dein Leben hier gestaltest, das liegt in deiner Hand.«

Caitrìona schluckte schwer und stieß ein tiefes Stöhnen aus. Es war ein Moment des Kampfes. Ein interner Konflikt zwischen Widerstand und Akzeptanz.

»Du kannst beeinflussen, wie sich die Dinge hier entwickeln«, fuhr Olivia fort, ihre Stimme sanft, doch eindringlich. »Oder willst du, dass man dich in ein Internat in der Schweiz steckt?«

Die 14-Jährige war alles andere als angetan, von der Aussicht, musste ihr aber, sosehr sie sich auch dagegen sträubte, insgeheim recht geben. Bei Olivia klang es so einfach.

»Ich habe mich bemüht. Alles, was ich wollte, war eine Pause und nach draußen«, verteidigte sie sich, wenn auch weniger heftig und rief sich ihren Kooperationswillen ins Gedächtnis.

»Gegen eine Pause gibt es nichts einzuwenden«, entgegnete Olivia. »Aber um Himmelswillen, es regnet! Und es geht um die Art und Weise, wie du um diese Pause gebeten hast. Kannst du das nicht verstehen?«

»Ich verstehe, das ich mich verbiegen soll, jemand werden, der ich nicht bin und auch nicht sein will.«

»Caitrìona Blair McKenzie, dein Dickkopf ist schlimmer als der eines Highland-Rindes«, seufzte Olivia, ohne auch nur gefühlt ansatzweise zu dem Mädchen durchzudringen. »Ich kann dir nicht helfen, wenn du keine Einsicht zeigst. Oder dich nicht wenigstens ein kleines Stück weit bemühst.«

»Aber ich habe mich bemüht!« Caitrìonas Stimme bebte schallend durch den Raum. Warum nur konnte sie das nicht sehen und verstehen?

Olivia sah tief in die Augen des Mädchens, in denen sich Widerstand und Verletzlichkeit vermischten. »Vielleicht bist du bemüht, aber es scheint, als würdest du deine Anstrengungen im nächsten Augenblick wieder zunichtemachen.«

»Auf welcher Seite stehst du eigentlich?«

»Ich stehe auf deiner Seite. Aber …«

»Aber was? WAS?« Die junge Schottin war von ihrem Platz aufgesprungen. Ihre Augen funkelten wütend und missverstanden.

»Caitrìona, bitte …«, versuchte Olivia sie zu beruhigen.

»Nay! Sag schon. Du willst doch auch nur dass ich mich anpasse. Und weißt du auch warum? Weil dich dieser ganze Scheiß hier beeindruckt. Weil du nur deinen verfickten Job machst.«

Eine tiefe Betroffenheit lag in Olivias Blick, während sie die junge Schottin ansah. »Ich werde mich für das Abendessen vorbereiten. Es wäre schön, wenn du es auch tun würdest«, schluckte sie leise und stand auf. Verließ das Zimmer. Caitrìona blieb allein zurück, umgeben von ihren Gedanken und einem heraufziehenden Déjà-vu. Unvermittelt kehrten die Erinnerungen an den letzten Abend mit ihrer Mutter zurück. Schwelend und drückend lastete das Gefühl von Schuld auf ihrer Seele. Erneut hatte sie das Gefühl, eine unsichtbare Grenze überschritten zu haben. Aber hatte sie nicht auch recht?

Das Esszimmer erstrahlte im sanften Schein der Kerzen, die ihr Licht über Tisch und Tafel gossen und dem Raum eine Aura von Pracht und Tradition verliehen. Poliertes Mahagoni glänzte unter silbernem Besteck. Kristallgläser brachen die Strahlen in tänzelnde Farbspektren, ein visuelles Fest, das so manchem königlichen Diner zur Ehre gereicht hätte.

Lord Cavenworth saß bereits am Kopfende des Tisches. Die würdevolle Präsenz eines Mannes, dessen Wort so beständig war wie das alte Gemäuer seines Anwesens selbst. Olivia hatte zu seiner linken Platz genommen und nippte an einem Glas Wasser. In ihrer Laufbahn war es schon oft vorgekommen, dass sie beschimpft und mit Vorwürfen überhäuft wurde. Aber noch niemals zuvor, trafen sie die Worte so sehr, wie es die der jungen Schottin taten. Sie musste sich eingestehen, ihre berufliche Distanz verloren zu haben. Dennoch war es nichts, was sie bereute. Vielmehr ärgerte sie sich darüber, nicht zu ihrem Schützling durchgedrungen zu sein.

Dann aber waren Schritte zu hören. Zunächst leise und voller Zurückhaltung, ließen sie erwartungsvoll die Blicke heben, als sie lauter wurden. Caitrìona erschien in der Tür und Olivia verschluckte sich fast bei dem Anblick, der sich ihr bot.

Die junge Schottin trug ein Kleid, dessen Saum in sanften Wellen bis zu ihren Knöcheln hinabfloss und bei jeder ihrer Bewegungen leicht mitschwang. Das Gewand war in einem tiefen smaragdgrün gehalten, welches die Glut in ihren Augen widerspiegelte und ihre blonden Haare zum Strahlen brachte. Filigrane Schnüre und feinste Zierstickereien, betonten eindrucksvoll ihre schlanke Silhouette. Spitzenärmel umspielten ihre Arme mit einer bezaubernden Zartheit, während das weiche Stoffgewebe der sorgfältigen Faltung des Rockes eine subtile, aber ausdrucksstarke Eleganz verlieh – eine Verkörperung der schottischen Wildheit, gepaart mit aristokratischer Anmut.

»Dem Ersten der lacht, verpasse ich eine«, murmelte Caitrìona und stapfte gänzlich unaristokratisch zu ihrem Platz.

Olivia stutzte, kannte sie die junge Schottin nur in ihren ausgeblichenen Jeans und verwaschenen Shirts. Vielmehr noch aber, hatte sie die 14-Jährige nicht am Tisch erwartet. »Du siehst wundervoll aus Liebes.«

Ihr Großvater nickte, ein stummes Zeichen der Anerkennung, das ihr ein klein wenig Mut verlieh. Obgleich sich eine Braue hob, als sein Blick auf ihre Turnschuhe fiel.

Etwas unbeholfen setzte sich Caitrìona und rutschte auf

ihrem Stuhl hin und her, ehe sie eine angemessen bequeme Sitzposition gefunden hatte.

»Ich kann Miss Evans nur zustimmen. Das Kleid steht Ihnen ausgesprochen gut«, bestätigte er.

»In der Tat, aber die Schuhe sind ein Graus. Und die Haare …« Mrs. Bancroft betrat seufzend das Zimmer und nahm mit eleganter Geste auf dem Stuhl neben Caitrìona Platz.

»In den hochhackigen Teilen hätte ich mir den Hals auf der Treppe gebrochen.« Die junge Schottin warf ihrem Großvater einen entschuldigenden Blick zu.

»Dann setzen wir das für morgen auf die Agenda«, entgegnete die Gouvernante mit hoffnungsvollem nicken, was die Schottin mit einem Stöhnen quittierte. Die zuvor antreibende Vorfreude auf das Abendessen erlosch schlagartig und verpasste auch gleichzeitig ihrem Willen zur Einsicht, einen herben Dämpfer.

Die aufgetischten Speisen waren eine Verführung der Sinne. Gebratenes und Gedünstetes, harmonisch arrangiert, mit feinsten Soßen und Beilagen, ein wahres Festmahl britischer Kochkunst. Jeder Gang sorgfältig komponiert und auf den Vorherigen abgestimmt. Doch trotz dieser Verlockungen fand Caitrìona keinen rechten Geschmack an den Köstlichkeiten. Ihre Lust auf das erlesene Mahl verblasste, so abrupt wie der schottische Nebel an einem sonnigen Tag. Vielmehr tobte erneut ein Wirbel aus Widerwille und Verstimmung in ihrem Innersten, dass sich weitaus nachdrücklicher regte, als jedes hungrige Knurren es je könnte. Dazu das unsichtbare, aber allzu fühlbare Gewicht von Mrs. Bancrofts prüfendem Blick, der jedweden Bissen in eine Angelegenheit würdevoller Disziplin verwandelte.

»Sitzen Sie gerade, immer aufrecht. Und behalten Sie etwa eine Handbreit Distanz zum Tisch. Ihre Ellbogen haben auf dem Tisch nichts zu suchen. Die Unterarme ruhen leicht auf der Tischkante«, erläuterte die Gouvernante mit der Autorität eines Feldmarschalls, während sie in tadelloser Haltung ihr eigenes, bestes Beispiel darbot. Caitrìonas Augen rollten unmerklich, indes sie sich bemühte, den rigiden Anweisungen Folge zu leisten. Dabei fing sie Olivias Blick ein, die ihr anerkennend zulächelte.

»Die Beine stets parallel halten, nicht um die Stuhlbeine schlingen«, fuhr Mrs. Bancroft fort, als sie anmutig den Löffel zu ihren Lippen führte. »Und die Schuhe bleiben zu jeder Zeit an.«

»Ich habe doch meine Schuhe an.« Caitrìona murrte widerwillig, der es mit jeder Minute schwerer fiel, sich in dieses Korsett von Konventionen zu zwängen.

»Nur ein gut gemeinter Rat für die Zukunft, Lady McKenzie. Sie werden den Wert dieser Weisheit verstehen, sobald Sie morgen Ihre ersten Schritte in angemessener Garderobe absolvieren«, gab die Gouvernante mit einem säuerlichen Lächeln zurück.

»Ach sagen Sie Mrs. Bancroft, mich interessiert das sehr, wie wird man heutzutage Gouvernante?« Olivia warf ihr einen überaus gespannten Blick zu, wobei sie lediglich versuchte die Aufmerksamkeit ein wenig von Caitrìona zu nehmen. Mrs. Bancroft musterte die Mitarbeiterin des Youth Welfare Office für einen Moment. Abschätzend, ob ihre Neugierde echt oder schlicht gespielt war. »Man wird es nicht einfach, Miss Evans. Aber um Ihre Frage zu beantworten: Ich habe mein Diplom am Norland College erhalten.«

»Bitte verzeihen Sie mir meine Ausdrucksweise. Ich muss gestehen, ich bin in der Hinsicht nicht sonderlich bewandert«, lächelte Olivia entschuldigend.

»Das Norland College ist das renommierteste unseres

Landes«, warf Lord Cavenworth ein. »Mrs. Bancroft hat mit Auszeichnung abgeschlossen und war bereits für die königliche Familie tätig.«

Olivia nickte anerkennend, während sich Caitrìona über ein Stück Braten herzumachen versuchte. Ihr waren Abschlüsse und Bildungswege egal, sie hatte Hunger. Doch der Gouvernante entging nicht eine Kleinigkeit. »Lady McKenzie, denken sie immer daran: Man führt das Besteck zum Mund, nicht umgekehrt. Wir speisen hier nicht in einem Pub.«

»Eine Schande, das«, entkam es murmelnd, doch voller Sehnsucht nach der Ungezwungenheit eines gemütlichen Pubs, ihren Lippen.

»Auch leises Gemurmel entspricht nicht der gebotenen Etikette. Wenn Sie etwas mitzuteilen haben, dann bitte klar und deutlich.« Mrs. Bancroft tadelte, mit einem schrägen, fast herausfordernden Blick auf Caitrìona, die jetzt langsam den Löffel sinken ließ und einen tiefen, deutlich hörbaren Atemzug nahm. »Ich werde versuchen daran zu denken.«

»Sie sollten es nicht nur versuchen, Lady McKenzie.«

»Können wir nicht einfach nur essen und den Unterricht auf morgen vertagen?«

»Das klingt doch nach einem guten Vorschlag.« Olivia lächelte zustimmend.

»Zunächst einmal speisen wir«, echauffierte sich die Gouvernante.

»Meine Damen, bitte«, versuchte Lord Cavenworth diplomatisch eine Diskussion zu umgehen. Resignierend den Kopf schüttelnd, spießte die 14-Jährige ein Stück Fleisch auf und setzte erneut an. Diesmal bedacht darauf, die Gabel, so wie ihr geheißen wurde, zum Mund zu führen.

Der Gouvernante aber blieb nichts unbemerkt und sie setzte ihren Kreuzzug der guten Umgangsformen unerbittlich fort.

»Denken sie auch daran, dass das Besteck stets zwischen Daumen und Zeigefinger gehalten wird. Nicht krampfhaft umfasst, wie es ein Bauer tun würde. Hat ihnen Ihre Mutter denn gar keine Manieren beigebracht?«

»Holy fucking keech!«, kam es explosionsartig. Ihr Löffel knallte mit solcher Vehemenz auf den Tisch, dass es klang, als könnte das kostbare Porzellan zerspringen. Mrs. Bancroft zuckte vor Schreck so gewaltig zusammen, dass sich ihr sorgfältig portioniertes Häppchen Braten auf ihrer weißen Bluse verteilte.

Das entstandene Chaos ließ Lord Cavenworth finster aufblicken, bevor ein dunkles Rot seine Züge färbte. »Lady McKenzie!«, donnerte seine Stimme. »Ein Verhalten, das einer Lady alles andere als würdig ist!«

Die Situation im Speisezimmer des Anwesens hatte ihren Siedepunkt erreicht. Caitrìona, eine Flamme des Widerstands in ihren Augen, saß unerschrocken da, trotzig und mit einer Leidenschaft, die den Zierrat aus Porzellan und Silber fast vor Beschämung zittern ließ.

»Und wennschon!«, entgegnete sie vehement, »ich will doch einfach nur was essen, verdammt.«

Ihr Zorn richtete sich in dieser Sekunde direkt gegen Mrs. Bancroft. »Und nur damit du Bescheid weißt – meine Maw hat mich verdammt gut erzogen. Und wenn du es wagst, auch nur ein einziges falsches Wort …«

»Caitrìona …« Olivia erstarrte.

»Lady McKenzie!« Die Stimme ihres Großvaters brach durch das Gezeter wie ein brechender Damm. Lord Cavenworth schlug mit solcher Kraft auf den Tisch, dass sein Weinglas den Halt verlor und roter Wein sich wie Blut über das makellose Weiß der Tischdecke verteilte.

»Mylord, ich bitte Sie …«, versuchte Olivia die Wellen zu glätten. Ohne Erfolg. Die Augen des Lords flimmerten in einer Strenge, die keine Widerrede duldete. »Nein! Es ist genug! Ist das der Respekt, den man erwarten kann? Ein solches Benehmen ist einer Cavenworth unwürdig!«

Das Dahinfließen des Weins ergoss sich gleich einer klagenden Symphonie und Caitrìona erkannte, dass sie einen Kodex verletzt hatte, der hier im Hause ihres Großvaters heilig war.

»Auf ihr Zimmer, sofort!«, befahl Lord Cavenworth mit einer herrischen Geste, die keinen Raum für eine Entgegnung ließ. »Ich will, dass Sie über ihr ungebührliches Verhalten nachdenken und wie es sich für eine junge Frau, die unseren Namen trägt, schickt!«

Caitrìonas Herz hämmerte in ihrer Brust, ihr Stolz verletzt, ihre Wut entbrannt, doch sie wusste, dass weiterer Widerstand zwecklos war. Mit einem letzten Blick, der sowohl feurig als auch brüchig war, stieß sie sich vom Tisch ab und ging. Alle Augen auf sich gerichtet, verfolgt von dem drohenden Schweigen ihres Großvaters und der bedauernden Stille von Olivia.

Ihre stampfenden Schritte hallten durch die Korridore des Anwesens. Wurden mit jeder Sekunde schneller und entschlossener und trieben sie in die Isolation ihres Zimmers. Doch hinter der zugeknallten Tür fiel die aufrechte Haltung. Caitrìona war nur noch ein Mädchen, das in einem Meer von Etikette zu ertrinken drohte und nach Luft rang. Erlaubte sich endlich, den Tränen freien Lauf zu lassen.

FREIHEIT!

Die junge Schottin sank auf das prunkvolle Bett nieder. Die weichen Polster empfingen sie, doch anstelle von Trost spürte sie nur die lähmende Leere, die der Prunk des Adelshauses ihr bot.

Die Wände des Raumes waren behangen mit Bildern und Teppichen, die den Reichtum und die Geschichte ihrer neuen Familie erzählten. Schönheit und Luxus herrschten vor, aber kein Teil dieser Fülle konnte den heimeligen Charme Schottlands oder das warme Lachen ihrer Mutter ersetzen, welches sie in diesem Moment so sehr vermisste. Schnörkel an den Möbeln zogen elegante Linien und das funkelnde Kristall des kleinen Kronleuchters warf tanzende Schatten an die Wand. All dies nahm für sie mehr und mehr die Gestalt eines goldenen Käfigs an, statt die eines warmen, einladenden Zuhauses.

In der Stille des Raumes fand Caitrìona keinen Frieden. Sie erhob sich und starrte aus dem hohen Fenster, das einen Ausblick auf den, im Dämmerschein liegenden, Garten gewährte. Sie sehnte sich nach der rauen und ungebändigten Natur ihrer Heimat. Dort, wo der Wind Geschichten flüstert und der Himmel stolz zur Erde spricht. Ihr Herz pochte schmerzhaft bei dem Gedanken an das stürmische Grün und Grau der Highlands, das so ganz anders war als die gezähmten Grünanlagen des Anwesens.

Eine Träne der Sehnsucht bahnte sich ihren Weg über Caitrìonas Wange, als Erinnerungen an ihre Mutter hochstiegen – sanft und bittersüß, ein Echo glücklicher Zeiten, das durch den schmerzenden Verlust verzerrt wurde.

Zorn mischte sich in ihre Traurigkeit, der scharfe Stachel der Wut auf sich selbst. Reue, der harten Worte wegen, die einst unbedacht an die liebste Person in ihrem Leben gerichtet waren. Der Gedanke schnürte ihr die Kehle zu und ließ sie mit einem Schuldgefühl zurück, das so tief saß, dass keine Seidenkissen den Schmerz zu lindern vermochten. Dann kam die Erinnerung an Olivias Worte und verstärkte die vorherrschende Wut noch mehr.

»Ich war nur ein Job.« Eine Überlegung, die mehr Qual in ihr auslöste, als sie zu nehmen wusste. Das großzügige Zimmer fühlte sich noch leerer an, das Schweigen noch lauter. Blind vor Zorn entledigte sie sich dem Kleid. Zerrte es viel zu grob über ihren Kopf und schleuderte es auf den Boden.

Caitrìona, jetzt allein in der weiten, stillen Welt, die ihr zu groß schien, um sie zu fassen, zog die Beine an die Brust und vergrub das Gesicht in ihren Knien. Die Last der Einsamkeit, des stählernen Anstands und der unerfüllten Sehnsüchte drückte sie nieder, gefangen in einem Kosmos, das sie weder begriff noch ihr gehörte. In diesem Augenblick umfing sie nicht nur der samtene Luxus des Raumes, sondern auch die unerbittliche Erkenntnis, dass wahrer Reichtum im Herzen liegt. Ein Schatz, der ihr vorerst verloren schien.

Ihre Gedanken wirbelten umher wie Herbstlaub im Wind, aufgewühlt und unruhig. Sie umklammerte ihren Shinty-Stick, vielleicht das Letzte, was ihr geblieben war und sie an sich selbst erinnerte.

Jäh stieg eine Erinnerung in ihr hoch, so lebhaft, dass es fast schmerzte. In der Stille ihres Zimmers, das jetzt weniger eine Zuflucht als eine Zelle war, entschied Caitrìona, dass sie ihre eigene Fackel in dieser Dunkelheit sein musste. Sie stand langsam auf, ihre Tränen trockneten, und ein leiser Hauch von Wille berührte ihre Züge. Es war die Zeit gekommen, eine Brücke zwischen dem Hier und dem Dort zu bauen. Zwischen der Lady, die sie sein sollte und dem wilden Mädchen, das sie war.

Fest entschlossen, nicht unter dem unnachgiebigen Gewicht des Adelshauses oder ihrer Gefühle zu zerbrechen, setzte sie sich an den kleinen, eleganten Schreibtisch und begann zu schreiben. Es waren Worte an ihre Mutter. Worte der Sehnsucht, der Hoffnung und des Versprechens, dass, egal wie groß die Entfernung auch wäre, ihre Herzen stets verbunden blieben. Es waren Worte der Entschuldigung, Worte der Einsicht. Selbst wenn Caitrìona wusste, dass dieser Brief ihre Mutter nie erreichen würde, schenkte er ihr einen gewissen Frieden.

Ihre Augen wanderten schließlich noch einmal langsam über das beschriebene Blatt, ehe sie sich hoben und ein Feuer in ihnen erkennbar wurde.

»Nay«, sagte sie zunächst leise und dann lauter und mit einer Entschlossenheit, die von ihren Vorfahren hätte stammen können. Jene, die vor hunderten Jahren dem englischen Herrn in Bannockburn gegenüberstanden.

Inmitten der ungewohnten Pracht ihres Zimmers, zwischen goldenen Verzierungen und schillerndem Luxus, lag das Handy unberührt auf dem Nachttisch – ein modernes Kleinod in einem Raum voll altertümlicher Schönheit. Aufgewühlt von den Erinnerungen und sehnsuchtsvollen Gedanken an zu Hause, griff Caitrìona danach. Die Entschlossenheit in ihren Augen war nicht zu übersehen, als sie durch die wenigen Kontakte scrollte. Vorbei an Arias und Benishas Namen, hin zu einem, der ihr ein seltsames Gefühl der Verbundenheit gab: Liam.

Ihre Finger verharrten einen Augenblick, ehe sie das Display berührten und eine Nachricht tippten, Wort für Wort, als würde sie damit eine Brücke zu einer vertrauten Welt bauen.

»Liam, bist du da?«

Es dauerte nicht lange und das Display leuchtete mit seiner Antwort auf.

»Kommt drauf an, wer fragt. Wer ist da?«

Caitrìonas Herz pochte bis in die Fingerspitzen, während sie schrieb: »Hier ist Cat.«

Die Antwort kam prompt. »Die Jakobinerin, hey! Was gibt's? Hast du doch ein Handy ergattert?«

»Können wir uns treffen? Am Hyde Park, am Coffee Stand, wo wir zuletzt waren.«

Liams Reaktion ließ auf sich warten. In einer Phase gespannter Erwartung hing Caitrìona an jedem Flackern des Bildschirms, bis er ihr endlich anzeigte, dass eine Nachricht getippt wurde. »Gerade etwas tricky. Aber ich kann es einrichten. Muss nur was verschieben. Warum? Ist alles okay?«

»Ich erklär's dir, wenn wir uns sehen. Es ist wichtig. Bitte.«

Die drei Punkte, die das Tippen andeuteten, schienen eine Ewigkeit zu tanzen, ehe sich seine Antwort entfaltete. »Alles klar, ich werd da sein. Wir treffen uns in einer Stunde. Bis gleich, Cat.«

Eine einfache Antwort und doch trug es für sie das Versprechen von Normalität und Verständnis. Ein Hoffnungsschimmer, der die Schatten ihrer Trauer und Einsamkeit für einen Moment zurückdrängte.

Einen Moment lang stand sie bewegungslos da, ihre Augen auf das Handy in ihrer Hand geheftet, ehe sie es langsam sinken ließ und aus dem Fenster blickte. Eine sanfte Entschlossenheit umspielte ihr Gesicht. Die Ereignisse des Abends brannten in ihren Gedanken, während ihr der Klang ihres eigenen Herzschlags fast ohrenbetäubend erschien. Ein letzter Blick auf die silberne Uhr auf ihrem Nachttisch. »Jetzt oder nie.« Die Freiheit war greifbar nahe und dieser Gedanke beflügelte sie. Selbst wenn es vielleicht das letzte Mal sein würde.

So schnell sie konnte, zog sie ihre Jeans und Hoodie über, bevor sie ihre Turnschuhe band, die unpassend elegant und doch so nötig für eine Flucht waren. Ein tiefer entschlossener Atemzug und schon bewegte sie sich, leise und zielstrebig, zur Tür hinüber.

Sie trat hinaus in den langen, lichterfüllten Gang. Die Lampen an den Seiten warfen Schatten an die Wände, die sie wie Komplizen begleiteten. Sie huschte an den Porträts der Ahnenreihe vorbei, ihr Puls schnell und ihr Geist gefasst. Der edle Holzboden knarrte unter ihren Schritten. Ein Geräusch eigentlich leise und kaum wahrnehmbar, in ihren Ohren jedoch so laut wie eine Alarmanlage.

Mit jeder Bewegung, die sie der majestätischen Treppe näher brachte, wurde ihr Atem flacher. Im Erdgeschoss würde das Personal sein, die Aufsicht, die Argusaugen, die so schwer zu täuschen waren. Doch der Drang nach Freiheit, der Ärger mit ihrem Großvater und allein die Aussicht auf ein Stück Normalität, verkörpert durch Liam, trieben sie an. Wie ein Schatten glitt sie die Treppe hinunter, ihre Anwesenheit kaum mehr als ein Flüstern in der Stille des Hauses.

Sie erreichte das Foyer, eine kurze Ewigkeit des Zögerns, dann schlüpfte sie hinter einer Säule vorbei, während Chadwick, mit dem Rücken zu ihr stand und Anweisungen an ein Dienstmädchen gab. Caitrìona presste sich gegen die kühle

Wand und wartete auf den richtigen Augenblick. Sie konnte Gesprächsfetzen wahrnehmen, die aus dem Speisesaal zu ihr drangen. Zu leise und verschwommen, als das sie verstehen konnte, was ihr Großvater mit Mrs. Bancroft und Olivia sprach.

Die opulente Mahagoniuhr tickte bedächtig, jede Sekunde zählend, während Caitrìona die perfekte Gelegenheit abwartete.

Endlich wandte sich der Butler ab, seine Stimme erhob sich, schneidend und direktiv wie das Knistern eines Befehls. Das Dienstmädchen, so scheu wie ein Reh, nickte eifrig und verschwand durch die gegenüberliegende Tür. Die junge Schottin hielt den Atem an, als Chadwick an ihr vorbei schritt, zurück in den Speisesaal.

Jetzt oder nie!

Mit einer Anmut, die so gar nicht zu ihrer rebellischen Natur passen wollte, setzte sich Caitrìona in Bewegung. Wie ein Schatten huschte sie zwischen dem Bronzestandbild eines ehemaligen Lords und einer antiken Vase hindurch und zur Tür hinaus. Ihr Herzschlag schneller als die Flügel eines Kolibris.

Als die kühle Londoner Nachtluft sie endlich umfing, atmete sie tief durch und ein unbändiges Gefühl von Freiheit loderte in ihr auf.

»Hallo? Wer ist da?«, hörte sie eine Stimme nur einige Schritte neben sich und ihr Herz schien vor Schreck stehenzubleiben. Ein Mann in dunklem Anzug trat mit strengem, musterndem Blick auf sie zu.

»Oh … Ay-Up«, stammelte sie im ersten Moment. »Caitrìona, die Enkelin von Lord Cavenworth.« Halb gefangen, halb im Reflex.

Die Miene des Wachmanns entspannte sich. »Lady McKenzie? Was tun Sie hier draußen?« Seine Stimme freundlich, aber aufmerksam.

»Ich brauche nur etwas frische Luft.«

»Ich verstehe. Es ist kühl, Sie sollten sich einen Mantel überziehen.«

»Oh ich werde gleich wieder rein gehen, nur ein paar Schritte.« Sie blinzelte ihm unschuldig entgegen. »Dort geht es zum Garten?«, fragte sie schnell weiter und deutete auf den gepflasterten Weg, der von der Einfahrt, am Haus vorbei führte.

»Ja Ma'am.« Es folgte ein abwägender Blick.

»Okay thanks«, entgegnete sie und war im Begriff loszumarschieren, als sie sich noch einmal umdrehte. »Sie können mich auch einfach Cat nennen.« Sie lächelte freundlich, als ob kein Wasser ihre Miene trüben könnte. Die Augen des Mannes zuckten leicht, ehe sich ein Lächeln auf seinen Lippen formte. »Einen schönen Abend noch, Lady McKenzie.« Er drehte sich herum, seinen alten Posten wieder einnehmend.

Caitrìona atmete erleichtert aus, als sie um die Ecke zum Garten bog. »Das war knapp«, dachte sie bei sich und brauchte einige Momente, um den ersten Schrecken zu überwinden.

Ungesehen und leise huschte sie zwischen den Bäumen am Straßenrand entlang Richtung der Straße, wo das normale Leben seinen gewohnten Gang nahm. Eine letzte Hürde würde noch vor ihr liegen. Das Wachhäuschen mit den schweren Schranken an der Zufahrt. Durch ein Fenster erkannte sie einen Polizisten im Inneren, er schien in eine Zeitung vertieft. Ein Kollege schritt langsam die Einfahrt ab. Die Maschinenpistole in seinen Händen hätte Caitrìona einschüchtern und warnen sollen, doch ihre Freiheitsliebe war stärker als jede Vorsicht.

Erneut übte sie sich in Geduld und nutzte den passenden

Moment, schlüpfte unter den schweren Schranken hindurch und ihr war, als würde sie durch den Vorhang einer Bühne hindurchschreiten. Hinein in die Freiheit der Straßen Londons. Sie atmete tief die kühle Luft ein, ihre Lungen füllend, ihre Seele belebend.

Die junge Schottin schlenderte Richtung Park. Bemüht darum, unauffällig und ruhig zu wirken, doch ihre Augen leuchteten vor triumphierender Verschlagenheit. Fast wäre ihr Plan fehlgeschlagen, als nur wenige Meter entfernt ein weiterer Polizist mit Maschinenpistole, verborgen im Zwielicht, seinen Rundgang fortsetzte. Caitrìona zog instinktiv die Kapuze ihres Hoodies über und beschleunigte ihre Schritte, ihr Herzschlag hallte fest in ihren Ohren. Sie ging an ihm vorbei, jeder Muskel angespannt, bereit zum Sprinten.

Das Glück war auf ihrer Seite, der Wachmann nickte ihr kaum merklich zu, bevor seine Aufmerksamkeit von einer vorüberfliegenden Eule gefangen wurde.

Die Schottin entkam in die Nacht, ein Lachen in der Kehle, das so wild und frei war wie die Wellen der schottischen Seen an stürmischen Tagen.

Nach einem weiteren, tiefen Atemzug der freien Luft holte sie ihr Handy aus der Tasche und rief die Kartenfunktion auf. Erst links, auf die breite Straße der Kensington Road, dann rechts in Richtung Hyde Park.

Die Blätter unter ihren Füßen knisterten leise, als sie den Bürgersteig entlanglief und ihre Schritte beschleunigte. Weg von den strengen Linien des Anwesens, hin zum Versprechen des Hyde Parks. Vorbei an klassische Fassaden, durch den Schatten großer Bäume, stets auf die Lichter der Grünanlage zu, die wie Sterne am Boden der Stadt funkelten.

Sie erreichte die schmiedeeisernen Tore der Parkanlage, ihr Atem sichtbar in der kühlen Luft, die Dunkelheit des Serpentine-Sees nur einen Spaziergang weit entfernt. Das Collici Coffee House war ihr Ziel, ein Ort, der noch immer den Klang ihrer Begegnung mit Liam in sich trug.

Vorsichtig und doch mit einer gewissen Trägheit in den Gliedern, die den Ereignissen des Tages geschuldet war, steuerte sie auf das Café zu. Schon von Weitem konnte sie eine Silhouette erkennen, die geduldig zu warten schien. Mit einem letzten Sprint, der gleichzeitig die unterschwelligen Schmerzen in ihrem Knie weckte, war sie da. Ihre Augen funkelnd vor Erleichterung und Rebellion zugleich.

»Liam! Ay-Up.« Ihre Stimme zitterte zwischen Aufatmen und Erschöpfung.

Er sah auf, sein Gesicht erhellt von einem breiten, wenn auch besorgten Lächeln. »Cat, da bist du ja. Ich habe mir Sorgen gemacht. Alles okay?«

Mit einer letzten Anstrengung beruhigte Caitrìona ihren Atem und lächelte. »Aye, jetzt ja.« In diesem Moment, weit weg von erdrückendem Luxus und Geistern der Etikette, in der Gegenwart eines Freundes, fing sie wirklich an zu glauben, dass es stimmen könnte.

Liam musterte sie lächelnd, während der kühle Wind mit seinen Haaren spielte, sie frech vor seinen dunklen Augen tanzen ließ. »Hätte nicht gedacht, dass du dich wirklich meldest«, gestand er ihr mit einem Grinsen. »Aber ich freue mich, dass du es doch getan hast.«

»Aye natürlich. Hoffe, ich halte dich von nichts Wichtigem ab?« Die junge Schottin erwiderte sein Lächeln.

Liam winkte mit einer lockeren Geste ab. »Was könnte wichtiger sein, wenn mich die letzte wahre Jakobinerin ruft?«, scherzte er, wobei ihm ein Gedanke wieder einfiel: »Was ist denn überhaupt los? Deine Nachricht klang – dringend?«

Caitrìona überlegte einen Augenblick. »Nichts, ich wollte dich nur sehen.« Sie entschloss sich ihn und den Moment der Freiheit, nicht mit ihren aktuellen Problemen zu belasten.

»Dein Ernst?« Sein Lachen klang überrascht, schwankend, ob er sich nun verarscht oder geschmeichelt fühlen sollte.

Caitrìona lächelte halb herausfordernd, halb entschuldigend. »Aye. Ich dachte, du zeigst mir dein London bei Nacht. Ich bin neugierig.«

»Und dein Großvater oder die Tante vom Welfare Office wissen Bescheid, dass du hier bist?«, kam es skeptisch über seine Lippen. Jetzt war es die junge Schottin, die mit einer lockeren Geste abwinkte. »Können wir die beiden bitte nicht zum Thema machen?«

Liam konnte deutlich zwischen den Zeilen lesen. Er nickte zustimmend, hielt sein jugendlicher Geist doch genauso wenig von Autoritäten, wie die der Jakobinerin.

»Okay, also London bei Nacht«, überlegte Liam laut, ehe sich ein verräterisches Glitzern in seine Augen stahl. »Vielleicht weiß ich da was.« Grinsend zog er sein Handy aus der Tasche und tippte eine Nachricht.

»Könnten wir auch was essen?« Caitrìonas leerer Magen machte auf sich aufmerksam.

Er feixte. »Hast du denn Geld oder nur deine schottischen Pfund?«

Ein verschmitztes Grinsen und das Zucken ihrer Schultern gaben ihm Antwort.

»Du machst mich echt fertig Cat«, lachte er. Und nachdem er die Antwort auf seinem Handy gelesen hatte, nickte er zufrieden. »Also gut, erst etwas essen und dann …« Geheimnisvoll zwinkernd ließ er das Mobiltelefon wieder in seine Tasche verschwinden.

»Was und dann?« Caitrìona wollte es genauer wissen. Er zuckte, so wie sie kurz zuvor, nur mit den Achseln. »Das siehst du dann.« Der geblinzelte Ausdruck in seinen Augen schürte ihre Neugierde, wie ein Schmied das Feuer seiner Esse. »Jetzt sag schon!«

Hoch zu den Sternen und hinab im freien Fall

Mit Liams Hand auf ihrem Rücken ließen sie das Coffee House hinter sich und begaben sich auf einen vertrauten Weg, den sie schon einmal beschritten hatten, Richtung Brompton Road. Und unter dem sternenbesetzten Himmelszelt, welcher die Hauptstadt in ein sanftes Dunkel hüllte, entfaltete sich eine Magie, die der jungen Schottin bei Tageslicht verborgen geblieben war. Die Lichter der Stadt formten ein funkelndes Meer, das die Umrisslinien der Architektur in goldene Silhouetten tauchte und die vibrierende Aura des nächtlichen Londons zum Leben erweckte. Autoscheinwerfer schnitten durch die Dunkelheit wie Kometen, während die Schattenspiele der Passanten auf den Pflastersteinen tanzten.

An der Knightsbridge Underground Station mischten sich Caitrìona und Liam unter die Ströme von Menschen, die wie sie selbst im Untergrund der Stadt verschwinden wollten. Inmitten der Eile und des geschäftigen Treibens stieg ein Gefühl der gegenseitigen Vertrautheit und Aufregung in ihnen auf. Die Piccadilly-Linie begrüßte sie mit ihrem charakteristischen blauen Band und dem Echo ihrer Räder, das Ankunft und Aufbruch gleichzeitig versprach. Die U-Bahn verschluckte sie mit einem mächtigen Atemzug und die Welt draußen wurde zu einem verwischten Farbenspiel, als die Wagen durch die Tunnel Londons rasten.

An der berühmten Piccadilly-Circus-Station konnte Caitrìona die pulsierende Energie der Stadt auch tief unter der Erde spüren. Und nach einer kurzen Wartezeit wechselten sie auf die Bakerloo-Linie. Jene Verkehrsstrecke, die von älteren Reisenden und Literaturliebhabern als 'Bücherzug der Baker Street' bezeichnet wurde. Ein ironisches Augenzwinkern an Sherlock Holmes und seine vielen Erzählungen.

Die Leichtigkeit in ihren Herzen blieb ungetrübt, selbst als sie die kurze Strecke zur Embankment-Underground-Station zurücklegten, wo das Ticken von Big Bens Zeigern beinahe hörbar war in der Stille der Nacht.

Als sie die Untergrundstation verließen, eröffnete sich der jungen Schottin ein gänzlich neues Bild der Stadt – die Themse glänzend und ruhig, eine sanfte Kraft, die durch das nächtliche London floss. Eine kurze Wanderung, begleitet von Laternen, vorbei an elegant gekleideten Theaterbesuchern und verschwörerisch tuschelnden Liebespaaren brachte sie zur Waterloo Station. Die prächtigen Marmorbögen des Eingangs zum größten Bahnhof Großbritanniens ragten vor Caitrìona auf, majestätisch und einladend. Es war, als hätte sich die Geschichte mit dem modernen Puls der Stadt verwebt und ein Portal geschaffen, das nicht nur durch Raum, sondern auch durch Zeit zu führen schien. Sie verlor sich in den Ausmaßen der Great Hall, umgeben von den Melodien der Züge, den flimmernden Anzeigetafeln und den Durchsagen, die wie das Rufen ferner Ozeandampfer klangen. Hier stand sie also, die freiheitsliebende Schottin, die niemals geglaubt hätte nur einen Funken Gutes an London zu finden. Hier stand sie, im Herzen des großen britischen Eisenbahnnetzes, der pulsierenden Lebensader und sah sich mit leuchtenden Augen um.

Liams Schritte waren zielstrebig, während er sie durch das lebendige Treiben der Waterloo Station führte, das sich langsam, fast unmerklich im Hintergrund verlor, als sie das Gebäude durch eine der schweren Pendeltüren verließen.

»Wo führst du mich hin?«, fragte sie, als sie hinaus in die frische Nacht traten. Die kalte Luft kitzelte ihre Gesichter und der Kontrast zwischen dem geschäftigen Innenraum und der ruhigeren Straßenszene war beinahe greifbar.

Liam warf ihr ein verschwörerisches Grinsen zu. »Lass dich überraschen.« Seine Stimme war voller Enthusiasmus. Caitrìona hob fragend die Augenbrauen, ihre Neugierde weiter angestachelt, während sie an seiner Seite durch die mild erleuchteten Straßen der Stadt schlenderte. Sie hatten den pulsierenden Verkehr der Knightsbridge und die surrealen Farben des nächtlichen Londons hinter sich gelassen und fanden sich inzwischen auf einem Weg wieder, der ein Stück ganz gewöhnlicher Magie präsentierte.

Vor ihnen, kaum einen Steinwurf von der Architektur des berühmten Bahnhofs entfernt, leuchtete das Schild des McDonald's Restaurants. Ein leuchtendes M inmitten des historischen Charmes von London.

Caitrìona lachte. »Du hast mich zu einem McDonald's gebracht?« Ihre Stimme tänzelte zwischen Belustigung und Verwunderung, während sie auf das lebhaft beleuchtete Schnellrestaurant zusteuerten.

Liam nickte grinsend, als ob er einen verborgenen Schatz vor ihr enthüllte. »Du hast doch gesagt, du hast Hunger. Und das hier kann ich mir gerade noch so leisten«, lachte er augenzwinkernd.

Sie schoben sich an kleinen Gruppen von nächtlichen Snackjägern vorbei und erreichten den Tresen, umgeben von den vertrauten Klängen brutzelnder Burger und dem Duft von Pommes. Die Schottin betrachtete die glänzenden Oberflächen, die hellen Lichter und die altbekannten Pappbecher mit einem neuen Gefühl der Wertschätzung. Nach der Pracht von Palace Gardens und dem Schatten ihres Zimmers fühlte sich die Normalität dieses Ortes wie ein exotisches Abenteuer an.

»Lass uns groß feiern«, lachte Caitrìona überschwänglich, während sie die Bestellung aufgaben.

»Was willst du denn Feiern?« Liam richtete amüsiert seinen Blick auf die junge Schottin, die den Moment in vollen Zügen genoss.

»Unsere Freiheit«, entgegnete sie lächelnd. Worte, die er in diesem Augenblick nicht gänzlich zu deuten wusste, die aber augenscheinlich so viel für sie zu bedeuten schienen.

Mit zwei Erdbeer-Milchshakes und einem Tablett beladen mit Fastfood, fanden sie sich an einem Fenstertisch mit Blick auf das nächtliche Ballett der Straße wieder.

Und während sie in die eingängigen Freuden des Moments eintauchten, ihren Hunger nach Pommes stillten, konnte Caitrìona nicht anders, als sich in diesen Bruchteil der Zeit verliebt zu fühlen. Hier, eingebettet in den Kontrast zwischen dem historischen und zeitgemäßen London, zwischen den großen Plänen und kleinen Vergnügungen, zwischen Flucht und Freiheit, fand Caitrìona einen Platz, an dem sie einfach sein konnte. Sie selbst, unbeschwert und wahrhaftig – glücklich.

»Danke«, sagte Caitrìona mit einem Lächeln tiefster Zufriedenheit auf den Lippen.

»Hä?« Liam, der sich eine Pommes in den Mund geschoben hatte, blickte auf. »Für das Essen?«

Sie schmunzelte. »Für den Abend in Freiheit. Dafür, das du

mich entführt hast und aye, auch für das Essen.«

Liam verzog fragend das Gesicht, verstand er doch nur die Hälfte von dem, was die Schottin gerade von sich gab. Aber vielleicht war es genau das, was ihm an ihr so gefiel.

Er winkte mit einem Nicken ab. »Mach dir keine Sorgen. Ich schreibe es auf die Rechnung«, grinste er kauend.

Bei dem Anblick fühlte sich Caitrìona unvermittelt an Mrs. Bancroft erinnert. Ein freches Grinsen stahl sich auf ihr Gesicht, als sie sich aufrecht hinsetzte, die Arme auf der Tischkante ablegte und eine Pommes zu ihren Lippen führte. »Das Besteck immer zum Mund führen, nie den Mund zum Besteck«, zitierte sie mit gespielt übertriebener Stimme und sah ihn theatralisch ernst an.

Liam stockte in seinen Bewegungen und ein fragender Blick formte sich in seinem Minenspiel. »Was stimmt denn nicht mit dir?« Er lachte auf.

Caitrìona löste sich aus ihrer Haltung und stieg in sein Lachen ein.

»Eine Lady benimmt sich so.«

»Du und eine Lady.« Kam es wie aus der Pistole geschossen. »Du bist vielleicht eine Jakobinerin, aber sicher keine Lady.« Er grinste dabei, die Worte alles andere als ernst meinend. Für die junge Schottin jedoch bedeuteten sie in diesem Moment mehr, als er ahnte.

»Ich nehme an, da du noch in London bist, hast du dich entschieden, zu bleiben?«, fragte er vorsichtig nach und sah sie an. Caitrìona erwiderte seinen Blick und kaute eine Weile nachdenklich auf einer Pommes herum. Dann aber nickte sie sanft: »Aye.«

»Finde ich gut.« Er lächelte und wickelte seinen Hamburger aus dem Papier.

»Really?«

Liam nickte, legte das zerknüllte Papier zur Seite und nahm den Burger in beide Hände. »Ja.« Er biss herzhaft ab. Caitrìonas Blick aber suchte eine ausführlichere Antwort. Kauend sah er sie an, ehe er in aller Seelenruhe schluckend, antwortete: »Natürlich. Ich meine, wenn du dich nach Schottland absetzen würdest, würde es mir das Schuldeneintreiben nur erschweren.«

»Oh haud yer wheesht. Dunderheid.« Sie lachte und warf eine Pommes nach ihm, die sie sich eigentlich in den Mund stecken wollte.

»Ey!« Liam wich aus und biss mit breitem Grinsen von seinem Burger ab.

»Also hast du deinen Dad kennengelernt? Bist du cool mit ihm?«

Die Schottin stockte und senkte unmerklich ihre Augen. »Nay, er ist tot.« Ihre Stimme gedämpft, was Liam innehalten ließ. Er bedachte sie mit einem entschuldigenden Blick und ärgerte sich, in dieses Fettnäpfchen getreten zu sein.

»Schon okay«, sagte sie schnell, seine Betroffenheit bemerkend. »Ich kannte ihn nicht, also kann ich ihn auch schlecht vermissen. Auch wenn ich zugeben muss, dass ich ihn gerne kennengelernt hätte.« Ein halb gequältes Lächeln zeigte sich.

Liam nickte verstehend. »Tut mir dennoch leid für dich. Und jetzt?«

»Jetzt lebe ich bei meinem Großvater«, seufzte die junge Schottin tief einatmend.

»Na ja, gibt Schlimmeres. Denke ich.« Er zuckte unbedarft mit den Schultern.

»Wenn du wüsstest«, sinnierte sie stumm.

Und schließlich, nachdem sie die letzte Pommes geteilt und den letzten Schluck ihrer Milchshakes genossen hatten, schoben sich Caitrìona und Liam durch die automatischen Glastü-

ren des McDonald's zurück auf die Straße. Ein kühler Nacht-
wind begrüßte sie, als wolle er die fremden Aromen des Fast-
food-Restaurants verscheuchen und durch die kalte Luft Londons ersetzen.

»Bereit für den Höhepunkt der Tour?« Liam hatte ein schel-
misches Leuchten in den Augen. Caitrìona, deren Geist noch
immer berauscht von den vielen neuen Eindrücken war, nickte
heiter, angetrieben von ihrer unersättlichen Neugierde und dem
Gedanken an ein weiteres gemeinsames Erlebnis.

Sie schlenderten Seite an Seite und bogen um Ecken. Das
kulturelle Patchwork der Straßen zeigte sich stetig in neuen
Facetten. Vorbei an kunstvoll restaurierten Gebäuden, unter
warmem Laternenlicht hin zu den Weiten des South Banks. Die
Themse plätscherte sanft, als sie eine Brücke überquerten und
das Ehrfurcht gebietende London Eye vor ihnen auf tauchte.
Fulminant erleuchtet streckte es sich gegen den nächtlichen
Himmel, funkelnd wie eine Diamantkette aus Lichtern, die sich
träge, aber unaufhörlich drehte. Es stellte all seine Schönheit
und Würde zur Schau.

»Holy Fucking keech«, rutschte es Caitrìona heraus, als sie
den Anblick des Riesenrads in sich aufsog. Wie ein zeitgenössi-
sches Monument stand es da: majestätisch und doch einladend,
seine Kapseln sanft durch die Nacht schwebend, als wollten sie
den Sternen einen Besuch abstatten.

Liam beobachtete leise lächelnd, wie Caitrìona das Schauspiel
auf sich wirken ließ.

»Für den perfekten Blick auf London«, sagte er und deutete
zum Eingang hinüber. »Wie könnte ich dir besser mein London
bei Nacht zeigen?«

»Oh aye«, war alles, was die junge Schottin in diesem Moment
herausbrachte. Das London Eye erstrahlte vor ihr wie das

Portal zu einer anderen Welt, zu einem Universum aus Lichtern und Leben, so unendlich weit entfernt von den sanft geschwungenen Hügeln und stillen Tälern ihrer schottischen Heimat. Der massive Riese aus Stahl und Glas drehte sich langsam, würdevoll und unerreichbar gegen den Abendhimmel, der sich in einem Potpourri von Farben widerspiegelte, die Caitrìona noch nie zuvor am Firmament erblickt hatte. Für einen Moment blieb sie stehen, die pulsierende Energie Londons umspülte sie wie die Meereswellen an einer staunenden Küste. Ihre blauen Augen weiteten sich vor Staunen, ehe sie von Liam weiter gezogen wurde.

Gemeinsam traten sie zum Eingangsbereich, gesellten sich zu Nachtschwärmern und Liebespaaren, die ebenso gekommen waren, um sich von den Kabinen des Riesenrads in die Sterne tragen zu lassen. Und als sie an der Reihe waren, lugte Liam durch das Fenster hinein. Das Gesicht des schwarzen Ticketverkäufers hellte sich schlagartig auf.

»Yo Liam! Was geht Alter?« Der Verkäufer streckte seine Faust durch die Öffnung und traf locker Liams.

Er nickte grinsend. »Alles was nicht steht Bobby. Spendierst du uns 'ne Runde?«

Bobby warf einen musternden, aber amüsierten Blick auf Caitrìona, dass seine weißen Zähne nur so strahlten. »Ahhh, du kleiner Teufel du.« Er grinste schief und wedelte mit seinem Zeigefinger vor Liams Nase, ehe zwei Karten durch das Fenster folgten. »Viel Spaß und tut nichts, was ich nicht auch tun würde!« Seine Hände klatschten voller Lebensfreude.

»Nur keine Sorge«, zwinkerte Liam und schob Caitrìona schon weiter.

»Hey, sehen wir uns morgen im Ring?«, rief der Ticketverkäufer ihm nach, seinen Kopf aus dem Fenster streckend.

»Na klar, ich verpasse dir 'ne Abreibung!« Liam lachte eine Hand bestätigend hebend.

Sie stiegen in die gläserne Kapsel, deren Transparenz ihnen nichts von der bevorstehenden Pracht der Stadt verbergen würde. Und während sich das Riesenrad langsam weiter bewegte und sich sanft anhob, sah sie ihn an. »War das ein Freund von dir? Was meinte er mit Ring?«

»Bobby? Ja klar. Wir boxen im selben Club«, grinste Liam und seine Worte ließen Caitrìonas Brauen steigen.

»Du boxt?«

»Nur wenn ich nicht Fußball spiele oder Jakobinerinnen die Schönheit Londons zeige.« Er zwinkerte, wobei sich ihre Blicke trafen und einige Momente aufeinander ruhten. Erst unterbrochen als Liam deutend nach draußen zeigte. »Da schau.«

Das Riesenrad hob sich sanft an, und mit jedem Meter, den sie höher stiegen, wuchs Caitrìonas Staunen. Die Stadt breitete sich unter ihnen aus. Ein kunstvolles Gewebe aus Lichtern, Straßen und Flüssen. Alles wirkte so klein und greifbar, eine Miniaturausgabe des machtvollen Londons.

»Holy Moly, schau dir das an!« Sie staunte ergriffen und zeigte auf die sich entfernende Skyline. Big Ben erhob sich stolz in der Ferne, die Houses of Parliament – der Palast von Westminster – breiteten sich unter ihnen aus wie ein festliches Schachbrett. Und mittendrin die Themse, die sich anmutig und souverän durch London schlängelte.

In dieser Kapsel, hoch über der Erde, wurde das Gefühl von Freiheit immer stärker. Caitrìona konnte es spüren und sog jeden Moment gierig in sich auf. Hier oben gab es keine Geheimnisse, keine Verstecke, nur die unendliche Weite des Himmels, die stille Gemeinschaft der Sterne und das seelenvolle Empfinden, frei von allem zu sein. Liam, der schweigend neben ihr stand, bestätigte mit einem zufriedenen Lächeln seine Wahl.

Die Kapsel erreichte langsam ihren Zenit und die beiden standen wie in einem gläsernen Turm über der Welt, die sich in einer Palette von nächtlichen Farben unter ihnen erstreckte. Lichter zuckten und flackerten, tausende Leben, die sich in dem glühenden Netzwerk aus Straßen und Plätzen verflochten. London, in seiner unendlichen Vielfalt, präsentierte sich ohne Eile, ein lebendiges Kunstwerk, das von keiner Kamera je gänzlich eingefangen werden würde.

Caitrìona lehnte ihre Stirn gegen das kühle Glas, ihre Augen weit geöffnet, um ja keinen Moment der großartigen Panorama-Aussicht zu verpassen. Da war der Shard, der wie ein gigantischer, geheimnisvoller Kristall in den Himmel stach. Die Millennium Bridge, eine moderne Stahlsymphonie, die sich über die ruhigen Gewässer der Themse spannte und weiter entfernt das erleuchtete Kreuz des Dome of St. Paul's Cathedral.

»Unglaublich, nicht wahr?« Seine Stimme flüsternd, seine Worte kaum mehr als eine zarte Brise, die es soeben wagte, die Zauberei des Moments zu stören.

Sie nickte, unfähig, ihre Gefühle in Worte zu fassen. Hier, hoch über den alltäglichen Sorgen und Freuden, fühlte sich Caitrìona nahezu wie in einem Traum gefangen, einem Traum, aus dem sie nicht aufwachen wollte.

Nur langsam, beinahe widerwillig, löste die junge Schottin ihre Augen von der Aussicht und sah Liam an. Er lehnte neben ihr, sein Blick nach draußen gerichtet, ehe er seinen Kopf wandte und sie ansah.

»Ich finde es gut, dass du nicht zurück nach Schottland bist«, sagte er leise, fast flüsternd.

»Aye.« Caitrìona nickte verloren in Gedanken. Ein Moment der Sorge. Ein Wimpernschlag, in dem sie daran dachte, was geschehen würde, wenn ihr Großvater mitbekäme, dass sie nicht mehr auf ihrem Zimmer war. Das sie sich abgesetzt hatte, um ihre Freiheit zu genießen.

»Mein Großvater weiß nicht, dass ich hier bin, also bin ich doch irgendwie abgehauen.« Ein leises, versonnenes Geständnis, getragen von einem Hauch Stimme.

»Ich weiß«, entgegnete Liam ebenso sachte, gleichwohl wesentlich aufmerksamer. Caitrìonas Augen suchten in seinem Blick eine Antwort, auf seine gelassene aber bekräftigende Bestätigung. Er griff ihre Hand. Nahm sie in seine. Ein Gefühl von elektrischen Blitzen schien sie in diesem Moment zu durchfahren.

»Wenn es sein muss, entführe ich dich jeden Abend aus dem Haus deines Großvaters, solange du mir versprichst, dich nicht einfach abzusetzen.« Er drückte ihre Hand, ein tiefes Versprechen gebend.

»Oh, wenn du wüsstest«, murmelte Caitrìona, der fast die Luft zum Atmen fehlte, gefangen in diesem Moment.

»Ich muss nichts wissen. Nur das du hier in der Stadt bist.« Seine Stimme flüsternd, während das London Eye seine geräuschlose Reise fortsetzte, sich wieder dem Boden annäherte. Und mit jeder herabschwebenden Sekunde kehrten sie schrittweise heimwärts in die Realität. Doch jenes Gefühl des Erhabenen, das ihnen auf ihrem fliegenden Aussichtspunkt zuteilgeworden war, würde ihnen niemand mehr nehmen können. Es war ein sanftes, stetiges Erwachen, während die Dunkelheit Londons sie wieder einhüllte, sie zurück in den Schoß der Nacht lenkte.

Liam zog sie ein Stück näher zu sich. Seine Augen fest auf ihren liegend, erreichte die Kapsel schließlich den Boden. Ihre Türen öffneten sich mit stummer Einladung, während sich ihre Lippen langsam einander annäherten.

»Ich habe sie gefunden!« Ein störender, alles in Aufruhr versetzender Ruf unterbrach auf grausamste Weise den Moment intimer Zweisamkeit.

Allein
gegen den Rest

Caitrìonas Herz raste. Angst schimmerte in ihren Augen, als die Männer in den dunklen Anzügen die gläserne Kapsel stürmten.

»Oh Shit …«, kam es erschrocken über ihre Lippen, während Liam vergebens versuchte, zu begreifen, was gerade passierte. Im Augenwinkel erkannte er eine Gestalt auf sie zu eilen, seine Hand nach Caitrìona ausgestreckt. Es geschah im Bruchstück einer Sekunde und Adrenalin durchflutete seinen Körper. In einem rebellischen Akt des Schutzes zischte seine Faust durch die Luft und traf hart auf McArthurs Kinn. Der Schlag hatte kaum Zeit zu verhallen, als sich die kraftvollen Arme eines weiteren Leibwächter um Liams Körper schlangen, ihn mit brutaler Effizienz gegen das kalte Glas der Kapsel pressten.

Die Geräusche des Kampfes – ein Rumpf, der auf eine Wand prallt, ein unterdrückter Hilferuf, das Aufstampfen von Schuhen – verschmolzen zu einer lärmenden Disharmonie. Caitrìona, deren Herz in ihrer Brust wie ein wildes Tier gegen Gitterstäbe schlug, kämpfte mit der Energie der Verzweiflung. Ihr Akzent wurde zu einem Schlachtruf, als sie fluchte und schrie. Es brauchte zwei der Männer, um die trotzige Wehrhaftigkeit der jungen Schottin zu brechen und sie zum wartenden Fahrzeug zu schleifen.

Ein Blitzlicht schnitt durch das Dunkel, ein unheilvoller Blitz in einer Szene, die keiner Bühnenshow entsprungen war. Es war roh, echt und beängstigend.

»Wir haben sie und fahren zurück, lasst den Jungen laufen«, verkündete McArthur knapp und geschäftsmäßig in das Mikrofon an seinem Kragen. Sein Tonfall glich dem scharfen Stoß eines Schwertes im Gewebe des Abends.

Wenngleich sie weggezogen wurde, war Liams Name der letzte Schrei der Rebellion, den sie auszustoßen vermochte, bevor der Mercedes sie verschlang und die Türen mit finalem Nachdruck ins Schloss knallten. Caitrìona kämpfte weiter, ihre Turnschuhe traten gegen die luxuriösen Sitze. Die Männer aber waren zu erfahren, zu berechnend und ließen sich kaum von ihrer Ungezähmtheit beeindrucken.

Liam, hilflos im Griff seines Widersachers, starrte durch die schalldichte Barriere und in seinen Augen spiegelte sich die Zerrissenheit zwischen Sorge und Wut.

Der schwarze Mercedes fuhr davon, und mit ihm entschwanden die letzten Fünkchen der Hoffnung, die die Nacht so verheißungsvoll begonnen hatte.

Und während die Anwesenden perplex auf das Drama blickten und eilige Gespräche unter den Sicherheitsbeamten des London Eyes ausbrachen, blieb Liam zurück. Mit blau anlaufendem Kinn, zornentbrannt und entschlossen, die ungeheure Ungerechtigkeit nicht hinzunehmen.

Der beschauliche Teil der Nacht war vorüber, und der Sturm, den Liam in Caitrìona zu zähmen vermocht hatte, brach in dieser Sekunde mit aller Gewalt über die Männer herein, die mit ihr im Wagen saßen.

Die Wut, die sich in Caitrìonas Brust aufgebaut hatte, entlud sich in einem stürmischen Gewitter aus Flüchen.

»Fuck ye dain! Lasst mich verdammt noch mal los! Feck off

ihr verdammten …« Ihre Stimme verlor sich in einem unartikulierten Grollen, bis ein donnerndes »Lady McKenzie! Caitrìona!«, sie abrupt stoppte und zu einem blassen Schatten ihrer Erregung schrumpfen ließ. Ihr Atem war hektisch, spiegelbildlich zum langsamen Nachlassen der Griffe des Mannes, die sie festgehalten hatten. Caitrìona wirbelte herum, ihre Augen brannten vor Tränen der Hilflosigkeit, als sie einen letzten Blick durch das rückseitige Fenster auf das müde London Eye warf, das nun in der Dunkelheit kleiner wurde. Ein Stück Freiheit, weit und unerreichbar.

»Stoppt das Auto! Sofort anhalten!«, verlangte sie mit zitternder Stimme. Ihre Hände tasteten nach dem Türgriff, wurde aber unmissverständlich zurückgedrängt.

»Caitrìona!« McArthurs Befehlston hallte abermals durch den Innenraum des Mercedes. Diesmal schwand ihre Widerstandskraft langsam dahin und sie sank keuchend in die weichen Polster zurück.

»Was zur Hölle sollte der Scheiß! Was fällt euch ein?« Sie schnaubte, ihre Augen blitzten kämpferisch McArthur an, der ihr seine volle Aufmerksamkeit schenkte.

»Das frage ich Sie. Sie schleichen sich einfach davon? Ohne ein Wort?« Er strich sich über das Kinn, spürte den Nachhall von Liams Faustschlag. »Lady McKenzie, das war eine dumme und vollkommen unnötige Aktion.«

»Ich hoffe, dass es wehtut«, entgegnete die Schottin spitz und beobachtete seine Geste mit einer Spur von süßer Genugtuung.

»Ich gebe zu, Ihr Freund hat mir einen beeindruckenden Denkzettel verpasst«, räumte der Leibwächter mit einem Hauch von Respekt über die Fähigkeiten des jungen Mannes ein.

»Er boxt ja auch.« Ein Funken Stolz auf Liams mutige Tat blitzte in ihren Augen.

»Na so was«, murmelte er und richtete seinen Blick wieder nach vorn. In diesem Moment loderte das Handy in Caitrìonas Tasche auf, vibrierte wie ein entfesselter Geist, der verzweifelt versuchte zu kommunizieren. Sie griff danach, doch ihre Bewegung wurde von dem Leibwächter neben ihr abgefangen. Erst durch McArthurs stilles, dennoch bestimmendes Kopfnicken gab der Mann nach und zog seine Hand zurück.

»Das ist in Ordnung«, mutmaßte er. »Vermutlich macht sich der junge Mann Sorgen.« Er fixierte sie erneut mit einem durchdringenden Blick. »Teilen Sie ihm mit, dass es Ihnen gut geht, er soll sich keine Sorgen machen. Nichts weiter.« Seine Stimme so fest wie das Rollen des Wagens auf dem Asphalt.

Caitrìona erwiderte seinen Blick mit einem eigensinnigen Schimmern in ihren Augen, alles in ihr drängte, gegen jegliche Anweisung zu rebellieren. Gab dann aber nach und nickte fast unbemerkt mit dem Kopf. Ihre Finger wischten über das leuchtende Display. Jede Vibration des Handys eine neue Erinnerung an Liams Sorge um sie. Ihre Glieder zitterten vor Aufregung, Angst und purer Widerspenstigkeit, während sie die schlichten Sätze tippte: »Mir geht's gut. Mach dir keine Sorgen.« Es juckte ihr in den Fingerspitzen, ihm mehr zu sagen. Allem in ihr widerstrebte, die Geschichte auf diese wenigen, dürftigen Worte zu kürzen. Doch der ernste Blick McArthurs im Rückspiegel, so durchdringend wie der Ruck des Mercedes auf Londons nächtlichen Straßen, ließ keinen Raum für Widerspruch.

»Mehr – nicht!«, forderte er noch einmal und in diesem Befehl lag das gesamte Gewicht seines Amtes als Schutz und Fluch ihrer Freiheit. Und nach einem kurzen, rebellischen Nicken drückte sie die Sendetaste.

McArthur betrachtete sie weiterhin im Spiegel, seine Augen suchten die ihren im schummrigen Licht des Innenraums. Es war ein stiller Kampf der Blicke, eine unausgesprochene Anerkennung ihrer Stärke und seines Bedauerns über die Maßnahmen, die er ergreifen musste.

Der Mercedes schlängelte sich durch die Stadt und Caitrìona
ließ das Handy in ihren Schoß sinken. Um sie herum sanken die
Männer in eine wachsame Ruhe. Noch immer hallte Liams
Name in ihrem Kopf wider, ihre letzte verzweifelte Aufforderung an ihn, ehe sie fortgezerrt wurde. Trotz der Anweisung
des Leibwächter brannte es in ihr, ihm mehr zu schreiben,
etwas, das ihrer siedenden Wut und ihrer scharfkantigen Art
Ausdruck verleihen würde. Doch für den Moment war sie
umklammert von den eisernen Regeln ihres Großvaters und
der Rolle, die ihm zufolge eine Lady zu spielen hatte.

Wie eine Strafgefangene – und genauso fühlte sie sich in
diesem Moment – wurde Caitrìona von McArthur in das
Arbeitszimmer ihres Großvaters geführt. Alles, was fehlte,
waren die Handschellen und die eiserne Kugel am Fußgelenk.

In der unheilvollen Stille des Raumes wirkte die Schottin wie
ein Rädelsführer lang vergangener Tage, der seinem König und
Richter vorgeführt wurde. Der schwere Schreibtisch zwischen
ihr und ihrem Großvater glich einer Demarkationslinie – hier
Gefühl, dort Pflicht.

»Solch eine dargebotene Respektlosigkeit wird nicht unter
meinem Dach geduldet – weder von Ihnen noch von irgendwem anderen!« Seine Stimme bebte wie ein Donnerschlag
durch das Zimmer.

»Und ich dulde es nicht, mir meine Freiheit nehmen zu
lassen!« Ihre Stimme donnerte gleichermaßen zurück. »Mich
hat nie jemand gefragt, ob ich in diesem goldenen Käfig, unter
deinem Dach leben will.« Die Emotionen sprudelten aus ihr
heraus. Ein kühler Bach, der sich nach einer Schneeschmelze,
in einen reißenden Strom zu wandeln drohte.

»Sie haben gewissen Bedingungen zugestimmt …«

»Aye! Ich habe zugestimmt, mich auf Pflichten zu konzentrieren, ein angemessenes Benehmen zu zeigen und an irgendwelchen Wohltätigkeitsarbeiten teilzunehmen«, unterbrach sie ihn grollend. »Ich habe alles verloren, was mir etwas bedeutet hat und niemand hat mich gefragt. Ich habe meine Maw verloren. Ich habe meine Granny verloren. Ich habe mein Team verloren … Aye, ich habe sogar mein Schottland verloren!« Ihre Stimme steigerte sich zu einem intensiven Crescendo. »Und nie. Nicht einmal! Hat mich jemand nach meinen Bedingungen gefragt. Ich will weder eingesperrt noch bevormundet werden, ich will meine Wurzeln nicht verraten und vor allem …« Sie holte kurz Luft. »Will ich nicht von dir gesiezt werden, als wäre ich eine Gott verdammte Fremde. Selbst wenn wir das sind, bist du mein Großvater!«

Unterbrochen zu werden, war kein Umstand, den der Lord gewohnt war. »Was glauben Sie, wer sie sind?«

»Oh da wären wir beim nächsten Punkt! Denn als letzte, grausame Ironie stellt sich heraus, dass mein Vater ein verdammter, englischer Tory ist! Kannst du dir vorstellen, was das für mein schottisches Herz bedeutet?« Ihr Atem ging schnell, Caitrìonas Körper bebte unter der Last ihrer Worte. Sie wagte kaum zu atmen, die Entladung hatte sie fast ihrer Lebenskraft beraubt.

In Lord Cavenworth brodelte es, eine feine Regung nebst der erschütternd gelassenen Oberfläche. »Gehen Sie auf ihr Zimmer.« Seine Tonlage kühl und beherrscht. Er wandte sich ab, als würden die Worte seiner Enkelin stumpf an ihm abprallen. In seinem Blick jedoch lag ein stummes Echo ihres Schmerzes.

»McArthur!«, rief er. Dann ein weiteres Mal, von schierer Ungeduld getrieben.

Der Leibwächter betrat das Zimmer, ein pragmatischer Fels in der Brandung von Emotionen. »Mylord?«

»Führen Sie Lady McKenzie auf ihr Zimmer und stellen Sie diesmal sicher, dass sie im Hause bleibt. Sie bedarf Ruhe.«

Caitrìona stand da, das Feuer in ihren Augen ungedämpft und bereit, sich gegen diese erdrückenden Ketten aufzulehnen. »Feck. Off.« Jedes Wort eine zischende Lunte. »Ich brauche weder ein Kindermädchen noch einen Kerkermeister, Mylord.« Und als sie ihm diesen Titel entgegenschleuderte, war es kein Ausdruck von Respekt, sondern ein stolzer Hohn. Schroff, wie schottische Klippen, die seit Ewigkeiten der Brandung trotzten.

McArthurs Gesichtsausdruck schwankte, als er den Funken des Ungehorsams in den Augen der jungen Schottin einfing. Er war ein Veteran in Sachen Disziplin und Gehorsam, doch in diesem Augenblick war es, als könne er die Flammen der Rebellion verstehen, welche in Caitrìona brannten. Trotz allem war er nicht hier, um zu urteilen, sondern um Befehle zu befolgen.

»Wie Sie wünschen, Mylord.« Mit ausgestreckter Hand, die mehr einer Einladung, denn einer Aufforderung glich, deutete er auf die Tür. »Hier entlang, Lady McKenzie. Bitte.«

Die junge Schottin musterte ihn einen Moment, ihr Blick hart und prüfend. Dann, in einer Regung, die ebenso überraschend wie unerwartet war, glitt ein müdes Lächeln über ihre Lippen. Sie schritt an ihm vorbei, ihre Haltung aufrecht und in ihren Augen eine Entschlossenheit, ein stilles Versprechen, sich nicht brechen zu lassen.

Als sie den Raum verließen, hallte Lord Cavenworths Schweigen in den edlen Holzvertäfelungen des Arbeitszimmers wider. Hinter dem schweren Eichenportal zurückgelassen, saß er allein, gefangen zwischen den Pflichten seiner Position und dem versteckten Schmerz, den die aufwühlenden Worte seiner

Enkelin hervorgerufen hatten. Ihm war bewusst, er stand am Scheideweg zweier Generationen. Tief in seinem Herzen nagte ein Unbehagen, das urteilte, Caitrìona könnte in manchen Dingen recht haben.

McArthur führte Caitrìona die prunkvolle, gewundene Treppe des Anwesens hinauf. Die goldenen Bilderrahmen, deren Bilder, die Heldentaten und vergangenen Herrlichkeiten der Familie Cavenworth zeigten, schienen jetzt weniger als Zeugnisse des Ruhmes und mehr wie Fingerabdrücke einer ungerechten Welt. Einer Umgebung, die sie nicht als ihre eigene empfand. Und womöglich nie empfinden würde.

Auf der obersten Stufe verharrte Caitrìona einen Augenblick lang, bevor sie entschieden den Gang zu ihrem Zimmer einschlug.

»Lady McKenzie.« Die Stimme des Leibwächter stoppte die 14-Jährige, ehe sie ihre Tür öffnete.

Mit einem Ruck wirbelte ihr Kopf herum, die Haare fliegend und die Augen funkelnd vor Trotz. »Was denn noch? Willst du mir noch Fußfesseln anlegen oder die Fenster vergittern?«

»Das wäre vielleicht einen Gedanke wert«, erwiderte er mit bedächtiger Stimme und näherte sich ihr um einige Schritte. Sein Blick war forschend und lag fest auf ihrem. »Aber nein.« Er schüttelte den Kopf.

Ungeduldig presste sie die Lippen zusammen. »Also was dann?«

»Sie haben sich nicht angemessen gegenüber dem Lord verhalten.«

»Kratze ich mich?«

»Ich verstehe nicht, nein.« Ihre Frage ließ ihn stutzen.

»Weil's mich nicht juckt! Ich war ehrlich!« Trotzig verschränkte sie die Arme vor der Brust.

»Aufrichtigkeit schließt respektvollen Umgang nicht aus«, merkte er an und überging ihren Sarkasmus.

»Du bist doch selbst Schotte. Du müsstest mich doch verstehen.«

McArthur ließ einen Seufzer hören. »In erster Linie bin ich Protection Officer Ihres Großvaters. Befindlichkeiten wie Herkunft oder Wurzeln tun da nichts zur Sache.«

»Was zur Hölle willst du dann von mir?«

»Sie sind zwar Schottin, doch nunmehr in erster Linie die Enkelin des Lords. Es wird erwartet, dass Sie sich dementsprechend verhalten«, sagte er unbeirrt und hielt ihrem Blick stand. Caitrìona machte einen Schritt auf ihn zu, die Emotionen lagen offen in ihrem Gesicht. »Wenn überhaupt bin ich in erster Linie Schottin«, entgegnete sie energisch. »Ich habe mir diesen ganzen Scheiß nicht ausgesucht!«

»Und doch ist es jetzt Realität«, schnitt er ihr das Wort ab.

Sie presste ihre Lippen aufeinander und in einem stillen Wortgefecht hielten sie den Blick des anderen Stand.

»Das ist nur so, weil meine Maw mich belogen hat.«, presste sie zornig zwischen ihren Zähnen hervor. »Wenn meine Maw noch am Leben wäre, wäre ich nicht hier. Wenn Olivia mich nicht getäuscht hätte, wäre ich nicht hier. Und wenn man mich gefragt hätte, wäre ich schon gar nicht hier!«

»Viele wenns«, stellte McArthur nüchtern fest.

»Sind wir jetzt durch hier?« Sie hatte genug von der Auseinandersetzung.

»Gewiss, Lady McKenzie. Ich möchte Ihnen trotz allem eine gute …«, setzte er an, doch sie wartete nicht auf den Rest seiner Worte. Sie drehte sich um, betrat ihr Zimmer und mit einer entschlossenen Bewegung schlug sie die Tür hinter sich zu.

Caitrìona lehnte sich an die geschlossene Tür und kämpfte gegen die Tränen des Grolls und Sehnsucht im Schatten ihrer blauen Augen an. Ihr Körper zitterte, als würden die letzten Worte von McArthur wie ein Nachhall durch die Fasern einer massiven Eiche vibrieren. Sie schüttelte den Kopf, versuchte, die Emotionen und die stechende Realität wegzustoßen.

Ihr Zimmer konnte nicht weiter vom gemütlichen zu Hause ihrer Kindheit in den schottischen Highlands entfernt sein. Hohe Decken, verziert mit prachtvollem Stuck und ein Meer aus dichten Teppichen, die jeden ihrer Schritte erstickten. Caitrìona bewegte sich zum Fenster, dessen Rahmen sie aufschob, um die nächtliche Luft einzuatmen. Ein kalter Wind fegte herein und spielte mit den losen Strähnen ihres blonden Haares.

»Verdammtes Empire …«, raunte sie.

Draußen erstreckte sich der Garten des Hauses, in den dunklen Stunden nur durch verschwommene Lichter erhellt. Dort war sie, umgeben von Erwartungen, Traditionen und Pflichten, die ihr fremder nicht sein konnten.

»In erster Linie bin ich Schottin«, wiederholte sie leise zu sich selbst. Die Worte schwangen wie eine beschwichtigende Melodie. Sie sehnte sich nach den rauchigen Klängen einer Fiedel, dem Geruch von Torffeuer und der rauen Landschaft, die an Stärke und Wildheit ihresgleichen suchte. Stattdessen fand sie sich gefangen in einer Welt, die nicht fragte, die nur formte und erwartete.

In einem Impuls des Widerstandes packte sie ein herumstehendes Porzellanväschen, schneeweiß und fein und stieß es vom Tisch. Das Scheppern war ein Blitz in der totenstillen Nacht und kurz durchzuckte sie ein bittersüßer Triumph.

Sie gestand sich einen Moment der Ruhe zu, ließ die Stille das Krachen schlucken. Einer Lady unwürdig, echote ein innerer

Vorwurf. Doch das war sie nicht. Sie war, wie sie es selbst ausdrückte, in erster Linie eine Schottin. Ungezähmt und wahr, auch wenn das Schicksal sie jetzt in üppige Seide und unerwünschte Titel kleidete.

Sie betrachtete die Scherben zu ihren Füßen und ein flüchtiges Lächeln erhellte ihre Züge. Sie würde herausfinden, wie sie in dieser Neuen Welt überleben konnte, ganz gleich, ob als Lady McKenzie oder Caitrìona, das schottische Mädchen, das einen Sturm in sich trug. Und vielleicht, nur vielleicht, wurde sie lernen, die 'wenns' nicht als Ketten zu betrachten, sondern als Schlüssel zu einem Neuanfang.

Das Vibrieren ihres Handys riss sie aus den Tiefen ihrer Gedanken. Unschlüssig starrte sie auf das leuchtende Display, das einen eingehenden Anruf signalisierte – es war Liam. Unsicherheit ließ sie einen kurzen Moment zögern, ehe sie das Gespräch annahm.

»Cat? Alles okay bei dir?«, erklang sofort seine besorgte Stimme.

»Aye.« Ein seufzendes Echo ihrer inneren Unruhe.

»Scheiße was bin ich froh, deine Stimme zu hören.« Seine Sorge klang in einer Intensität wider, die ihr einen Kloß im Hals bescherte.

»Mir geht es gut. Alles okay«, räusperte sie sich.

»Was waren das für Typen?«

Sie zögerte, unschlüssig, wie viel sie preisgeben sollte.

»Cat? Bist du noch da?« Seine Stimme drängte, als sie zu lange schwieg.

»Aye«, hauchte sie tief einatmend. »Bin noch da. Sorry wie es gelaufen ist. Und dir, bist du verletzt?«

»Schon okay, zärtlich waren die nicht. Jetzt sag mir endlich was da los war«, drängte Liam.

»Mein Großvater hat 'ne Welle gemacht und die Bobbys eingeschaltet. Mach dir keine Sorgen, aye?« Das klang zwar wie eine Halbwahrheit, was es genaugenommen auch war, aber die ganze Wahrheit war etwas, das sie selbst kaum umfassen konnte. Und obwohl sie wusste, dass Liam nur aus Sorge handelte, fühlte sie sich noch nicht bereit, die komplette Realität der Ereignisse mit jemandem zu teilen – auch nicht mit Liam.

Sie konnte ihn stöhnen hören. »Willst du mich verarschen? Das waren doch niemals PCs!« Liams Worte waren direkt, zu präzise. Es war nicht seine Neugier, die ihn trieb, sondern reine Verzweiflung.

»Liam, wirklich, lass gut sein«, ergab sie sich müde und hoffte, den Ernst der Situation zu mildern. »Ich will nicht darüber reden. Ich bin sicher hier.«

Er schwieg und für einen flüchtigen Moment fragte sich Caitrìona, ob sie zu weit gegangen war.

»Fuck, warum willst du mir nicht sagen, was da abging?« Seine Stimme versucht beherrscht. »Ich mache mir scheiß Sorgen. Wir sind ein Team, erinnerst du dich?«

Sie spürte, wie seine Worte ihre Verteidigungsmauern stetig einrissen, ihr Herz für einen Takt aussetzen ließen. Ein Team. Ja, das waren sie. Vielleicht mehr.

»Das habe ich nicht vergessen.« Ihr Blick glitt zum Fenster, wo das Mondlicht den Garten erhellte. »Wir reden später darüber, okay?«

Die Aussage genügte ihm nicht. »Scheiße, sag mir doch einfach, was da los war. Das schuldest du mir!«, er schaffte es nicht sich länger zu beherrschen.

»Ich schulde dir gar nichts«, antwortete sie viel zu schnell in einem Anflug aus Trotz und bereute es, kaum das sie die Worte ausgesprochen hatte.

»Okay …« Liam verstummte, nur sein Atem war schwer, am

anderen Ende zu hören. »Verstanden ...«, sagte er schließlich mit einer Stimme, die vor Enttäuschung bebte und bevor sie noch etwas erwidern konnte, hatte er aufgelegt.

Das Display des Handys zersprang in einem feinen Netz aus Rissen, als es mit einem lauten Knall auf dem Nachttisch landete.

»Scheiße!«, schimpfte Caitrìona und ließ sich rücklings auf ihr Bett fallen. Der dumpfe Schmerz in ihrem Herzen vermochte selbst ihre Wut nicht zu übertönen. Der Dialog mit Liam nagte an ihr. Sie hätte weniger schroff sein sollen, weniger stolz. Ein pulsierendes Unbehagen erfüllte sie bei dem Gedanken.

Und während sie auf der weichen Matratze lag und die Decke anstarrte, flackerten Erinnerungen auf, unerwünscht und doch bedrückend präsent. Die Worte, die sie im letzten Gespräch zu ihrer Maw gesagt hatte – scharf, durchtränkt mit dem hitzigen Wunsch nach Unabhängigkeit, brannten in ihrer Brust. Ein stummer Dialog, in dem sie jegliche Äußerung an ihre Mutter, jetzt zu einem kaum hörbaren Flüstern gedämpft, bereute.

Mit jedem Atemzug, der den Raum mit der kalten Nachtluft füllte, umfing sie eine fühlbare Sehnsucht, alles zurückzunehmen, ihren Worten eine andere Form zu geben – wärmer, bedachter. Doch der Moment war vergangen und die Worte, einmal gesprochen, ließen sich nicht mehr einfangen.

Das Handy, mit seinem gesprungenen Bildschirm, lag wie ein stummer Zeuge ihrer jüngsten Reue auf dem Nachttisch. Ihr Blick glitt darauf und ein Stich von Schuld durchzuckte sie. Sie hätte nicht so impulsiv sein dürfen.

Allmählich wurde ihre Atmung tiefer und ihr Geist verlor sich im Nebel der Erschöpfung. Der Streit mit ihrer Mutter, mit Olivia, mit Liam – alles verschmolz zu einem leisen Summen im Hintergrund ihres Bewusstseins. Schlaf zog an ihren Lidern und die Welt ihrer inneren Selbstvorwürfe begann sanft zu verschwimmen, während die Müdigkeit die Oberhand gewann.

Mit einem letzten flüchtigen Gedanken an Versöhnung und dem Wunsch, die Dinge beim nächsten Mal besser zu machen, gab sich Caitrìona der Dunkelheit hin, ließ sich in die Arme des Schlafes wiegen. Die Stille, die zuvor noch bissig wirkte, war jetzt nur noch eine ferne Erinnerung, während der Frieden der Nacht und der Trost der Träume sie umschlossen.

Ein Plan
Das Unverrückbare zu verrücken

Olivia Evans stand allein auf der schattigen Terrasse, mit dem Rücken zum Haus in Palace Gardens und schaute auf die Dunkelheit des vor ihr liegenden Gartens. Rauchkringel tanzten vor ihren Augen, als sie nachdenklich an der Zigarette zog – eine Angewohnheit, die sie sich grundlegend abgewöhnt hatte und nur in Momenten echter Verzweiflung gestattete. Sie brauchte diesen flüchtigen Hauch von Tabak, um ihre wirbelnden Gedanken zu beruhigen und um die Entscheidung, die sie zum Wohlergehen der jungen Schottin treffen musste, klarer zu fassen.

Der Garten vor ihr war ein friedvoller Kontrast zu den Stürmen in ihrem Kopf. Rote und gelbe Blumen blühten in voller Pracht und das leise Rascheln der Blätter mischte sich mit dem sanften Plätschern eines nahen Springbrunnens. Die Natur schien in dieser Oase gleichgültig gegenüber den menschlichen Dramen zu sein, doch Olivia fühlte sich alles andere als friedlich.

Caitrionas jüngste Eskapade – ihre abendliche Flucht aus dem beeindruckenden und gleichwohl erdrückenden Haus ihres Großvaters – hatte in ihr eine schwerwiegende Verpflichtung erweckt. Sie hatte das rebellische Mädchen tiefer in ihr Herz geschlossen, als es für ihre Arbeit gut wäre. Jetzt quälte sie das Betrachten ihrer Entscheidung, welche sie in Inverness traf:

Stabilität um jeden Preis oder Freiheit mit ihren unabsehbaren Konsequenzen? Hatte sie richtig gehandelt? Im Sinne des Mädchens oder strikt nach ihren Vorschriften?

Olivia hatte die hitzige Konfrontation zwischen Lord Cavenworth und seiner eigensinnigen Enkelin deutlich mitbekommen und dabei war ihr Empfinden zweigeteilt. Tief in ihrem Inneren hatte sie sich gesehnt, schützend an ihre Seite zu treten – sie zu stützen, zu beraten oder notfalls ihre hitzköpfigen Impulse zu zügeln. Die autoritären Direktiven ihres Großvaters hatten jedoch eine eisige Barriere errichtet. Die Nachricht von McArthur über Caitrìonas nächtliches Entschwinden hatte in Lord Cavenworth nicht nur einen Ausbruch des Zorns entfacht, sondern vielmehr auch seine unverhüllte Sorge um das Wohl seiner Enkelin offenbart. Ein seltenes und unbehagliches Zurschaustellen seiner tieferen Gefühle.

Diese Gefühlswallungen führten ihn dazu, alle nachfolgenden Entscheidungen allein zu fassen und jeden Einfluss von außerhalb der Familie kategorisch auszuschließen. Er proklamierte barsch, es handele sich um »eine Angelegenheit, die einzig und allein die Familie betrifft«. Dieses Ausschlusskriterium traf Olivia härter, als sie vor sich selbst zugeben mochte. Statt einer Verbündeten fühlte sie sich zu einer Außenseiterin reduziert, machtlos und von den wesentlichen Diskursen abgeschnitten, die Caitrìonas Schicksal beeinflussen würden. Ihre professionelle Rolle als Mitarbeiterin des Youth Welfare Office kollidierte schmerzhaft mit den starren Prinzipien der Aristokratie, die in den heiligen Hallen der Palace Gardens vorherrschten.

Das leise Knirschen von Schritten auf Kies ließ Olivia zusammenschrecken. Der Zigarettenrauch vernebelte ihre Sinne nur kurz, ehe sie sich umdrehte und sich McArthur gegenübersah. Sein stoischer Gesichtsausdruck verbarg geschickt, was er von ihrem unerwarteten Laster hielt.

»Miss Evans«, begann er mit seiner ruhigen, gleichmäßigen Stimme, »ich hoffe, ich störe nicht Ihre Gedanken.«

Olivia drückte die Hälfte der nicht fertig gerauchten Zigarette in den Aschenbecher neben ihr. »Nicht mehr, als sie ohnehin schon umhertreiben, Mr. McArthur.« Sie konnte sich ein flüchtiges, sarkastisches Lächeln nicht verkneifen. »Was tun Sie hier draußen?«

Er trat näher, die Hände hinterrücks verschränkt und den Blick geradeaus gerichtet. »Dasselbe wollte ich Sie gerade fragen, Miss Evans.«

Olivia lehnte sich gegen das kühle Geländer, wenig überrascht von seiner Antwort. »Ich konnte nicht schlafen und dachte, etwas frische Luft würde mir guttun.«

»Dann sollten Sie nicht rauchen Ma'am.« Er stellte sich neben sie und folgte ihrem Blick hinaus in den Garten.

Ein ertapptes Lachen entkam ihrer Kehle. »Da muss ich Ihnen zustimmen. Eine schlechte Angewohnheit, die ich längst aufgegeben hatte.«

Er sah sie an. Musterte sie einen Moment. »Sie machen sich Sorgen um Lady McKenzie.« Seine Lippen verzogen sich unmerklich.

»Wie könnte ich nicht?«

McArthur nickte nachdenklich.

Olivia sah ihn fragend an. »Wie haben Sie sie so schnell gefunden?«

Ein flüchtiges Schmunzeln zeigte sich auf seinen Lippen. »Ihr Handy. Ich habe es geortet.«

Ihre Mimik drückte eine Spur Entrüstung aus, als sie seine Worte vernahm. Beschwichtigend hob er eine Hand. »Es ist mein Job für ihre Sicherheit zu Sorgen.«

»Oh hören Sie mir auf mit Jobs«, seufzte Olivia.

»Verraten Sie mir was sie genau bedrückt?«

Erneut stieß sie einen schweren Seufzer aus, ehe sie ihn ansah. »Ich bin mir nicht mehr sicher, ob es die richtige Entscheidung war Caitrìona hier herzubringen. Das alles hier wirft sie aus der Bahn. Es ist nicht ihre Welt. Sie hat mehr als nur ihre Mutter verloren.«

»Wie ist ihre Mutter verstorben?«

»Ein Unfall. Sie war dabei eine Straße zu überqueren und wurde von einem LKW erfasst.« Olivia kämpfte gegen einen Kloß in ihrem Hals an. »Was ihr aber wohl wirklich zusetzt … Soweit ich weiß, hatte Caitrìona am Abend zuvor einen Streit mit ihrer Mutter. Es wurden unschöne Worte gesagt. Ihre letzte Erinnerung ist ein Streit, wissen Sie wie schlimm das für sie sein muss?« Ein gequälter Blick traf den Bodyguard.

»Ich mag es mir nicht einmal vorstellen«, entgegnete er betroffen und gestattete sich selbst eine Gefühlsregung. »Aber das erklärt ihren Brief.«

»Welchen Brief?« Olivia horchte auf.

Jetzt war es McArthur, der aufseufzte. Ein tiefes, zerknirschtes Seufzen. »Ich habe auf dem Schreibtisch von Lady McKenzie ein Schriftstück gefunden. Ich ging von einem Abschiedsbrief aus, ansonsten hätte ich ihn nie gelesen.«

»Ich verstehe. Aber inwiefern erklärt dieser Brief etwas?«

»Der Brief ist an ihre Mutter adressiert. Ein tiefes, reumütiges Eingeständnis ihrer Verfehlungen mit der Bitte um Vergebung.« Seine Tonlage brachte seine Bestürzung deutlich zum Ausdruck.

»Es ist nie zu spät Reue zu zeigen und etwas zu bedauern. Aber es schmerzt, dass sie es ihrer Mutter niemals sagen kann.« Ihre Stimme war ein Flüstern.

McArthurs Blick verklärte sich. Schweigend starrte er in die

Dunkelheit, ehe ein Schnipsen seiner Finger die Stille durchbrach. »Es sei denn …«

»Es sei denn was?« Sie klang verwundert. »Haben Sie eine spirituelle Verbindung ins Reich der Toten?«

»Das nicht, aber vielleicht etwas ähnliches.« Sein Blick war noch immer ins Nichts gerichtet. Doch dann neigte sich sein Kopf langsam Richtung Olivia. »Vielleicht können wir ihr helfen.« Seine Stimme hatte etwas Enthusiastisches an sich.

»Sie wollen ihr helfen?« Sie klang überrascht. »Das … das wäre wundervoll. Aber meinen Sie wirklich, dass ihre Lordschaft zustimmen würde?«

Er sah sie direkt an, seine Augen offenbarend, dass sich hinter der stoischen Fassade ein gefühlvoller Geist verbarg. Von einem Moment zum nächsten änderte sich das Bild, welches sie bisher von ihm hatte grundlegend. Olivia betrachtete ihn für einen Atemzug mit einer Mischung aus Anerkennung und Dankbarkeit.

»Wir«, korrigierte er umsichtig und straffte seine Schultern. »Vielleicht, wenn wir es richtig anstellen.« McArthur legte den Hauch eines verschwörerischen Lächelns auf. »Ich werde mit Chadwick sprechen, er wird seine Lordschaft überzeugen können, uns zu helfen. Er ist ein harter Mann, aber nicht ohne Herz. Ich glaube, dass er für seine Enkelin durchs Feuer gehen würde.«

»Aber was haben Sie genau im Sinn?« Olivia brannte vor Neugierde.

Der Leibwächter richtete seinen Blick auf den Garten und strich sich gedankenverloren über seinen Vollbart. »Sie werden morgen Vormittag …«

»Nein.«

»Nein?« McArthur warf ihr einen irritierten Blick zu. »Was meinen Sie mit: Nein?«

Die Mitarbeiterin des Youth Welfare Office atmete tief ein. Es fiel ihr schwer, zum Ausdruck zu bringen, wovor sie sich insgeheim am meisten fürchtete. »Planen Sie mich bitte nicht ein. Ich …«

»Was meinen Sie? Ich dachte, Sie wollten Lady McKenzie helfen?« Schlagartig schien der Leibwächter seine stoische Fassade zu verlieren, während Olivia beschwichtigend ihre Hände hob. »Ich will ihr helfen. Bitte verstehen Sie mich nicht falsch, aber ich … ich denke, es ist besser, wenn Sie das allein machen.«

»Was reden Sie denn da?«

»Ich werde zurück nach Inverness müssen, schon in ein paar Tagen. Und es ist wichtig das Caitrìona hier jemanden findet, dem sie vertrauen kann.« Ein leises Seufzen entkam Olivia. Ihre Augen schweiften in die Ferne und verharrten dort einen Herzschlag lang, ehe sie wieder McArthur ansah. »Sie ist mir sehr ans Herz gewachsen, vielleicht mehr als es für meine Arbeit gut ist. Versprechen Sie mir bitte, mehr auf sie zu achten, als es Ihre Berufspflicht vorgibt«, bat sie und ihre Stimme hatte einen besorgten Unterton. »Sie mögen eine harte Schale haben, aber Sie haben auch einen weichen Kern. Genauso wie Caitrìona.«

Er nickte langsam und seine Augen verrieten ein tiefes Verständnis. »Lady McKenzie ist stärker, als sie sich selbst zugesteht. Ich werde gut auf sie achten und versuchen ihr zu helfen. Mein Wort drauf, Miss Evans.«

Olivia lächelte liebevoll, ein Hauch von Erleichterung in ihrer Miene. »Ich bin Ihnen sehr dankbar.«

Und während die Nacht langsam dem jungen Tag wich, kämpften beide, Enkelin und Großvater, mit den Geistern einer neuen Zeit und einer alten Weltordnung. Zeichneten sich für sie unbekannte Pfade ab, die sowohl die testenden Bande der Familie als auch die Widerstandsfähigkeit des eigenen Willens herausfordern würden.

Der Schlaf hatte sich uneinsichtig gezeigt. Reich an Sichtweisen und Vorstellungen, nicht nur für Caitrìona, sondern ebenso für ihren Großvater, verweigerte er ihnen die so dringend benötigte Ruhe. Tränen waren Lord Cavenworth zwar ferngeblieben, doch Gedanken – quälend und ungestüm – pflügten durch seinen nächtlichen Geist. Sie brachten das Zerrbild seiner Enkelin und seines Sohnes zum Vorschein, weckten Zweifel an seinen eigenen Absichten und Gebärden. Lange vor Sonnenaufgang hatte sich der Lord aus dem Bett erhoben und stattdessen in den Weiten seines Sessels Platz genommen. Er führte einen inneren Monolog, ein Glas Scotch in seiner Hand schwenkend.

Als sein Butler, der Inbegriff britischer Stetigkeit, den Raum betrat, war selbst er kaum im Stande, sein Erstaunen zu verbergen. Der Anblick seines Herrn, so ungewöhnlich verweilt im Karussell der Gedanken, war unerwartet.

»Mylord, konnten Sie keine Ruhe finden in der Nacht?«, fragte Chadwick mit jenem Anstand, den nur er so beherrschte.

»Das Morgengrauen ist kaum angebrochen und schon begleitet mich mein erster Scotch«, gab Lord Cavenworth müde zurück und zeichnete ein deutliches Bild seiner Ruhelosigkeit. Das Nicken des Butlers zeugte von unausgesprochenem Verständnis; leise platzierte er einige Papiere auf dem ehrwürdigen Tisch aus dunklem Holz.

»Darf ich unumwunden sprechen, Mylord?«

Ein dumpfes Lachen, geboren aus Müdigkeit und Erleichterung, entwich dem Aristokraten. »Wann hast du jemals um Erlaubnis gebeten?«

»Die Vorfälle des gestrigen Tages haben Sie sicherlich um den Schlaf gebracht, nicht wahr?«, führte Chadwick bedächtig ein, doch der Lord schnitt ihm schnell das Wort ab.

»Herrgott, Chadwick. Ich bitte dich, verzichte auf die förmlichen Floskeln. Nur ein einziges Mal. Sprich frei heraus!«

Der Butler räusperte sich, bevor er die Maske der Zurückhaltung fallen ließ. »Die junge Dame aus Schottland scheint Ihrem englischen, festgefahrenen Aristokratenhintern eine heftige Lektion erteilt zu haben.«

»Was zum …« Ein entrüsteter, fast strafender Blick des Herzogs traf ihn, doch verflog ebenso schnell, wie er aufgekommen war, als die Einsicht tief in ihm Wurzeln schlug und ein leiser, brummender Ton seine Kehle verließ.

»Was schlägst Du also vor, was der Aristokratenhintern jetzt tun sollte, Chadwick?«, erkundigte sich der alte Lord mit stiller Resignation.

Seine Miene unverrückt. »Vielleicht, Mylord, sollten Sie beginnen, die Traditionen neu zu bewerten – und Ihre Herangehensweise gleich mit.« Er führte weiter aus, dass Caitrìona durch und durch ein Kind der Cavenworth-Blutlinie sei. Dass ihre rebellische Natur und ihr Durst nach Freiheit nicht durch Zwang, sondern nur durch wahres Verstehen gezähmt werden könne. Mit jedem Wort, das Chadwick von sich gab, schien sein Dienstherr nachdenklicher zu werden.

Lord Cavenworth war in Gedanken versunken. »Mein Sohn hat mir eine unausweichliche Pflicht auferlegt, die ich erfüllen muss.«

»Sie sollten diese Pflicht nicht als Last, sondern als Herausforderung betrachten – eine Herausforderung, die Sie leicht meistern können, Mylord«, entgegnete sein Butler, einen Hauch von Witz in der Stimme.

»Oh, Chadwick!«, seufzte der Lord, obgleich seine Worte ein Lächeln trugen, das er nur widerwillig zuließ. »Und ich nehme an, du hast bereits eine Lösung parat, richtig?«

»In der Tat Mylord.« Er verschränkte die Arme auf dem Rücken und trat einige Schritte näher an seinen Herrn heran. »In der gestrigen Nacht hatte ich eine Unterredung mit Mr. McArthur. Gemeinsam mit Miss Evans hat er einen Ansatz vorgeschlagen, der durchaus Erfolg versprechend klang.«

»Miss Evans?« Der alte Lord sah mit grimmiger Miene auf.

»Es ist nicht von der Hand zu weisen, dass die Dame Ihre Enkelin am besten von uns kennt und einen nicht geringen Einfluss auf sie hat«, gab er zu bedenken.

Erneut erklang ein dumpfes Brummen der nachdenklichen Zustimmung. »Und weiter?«

»Mit Verlaub Mylord, aber erinnern Sie sich noch an die leidenschaftlichen Debatten mit Ihrem Sohn William? Besonders die, als er Ihnen verkündete, er würde seine freien Tage lieber in Schottland verbringen, anstatt nach Hause zurückzukehren?«

Ein tiefer Seufzer war die Antwort des älteren Herren, als längst verheilt geglaubte Wunden aufgerissen wurden. »Natürlich erinnere ich mich. Er war eigensinnig und vernachlässigte seine Pflichten, aber inwiefern betrifft das die aktuelle Lage? Wollen Sie damit andeuten, ich sollte meiner Enkelin erlauben, nach Schottland zurückzukehren?«

»Nicht im Geringsten, Mylord. Ich möchte lediglich darauf hinweisen, dass Lady McKenzie vielleicht denselben inneren Konflikt durchlebt, wie einst ihr Vater. Ihr Sohn. Obwohl die Umstände unterschiedlich sind, basieren ihre Beweggründe auf denselben intensiven Gefühlen – Liebe und Verlust. Familie und die Verpflichtung diesen gegenüber. Der Unterschied zu damals ist der, dass Sie die Gründe für die damaligen Entscheidungen Ihres Sohnes nun kennen.«

»Ich war also ein schlechter Vater? Willst du mir das damit sagen?« Die Stimme des Lords zitterte vor Verletzlichkeit.

»Was ich zu sagen versuche, ist, dass Sie immer das Beste für Ihren Sohn wollten – so wie Sie es auch jetzt für Ihre Enkelin wollen. Aber ein Baum kann nicht verpflanzt werden, indem man ihn einfach fällt. Man muss seine Wurzeln behutsam aus der Erde lösen, bevor man ihm einen neuen Standort bieten kann.«

»Die Wurzeln meiner Enkelin liegen in Schottland. Willst du also doch andeuten, ich soll ihr gestatten zurück nach Schottland zu gehen?«

»Die Wurzeln von Lady McKenzie mögen geografisch in den schottischen Highlands liegen, doch sind sie emotional tief mit dem Verlust ihrer Mutter verknüpft. McArthurs Vorschlag zielt darauf ab, diese Wurzeln behutsam freizulegen. Ich gebe zu, der Plan ist unkonventionell, nicht ohne Risiken und erfordert Ihr bedingungsloses Einverständnis.«

Der Lord blickte für einen langen Moment aus dem Fenster, den Blick auf die alte Eiche gerichtet, die sich wie ein Standbild der Vergangenheit vor dem Familiensitz erhob. »Ein unorthodoxer Plan, sagst Du?« Ein Hauch von Nachsicht schwang in seiner Stimme mit, als fände er allmählich Gefallen an dem Gedanken.

»Ja, Mylord. McArthur ist der Überzeugung, dass ein ehrwürdiges Gedenken, das Ihre Enkelin selbst gestaltet, ihr nicht nur erlauben würde, Frieden mit der Vergangenheit zu schließen, sondern auch Ihnen beiden die Möglichkeit eröffnen könnte, eine neue Brücke des Verständnisses zu bauen.«

Lord Cavenworth ließ sich langsam in seinen altmodischen

Sessel zurücksinken und nahm einen Schluck aus dem Glas in seiner Hand, sein Blick verlor sich im satten Karmesin des Scotch. Seine Augen waren nachdenklicher und wärmer, als er zustimmend nickte. »Eine neue Brücke, hm? Gut. Das Mädchen muss lernen, mit ihren Wurzeln zu leben, sie zu verstehen und zu akzeptieren. Und wenn es einen Weg gibt, den Schmerz ihrer Verluste zu lindern und sie stärker zu machen … dann will ich diesen Weg gehen.«

Ein Lächeln, zaghaft wie die ersten Sonnenstrahlen einer Morgendämmerung, umspielte die ansonsten so distinguierten Lippen des Dieners. »Das klingt nach einem weisen Entschluss, Mylord. Ich werde McArthur verständigen. Er wird die notwendigen Arrangements treffen.« Chadwick nahm Lord Cavenworths zustimmendes Nicken als Zeichen seines tiefen Vertrauens – ein Vertrauen, das ihm mehr Ehre angedeihen ließ, als jegliche Worte es je könnten.

»Aber halten Sie mich auf dem Laufenden. Und bevor McArthur seine geplanten Maßnahmen ergreift, möchte ich ihm noch etwas für meine Enkelin mitgeben.«

»Natürlich, Mylord. Verlassen Sie sich auf mich.« Er verabschiedete sich mit einer respektvollen Verbeugung, fest entschlossen, die ihm erteilte Vollmacht mit der größten Sorgfalt und Bedacht zu nutzen. An der Türschwelle jedoch, hielt er noch einmal inne und blickte zurück, sein Schatten ragte im Türbogen.

»Eins noch, Sir. Die Testergebnisse, welchen Sie neulich eine gewisse Bedeutung beimaßen, habe ich für Sie auf den Schreibtisch gelegt.« Mit diesen in der Luft schwebenden Worten schloss der Butler sanft die Tür. Zurück blieb Lord Cavenworth in einem Raum, der jetzt noch stärker von Geheimnis und Ungewissheit durchzogen war als zuvor. Die ersten Sonnenstrahlen, die durch das Fenster brachen, schienen parado-

xerweise nur zu beleuchten, wie viel in den Tiefen des alten
Hauses noch im Dunklen lag – Entscheidungen, deren Schatten sich in das Zwielicht der morgendlichen Dämmerung
mischten.

Als er den Raum verließ und den Flur entlang schritt, dessen
Wände von vielen Generationen der Familie Cavenworth
erzählten, wurde Chadwick sich der historischen Bedeutung
ihres Vorhabens bewusst. Er bereitete sich darauf vor, ein
neues Kapitel in der Familiengeschichte zu schreiben, eines, das
vielleicht dabei helfen würde, die bitteren Erinnerungen und
Verluste der Vergangenheit zu heilen.

Mit federndem Schritt steuerte er zielstrebig auf McArthurs
Quartier zu, um den besprochenen Plan in die Wege zu leiten.
Die Angelegenheit war heikel und verlangte nach Fingerspitzengefühl. Denn letztlich ging es nicht bloß um eine organisatorische Aufgabe, sondern um das emotionale Wohl eines
jungen Mädchens, das sein Herz und Heim in den rauen, aber
tröstenden Highlands Schottlands zurückgelassen hatte.

Ehre in der Ehrlichkeit, Respekt in der Aufrichtigkeit

Das hartnäckige Klopfen an der Tür erinnerte eher an das insistierende Hämmern eines Schlagzeugers bei einem Rockkonzert als an die diskreten Anklopf-Geräusche, die man von Chadwick erwarten würde. Mit ihrem scharfen Rhythmus wurden die sanften Schleier Caitrìonas Schlummers jäh zerrissen. Noch bevor sie ihre Augen völlig öffnen konnte, durchbrach der hereinflutende Lichtstrom die Dunkelheit ihres Zimmers – so abrupt, wie die Klangfanfare die Stille der Morgenstunden in einer Kaserne zerstört.

»Was zum…?«, entkam es ihr verwirrt, während sie, von Schlaftrunkenheit geplagt und vom Gewicht der Träume gelähmt, um Atem rang. Gerade war ihr Geist dabei, wieder in den sicheren Hafen des Schlummerns zu gleiten, nahm McArthur am Fußende ihres Bettes Gestalt an.

»Lady McKenzie, es wird Zeit aufzuwachen.« Seine Tonlage war fordernd, sein Auftritt energisch und unbeirrbar.

»McArthur?« Ihre Stimme nur ein Hauchen, heiser von den Nachwehen des Schlafs, wobei sie vergeblich versuchte, die blonden Strähnen aus ihrem Gesicht zu streichen.

»Wir müssen reden«, erklärte der Leibwächter und in seiner sonst kontrollierten Ausstrahlung schwang ein Hauch von Ungewöhnlichkeit mit.

Sie unternahm einen Anlauf, ihre müden Gedanken zu ordnen. »Was ist denn passiert?«

Mit der Geduld eines Verbündeten setzte er sich an den Bettrand. »Bist du wach? Es gibt wichtige Dinge zu besprechen.« In seiner Stimme erklang eine beharrliche Dringlichkeit, die den Rhythmus ihres verstört klopfenden Herzens aufzufangen schien. Und nach einigen Momenten, in denen sie sich mühte, ihre Verwirrung und die morgendliche Benommenheit abzuschütteln, richtete Caitrìona sich auf. »Was ist los?«, gähnte sie und hatte Mühe, ihre Augen offenzuhalten.

»War deine gestrige Aussage ernst gemeint?« Schnitt McArthur unvermittelt durch die Stille des Raums, die Auseinandersetzung mit Lord Cavenworth aufgreifend.

»Hä?« Ihre Verwirrung löste bei ihm eine kaum unterdrückte Verärgerung aus, bevor er ohne Vorwarnung ein Glas Wasser griff und es ihr ins Gesicht schüttete.

»Scheiße …!« Schock und Entrüstung in einem plötzlichen Aufschrei miteinander vermischend. Mit funkelnden Augen voller Empörung starrte sie ihn an. »Hast du den Verstand verloren? Was zur Hölle stimmt denn nicht mit dir?«

»Jetzt bist du wach«, entgegnete er lapidar, wobei in seiner Stimme ein unterschwelliger Aufruhr mitschwang. »Also: Waren deine Worte ernst gemeint?«

»Aye, natürlich meinte ich es ernst«, schnauzte sie scharf, während sie noch immer versuchte, die nassen Tropfen von ihrem Gesicht zu wischen. »Was willst du überhaupt? »

Mit zügigen Schritten erreichte McArthur den Schreibtisch, auf dem ein beschriebenes Blatt Papier lag. Mit einer Bewegung, die keinen Widerspruch duldete, präsentierte er es Caitrìona. Seine Augen fahl von einer kaum verhüllten Dringlichkeit. »Und das hier – war das auch ernst gemeint?«

Die Schottin fuhr auf, jegliche Spur der Schlaftrunkenheit

schlagartig vertrieben durch den Schreck. »Das geht dich gar nichts an, das ist für meine Maw!« Mit einem Ausdruck der Empörung, der jedoch ihre Verletzlichkeit nicht gänzlich verdecken konnte, war sie auf den Beinen und entriss ihm das Papier.

»Hast du es gewagt, das zu lesen?«, konfrontierte sie ihn, die Wut in ihrer Stimme kaum gemildert, als sie das Bett sicherheitssuchend wieder ansteuerte.

»Ja, ich musste es tun«, gestand er und war sich der Schwere seiner Worte durchaus bewusst. »Du warst verschwunden. Dieser Zettel hätte alles Mögliche können – vielleicht ein Abschiedsbrief.«

Ihre Blicke trafen sich, und ihre Augen funkelten vor Empörung. »Sind dir wohl die Sicherungen durchgebrannt?« Sie schnaubte, die Verärgerung und der Trotz in ihrer Stimme kaum gebändigt. Doch als er näher trat, wich sie instinktiv vor der Intensität, die er ausstrahlte, zurück.

»Du bist verletzt, fühlst dich verraten und alleingelassen. Die Trauer um deine Mutter schneidet tief, doch du kannst sie nicht loslassen. Schuldgefühle zerfressen dich und du glaubst, als hätte sich die ganze Welt gegen dich verschworen – liegt das im Bereich des Möglichen?«, sprach er mit eindringlicher, ruhiger Stimme und fixierte sie mit seinen Augen. McArthurs Worte hatten das Gewicht der Wahrheit und scheuten nicht davor zurück, die Schleier ihres Selbstbetrugs zu zerreißen.

»Willst du jetzt den Seelenklempner spielen, oder was?«, fauchte sie bissig, doch die aufkeimende Rebellion in ihrer Stimme vermochte es nicht, die dahinter verborgene Schwäche zu verbergen.

Unbeeindruckt, als wäre seine Rolle weit mehr als die eines simplen Leibwächter, blieb McArthur standhaft. »Sag mir, ob das, was ich sehe, wahr ist oder nicht«, forderte er, nicht gewillt, die Maske der Gleichgültigkeit, die sie zur Schau stellte, zu akzeptieren. Seine Haltung war fordernd, sein Blick erwartungsvoll und unausweichlich. »Ja. Oder. Nein?«

»Aye!«, eruptierte es aus ihr heraus, mit all der ungebändigten Kraft eines schottischen Gewitters. Ihr Puls hämmerte wie Trommelschläge in ihren Ohren, ihr Atem wand sich in kurzen, stoßartigen Wellen.

»Aye«, wiederholte sie weicher, die Last dieser Erkenntnis deutlich hörbar in ihrem Ton. Wie ein Echo seiner Worte, schien eine schmerzhafte Akzeptanz in ihr zu erwachen, eine Bekanntschaft, die sie nur zu gut kannte. »Aye.«

In diesem einen Wort schwang ein Ozean voller Emotionen mit – Gefühle, die bislang vielleicht keine Chance gehabt hatten, wirklich durchzuatmen. Die verwegene Fassade eines unbeugsamen schottischen Geistes brach auf unter der Wahrhaftigkeit eines tiefen seelischen Schmerzes. McArthur hatte nicht nur Schichten entfernt; er hatte die Fensterläden ihrer Seele aufgerissen, um den goldenen Strahl der Wahrheit hereinzulassen.

Mit einem schweren Seufzer, der mehr ausdrückte, als Worte es je könnten, sah McArthur sie an und in seinen Augen spiegelte sich ein Funken Verständnis wider. Kurz schien es, als hätte sich die unbeugsame Rüstung des Leibwächter für einen flüchtigen Moment gelockert, um die Menschlichkeit darunter zu enthüllen.

»Dann lass mich dir helfen.«

»Scheiße. Weißt du wie oft ich das in den vergangenen Wochen gehört habe?«

»Zu oft, nehme ich an.«

Ein Moment der Stille breitete sich aus.

»Wie willst du mir schon helfen?«, ihre Stimme klang gequält, zeugte deutlich von einem inneren Kampf, der in ihr tobte.

»Indem du anfängst, mir zu vertrauen.« Sein Vorschlag fest gefügt wie die Zinnen einer alten Burgmauer.

Ein bitteres Lachen brach aus Caitrìona heraus, ein Lachen, das mehr von ihren inneren Konflikten preisgab als von Fröhlichkeit.

»Ich soll dir vertrauen? Das letzte Mal als ich jemandem vertraut habe, wurde ich deportiert.« Misstrauen aber auch die glimmende Hoffnung auf einen Verbündeten tanzten in ihrem Blick unentschieden umher.

McArthur richtete seine Haltung auf, straffte die Schultern, seine Augen ließen nicht von ihr ab. »Die Antwort darauf findest nur du«, sprach er mit einer Ernsthaftigkeit, die seine Worte tiefer hallen ließ. Sein Blick glitt über die Wände ihres Zimmers, als könne er daraus mehr ihrer Geschichte lesen. »Ich sehe hier niemand anderen, dem du dein Vertrauen schenken könntest. Was hast du noch zu verlieren?«

Die junge Frau stand am Scheideweg zwischen angeborenem Misstrauen und der schleichenden Versuchung, ihm Einlass zu gewähren. Ihre Gedanken wirbelten, maßen das Pro und Kontra mit jedem Herzschlag ab. Dann, mit einem entschlossenen Blick, der McArthur fokussierte, als könne sie dadurch in seine Vergangenheit und Absichten dechiffrieren, flüsterte sie. »Was soll's. Von mir aus.«

»Tu es, oder tu es nicht. Es gibt kein Versuchen«, entgegnete McArthur mit einer Beständigkeit, als spräche er von den Grundfesten einer Highland-Feste.

»Okay! Ich tu es, ich vertraue dir, aye?«, sagte sie schließlich und in ihrem Ton lag eine Entschlossenheit, die keine Rückfragen duldete. Als sie die Last ihrer Zweifel hinter sich ließ, sah sie ihm fest in die Augen – ein Blick voll neuer Klarheit und die Bereitschaft zur wankelmütigen Reise des Vertrauens.

Er wandte sich der Tür zu. »In Ordnung. Aber mein Vertrauen musst du dir noch verdienen.« Seine Worte hingen wie eine unerwartet ausgesprochene Herausforderung in der Luft und sein Rücken, war für einen Moment wie die feste Linie eines Rätsels.

»Was?« Überraschung mischte sich in ihre Stimme und stolperte durch ihre Verwirrung. »Du verarschst mich, oder? Ich soll vertrauen und du…?«

»Keineswegs. Du wirst die Brücke zu deinem Großvater wieder aufbauen. Zieh dich an, wir müssen – wollen bald los. Und steck den Brief an deine Mutter ein.« Er griff nach der Türklinke und ein leises Klicken verkündete seinen Entschluss.

»Stopp! Kannst du mir das erklären … Hallo?« Ihre Stimme klammerte sich an das letzte Fünkchen Hoffnung auf Verständlichkeit. McArthur hielt inne und drehte sich mit fester Entschlossenheit um. »Ich denke, ich war deutlich. Eine Entschuldigung, nichts mehr, nichts weniger. Danach fahren wir. Also beeil dich.« Seine Augen waren ruhige Pole, um die ein Orkan aus Fragen wirbelte und Caitrìona wurde klar, dass dies kein Spiel war.

Zweifel beschatteten ihr Gesicht. »Weißt du eigentlich, was du da von mir …«

»Ja, das weiß ich. Sehr genau sogar«, schnitt er ihr Wort ab, beinahe so, als könne er ihre Gedanken lesen. Er wandte sich zum Gehen, aber sie hielt ihn noch einmal auf.

»Warte!« Ihre Stimme trug einen Hauch von Heiterkeit.

»Was ist jetzt noch?«, entgegnete er, ungeduldig unter seiner rauen Schale.

»Hast du gerade Yoda zitiert?« Auf ihrem Gesicht breitete sich ein Schmunzeln aus, als sie glaubte, eine unerwartete Seite seines Charakters zu erkennen.

Er zuckte mit den Schultern, eine Geste, die seine sonst so steife Haltung durchbrach und zwinkerte, ein Witz in seinen

Augen, den er niemals laut zugeben würde: »Der beste Ratgeber, den man haben kann.« Und mit dem Schließen der Tür blieb Caitrìona zurück, überrascht von der Einsicht, dass sie gerade nicht nur einer neuen Seite McArthurs, sondern auch sich selbst begegnet war. Ein aufkommendes Lachen stieg in ihr hoch. Der Mann war eine Kiste voller Überraschungen und wer hätte das gedacht, vielleicht wirklich dazu bereit, die Brücke zu ihrem Vertrauen Stein für Stein zu festigen.

Gedankenverloren, aber mit einer jugendlichen Grazie, die ihre innere Unruhe nur mühsam kaschierte, schritt Caitrìona die großzügige Treppe des prunkvollen Herrenhauses hinab. Schon aus der Entfernung vernahm sie unten die tiefen, sonoren Stimmen ihres Großvaters und McArthurs. Sie klangen wie zwei kontrastierende Instrumente eines Orchesters, die sich in der hallenden Weite des Foyers begegneten.

»McArthur, ich hoffe, Sie sind sich Ihrer Sache sicher.« Lord Cavenworths Stimme klang, streng und doch nicht ohne einen Unterton der Sorge. In Gedanken zupfte er am Manschettenknopf seines exakt sitzenden Jacketts, während Chadwick, der insbesondere heute weitaus mehr als ein Butler war, mit stummer Beobachtung einen Schritt zurücktrat.

»Natürlich, Sir. Seien Sie unbesorgt, ich werde sie wohlbehalten zurückbringen«, versicherte McArthur, wobei sein Blick zielgerichtet in Richtung des Treppenabsatzes glitt, welchen Caitrìona inzwischen erreicht hatte.

»Dessen bin ich mir bewusst, und dennoch ist dies nicht meine größte Sorge…«, entgegnete Lord Cavenworth. Sein Satz verlor sich jedoch in der Luft, als auch er seine Enkelin erblickte. Seine aufrechte Haltung verriet weder den Schlafmangel der vergangenen Nacht noch die morgendliche Begegnung mit dem Scotch. »Wohlan. Chadwick, wir haben noch manches zu erledigen. McArthur, ich vertraue auf Sie«, erklärte der Lord und füllte mit seiner Stimme die Atmosphäre des Foyers, bevor er sich mit einem abgewendeten Blick würdevoll in Richtung seines Arbeitszimmers bewegte.

McArthurs Augen ruhten vielsagend auf Caitrìona, als sie endlich beschloss, die letzten Stufen langsam hinabzusteigen. Hinter seiner gefassten Miene verbarg sich eine Erwartung, die keiner Worte bedurfte. Die 14-jährige, die sonst so selbstsichere Schottin, verspürte eine ungewollte Widerspenstigkeit in sich aufkeimen, obgleich sie es besser wusste.

»Lord Cavenworth«, ertönte ihre Stimme klar, bestimmt und mit einem Maß an Entschlossenheit, das die Anwesenden innehalten ließ. Sie wandten ihre Blicke der jungen Schottin zu, überrascht von der Festigkeit in ihrem Ruf.

Langsam, doch mit zunehmender Sicherheit, trat Caitrìona näher an ihren Großvater heran. Ein flüchtiger, unsicherer Blick zu McArthur genügte und seine sonst unergründliche Miene wich einem beinahe unsichtbaren Nicken der Anerkennung.

»Lord Cavenworth… Ihre Lordschaft… Sir?« Caitrìona rang um die passenden Worte, ihren Großvater unverwandt anblickend. Ihr Blick, der schimmernd vor Stolz und geschärfter Einsicht aufleuchtete, war zugleich von der Unsicherheit über die Form ihrer Entschuldigung gezeichnet. Die sonst so schlagfertige Zunge war plötzlich wie gelähmt.

Ein kurzes Zögern später murmelte sie: »Ich…«, immer noch auf der Suche nach dem angemessenen Ausdruck.

»Kommen Sie zum Punkt oder ersparen Sie uns die Formalitäten. McArthur wartet – Zeit ist ein wertvolles Gut«, mahnte ihr Großvater, seine Stimme von gewohnter sachlicher Autorität, die dieses Mal jedoch mit einem Hauch von Ungeduld durchzogen war.

»Es tut mir leid, Sir. Für meine Worte gestern Abend möchte

ich mich aufrichtig entschuldigen … Sir«, sprach Caitrìona mit nachdrücklich, demonstrativen Stolz. Ihre Haltung wurde straffer, ihr Kinn hob sich ein wenig. Ihr Entschluss zeugte von einer Entschiedenheit, die wohl einzig den Menschen der Highlands eigen war.

Ein Anflug von Erstaunen zeigte sich in den Augen ihres Großvaters, während er ihre Worte verarbeitete. Er nickte kaum merklich, eine Geste der Zustimmung.

»Danke, Lady McKenzie. Und nun, man erwartet Sie«, erwiderte er, wobei seine Tonlage gleichgültig schien, doch ein leises Beben seiner Stimme verriet die verborgene Milde hinter seiner adligen Fassade.

Caitrìona nickte knapp und drehte sich um, ihre Emotionen zügelnd. Die gewählten Worte waren nicht leichtfertig gesprochen, sie entsprangen der Tiefe ihres ehrlichen Herzens, welches der unveränderlichen Regel ihrer schottischen Seele folgte: Ehre in der Ehrlichkeit, Respekt in der Aufrichtigkeit.

Sie setzte ihren Weg zu dem wartenden McArthur fort.

»Caitrìona«, hallte unverhofft der Ruf ihres Namens durch das abnehmende Schweigen des Raumes, als Lord Cavenworth innehielt und sich zu ihr umwandte, die Hände auf dem Rücken verschränkt.

»Ich würde mir wünschen, du nennst mich Großvater. Oder Edward, wenn es dir recht ist.« Seine Stimme kratzte seicht und sein Blick streifte flüchtig über die Anwesenden, ehe er seiner Enkelin ein warmes, beinahe versöhnliches Lächeln schenkte. Die Masken fielen und für einen kurzen Augenblick wurde die Intimität der familiären Bindung sichtbar. »Und jetzt wünsche ich dir einen angenehmen Tag.«

Mit einem ungezwungenen, freimütigen: »Aye, Großvater« und einem feinen Lächeln, das ihr Gesicht erhellte, setzte Caitrìona ihren Weg fort. McArthur nickte anerkennend. Ihre

Schritte erschienen nun leichter, getragen von einem neuen Verständnis und einer versöhnenden Kraft, die aus der Tiefe ihrer Highland-Wurzeln geschöpft wurde.

Mit einem gekonnten Griff und dem selbstsicheren Schritt eines Mannes, dem es an nichts mangelt, weder an Erfahrung noch an verschwiegenem Können, öffnete McArthur den dunklen Mercedes. Elegant schwang sich Caitrìona ins Wageninnere, ließ sich in das weiche Leder der Sitze fallen und wartete darauf, dass McArthur das Steuer übernahm.

»Und? Habe mir jetzt dein Vertrauen verdient?«, fragte sie mit gespielter Leichtigkeit, kaum dass er Platz genommen hatte. Ein durchdringender Blick erreichte sie über den Rückspiegel, in dem sich ein schmales Lächeln erkennen ließ. »Es ist ein Anfang, Lady McKenzie.«

Ihr Herz schlug einen Tick schneller bei dieser Antwort, die Zustimmung suggerierte, aber in ihren Augen doch nicht genug. Die Enttäuschung, die sie zu verbergen suchte, spiegelte sich auf ihrem Gesicht. »Das ist schon unfair. Ich soll dir vertrauen und du …«

»Das Leben ist oft unfair, Lady McKenzie«, unterbrach er sie, seinen Blick nicht von ihr abwendend und drehte den Zündschlüssel.

Sie ließen das prächtige Anwesen hinter sich, während sich die Sonne durch den klaren Londoner Morgen kämpfte und ein Spiel aus Licht und Schatten auf die noblen Fassaden der Palace Gardens warf.

Caitrìona sank tiefer in den Sitz, lauschte dem Singsang des Motors und sah, wie die Stadt vor ihren Augen erwachte.

»Ich werde aus dir nicht schlau, McArthur«, murmelte sie, als das Fahrzeug die Schranken hinter sich ließ und sich in den pulsierenden Verkehr Londons einfädelte.

»Wie darf ich das interpretieren?« Seine Antwort ungerührt, als wollte er ihr Rätsel durch seine Haltung noch vergrößern, während er das Auto souverän Richtung Westen lenkte.

»Na genau das zum Beispiel. Vor einer Stunde noch haben wir uns geduzt… Und jetzt?« Sie schnaufte leise und schüttelte resignierend den Kopf. »Ach, ich weiß auch nicht.«

»Im privaten Rahmen Ihres Zimmers galten andere Regeln. Hier sind wir in der Öffentlichkeit«, klärte McArthur sie auf, als zitiere er aus einem ungeschriebenen Ehrenkodex.

»Wir sind allein.«

»Nur scheinbar, Lady McKenzie«, antwortete er und als ihre Blicke sich im Spiegel trafen, fuhr er fort. »In London sind Sie nicht länger die unbekannte junge Dame aus Schottland. Hier beobachten alle Augen und Ohren die Verbindung zu Lord Cavenworth.«

»Und wen genau soll das interessieren?« Sie zuckte mit den Schultern, halb genervt, halb ungläubig.

»Beispielsweise die Leser des 'Hello!' Magazin. Oder das Publikum der 'Sun' und des 'Daily Mirror'«, erwiderte er nüchtern.

»Pff, so einen Mist lese ich nicht. Teagen aus meinem Team ist schon schlimm genug, die quasselt einem damit ständig die Ohren voll«, entgegnete Caitriona mit einem schiefen Grinsen.

»Die Welt da draußen ist voll von Teagens, die auf Nachrichten lauern. Und jene Blätter stillen ihr Verlangen. Sie werden ein Teil dieser Welt werden. Sind es bereits. Ob Sie wollen oder nicht.«

»Das ist doch Bockmist«, brummte sie, ihre bläulichen Augen in seinem Spiegelbild verfangen.

»Und genau deshalb ist es wichtig, jedes Wort und jede Geste mit bedacht zu wählen«, fuhr er fort. »Lady McKenzie zu sagen, ist ein Gebot des Respekts und Wunsch Ihres Großvaters.«

»Respekt sollte man nicht Titeln entgegenbringen. Man muss ihn sich verdienen.« Caitrìona sah ihn an und hob ihre Tonlage zu einem Zitat: »Männer folgen nicht Titeln, sondern Mut.«

»In der Tat«, bestätigte McArthur und ließ Anerkennung in seiner Stimme mitschwingen. »Heute Morgen haben Sie sich meinen Respekt mit ihrem Mut verdient, Lady McKenzie.«

In Caitrìonas Augen zeigte sich ein Schimmer von Stolz. »Wohin fahren wir eigentlich?«

»Zur Royal Air Force Basis Northolt.«

Verwirrung malte sich auf ihr Gesicht. »Und was wollen wir dort?«

»Was man eben auf einer Air-Force-Basis tut. Fliegen.«

Die junge Schottin stieß ein resignierendes Seufzen aus. »Sie müssen mich nicht für dumm verkaufen.«

»Das würde ich mir nie erlauben«, entgegnete er mit einem angedeuteten Schmunzeln. »Der Junge von gestern Abend. Wer war das?«

»Ein Freund«, antwortete sie und richtete ihren Blick aus dem Fenster, wich damit seinen Augen im Spiegel aus.

»Verstehe. Ein Freund.«

»Aye, nur ein Freund!« Caitrìonas Stimme erklang mit der Vehemenz eines aufbrausenden Sturms. Ihre Blicke trafen sich erneut im Rückspiegel.

»In Ordnung«, nickte der Leibwächter, sichtbar skeptisch. »Wenn ich eine Bemerkung machen dürfte …«

»Nein, dürfen Sie nicht!«, unterbrach sie ihn und für einen Wimpernschlag herrschte Stille im Wagen. Dann jedoch lachte McArthur auf. »Gesprochen wie eine echte Lady.« Und mit einem zwinkernden Augenaufschlag zog er sie in seinen Bann.

»Feck off«, murmelte sie, nicht ohne denselben Witz in ihre Augen. Trotz ihres beidseitigen scherzhaften Umgangs wandte Caitrìona ihren Blick wieder ab und starrte hinaus auf die vorbeiziehenden Stadthäuser Londons. Gedankenverloren kreisten ihre Überlegungen um Liam und die vergangene Nacht. Darüber, was geschehen wäre, hätte McArthur sie nicht gestört. Gleichzeitig wuchs in ihr eine Frustration gepaart mit Verärgerung über sich selbst. Eine innere Stimme sagte ihr, dass sie dem Leibwächter dankbar sein sollte. Schließlich hatte er sie davor bewahrt, einen Engländer, einen Sassenach, geküsst zu haben. Doch tief in ihr regte sich auch Widerstand gegen diese Stimme.

Die Straßen wurden leerer, als sie sich der scheinbar endlosen Schnellstraße M40 näherten, die sie geradewegs Richtung Westen zu ihrer Bestimmung trug. Der Verkehr summte und surrte, jeder in seiner kleinen, individuellen Welt gefangen, während sie Kilometer für Kilometer hinter sich ließen.

»Wir werden bald da sein«, war McArthurs einzige Bemerkung, als sie an Greenford vorbeirauschten. Die Verschwiegenheit, die er ausstrahlte, ließ ihren Blick wieder nach draußen schweifen, wo sich die urbane Welt allmählich in eine sanftere, ländlichere Idylle verwandelte.

Nach einer Dreiviertelstunde näherte sich der Mercedes den Toren der Royal Air Force Basis Northolt. Ein kurzes Nicken und der Austausch von Papieren später, befanden sie sich auf dem weitläufigen militärischen Gelände.

»Es war keine Verarsche? Ein Hubschrauberrundflug?« Caitrìonas Augen weiteten sich in ungläubigem Staunen, als sie realisierte, welche Erfahrung ihr bevorstand. McArthur parkte den Mercedes neben dem kleinen, aber effizient wirkenden Helipad.

»Wir starten zu keinem Rundflug, Lady McKenzie. Wir setzen nach Exeter über.« Mit gewohntem Griff öffnete er ihr galant die Tür. »Ich hoffe Sie haben keine Flugangst.«

»Ich habe vor gar nichts Angst«, gab sie mit einem Lächeln zurück, das zwar mehr Courage als Furcht verriet, dennoch konnte sie nicht leugnen, dass sie einen gewissen Respekt vor dem Hubschrauber verspürte.

»Ein AugustaWestland AW139«, erklärte McArthur, als er ihren Blick bemerkte. »Er gehört ihrem Großvater. Der Luxuriöse Teil Ihres neuen Lebens, würden Sie nicht sagen?«

Mit seiner glänzenden schwarzen Lackierung und aerodynamischen Form wirkte die Maschine sowohl kraftvoll als auch exklusiv. Sein ausgeprägtes, abgerundetes Rumpfprofil, wurde von beiden Seiten durch das charakteristische Fensterband unterbrochen. Die großen Panoramafenster versprachen ihnen eine weitreichende Sicht und unterstreichen das luxuriöse Design.

»Nichts, woran ich mich so schnell gewöhnen könnte.« Caitrìona wurde von der Privilegiertheit ihrer Situation eingeholt.

Auf dem Helipad empfing sie bereits der Pilot, eine imposante Erscheinung in seiner kohlenstofffarbenen Fliegerkluft. Mit einem ernsten, doch respektvollen Kopfnicken begrüßte er sie. »Lady McKenzie, Mr. McArthur. Unsere heutigen Flugkonditionen sind nicht ideal. Es gibt leichte Winde und einen bewölkten Himmel, aktuell sieht es so aus, als bliebe es trocken.«

Mit der Sicherheit zweier, die das Prozedere gewohnt waren, schritten sie auf den Hubschrauber zu, der im gedämpften Licht eine souveräne Ruhe ausstrahlte.

»Moment – Was heißt nicht ideal?« Sie stockte und ein ungewohnt mulmiges Gefühl breitete sich in ihrer Magengegend aus.

»Nur keine Sorge Lady McKenzie. Runter kommen wir immer«, scherzte der Pilot und bestieg die Maschine als Erster.

»Der verarscht uns doch, oder?« Ihr Blick suchte McArthurs. Die plötzlich auftretende Nervosität der jungen Schottin, die sich sonst so selbstbewusst gab, amüsierte ihn. »Ich fürchte nicht Lady McKenzie.« Ein verschmitztes Leuchten zeigte sich im Winkel seiner Augen, als er seine Hand ausstreckte, um ihr den Einstieg zu erleichtern. Und als sie zögerte, gab er ihr einen aufmunternden Wink, als wolle er die Anspannung mit einer einfachen Geste wegwehen.

Beim Betreten der geräumigen Kabine wurde Caitrìona von einem Meer aus feinstem Leder und dezent glänzendem Mahagoniholz begrüßt. Das Innere strahlte eine behagliche Wärme aus, welche sorgfältig vom indirekten, weichen Licht der verdeckten LED-Leisten akzentuiert wurde. Jeder, der ergonomisch designten Sitze war in einem cremigen Beige gehalten und schmiegten sich sanft an die Konturen des platz nehmenden Körpers. Für Caitrìona schien es, als würde sie jeder Sessel mit offenen Armen empfangen, versprechend, den Flug zu einem Erlebnis von unvergleichlichem Komfort werden zu lassen. Die Sitzflächen waren breit und einladend, und die Kopfstützen hoben sich wie Kunstwerke anmutig hervor. An den Seiten der Kabine zogen sich Holzpaneele entlang, die glatte Oberflächen und geschmackvolle, integrierte Fächer für persönliche Gegenstände boten. Über ihren Köpfen erstreckte sich eine Decke, bekleidet mit feinem, schallabsorbierendem Material, welches das Innengeräusch des Fluges auf ein Minimum reduzierte. Eine Oase der Ruhe, und selbst das leise Flüstern der Rotoren schien mehr wie eine entfernte, beruhigende Melodie.

Caitrìona berührte vorsichtig den teuren Stoff der Sitze und ließ ihren Blick über die Steuerkonsolen der eingebauten Bildschirme, die diskret in den Rückenlehnen der gegenüberliegenden Sessel eingelassen waren, gleiten. Jedes Instrument war sinnvoll platziert und mit einem Finish versehen, das den hohen Standard betonte. Chromakzente blitzten hier und da, fügten sich nahtlos in den Luxus um sie herum und fingen das Licht ein, das durch die Fenster hereinfiel und zarte Reflexionen an die Wände warf.

Dies war kein gewöhnlicher Hubschrauber, sondern eine fliegende Suite, ausgestattet mit allem, was das Herz begehrte.

Gleich einem riesigen, erwachenden Vogel begannen die Rotorblätter sich langsam zu drehen, ein zunächst sanftes, dann lauter werdendes Zischen erklang. Caitrìona ließ sich in einen der Sessel fallen und sah McArthur voller Neugier an. »Exeter, also. Was wollen wir da?«

»Lassen Sie sich überraschen«, entgegnete er und schnallte sich an. Seinem Wink folgend, nahm auch die junge Schottin die Gurte zur Hand und tat es ihm gleich.

Als der Hubschrauber über die malerische Landschaft Südenglands schnitt, mit Kurs auf Exeter, ließ Caitrìona ihren Blick über die kupferfarbenen Dächer, weiten Felder und sattgrünen Hügel, die sich bis zum Horizont erstreckten, schweifen. In ihrem Inneren brodelte eine Mischung aus Aufregung und Nervosität, ähnlich der ersten Meereswelle, die sanft, aber bestimmt gegen den Bootsrand schlägt. Die Welt unter ihr zog vorbei wie ein lebendes Gemälde. Und während sie über diese Tapete aus Grün und Gold flogen, fühlte sie sich wie in einem zeitlosen Traum gefangen. Getrennt von der Realität und doch tief verbunden mit der Erde, die sie so auf gewisse Weise auch fliehend zurückließ. Die Weite des Himmels und die sanfte

Erschütterung des Helikopters unter ihr boten einen tröstenden Rhythmus, welcher ihr erlaubte, für einen kurzen, atemlo-
sen Moment die Sorgen und das Gewicht ihres neuen Lebens
zu vergessen.

Eine Reise in den Himmel

Als der Hubschrauber inmitten einer symphonischen Darbietung von Wind und Technik in die dichteren Luftschichten über Exeter hinabsank, fand Caitrìonas Herzschlag seinen Rhythmus im pulsierenden Takt der Rotoren – beides schien gleich schnell und entschlossen zu schlagen. Die Rotorblätter verwoben die Landschaft in ein impressionistisches Gemälde aus verschwommenen Farbtupfern und bald darauf entfaltete sich die Stadt vor Caitrìonas Augen mit immer klarer werdenden Konturen. Mit anmutigem Geschick ließ der Pilot die Maschine schweben und auf dem Landefeld ausklingen, die Rotoren brummten leiser, bis nur noch die Stille um sie verblieb.

Kaum hatte der AgustaWestland das letzte Zittern seiner Blätter eingestellt, war McArthur auch schon aus der Kabine gesprungen, wandte sich dann um und reichte Caitrìona seine Hand. Der Boden von Exeter fühlte sich unter ihren Füßen noch von der Morgennässe getränkt an. Ein Mann, dessen Jacke deutlich das Emblem des Meteorological Office zeigte, trat aus dem grau verwobenen Hintergrund. Sein Haar zerzaust als Zeugnis vieler offener Begegnungen mit dem Himmel und in seinem Gesicht tanzte ein Lächeln, welches die Freundlichkeit der aufkommenden Sonne spiegelte.

»Douglas!«, rief McArthur mit einer Ehrlichkeit, die von jahrelanger Verbundenheit zeugte, und reichte ihm fest die Hand. »Gut, dass du es einrichten konntest.«

Douglas, dessen Auge so wachsam den Himmel durchstreifte, wie sein Herz die Freundschaften hütete, ergriff ebenso herzlich die Hand. »McArthur, du alter Wolf. Nichts hätte mich davon abhalten können, die Tochter von William zu treffen.«

In der Ausdrucksweise der jungen Schottin spiegelte sich eine wachsende Spannung. Misstrauen gegenüber der unerklärten Verbindung dieser Männer, die vor ihr standen und ein aufkeimendes Interesse, welche Geheimnisse wohl ein Meteorologe für sie bereithalten mochte, besonders nachdem er ihren Vater erwähnte.

»Lass mich dir Lady Caitrìona McKenzie vorstellen, Williams Tochter«, fuhr McArthur fort, nicht ohne eine gewisse Würde in seiner Stimme. »Lady McKenzie, das ist Douglas Paterson, das Genie der Meteorologie, das uns erklärt, warum wir ständig nass werden.«

Eine amüsierte Falte bildete sich um Douglas' Mundwinkel, während er ihr die Hand reichte. »Es ist mir eine Ehre, Lady McKenzie. Willkommen im Land der Wolken und der Wetterkarten.« Er betrachtete sie einen Moment ernsthafter, als er es vielleicht vorgehabt hatte. »Sie sind ihrem Vater wie aus dem Gesicht geschnitten, wenn ich das anmerken darf.«

»Sie kannten meinen Vater?«

»Oh ja. Wir waren Studienfreunde. Ihr Vater war ein Mann mit Weitsicht, Lady McKenzie.«

»Wenn Sie tatsächlich sein Freund waren, würden Sie mich dann Caitrìona nennen?«

Douglas' Augen flackerten zwischen ihr und McArthur, unsicher, die formellen Titel fallen zu lassen.

»Lady McKenzie ist nicht so förmlich, wie es ihr Großvater gerne hätte«, half McArthur mit einem bestätigenden Nicken aus.

Douglas entspannte sich, ein warmes Lächeln umspielte erneut seine Lippen. »So? Dann haben Sie mehr gemeinsam mit Ihrem Vater, als Sie ahnen.«

»Kannten Sie auch meine Mutter?«, forschte Caitrìona weiter, getragen von einem aufkeimenden Drang, mehr zu erfahren.

Ein freundliches Lachen zeigte sich auf seinen Lippen bei der Erinnerung. »Ich hatte das Vergnügen, sie auf einer Party während unseres Studiums kennenzulernen. Ein winziges Zimmer, vollgestopft mit mindestens 20 Menschen, ein Wunder, dass die Wände standhielten. Ich habe keine Ahnung, wie wir das zustande gebracht haben, aber es war ein unvergesslicher Abend …«

Seine beinahe nostalgische Erzählung wurde jäh von einem beherzten Räuspern McArthurs unterbrochen, und Douglas erfasste den subtilen Hinweis. »Es wird Zeit«, nickte er, die Erinnerungen zurückstellend und deutete in Richtung seines wartenden Wagens. »Das Wetter hält sich nicht an Termine also sollten wir keine Zeit verlieren.«

Die Räder des Fahrzeugs zeichneten präzise die Konturen der Straße nach, als die Gruppe sich vom Helipad entfernte. Das Auto, ein diskretes Modell, dessen Innenausstattung nicht im Geringsten, mit der des Mercedes ihres Großvaters mithalten konnte, rollte in angemessener Geschwindigkeit auf das Hauptquartier des Met Office in Exeter zu. Während die Fassaden der Stadt an ihnen vorbeizogen, ein Mosaik aus historischen Strukturen und schimmernden neuen Konstruktionen, drifteten Caitrìonas Gedanken ab.

Was mochte es hier Wichtiges geben, dass McArthur es für

notwendig hielt, sie mit einem Hubschrauber hier herzubringen? Nur um ihn zu treffen? Douglas? War er nur ein alter Freund der Familie – ihres Vaters? Oder verband ihn mehr mit den Cavenworths, als es den Anschein hatte?

Als das Auto durch das schmiedeeiserne Tor rollte und vor den modernen Glas- und Stahlfassaden des Met Office haltmachte, verfing sich Caitrìonas Blick an den himmelwärts strebenden Vorrichtungen, welche die Geheimnisse der Winde einzufangen schienen. Futuristische Antennen und Satellitenschüsseln ragten gleich den Säulen eines zeitgenössischen Tempels in den Himmel.

Beim Eintritt in das Foyer, das sich mit der Klarheit seiner Strukturen und der Weite seines Raumes vor ihnen aufspannte, spürte Caitrìona die Schwere der Erwartung in ihrer Magengrube. Es offenbarte sich ein Labyrinth aus reibungslosen Fluren, gesäumt von Türen, hinter denen sich die Geheimnisse des Himmels verbargen. Jeder Schritt auf dem makellosen Boden hallte mit dem Echo der anstehenden Enthüllungen wider. Und über sie breitete sich ein Netz aus verborgenen Fäden aus, die jetzt darauf warteten, von ihrer behutsamen Hand entwirrt zu werden. Was auch immer die gläsernen Wände für sie bereithielten, sie war entschlossen, sich dem zu stellen.

Douglas wandte sich mit einer Mischung aus Neugierde und Kameradschaft McArthur zu, die in seinem entspannten Ton mitschwang. »Und wie geht es ihrer Lordschaft?«, fragte er, wobei seine Augen wohlwollend zwischen ihm und Caitrìona hin und her tanzten.

Der Leibwächter antwortete mit der Souveränität, die seine Stellung erforderte und doch lag in seiner Geste ein Hauch von

Diskretion. »Er wird von Arbeit überhäuft. Nicht zuletzt bringt die bevorstehende Krönung von Charles ein politisches Beben mit sich, das seine Kreise nicht unberührt lässt. Aber wie du immer sagst, er ist ein Stehaufmännchen – ein alter Hase im Geschäft.« Ein sanftes Lächeln zeigte sich auf seinen Lippen, als Douglas mit einem wissenden Nicken reagierte.

Ihr Weg führte sie an offenen Türen vorbei, hinter denen sich Büros und Laboratorien offenbarten, wo Wissenschaftler vertieft ihre Messinstrumente justierten. Mitarbeiter des Met Office kamen ihnen entgegen, nickten respektvoll und murmelten anerkennende Grüße. Die Luft schien elektrisch geladen vom Eifer der Forschung und Analyse.

»Wir versuchen, die Atmosphäre zu entschlüsseln, in gewisser Weise die Poesie in den Wolken zu lesen«, erklärte Douglas, während sie die Breite des Ganges hinter sich ließen. »Es geht darum, Muster zu erkennen, Vorhersagen zu treffen. Nicht nur für das Wetter von morgen, sondern auch für klimatische Entwicklungen und deren Folgen. Für die Zukunft unseres Planeten.« Er unterstrich seine Worte mit einer beschreibenden Geste, als sie durch die Doppeltür ins Freie traten.

Draußen hatte sich der Himmel in ein tiefes bleigrau gehüllt. Nur gelegentlich schaffte es ein Sonnenstrahl, sich durch die Wolkendecke zu kämpfen, um etwas Silber auf das graue Tuch zu malen. Eine lebhafte Schar von Studenten hatte sich um einen bald aufsteigenden Wetterballon gruppiert. Farbenfrohe Datenlogger und Sensoren warteten darauf, stellvertretend für den menschlichen Wissensdurst in die Stratosphäre geschickt zu werden.

»Und da ist er.« Douglas vollführte eine präsentierende Geste Richtung Ballon. »Er trägt unsere Instrumente in himmlische

Höhen, um uns von dort oben Einblicke zu gewähren. Ich hoffe, er entspricht deinen Vorstellungen?« Sein Blick wandte sich auf McArthur, der die Arme vor der Brust Verschränkte und zufrieden nickte. Ein stiller Respekt, auch für das außergewöhnliche Handwerk, während die jungen Wissenschaftler akribisch ihre Abschlusschecks durchführten. »Da scheint es tatsächlich Dinge zu geben, die höher steigen als deine Sicherheitsprotokolle«, bemerkte er schmunzelnd in Richtung des Meteorologen.

»Manchmal ist es besser, die Welt von oben zu betrachten, um den Blick am Boden zu erweitern«, entgegnete Douglas spielerisch und zwinkerte Caitrìona zu, gerade als der Wetterballon, mit einem Grollen des Heliums, begann sich zu straffen.

»Eine Reise in den Himmel«, murmelte McArthur und trat bedächtig neben Caitrìona. Seine Augen, von einem stillen Verstehen erfüllt, trafen auf ihren Blick – fragend, suchend, vielleicht ein wenig verloren. »Du hast mich gefragt, weshalb wir hier hergekommen sind. Du konntest deiner Mutter vieles nicht mehr sagen. So viele Worte blieben unausgesprochen. Dein Brief könnte sie auf konventionellem Wege nie erreichen«, sagte er behutsam und deutete zum Ballon. »Aber auf diesem Weg, wer weiß, vielleicht berührt er ihre Seele dort oben.«

Die Konturen des Briefes drückten sich durch das Papier, als Caitrìona ihn aus der Tasche zog und fest in ihrer Hand wiegte. Ein Flattern, wie vom sanften Hauch des Windes getragen, ließ ihr Herz schneller schlagen, das gegen ihre Brust klopfte wie das Flügelschlagen eines gefangenen Vogels. Mit diesem Brief würde sie sich nicht nur von den Worten verabschieden, die sie zu Papier gebracht hatte, sondern auch von Gewichten, die zu lange auf ihren Schultern geruht hatten.

»Du meinst …?« Ihr Blick wanderte unsicher zum Ballon.

»Es ist nicht mehr, als eine Chance«, nickte der Leibwächter.

»Darf ich?«, bat Douglas mit einer offenen, entgegenkommenden Geste. Seine Hand wartete geduldig. Und mit zögerlichen Fingern übergab sie ihm das Dokument ihrer Gefühle.

Behutsam befestigte er es an dem himmelstrebenden Boten und trat zurück, das stumme Nicken eine stille Erlaubnis zum Start.

Der Ballon, ein fragiles Gefährt der Hoffnung, hob sich zögerlich. Glich einem Wesen, das ängstlich die Umarmung des Windes annimmt. Ein Seufzer der Sehnsucht entwich Caitrìonas Lippen, als er sich von den erdverbundenen Sorgen erhob und ihre tiefsten Gedanken in die Lüfte trug. Er stieg auf, allmählich dem Himmel entgegen, unermüdlich und entschlossen, jedes Leid, jeden Schmerz mit sich fortzutragen.

»Eine Reise in den Himmel«, wiederholte McArthur leise und verharrte neben Caitrìona, deren Augen den Ballon verfolgten, als wäre er ein leuchtender Komet auf seiner Reise durch die Unendlichkeit. Seine Worte hingen schwer in der Luft und legten sich um sie wie eine Decke aus purer, dichter Bedeutsamkeit.

»Vielleicht«, hauchte sie und die Ahnung eines Lächelns spiegelte sich in ihren Zügen wider. »Vielleicht bringt es ihr den Frieden, nach dem sie sich sehnte.«

»So wie es auch dir Frieden bringen wird.« McArthurs Stimme war nicht mehr als ein Flüstern im Wind. Ein Schatten aus Empfindsamkeit und Verstehen huschte über sein Gesicht – ein Spiegelbild der Emotion, das beide gleichermaßen durchströmte, verankert in der Erkenntnis der Macht ungesagter Worte und des Schmerzes, den sie in sich bargen.

Er griff in die Tasche seines ausgebeulten Mantels und zog

eine kleine, aber gewichtige Schatulle hervor, die er würdevoll in Caitrìonas Hände legte. »Von deinem Großvater«, meinte er, die Worte schwer von Bedeutung. »Er wollte, dass du dies erhältst. Nachdem … nachdem alles gesagt und getan ist.«

Caitrìona fühlte in ihren Fingerspitzen die kühle Textur des Holzes. Und als sie den Deckel hob, entblößte sie einen Kompass, altertümlich und erhaben, eine Familienreliquie, die Geschichten verbarg, tiefgründiger als die Gravuren es je verraten könnten. Ein Leitstern, ein Leuchtfeuer für das, was auf der Erde wirklich zählt – Liebe, Familie, Zugehörigkeit.

»Ein Kompass für eine Reisende, deren wahre Reise gerade erst beginnt«, flüsterte Douglas, der ihnen still beigetreten war. »Möge er dich stets sicher nach Hause zurückführen.«

Als der Ballon schließlich nur noch ein winziger Punkt am Firmament war, riss die Wolkendecke auf und warme Sonnenstrahlen senkten sich herab, tauchten Caitrìonas Gesicht in ein sanftes Gold. Gleich einem Fingerzeig des Himmels schien dieser Moment zu ihr zu sprechen. Tränen bildeten sich in ihren Augen, glänzten im Licht wie Morgentau, während sie sich der Wärme und dem Trost des Sonnenscheins hingab.

Zwischen den zwei Männern stehend, denen die Bestimmung unterschiedlich, doch bedeutsam eine Rolle in ihrem Leben zugewiesen hatte, wurde ihr bewusst, dass auch sie, ähnlich dem Ballon, zu neuen, unerforschten Höhen aufbrechen würde. Mit dem alten Kompass in ihrer Hand und den Worten, die noch in der Luft hingen, war sie fest entschlossen, dem Unbekannten zu begegnen und die Vergangenheit mit Ehre zu tragen.

»Danke, Maw«, flüsterte sie dem Wind zu, der die Botschaft zu den Sternen geleiten würde. »Ich werde meinen Weg finden.«

Nachwort und Danksagung

Wenn die Dämmerung mit sanftem Griff die wilden Hügel Schottlands umschließt und der Wind die Lieder uralter Legenden über die grünen Täler trägt, ist es an der Zeit, das letzte Kapitel zuzuschlagen. "Die schottische Distel" – mein *Baby*. Durchdrungen und inspiriert von der Essenz einer Nation und der Poesie eines Volkes, deren Herz mit jedem Schlag den zähen Geist ihrer Erde verkörpert.

Mutig und vorlaut, stellte sich Caitrìona ihrem Schicksal. Ihre Freiheitsliebe unwandelbarer als der Fels unter den Mauern von Eilean Donan Castle. Auch wenn sie mit ihrer stürmischen Seele die Geduld derer, die ihr helfen wollten, auf eine harte Probe stellte.

Und so viel sei verraten: in der kommenden Fortsetzung wird sie das Leben ihres Großvaters ordentlich auf den Kopf stellen und durch ihren ungestümen Geist die kleinliche Ordnung der aristokratischen Kreise Londons zerrütten. Wie ein wilder Sturm wird sie über das glatte Parkett der Salons fegen und mit nicht mehr als ihrem Willen ihre kleine Welt verändern.

In den Momenten der Zweifel und den Tagen, da die Muse schwieg und das Papier leer blieb, war es *Esther Olschewski*, die mir immer wieder Mut machte. Wie ein Leuchtfeuer war ihr Zuspruch der Kompass, der mich sicher durch die Dunkelheit führte. Für deine ermutigenden Worte, liebe *Esther*, und deine inspirierende Seele, möchte ich dir herzlichen Dank aussprechen. Ohne dich, würde es dieses Buch vielleicht nicht geben.

Doch keine Reise ist einsam, wenn man Weggefährten an der Seite weiß. Meinen Testlesern: *Kerstin Gangl, Jan Becker, Lena Niggemeyer* – und jenen, die im Mantel der Anonymität gehüllt bleiben - ihr seid dieser Text geworden, ein Teil des Abenteuers, ein Kapitel in dieser Geschichte. Jede Seite, die ihr umblättertet, jedes Wort, das ihr hinterfragtet, war ein Schritt auf dem Weg zur Vollendung.

Last but not least. Ein ganz besonderer Dank an *Sarah*, eine liebe Freundin und wundervollen Autorin. Du hast mir Mut gemacht, diesen Schritt zu gehen. Ich danke dir, für die vielen kreativen Stunden und tollen Geschichten, die wir gemeinsam geschrieben haben.

Mein Dank gilt euch, Flüsterer im Hintergrund, Bewahrer der Worte.

Möge diese Geschichte in euren Herzen einen Platz finden, wie die unsterblichen Melodien Schottlands in den Winden, die über die Heiden wehen.

Eure Kenna

Kenna J. Stewart erblickte das Licht der Welt im schönen Nordrhein-Westfalen und lebt heute in der idyllischen Stadt Paderborn. Schreiben war für sie stets eine Herzensangelegenheit. Schon als Kind füllte sie ihre Schulhefte und lose Blätter mit Geschichten, die später – sorgfältig aneinander getackert – ihre eigenen kleinen Bücher wurden. Im Laufe der Zeit hat Kenna eine beachtliche Sammlung an Manuskripten und Schriften angelegt, die zunächst nur ihrer eigenen Freude dienten. Kennas Antrieb beim Schreiben ist nicht der Wunsch, Bestsellerlisten zu erobern oder den Lebensunterhalt mit ihren Werken zu verdienen. Was sie antreibt, ist der Wunsch, Leserinnen und Leser zu erfreuen; die Vorstellung, dass ein einziger Mensch durch ihre Texte Freude empfindet, bedeutet für sie die Erfüllung ihres Wunsches. In diesem Sinne schreibt sie getreu ihrem Motto: »Ein Flüstern im Wind, das Geschichten in den Kopf zaubert und die Welt ein klein wenig bunter malt.«